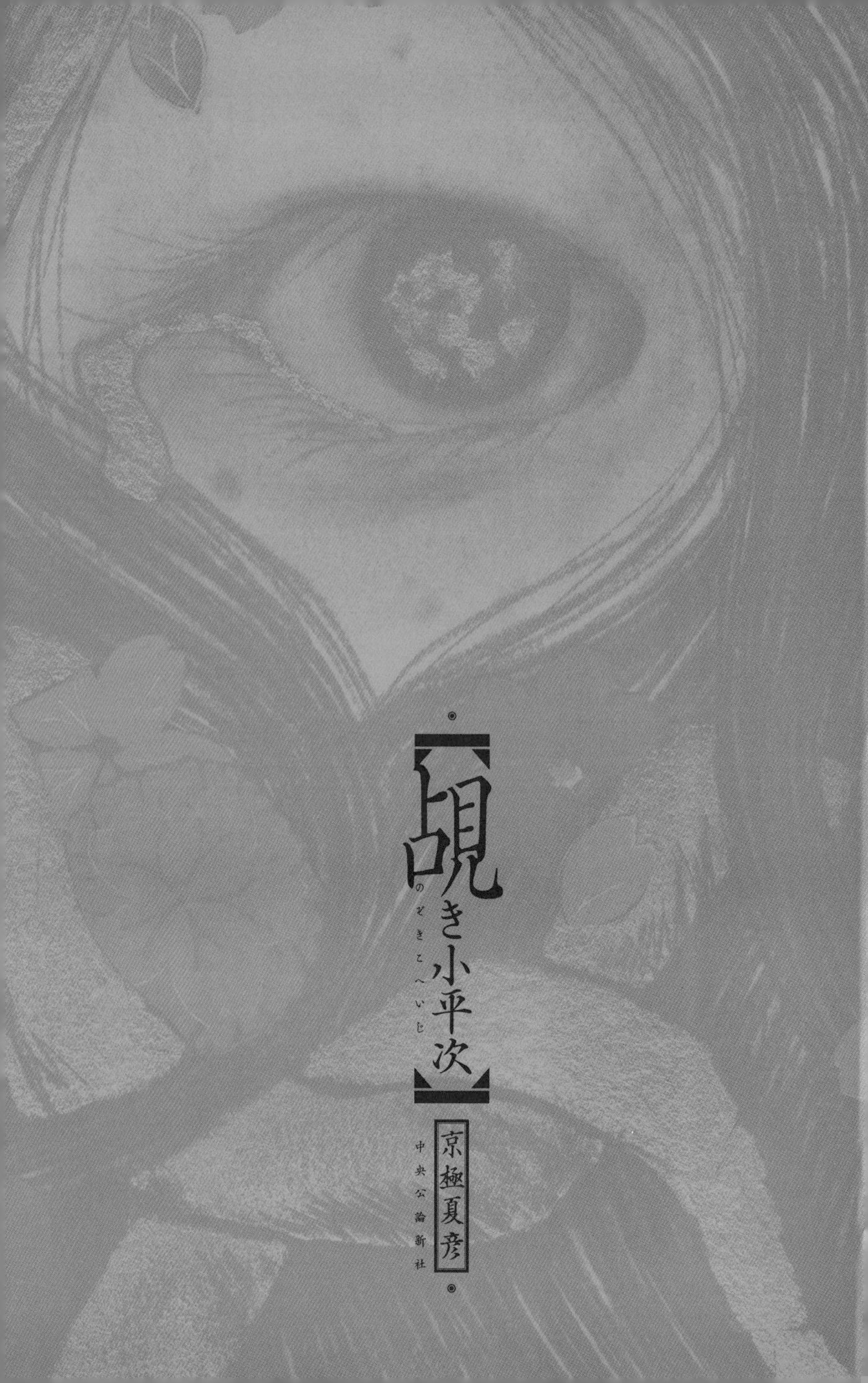

覘《のぞ》き小平次《こへいじ》

京極夏彦

中央公論新社

⊙

目録

◉

装幀　坂野公一＋吉田友美（welle design）

装画　Stephanie Inagaki
“THROUGH THE VEIL Ⅲ” 2020

本文図版　葛飾北斎『百物語』（一八三一－三二）シカゴ美術館所蔵
五頁「こはだ小平二」

覗き小平次

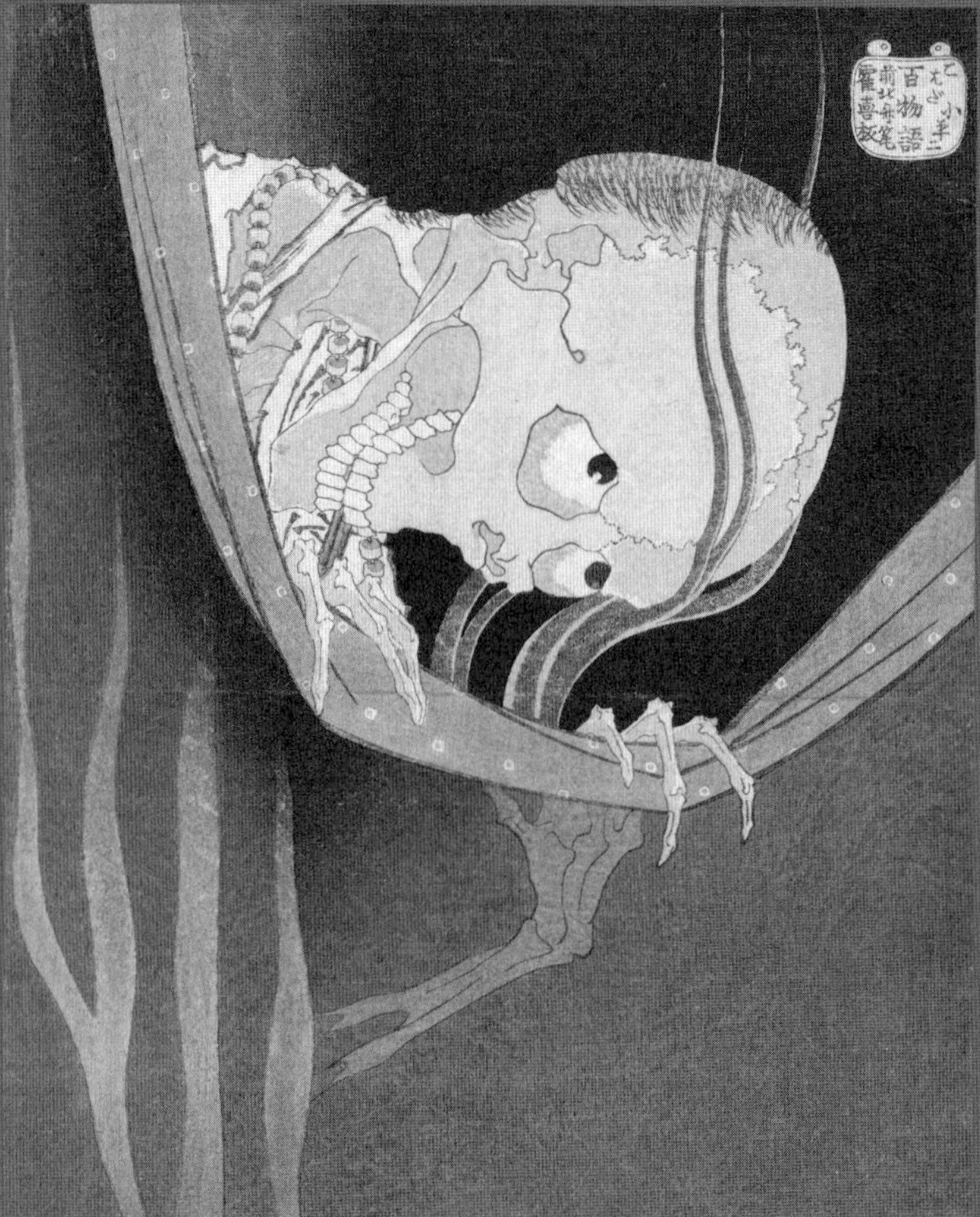
こはだ小平二
百物語
前北斎為一筆

木幡小平次

七

小平次《こへいじ》は、何時《いつ》も然《そ》うしている。

頸《くび》を胴躰《からだ》に深く埋もれさせ、脊椎《せぼね》も折れよう程に彎曲《まげ》て、貧弱な顎《あご》を突き出し、腰を浮かせて固まっている。左手では自然薯《じねんじょ》の如きふたつの膝頭《ひざがしら》を抱え、右手では爪先立《つまさきだ》った右足の踵《かかと》を摩《さす》っている。踵は荒れていて、皹割《ひびわ》れた皮が厚く盛られているので、触れても感覚がない。指先は乾いた鏡餅の如きそれを感じているのに、踵の方は何の反応もない。己《おのれ》が自身《おのれ》に触れているのに、一向そうした感触がない。

触れている己が小平次ならば、この身体は誰方《どなた》のものか。否《いな》、この躰こそ小平次なのだとして、触れている主体《じぶん》は何処《どこ》の誰奴《どいつ》か。踵を弄《いら》うだけで小平次は、小平次というものから、もっと茫洋とした何かに薄まることが出来る。

希薄《きはく》になるのは心地良いことだ。このまま薄まって薄まって、微昏《うすくら》がりに雑じってしまえれば、小平次は殊《こと》の外幸福《ほかしあわせ》である。だが、それでも、どれ程希薄な心持ちになっても、己は矢《や》ッ張《ば》り小平次という塊《かたまり》だ。ぎゅっと固まって、暗《くらやみ》の裡《なか》で孤立している。闇が深ければ深い程、慥《たし》かに輪郭は曖昧になるのだけれど、芯の方は濃ゆく固まっているように思えてしまう。

八

だから小平次は微昏《うすくら》がりは好むけれども、真《まこと》の闇は畏《こわ》い。

例えば、瞼《まぶた》を閉ざせば暗闇はすぐに訪れる。

だが、眼《まなこ》を塞げば世間が消えて罔《な》くなるのかと問えば、そんなことはない。己が消えて無くなるのかと問えば、そんなこともない。

不可視《みえな》くなることで己が此処《ここ》に居《お》ること其処《そこ》に在《あ》ることがより明瞭《はっきり》としてしまうのだと、小平次は思う。世間が溟《くら》くなればなる程に、肌は外と裡《うち》との鬩《せめ》ぎ合う境界《さかい》となる。目を瞑《つむ》れば己も世間もなくなるが、途端に身体の表面は薄膜《うすまく》となってしまうのだ。それは薄い薄い、絹より薄い膜なのだけれども、それはまた、決して破れることのない膜である。裡と外とをきっかり仕切る幕である。肌に外気が触れる度、裡の内気が満つる度、己の像《かたち》はくっきりとする。

小平次はそれが厭《いや》だ。

何ごとにつけ小平次は、淡《うす》く、閑《しず》やかで、冷ややかなるを好むのだ。

昏黒《こんこく》の中に身を置くと、冷えている筈《はず》の肚《はら》の中が滾《たぎ》ったかのように覚え違う。すかすかと稀《うす》い筈の胸の中が詰まっているかのように覚え違う。がらんどうの筈の頭の中心に核《さね》でもあるかのように覚え違う。

眩《まばゆ》い陽光の下《もと》は最初《はな》から適わぬのだけれど、真っ暗闇とて大差ない。

だから小平次は、いつも微昏がりに居る。そして、両の眼を確乎《しっか》りと明けている。

湿《しめ》っても乾いてもいない、仄昏《ほのぐら》く冷たく、埃《ほこり》の匂いしかせぬ納戸《なんど》の中で、身を屈め、首を突き出して、いつもいつも、眼球《めだま》が乾く程に瞼を見開き瞳《ひとみ》を凝《こ》らし、凝乎《じっ》としているのである。

九

納戸の戸襖《とぶすま》は僅《わず》かに開けられている。

閉めてしまえば裡は闇となる。だから必ず開けてある。

その、細い細い縦長の隙間こそ、小平次にとっての世間である。

その細い細い縦長の隙間から漏れ入る幽《かそ》けき光だけが小平次を照らすのだ。

否、それは、照らすという程の強さはないのだ。その明かりは頗《すこぶ》る頼《たよ》りなく、幻燈《げんとう》のように痩《や》せっぽちの自《おの》が姿を微昏がりに浮かび上がらせるだけだ。浮かぶ姿は、朦朧《ぼんやり》としているというよりも、寧《むし》ろ透《す》けているかのようである。

そして小平次は、自分が果敢《はか》ないものであることを確認する。稀薄であることを堪能する。

羅《うすもの》のように滑《すべ》らかで、厚みも温もりもない。

その、まるで幻像のような肉体《じぶん》から、更に小平次は後ろに退《しりぞ》く。

その為に小平次は踵を摩《さす》る。指先の覚えが小平次を薄膜の外へと誘う。

そうして、いいだけ薄まって、小平次は漸《ようや》く落ち着く。

眼と指。

小平次はそれだけのものになる。

だから小平次は、いつも然《そ》うしているのだ。

微昏がりの押入れの中、身を屈め踵を撫で乍《なが》ら、一寸五分の隙間から世間を覗く。

縦長の世間はいつも夢幻のようで、それでもあちら側こそ真実《まこと》なのではあろうから、矢張《やは》り我こそが夢幻なのであろうかやと、小平次はそう思うているのである。

一〇

細長き隙間には白いものが覗いている。

それは艶《なま》めかしく動いている。小平次はその白いものを、凝眸《ぎょうぼう》している。

白く見えるは、多分襦袢《じゅばん》だ。否、和毛《にこげ》の生えた白い襟首《えりくび》だ。いずれにしても白い、真っ白な女の表面だ。

ただ、それは夜気《やき》に映えるだけの青白き小平次の皮膚《はだ》とは違って、ほんのりと、淡い朱を帯びた、桜の如き柔肌《はだ》である。筋張って硬く、いつも冷え縮まっている小平次の躰とは違って、軟らかく摂理《きめ》細かく、温もりを帯びた肉《しし》である。

肉はぬらり、と動いて、今度は濡《ぬ》れ羽の如く黒い、てらてらと艶《つや》やかなものが覗いた。

女の髪の毛。

結い上げてはいない、洗い髪である。

最前まで女は、座敷の向こうに見える庭先で盥《たらい》に水を張り、行水をしていたのだ。

今は小平次に背を向けて、多分茶碗《ちゃわん》で冷や酒を浴びている。

水気を帯びた重たげな黒髪がてらりと揺れて、隙間には矢張り白くて細い女の腕が覗いた。

大指《おやゆび》と高指《なかゆび》で抓《つま》むように茶碗を持ち、残りの三指はぴんと伸ばされている。小平次は、眼を細め、伸ばされた紅付指《くすりゆび》の先を見た。それでも小平次の意識《きもち》は己の右手にある。自《おの》が踵を摩っておるのはもしやあの指ではなかろうかと、どこかで夢想しているのである。

枯れ木のような小平次の指とはまるで違う、靭《しなや》かな指。

その靭かな指の持ち主。

二

お塚《つか》。

小平次の妻。

細い隙間から凡てを見渡すことは出来ぬけれど、お塚は一度首を竦《すく》めたようだった。

そうした時、小平次は慌《あわ》てて縦長の世間から目を逸《そ》らす。自分の視線《めすじ》がお塚に感じ取られたのではないかと思うと、居《い》た堪《たま》らなくなるからだ。

小平次はささくれた敷居《しきい》に目を遣る。

ふん、という女声《にょせい》が聞こえた気がした。

「下を向いておるのかえ」

三味《しゃみ》の音に似た、淫《みだ》らで華やかな声音である。

どうせ板間の埃《ほこり》でもなぞっておるのじゃろうと、その声は続けた。

「妾《あたし》がぴくと手を挙げりゃア、主《ぬし》ゃアびくと怯《おび》える、謔《たわけ》たことじゃわい。イヤ、そう案ぜずとも主の目筋にゃ慣れたわいと、そう申したいところじゃが」

そうは行かぬわえと、お塚は横顔を見せた。

密な睫《まつげ》に縁どられた切れ長の眼。

蔑《さげす》むような流し目が小平次の居る方向に投げ掛けられる。

「ええい、何日経《た》とうと何年経とうと慣れぬわい。薄ッ鬼魅《きみ》悪《わる》い。気が触れるにしたッてもう少しマシな触れ方があるじゃろう。日がな一日押入棚《おしいれだな》に引き籠り、女房の臀《しり》やら背やら眺《なが》めるだけの男など、いったい何処《どこ》におろうかや」

一二

語気を荒《あら》らげ、お塚は身を返した。

はだけた襦袢の襟元《えりもと》に白き胸乳《むなち》が露《あらわ》になる。酒気を帯びたその肌は、矢張り少しばかり上気している。否、それはお塚が激昂《げきこう》している所為《せい》なのか。

小平次は踵を強く摑《つか》んだ。

己《じぶん》と自分が重なる。

お塚は、ぐいと茶碗を突き出した。

「どうさ」

飲むかい、飲まないかいと、お塚は軆《からだ》を低くする。

そしてお塚は、上目遣いで襖を睨《にら》み、頰《ほほ》だけでにこりと笑った。

「恋女房と差し向かいじゃ。気に入らないかえ」

どうなのサとひと際強く言った後、お塚は茶碗を投げつけた。

どん、と襖が揺れた。欠けた古茶碗が目の空《す》いた畳の上を転がり、一寸五分の隙間の前をのろりと過《よぎ》って、止まった。乾いた敷居に酒水が飛んで流れた。

女房を見ることが出来ず、小平次はただ敷居を観た。酒はすぐに木肌に染みた。

「何だい。何か言ったらどうなのさ。御覧よ。ほら見て御覧な」

小平次の視界の端に、白くて柔らかいものが蠢《うごめ》いている。

痙攣《けいれん》するように目を泳がせる。お塚は襦袢の前を大きく開けて、乳房を突き出すように小平次に向けていた。呼吸《いき》に合わせて肉が波打つ。

一三

「ほうら。いつかみたいに貪《むしゃぶ》り付いておいでな。構いやしないよゥ。主さんと妾は夫婦《みょうと》で御座ンすよ、誰に憚《はばか》ることがあろうかい、昼日中だって構いやしないサ」

お塚は濡れた眼《まなこ》を細め、両手を差し伸べるようにして、もう一度頬だけで笑った。

小平次はくいと顔を背《そむ》けた。

門付《かどづ》けの声。犬の鳴き声。

畳を叩く音。

意気地《いくじ》なしめ腰抜けめと罵声《ばせい》が飛んだ。その、侮蔑《ぶべつ》がたっぷりと籠った怒号《どごう》はやがて倩兮《けらけら》という笑い声に変わる。お塚の笑い声は嬌声《きょうせい》になって届く。お塚に嗤《わら》われる度、小平次は幾人もの女に哂《あざわら》われているような気がしてならぬ。お塚は前をはだけたまま、畳を幾度か叩いて、投げ遣りに笑っていた。

「可笑《おか》しいねえ。可笑しいッたらない。主やそれでも音羽屋《おとわや》の、息のかかった俳優《やくしゃ》かえ。芸が拙《まず》いと破門され、堕ちて流れて流されて、田舎芝居の旅役者、檜舞台《ひのきぶたい》にゃ上れぬまでも、腐っても鯛《たい》と思うていたが、その名の通り、鰶《このしろ》にも劣る小鰭《こはだ》じゃわい。しかも腐った小鰭じゃ。とても喰えたもんじゃあないわさ」

小鰭小平次。

それは徒名《あだな》だ。

小平次は本来、山城国《やましろのくに》宇治《うじ》郡《ごおり》小幡《こはだ》の里が生国《しょうごく》である。因《よ》って小幡村小平次と名乗ったのである。やがてそれが通り名となり、一字を変えて木幡小平次としたのである。

一四

しかし、誰もそうは思うておらぬ。

焼くと屍《しかばね》の匂いがするという、鱶。

いずれ雑魚《ざこ》、駄魚《だぎょ》の部類なのであろう。小平次はそっと踵から手を外して、指先で一寸五分の敷居をなぞった。女房は悪態《あくたい》とも揶揄《からかい》とも知れぬ言葉を吐《は》いている。小平次には、それは大勢の観客が飛ばす野次の如くに聞こえている。歓声も嬌声も野次も罵声も、小平次にはそう変わらぬものである。

御免なせェ、御免なせェよと、野次に異質な声が雑《ま》じった。

土間の方である。

あれ多九郎《たくろう》さんじゃないかえと、お塚は言った。

囃子方《はやしかた》の安達《あだち》多九郎が訪ねて来たものであろう。

「オヤ、こいつァまったく目の毒だ、お天道様《てんとさま》がお沈みに、なるその前《めえ》にご開帳《かいちょう》と来たか」

「何がご開帳のものか。拝むものが居らぬなら、観音様も開き損だわえ」

「何ならわっしが拝みやしょう。お賽銭《さいせん》は如何程《いかほど》に御座りょう」

「妾に喜捨《きしゃ》するとお言いかえ。流石《さすが》は多九郎殿、いい度胸で御座ンすね。ただこの観音様ァお安くない。拝観賃は高くつくと思いなしゃんせ」

お塚は襦袢の前を併せて孤座《すわ》り直した。

ヤレ有り難やと調子を付けて声は座敷に割り込んだ。

「何だ、お早い店仕舞いじゃ。ここな濡れ仏は秘仏で御座るか」

一五

「秘仏も秘仏、城ひとつ落とさなくちゃ見られやしない有り難いものサね」

「さて城ひとつとは如何《いか》なる謎掛け」

「ナァニ、この城が、落ちれば開くというだけのこと」

オウ鯱かと愉快そうに言って多九郎は腰を下ろす。

「その鯱ァどこに御座る。お留守か、それともまたぞろ奥座敷にお籠りで御座ンすか」

へんとお塚は喉を鳴らす。

「奥も奥、天の磐戸《いわと》のお籠りサぁ。ただこうして鈿女《うずめ》気取りで裸踊りをしようとて、出て来るどころか見もしないのサ。尤《もっと》も、のろのろ出て来たとしたってね、出るなァ有り難うも何ともない、大根の幽太《ゆうた》一匹で御座んすけどねェ」

大根《でえこん》幽太たァ能《よ》く言ったと多九郎は笑う。

「何ともはや手厳《てきび》しいお言葉じゃ。よゥ、小平次、どこに居るのか知らねェが、手前《てめえ》の女房殿はお怒りめされておらるッぞよ。山の神ィ怒らせちゃァ獲物は獲れねェやい。いい加減に出て来たらどうなんでえ」

呼んだって出て来やしないよゥと言い乍ら、お塚は小平次の視野から消えた。

布の擦れる音。着物を羽織っている。

「幽霊がお出ましになるなァね、丑三刻《うしみつどき》と相場が決まっているのサね」

「そりゃそうだろうが」

変竹林《へんちくりん》な野郎だぜと多九郎は言って、体軀《からだ》を揺らせて胡坐《あぐら》をかいた。

一六

それから一寸五分の隙間を指差し、オウあそこかいと言った。

「そういやァこの前《めえ》来た時もあそこに入っていやがったが、何ともなァ、こいつァ元より陰に籠った野郎だったが、これじゃァまるで、黴《かび》か茸《きのこ》のようだわさ。おい小平次」

手前《てめえ》如何《どう》いう了見だと言って、多九郎は濃い眉を顰《ひそ》める。

僅かな間。

小平次の返答を期待しての間なのであろう。そんなものはない。

多九郎はそれを察して、小さく口を開けた。

「呆《あき》れたな。オイお塚さんよ、俺が此処《ここ》ン家《ち》に寄るなァ偶《たま》のこったが、その度に此奴《こいつ》ァ、必ずこうしてスッ込んでいやがる。もしやこの野郎、家じゃあいつもこの調子なのか」

いつもだよゥとお塚は言った。するすると帯を締める音がする。

「いつもいつも。いつもいつもサ。偶じゃァないよ」

そうなのかいと多九郎は更に呆れたような声を上げた。

「俺ァまた、犬も喰わねェじゃれ合いで、拗《す》ねてむくれて隠れたか、然《さ》もなきゃそこな宿六《やどろく》が悪さァ致したが暴露《ばれ》て、怖《こえ》ェ女房殿に叱られて、こっそりべそでもかいておるかと、そうと思うておったがな。間の悪《わり》ィわっしが偶偶《たまたま》そうした場面《ところ》に来合わせるてェ訳じゃァねェんだな」

「だから偶じゃァないんだってば」

お塚は背中をくねらせた。

「もうずっとさ」

一七

ずっとなァと多九郎は訝《いぶか》しげな顔を覗かせる。

そう、ずっとだ。

小平次はいつもこうしているのだ。

「俺が見知った頃ァこんな野郎じゃァなかったがね」

「妾が添《そ》うた時やァもうこんな野郎で御座ンしたよ」

燻《くす》んだ燕脂《えんじ》色が隙間を過《よぎ》る。お塚の着物の色である。

添うて何年じゃと多九郎が問う。五年で御座ンすよとお塚が答える。

五年。

五年も経《た》つか。

五年か早ェなあと、多九郎は間延びした声で言う。

「イヤ、俺ァこいつたァ旅先でしか一緒にならねェからな」

「外じゃどうなんだい。矢ッ張りみっとものう、どっかに潜《もぐ》り隠《こも》っておるのじゃろうか」

「そんなこたァねェさ。しかしなお塚さんよ。お前さんはずっとっと言うが、真逆《まさか》添うて五歳《ごとせ》のその間、この野郎、一日も襖の蔭から出て来ねェって訳じゃァあるめェ」

「そこに入ってなくたって同じことサ」

「同じってなァ何だ」

「だからさ。そんな辛気《しんき》臭《くさ》いモンはね、表に出てても見える分だけ癪《しゃく》に障るてなもんサ。何を言おうと返答もせず、何をしようと見向きもせず、ただぼつねんと孤座《すわ》ってるだけだからね」

一八

「何にもしねぇのか。こんな生き仏を目の前にしてかい」

「ああ何もしないよ。酷《ひど》い時はおまんまも喰わないのサ」

干《ひ》からびてくたばりゃいいのにと言い乍ら、お塚は白い手を伸ばし、隙間の横に転がった茶碗を取った。

ふっと、女の香りがした。

「そいつが腴《や》せりゃ瘠《や》せただけ、妾が喰わせぬと世間は見るだろ。当てッ付けがましい」

まァ放ったらかしじゃあ生き仏さんの躰も火照《ほて》るわなァと、多九郎は粘《ねば》る口調で言う。

「十も離れた若女房を貰《もろ》うておいて、解らねェ男よな。そこな小平次殿も」

「気がおかしいのサ。尋常じゃあないよ。言うまでもない、見りゃ解るだろ。客が来たって押入棚から出て来やしないんだよ。挨拶もなし、口のひとつも利きやしない。それでも世間は、妾が悪いてェ風に言うのサ。御覧よこの家。贅のぜの字もありゃしない。何の愉しみも、楽もない暮らしサ。こうして濁酒《どぶろく》でも食らわなきゃ遣ってられないよゥ」

お塚は小平次に背を向けるようにして孤座《すわ》り、だからお飲みよゥとねだるように言って、茶碗を多九郎に差し出した。

「お飲みな。ひとりで手酌《てじゃく》は淋しいものサ。最初からひとりなら諦めもつくけれどね、そこに居るのにひとりってなァ頭に来るじゃないか」

違《ちげ》ェねえと多九郎は茶碗の酒精を飲み干す。

「熱いの温《ぬる》いの文句の言いようのない冷や酒サ。駆け付けるがいいサ」

一九

お塚は更に注ぐ。

多九郎は上を向いてくうと息を吐《つ》き、駆け付け三杯はご遠慮するぜと杯を置いた。

「来るなり潰れちゃ男が廃《すた》らァ」

「そこのご本尊より廃るこたァないから心配めさるな」

「へへへ。酷《ひで》ェ言われようだな小平次。こんな口利かれて手前《てめえ》何とも思わねェか」

多九郎はお塚越しに顔を覗かせる。

「思うたって何も言いやしないよ。表じゃどうだか知らないけどサ、家の中じゃとんと声を聞いたことがない。沈香《じんこう》も焚《た》かず屁もひらずの役立たず、真《ま》ッ昼間《ぴるま》の行燈《あんどう》だって手拭《てぬぐ》い干すくらいは使えるが、うちの人と来た日には、居ない方がまだ役に立ってなものだよ。居ると思うだけでへどが出る。居りゃあ居るだけ鬼魅が悪い」

死ねばいいのに。

お塚は振り向いてそう言った。

死ねばいいのに。役立たず。

「そうは申すが女房殿、お前様もご存知の通り、そこな小平次、幽霊芝居だけは絶品だァな。怪談話にゃ欠かせねェ男よ。こればっかりは敵《かな》わねェと、ほれ、こいつのお師匠の先代松助《まつすけ》だって、そう宣《のたま》われたそうだわい。流石ァ腴せても枯れても大看板のお墨付き、今だって化物やらせりゃア大喝采《かっさい》だ。ま、田舎芝居《しばい》の破《や》れ舞台のこったがな」

は、と息を吐《は》き出して、お塚はもう一度ちらと小平次を見た。

「死人に口なしとは善く言ったものサ。死人の役ばかりつくもので、口が無《の》うなってしまったのじゃ。口なし小平次じゃ。大体一粒種の小平《こへい》だとて、ついた二つ名が小仏《こぼとけ》小平だ。頭丸めての坊主振り、挙げ句の果てに西向いちまッたんだ。ご丁寧なこったよ」

辛気臭《しんきくそ》うて適わぬわいとお塚はいっそう毒突いた。

小平。

おう、小平っていやァあの坊《ぼん》かと言って、多九郎は顔を小平次に向けた。

「倅《せがれ》の小太郎のこったろう」

「元の名前なんか妾は知らないよ。薬売りの爺ィンところに養子にやった時に名を変えたンだろうよ。お前さんの方が知ってるのじゃないかえ」

「まァ、俺が善く知ってるなァ、子役の小太郎だ。役者辞めてからァ知らねェよ。頭ァ丸めたなァ聞き知ってるがな。俺ァまた、出家にでもなったかと思うたわい」

「幽霊の倅が坊主じゃあ、洒落にもならないじゃないか。何のつもりか知らないけどね」

慥《たし》かにナ、と多九郎は腕を組む。

「担《かつ》ぎの薬渡世《とせい》が髷《まげ》落とすってなァ、いってェ如何《どう》いう了見《りょうけん》だったか」

「でもね、世間じゃその小平だって、妾が苛《いじ》めて追い出したみたいなことを言うンだ。追い出して殺したみたいなことを言うのサ。大間違いだよ。それもこれも、そこの小平次が、何も言わないで居るからサ」

「そうじゃねェのか」

二一

「そうじゃあないんだよ。小平さんは妾がこの人と添う前に、もう此処を出てるんだ。そして勝手におッ死《ち》んだんだ。返す返す当て付けがましいッたらないさ」

「添うて五年だと、そういう勘定になるか。そうかもしれねえな」

多九郎は指を折る。

数えるまでもない。

小太郎が小平と名を変えたのは六年前のことだ。

そして。

死んだのは去年のことである。

「小平さんが薬売りの孫平《まごへい》ンとこに養子に入ったなあ妾が嫁ぐ前、この家に越す前のこと。その人が破門されて暫く後、前のおかみさんが死んですぐのこった。それでね、うちの旦那様が昼間っからそんなとこに潜《もぐ》り込むようになったのは」

お塚は顔を横に向ける。項《うなじ》がくねる。

「ほれ、その小平さんの骸《むくろ》があがってからのことサ」

酷《むご》いことよなあと多九郎は言う。

「下手人《げしゅにん》も挙がってねェだろう。ありゃ、去年のことだったか」

「去年サ。行方《ゆくえ》知れずになったなァ、もっと前のことだったかもしれないけどね。それにしたって、俠客《きょうかく》や博徒《ばくと》でもあるまいに、担ぎの薬屋風情《ふぜい》がなんだって殺されるような羽目《はめ》になるンだか、妾にゃア爽然《さっぱり》解らないよ」

ついてねェ奴はいるんだよと多九郎は言う。

「俺だってお前さんだって」

いつ死ぬかァ判りゃしねェよ。

いつくたばるかな。

多九郎は、昏《くら》い声を発した。

そりゃあそうだろうサとお塚は応える。

「妾だってまともな道ばっかり歩いて来た訳じゃァないからね。それくらいのこたァ承知してるサ。それでもね、矢ッ張り小平を殺したなァ、そこの」

小平次なんだよと、お塚は背中全部で小平次を示す。

如何《どう》いうことだと多九郎が問う。

「なァに、小平さんはね、そこの役立たずと違って将来《さき》のある身だったんだよ。しかも立派な花道が、鼻ッ面《つら》にすっと延びていたのサね。その花道を、そこの押入棚の役立たずが通せんぼしたのサ。己の倅の栄達を邪魔して潰しちまッたんだ」

そいつァ難儀な話だなと多九郎は訝しげに言う。

「しかし肝心のところが見えねェな。解らねェ」

妾はね、聞いたんだよとお塚は声を低める。

「誰から」

「あんたなんかァ生涯《しょうがい》お目に掛かれない偉い俳優《やくしゃ》からさ」

二三

「役者だァ。役者って真逆《まさか》」

その真逆だよとお塚は語気を荒らげる。

「あそこのうすのろの兄弟子様だよ。揚がった舎利頭《しゃりこうべ》の身許が小平さんと知れた時ゃ、遺骸《むくろ》はもう無縁《むえん》で葬られてたし、だから弔いごともしなかったんだけどね、噂が立ったのを聞きつけて、兄《あに》さんがわざわざ香典《こうでん》持って訪ねてくれたのさ。随分と悔やんでいたっけねェ」

「悔やんでたのかい」

「惜しんでたよ。亡くなった先代も悲しんでおらりょう、と言うておられた」

「先代、先代ってなあ小平次の師匠のことか」

師匠。

そこで多九郎は膝《ひざ》を打った。

「すると、その兄さんてなァ、今の松助かい」

「そうさ。小平次の兄弟子様サ。妾ァ前の名までは知らないけどね、今じゃあ押しも押されもせぬ天下の音羽屋だよ。小平さんはね、先代からこいつァ芝居の筋が良い、役者として屹度《きっと》大成すると太鼓判《たいこばん》押されてたんだそうさ。鳶《とび》が鷹《たか》だよ。先代は是非養子にくれとまで頼んだんだそうさ。任せちまえば善かったものを、それを彼奴《あいつ》ァ断ったんだ。莫迦《ばか》な真似《まね》したものサね」

そいつァ如何《いか》にも惜しかったねェと、多九郎は首を捻る。

「しかしそりゃ初耳だったな。俺も貴奴《きゃつ》との付き合いは随分と長ェが、そんな話ァとんと聞いたことがねェや。オイ小平次、手前《てめえ》なんだって、この俺にまで黙っていやがった」

話が成ってりゃ今頃ァ左　団扇《ひだりうちわ》じゃねェかと多九郎は怒鳴った。

「駄目だよ、そいつに何を言ってもサ。手前《てめえ》がヘボだから息子もヘボだと、そう思うたのだろうよ。そんな巧《うま》い話をみすみすどぶに捨てて、どこの馬の骨とも知れない薬屋なんかに養子に出すから、可惜《あたら》若くしておッ死《ち》んじまうような目に遭うんだよ」

自業自得サと言い乍ら、お塚は酒を杯に注ぎ、くいと呷《あお》った。

「先ある子供の芽《め》まで摘《つ》む、ろくでなしがうちの小平次様よゥ」

小平。

幼名小太郎。

小平次の先妻の子である。

先の女房は小平次が一門を追われた際に病みつき、一年足らずで間もなく死んだ。

亡くなった時、女房が幾つだったのか、小平次はどうしても思い出せない。否、善く知らないのだ。ただ、連れ合いが死んだ時、小太郎は十二歳だった。それだけは善く憶えている。

小平次はそれを機会に小太郎を他人《ひと》に託した。一度は子役として旅回りに連れて行ったりもしたし、取り分け息子を役者渡世にしたくなかった訳でもないのだが、如何《どう》いう訳か、もう駄目だと思った。自分といれば駄目になると、そう思うたのである。

お塚の言うた通り小平次の師匠は小太郎に目を掛けてくれた。小太郎は、幼い頃から一座の雑用などを手伝うており、その所為《せい》なのか如何なのか、門前の小僧の何とやら、そこを見込まれ小太郎は、九つになった折に子役の真似事をさせられた。それがたいそう評判が良かった。

筋が好いと師匠は褒めた。それからいっそう師匠は小太郎を可愛がった。

真実自《おの》が倅の筋が良かったのか如何か、小平次には善く解らない。どれ程下手であろうとも自分の芸よりはましだろう、そうは思うてはみたものの、所詮童《こども》の芸である。お師匠様の手前もあって、一門の者どもは仮令《たとい》肚で如何思っていようとも何も言わなかったし、芸事の善し悪しなど、所詮小平次のようなヘボには解らぬ。

ただその分、小平次は余計に一門から疎《うと》まれた。小太郎が褒められれば褒められる程、小平次は益々嫌われた。蔑《さげす》まれた。詰《なじ》られた。

それも仕方がないことだったと小平次は思うている。如何であれ小平次は使えぬ役者なのである。下手なのだ。まるで下手なのだ。否、本来俳優《やくしゃ》には向かぬ質《たち》なのであろう。己《じぶん》で自分は使えぬと、熟熟《つらつら》思うた程である。

いつ放逐《ほうちく》されたとて詮方《せんかた》なかろうと、小平次はそう思うていた。

多九郎の言葉通り、小平次が褒められたのは亡魂芝居だけなのだ。

他は総て駄目だった。立役《たちやく》は勿論、女形も実悪《じつあく》も色悪《いろあく》も、どの役もどの役も、仮令《たとい》どんな端役であろうとも、振られた役で熟《こな》せたものは、ただのひとつもなかったのだ。十年修業して、十年目に流石の名人上手もこいつは駄目と諦めたのだろう。見捨てたというよりも、呆れたというところか。無駄飯食らい穀潰《ごくつぶ》し、一座の恥同門の名折れと、一門の憤懣《ふんまん》も押さえ切れなくなっていたのだ。師匠とても小平次を庇《かば》い切れなくなったのだろう。

結局、小平次は破門された。

お前は要らぬ、倅を寄越せと、最後にはそう言われた。

しかし小平次は、小平次を疎んじた一門の者達を憎んだことなどないし、破門を決めた師匠を恨んだこともない。憎む恨むは筋違いと、それは最初《はな》から心得ている。

師匠には感謝している。今も変わらず感謝している。

小平次の師匠という人は、江戸は大歌舞伎の大看板、名人上手と呼ばれた人である。

彼《か》の人は、子細《わけ》あって上方を離れ、江戸に吹き溜まって窮していた小平次を、何の因果か拾うてくれた。否、拾い雇うたのみならず、何の取り得もない、何処の馬の骨とも牛の骨とも知れぬ小平次如きに篤《あつ》き情を注ぎ、目を掛け手を掛けてくれた恩人である。彼の人は、小平次に芸事を仕込み、駄目を承知で舞台にも上げてくれた。それ故に、大恩あるお方と慕い敬いはするけれど、恨みがましい想いを持ったことなど小平次はただの一度もないのである。悪いのは小平次の方なのだ。

反面、申し訳ない想いは今も強くある。

何一つ。小平次は何一つ、師匠の期待に応えられなかったことになる。

いずれは受けた恩を返さんと思い、やがてはその高き徳に報いんと願うて、小平次は小平次なりに勤めた。勤めたものの、一向に成果は上がらなかった。上がらぬどころか、挙げ句の果てに恩を仇で返すような仕舞い方しか出来なんだ。

小平次は一座を出た。それが七年前である。

ヘボ故に追われたことは事実だが、納得ずくのことでもあった。

これもお塚の言う通り、辞する際、せめて小太郎を引き取りたいというお師匠の、有り難いお言葉を小平次が退けたのも、事実である。

小平次は断った。

お前の息子は筋がいい、必ず役者として大成しよう。師匠が言うなら真実《ほんとう》だろう。それは小平次もそう思わぬではなかった。ただ、それが本当に真実《ほんとう》ならば。

どれだけ才覚があろうとも、その小太郎は誰でもない、箸《はし》にも棒にも掛からない、屑《くず》の小平次の子なのである。罷《まか》り間違うてその屑の子が、居並ぶ同輩を押し退けて誰方様《どなたさま》かの大きな名代を嗣《つ》ぐような、奇態なことになったなら。

その時は兄弟子弟弟子に申し訳が立たぬ。

小平次はそう思うた。

否否、申し訳が立たぬだけではないだろう。うすのろ小平次の一粒種が出世大成などしたならば、少なからず諍《いさか》い仲違《なかたが》いが起きる。争いの萌芽《ほうが》はその当時からあったのだ。

ならば、小太郎を置いて小平次が出ることは、後に余計な禍根《かこん》を残すことにもなり兼ねぬ。

加えてそうした揉め事に、小太郎自身を巻き込ませるのも、どうも忍びないことであると、小平次はそうも思うた。小太郎自身も拒《こば》むだろう、とも思うた。

だから固辞した。

お塚の言う通り、それは小太郎にとって善き道ではなかったのかもしれぬ。

己が芽を摘んだのか。

二八

疫病神《やくびょうがみ》のうすのろ小平次。

当《まさ》にその通りだ。

まったくねェとお塚はぼやく。

「今頃ァ大歌舞伎の看板役者の母御で御座いと、胸ェ張っていられたものをサ」

「そうは言うがなお塚さんよ」

多九郎は茶碗を弄《もてあそ》ぶ。

「物は考えようだ。もしそうなっていたならば、先の女房殿も死なねェで済んでいたかもしれねェよ。そうしたらお前さんの出番はねェことにならァ。あれだけ確乎《しっか》りした女房殿が坐《おわ》したらば、この甲斐性《かいしょ》なしァ別の女に手なんざ出サねえだろうし、お前さんの方もわざわざ誑《たら》し込んで寝盗る程、値の張る男でもねェだろうに」

お塚はほんの一寸《ちょっと》黙り、それからぼそりと、妾はその女《ひと》を知らないのサ、と言った。

ふふんと多九郎は笑った。

「ま、この俺も一度しか会うたこたァねえやな。俺がこの野郎と知り合うたなァ、丁度こいつが一座弾き出されて、餓鬼ィ抱えておろおろしていた頃だからサ。ま、その頃ァこっちも半端者だあな。見様見真似で旅芸人に成り済ました成り立てだったからなあ」

なァ小平次と多九郎は声を掛ける。小平次はただ身を固くする。

そう。下手と雖《いえど》も十年勤めたのだ。役者を辞めても手に職もなし金もなし、恙《つつが》なく妻子を喰わせるだけの裁量を、小平次は持ち合わせていなかった。

多九郎と知り合うたのは、確かにその頃である。

止むに止まれず小平次は、旅回りの田舎芝居一座に加わった。甲斐性なしの小平次には、諸国を巡る浮き草暮らしを始めるより道がなかったのだ。

「なァに、その頃ァな、俺もこいつもどうにもならない半端者。江戸上方じゃァまるきり喰えねえ崩れ芸人だ。で、在所に出張っての興行よ。その時こいつァ、そう、小太郎を連れてたっけなァ。あの小太郎がそんな名優だったたァ、ついぞ知らなかったがな。まだ十かそこいらだろう、痩せっぽちの餓鬼だったぜ。最初はありゃ慥か、伊豆だったかな」

伊豆だ。最初は伊豆だ。

大外れよと多九郎は野卑な声をあげた。

「一座揃うて首吊ろうかという大外れだ。この野郎ァ始終不景気な面ァしてやがってな」

こんなの連れて行くから外れたんだよと、お塚は悪態を吐《つ》いた。

「疫病神だからね、そこの男は」

「ま、そうは言うたもののな、破門されたとはいえ小平次は、名門の出ではあるからな、それもあって誘われたのだろうが、どうもねェやな。お前様の言う通り、入りが悪いはおのれの所為じゃと、こいつァ随分責められてたがなあ」

そう。

小平次は。

下手なのだ。

「芝居が拙《まず》い芸がねェに留まらず、ヤレ陰気臭ェの愛想がねェの、先ず名前《なめえ》が悪《わり》ィのってことになってな、散散だったわい。だいたいこはだという姓が悪ィやい。最初から芸が拙いを売り物にするたァ太《ふて》ェ野郎だというんだな。連中は、芸の拙きを魚《うお》に喩《たと》えて、それをわざわざ芸名にしたと、そう思うたのじゃろうな。ほうれ、鱅《このしろ》ァ不味いじゃろうて」

そうではない。

小平次は憶えている。

木幡が小鱅になったにも、理由《わけ》があるのだ。

その時巡回《まわ》った一座の座長は、森田屋《もりたや》一郎兵衛《いちろべえ》という芸名だった。

その名前、江戸三座のひとつ、木挽町《こびきちょう》の江戸守田座《もりたざ》の始祖、森田太郎兵衛と一文字違いの名なのであった。勿論、旅回りの役者である一郎兵衛は太郎兵衛の係累でもなければ弟子筋でもない。真似たのか、あやかったのかは知らねども、何の関係もないようだった。そもそも古《いにしえ》の森田太郎兵衛自身は、小唄作りで名を成した芸人ではあったようだが、俳優《やくしゃ》ではなかったようである。森田の名を継いだ役者は、京師の名優だったと聞く。

その初代森田太郎兵衛、芸名を宇奈木《うなぎ》太郎兵衛といったらしい。

それに倣《なら》ったものだろう、一郎兵衛もまた、鰻鱺《うなぎ》一郎兵衛の幟《のぼり》を立てた。

本来単なる引っ掛け語呂合わせであったろう。しかし。

我等が芸は味も良く、脂《あぶら》も乗っておる故に、鰻に喩えるので御座る、なんとも贅沢な芸で御座るぞと、口上役《こうじょうやく》はそう吹いた。観る客もそう解し、そう評した。

三一

ところがどうだ。

小平次が芸は、味も卑《いや》しく身も付かぬ、どうにも喰えぬ芸じゃによって、小鰆あたりが良いところと、そう言ったのは。

誰であったか。

所詮は烏合《うごう》の衆、鰻鱺一郎兵衛一座は長くは保《も》たず、寄せ集めの座員はすぐに散り散りになった。その後の森田屋一郎兵衛の消息も知れぬ。生きていたとしたところで、今でもその名を名乗っているかどうかは知れたものではない。それなのに、小鰆の汚名だけは残った。

「破門されたからって莫迦《ばか》正直に名前《なめえ》を変えるこたァなかったのよ。田舎に行きゃあ音羽も成田もありゃしねェ。なら少しでも有名な方がいいだろう。嘘でもいいから客寄せに、師匠の姓をば名乗ってもバチは当たらなかったろうになァ」

師匠。

師匠、先代松助は三年前に亡くなった。

小平次はその訃報も旅先で聞かされた。

親よりも慕うていたつもりであったものが、涙も出なかった。

哀しいのだから泣ける筈だと思うた。何故に泪《なみだ》が流れぬのかと思うた。

何故泣けぬ何故哭《な》けぬと思案しているうちに、かなしいとはどんな気持ちだったか、解らなくなった。思い起こせば前《さき》の女房が死んだ時も、小平次は涙を流していないのだ。その時だって十分に、心が傷んだ筈なのに。否。

三二

本当に悲しかったのか。

小太郎の時はどうだったか。

小平次は膝に爪を立てる。

悲しかったのだ。悲しかったに決まっているではないか。

しかし。

真実《まこと》に悲しいのに泣けぬようなものが、悲しくもないのに泣ける訳がない。

況《まして》や。

笑える訳がない。怒れる訳がない。演じられる訳がない。

小平次に出来ることといえば、無為に突っ立っていることだけ。

決まった立ち位置に突っ立って、漸《ようよ》う憶えた科白《せりふ》をたどたどしく漏らす。

それが精一杯だった。漏らした科白が客に聞こえているかどうかも判らなかった。

桟敷《さじき》からわおわおと声がするのも、野次なのか歓声なのか、聞き分けることも出来なんだ。

斯様《かよう》に小平次は下手な役者であったのだ。

今でもそうだ。何も変わらない。生きるのが——下手なのだ。

下手だったからなあと多九郎は笑った。

「ま、興行《しばい》が外れたなァ、何もこいつの所為ばかりじゃねェんだがな。俺だってその頃は、鼓《つづみ》の持ち方ひとつ知らねェど素人。世の中が芝居の真似をしたる世に、真似る値もねェ素人狂言だ。誰が悪いということもねェのさ。それでもこいつァ責められた」

三三

疫病神なのサとお塚は吐き捨てる。

「そこの男ァね、貌《かお》も像《かたち》も心持ちも、言の葉までもが災厄なのサ」

言い過ぎだとは言わねェよと多九郎は言う。

「他ならぬ今の女房殿が申されるのじゃもの、そうなのだろうよ。その疫病神を連れてったお蔭でな、伊豆はもう散散だ。で、失敗《しくじ》ッたって言うてもな、ただじゃあ帰れねえサ。江戸に戻ったって借財《しゃくざい》しかねェ。だいいち路銀だってねェのよ。だから無理して回って小屋掛けたんだが、どれもこれも悉《ことごと》く外れよ。あん時ゃあ困ったぜ。俺もそいつも、あっちこっち、半年くらい転転として、尾羽《おは》うち枯らして漸《ようや》く戻った時にゃ、此奴のおかみさん、前の女房殿はすっかり病みついてたって訳だ」

前の女房。お志津《しづ》。

そう。伊豆から江戸に舞い戻った小平次を待っていたのは。

見る影もなく腴せこけた、見るも哀れな姿の連れ合いだった。如何《いか》なる病であるものか、無学な小平次には判らなかったが、急ぎ治療が必要だろうことだけは一目で判った。

ただ。腴せ衰えた女は、とても綺麗だった。

小平次の目にはそう見えた。

無一文では満足な加療はできぬ。そこで小平次は小太郎を残して、次の巡業に出た。

戻った時、お志津はもういなかった。

薬代を稼ぐための旅であったのだが。

留守中、年若き小太郎に代わって志津を看病し、死に水まで取ってくれた奇特な老人こそが薬商いの孫平その人である。彼の老人こそ、小太郎、否、小平の里親なのだ。

そうした細かいことを多九郎は知らない。

多九郎は現在《いま》、多分誰よりも小平次と親しい朋輩《ほうばい》である。否、ただひとりの友というべきかもしれぬ。情け深いのか鈍感なのか、誰からも厭《いと》われ避けられ疎ましがられる小平次に、つかず離れず、知り合うてから今日まで、ずっとつき合いが続いている。何度も助けて貰ったし、肚の底までは判らぬが、表向き親しげに接してもくれる。小平次も恩義を感じている。それでも多九郎は、小平次のことを何も知るまい。

何も語らないからだ。知る筈もないのだ。

そうだったな小平次と多九郎の声がした。

「戻った時にゃあもう弔いごとも済んでたんだ。だから俺ァ、そいつの前の女房殿とは一度しか会ってねェのよ。こう、がりがりに腹せて、かさかさに乾いて、人相も青白うなった、病人の体《てい》しか知らねェのさ。それでも礼儀正しゅうてな、武家の妻女のような振る舞いだったぜ」

何の病サとお塚が尋いた。

何の病だったのか。

ありゃあな、貧乏の病だと多九郎は答えた。

「暮らしに窮して死んだのよ。おぜぜがありゃ助かってた筈だ。誰だって持病のひとつはあるだろう。飯も喰わずに働き詰めりゃ誰だって弱る。弱りゃ祟るぜ。そうすりゃ死ぬるサ」

三五

ハァ、とお塚は大きな声を出した。

「それじゃあ何かい。前のおかみさんも、倅の小平も、いずれもそこな小平次が、殺したようなものじゃないかえ。これに嫁いだが運の尽き、これの倅に生まれたが運の尽きじゃ。うちのだんつくは三国一の役立たず、ろくでなしじゃと思うていたが、何のその、我が主殿《しゅうどの》は聞きしに勝る疫鬼《えきき》じゃ。死霊ばかりを演ずるうちに、真《まこと》に死霊になり果てたのじゃ。おのれは人様を取り殺す幽霊小平次じゃ。次は」

次は妾を祟り殺すのかいと猛猛《たけだけ》しく言って、お塚は身を翻《ひるがえ》し、両手をついて一寸五分の隙間を睨み付けた。

「どうなのさ。そうやって、そんな処に引き籠っちゃあ目を凝らし、夜も日も黙ってじろじろと、妾のことを見ておるが、その鄙俗《いやら》しい目筋の毒で、妾が病に罹《かか》るとお思いかえ。それともそれに耐え兼ねた、妾が狂うて首でも縊《くく》ると思うのかえ」

何とかお言いよ。

言ったらどうさ。

答えたらどうだいとお塚が怒鳴る。大勢の客が野次を飛ばすかのように。

白い、細い指が襖に掛かる。

小平次は両手で膝を抱え、膝頭に顔を埋めて、よりいっそうに身を固くした。

微昏《うすくら》がりが。

がらりと世間が開いた。

三六

安達多九郎

多九郎が覧《み》ていたのは女の臀《しり》だ。

亭主の奇行《しぐさ》に業を煮やして鉄切声《かなきりごえ》を上げた後、這《は》うようにして襖を開けた、そのお塚の尻をその時多九郎は観《み》ていたのだ。

情欲《いろけ》を覚えていた訳ではない。否、その気が全くなかったという訳ではない。多九郎はお塚に気を遣《や》っている。惚れているとは思わぬが、寝たいとは思うている。だから、その抱き心地の良さそうな塊《かたまり》にそそられなかったのかといえば、それは嘘になる。

前屈《かが》みになり、覗き込む体《てい》を作る際に、多九郎は女の腰に触れる。

お塚が僅《わず》か身を固くするのが知れた。

すぐに離す。

穴蔵のような微昏《うすくら》がりのなかに、色の抜けた干物のようなろくでなしが膝を抱えていた。

「オウ、こりゃまた奇態なお姿じゃ。あな奇《めずら》しや、こっちの方が秘仏じゃわい」

ご開帳てェ有様だァなと言い乍《なが》ら、多九郎はぐいと前に乗り出す。

お塚の気持ちは既に多九郎の方に向いている。多九郎にはそれが判る。

三七

「オイ小平次」

多九郎はわざとその気を逸《そ》らすように声を掛ける。

「いい加減にしねェか。なんだその様《さま》ァ。まるで昼間のお化けを見るようだぜ」

そう言って更に前に出る。

押入棚の下段に収まった小平次は、白地《あからさま》に異常《おかし》かった。

聞こえているのかいないのか、何の験《しるし》も示さない。勿論この近さでこれだけの大声を上げているのであるから、耳があるなら聞こえている筈である。ならば聞こえぬ振りをしておるのかといえば、それはそれで違うようだった。怯《おび》えている訳でも恍惚《とぼ》けておる訳でもない。心ここに在らずの相を呈し、当《まさ》に呆《ほう》けているとしか言いようがない。

一段と酷《ひで》ェなあと多九郎はお塚を見ずに話を振った。

「この前来《めえ》た時ゃあ、まだ返事ィくれえはしたと思うが、これじゃあ馬の耳を渋団扇《しぶうちわ》で煽《あお》ぐようなもんじゃねェか。こいつァ――日に日に悪くなるのかい」

そこで漸《よう》や く多九郎はお塚を見た。

顔は向けるが眼は見ない。多九郎はお塚の耳の後ろ辺りを見ている。

お塚は、目を向けられはしたものの何処《どこ》を見られているのか判らないらしく、皮膚《はだ》をひくひくとさせた。

「なァに」

虚勢を張っている。そういう声の上げ方だ。

三八

「この人はずっとこうさね。ずっと悪いのさ。悪くなったのじゃない、変わらないンだよ。だからね、それを言うならこの間、何時《いつ》のことかは忘れたけれど、あんたが来たというその日、その日が偶《たまさ》かいつもより、少ォしマシだったてェだけのことだろうさ」

お塚は幾分息遣い荒く、多九郎に向けてそう言った。

そうかねえと多九郎は、わざと素っ気なく応じる。

「それにしたってこの様じゃア、くたばり損《ぞこ》ねェの病人だ。コラ小平次、聞こえていやがるのなら顔なと腕なと上げやがれ」

小平次は緩慢に顔を上げる。

頬は瘠《こ》け、月代《さかやき》は伸び、眸《め》は明後日《あさって》の方を向いている。

「耳は大丈夫《でえじょぶ》のようだな。あのな、いいか善く聞け。俺ァ手前の辛気臭《しんきくせ》ェ面ァ冷《し》やかしに来た訳じゃねェぞ。俺が来たなァ他でもねえ、その縁起の悪《わり》ィ不景気面にお呼びが掛かったてェことを、わざわざ報せに来てやったんだ」

本当かえとお塚が言った。

それは本当だ。

「禰宜町《ねぎちょう》の玉川座《たまがわざ》だ。俺ァあそこの座本たァ子細《わけ》ありだし、頭取《とうどり》とも一寸《ちょいと》縁がある。そんな訳で近場の興行の時にゃあ囃子《はやし》方《かた》に入れて貰《もろ》うたりもしてるんだがな。先般、どこぞの山師《やまし》野郎が、誰方様《どなたさま》にどんな鼻薬効かせたもんか、奥州《おうしゅう》 辺《あた》りの興行を取って来やがったんだ」

奥州、と声を上げたのはお塚だった。

「奥州ってな、遠いンだろう」

「近かァねえなあ。ま、奥州というても色色だ。行くなァ津軽《つがる》の辺りだそうだからこりゃ最果てだ。蝦夷《えぞ》よりゃ近《ちけ》ェてくらいのものよ。ま、一月二月じゃあ戻れねェだろうぜ——」

寂しいかえと多九郎は揶《から》うように問うた。

お塚は多分多九郎を見ている。多九郎は敢えてお塚に目を向けず、小平次の膝頭を眺めた。

無理にでも連れて行って欲しいもんさとお塚は言った。

「こんな薄気味の悪い化け物たァ、一刻でも離れていたいわえ。首に縄つけても連れてってくれよ」

お塚は多九郎の肩に手を掛けた。

「それに——少しはお銭《あし》も出るのだろう」

「まあ、支度金ぐれェは前金に貰えるだろうがな」

多九郎は巧みに身を躱《かわ》す。支えをなくしたお塚の手が畳に落ちる。

「莫迦ァお言いでないよ。この男に旅支度なんて上等なモンが要るものか。前金は残らず妾《あたし》が貰うわえ。こいつは幽霊じゃもの、お飯《まんま》なんて要らないのサ。足もないのじゃろうから鞋《わらじ》も要らぬ。妾の方は生きておるのじゃから喰わねばならぬわさ。そこのところがこの腑《ふ》抜《ぬ》け野郎には解らないのサ。幾ら幽霊だからって、こうもお足がないのじゃあやってられないよ。このまどこかに引き摺って行って、途中でくたばったらその辺に捨てて来ておくれよ」

それじゃあ詐欺《てめ》だと多九郎は言って、それから笑った。

「途中で死なれちゃ芝居にならねェ」

「生きて連れて行ったとて芝居にゃアなるまいよゥ。こいつのヘボは、あんたが一番知ってるだろうに」

「いやな」

多九郎は胡坐《あぐら》を組み直す。それから小平次をもう一度観る。

何を言われても聞く耳持たぬという様子である。

「玉川座ァな、三年前《めえ》に出先で流行《はや》り病にぶち当たってな、それ以来、打つ興行は大外れ、旅先で欠け落ちが大勢出てよ。人手がねェのよ」

「貧すれば鈍すたァこのことだねェ。どれ程人手がなかろうと、この人を選ぶたァ愚の骨頂。この木偶《でく》の坊《ぼう》に比べたら猫の手の方がまだ役に立つじゃろうに」

「そうでもねェのよ」

ちらとお塚を見る。

「今度ァ怪談狂言よ。夏場だからな」

聞こえたか小平次と多九郎は大声で言った。

「玉川座の立女形《たておやま》の喜次郎《きじろう》がな、何の拍子か去年の手前《てめえ》の舞台を観てたんだ。去年といやァあの総州でやった時の奴だな。それで、あれ程恐ろしげで悲しげな幽太は観たことがねェと、こう言い触らしておったのよ」

うんでもすんでもない。

四一

へん、また幽霊かえとお塚は横を向いた。

「その幽霊よ。あそこは元元身内じゃ賄《まかな》えねェ所帯だからな、常常《つねづね》禰宜町の連中を雇うておったのだが、この度はどうも怪談だ、どうせ雇うならあの男をと、まあこういう寸法だ」

解ったか小平次と多九郎は更に乗り出し、いっそう身を屈めて穴蔵を覗き込む。

饐《す》えたような臭いがした。

「ところがだ。何処を探しても、その幽霊某なる役者ァ居ねえ。耳にしねェ、見当たらねェ。そりゃそうだろう、手前は木幡《こはだ》小平次であって幽霊小平次じゃねェし、幽太の他ァどんな役もつかねェへボだからな。そこで、回りに回ってこの多九郎様のところに話が舞い込んだと、まアこういう訳だ。燈台下昧《とうだいもとくら》し、真逆《まさか》俺が手前の古い馴染みたァ」

お釈迦様でも何とやらだと多九郎が譃《おどけ》ると、お塚は倩兮《けらけら》と笑った。

「ま、識《し》っておるからといってすぐには教えねェわい。そこはハッタリをかますわな。ありゃあ名前はねェが音羽屋の、息の掛かった男じゃやし、何はともあれ気難しゅうて、一筋縄では行かねェが、一応渡りはつけようと、昨日《きのう》ひと法螺《ほら》吹いて来たところよ。すぐに尻尾振って足許見られちゃ面白くねェからな」

何だい詐欺《さぎ》はお前じゃないかとお塚は言った。

「そりゃあ張りぼてで人を脅すような真似じゃ」

「強《あなが》ち嘘じゃァねェだろう。破門されたたァいうものの、弟子筋なのは間違ェねェし、ほゥれこの通り、気難しゅうて扱い悪《にく》いわ」

四二

小平次は僅かに肩を竦《すく》めた。

何を考えているものか、多九郎には全く解らぬ。解りたいとも思わぬから考えたこともないし、考えたところで解りはしないだろうとも思う。真ッ正直に言うならば、多九郎は小平次が反吐《へど》が出る程嫌いだった。どこを押そうと当たろうと、暖簾《のれん》に腕押し糠《ぬか》に釘、只管《ひたすら》陰に籠っておるような、そんな黴《かび》臭いものは大嫌いである。

でも。

「礼を言われるなら兎《と》も角《かく》も、誹《けな》される謂《いわ》れはねェと思うがなお塚さん。晩喰う米もねェのだろうと朋輩の所帯を心に掛け、女房殿の身を案じての大法螺じゃわい。何となれば、先様がこれなる鮭の小平次殿を所望しておらるるのじゃ。一文でも多くふんだくれれば、後は野となれ山となれ」

オヤ親切ごかした物言いじゃことと、お塚は拗《す》ねるように言った。

「斡旋《あっせん》した手間賃をば、その懐に、ちゃりんと入れるつもりの立ち回りじゃあないのかえ」

「金が敵《かたき》の世の中じゃ」

とんだ玉転がしじゃと言ってお塚は身を返した。

「だがなァ、肝心要のその玉も、この様子じゃあ転がせやしねェわいな。幾ら俺でも生き腐れた魚売るなァ気が引けるし、大体此奴《こいつ》、ここから出て来やしねェだろう」

返事しやがれと怒鳴ると、小平次はほんの少しだけ動いた。

「行くよ」

四三

お塚は短くそう言うと、元居た場所に戻って、小平次に背を向けるように横座りした。

「この人は行くよ。前もそうだったからね」

「そうかい。これで――か」

出て来られるものなのか。

多九郎には小平次が、既に廃者《すたりもの》になっているようにしか見えぬ。

多九郎は半《なか》ば呆《あき》れて、漸くお塚の方を向いた。

予想に反して女房は、右手を突いて躰を捻《ひね》り、押入棚の穴蔵の、その暗がりのその中の、自《おの》が亭主の姿をば屹度《きっと》睨みつけていた。

「言うたじゃろう。この人ァ悪くなったのじゃない。ずっとこうなんだ。だから、この前の時だってその前の時だって、この人ァずっとそこに然《そ》うしていて、そこから旅に出たのサね。何を考えてるンだか何がしたいんだか、爽然《さっぱり》解りやしないけど」

取り敢えず生きてはいるのさねとお塚は言った。

――この女。

多九郎は耳を疑った。

何故不審に思うたのかは判らぬが、お塚の物言いが多九郎の心を僅かばかり揺らしたことは確かであった。多九郎はお塚の切れ長の眼を横から見た。

――いや。

勘違いだ。

多九郎はそう思うた。

小平次に注がれるお塚の目筋は、侮蔑に満ちたものだった。

そこには情愛の一かけらもない。そう多九郎の目には映る。

当然のことだ。小平次はうすのろなのだ。惚れたというなら気の迷い。添うて厭《いと》わぬ女は居らぬ。堪えるのにも切りがあろうし、仮令《たとい》何かの間違いで長く添うたとしてみても、愛《いと》しゅう思える訳がない。気持ちが慣れる訳もない。そしてまた、捨てても切れても別れても、果てはおッ死《ち》んでしまっても、未練の残ろう筈はない。

小平次とはそういう男なのだ。

日取りを教えてくだしゃんせ、とお塚は言った。

「それが判りゃあそのうすのろァ勝手に行く筈サ」

「この有様でかい」

オウさとお塚は小平次にも、多九郎にも背を向けた。

「いつだって、いつの間にか居なくなっていやがるのさ」

「いつも——黙って出てたのかい」

多九郎は少しばかり驚いた。慥《たし》かに小平次は旅先でも口数が少ない。問うても答えず、笑うこともない。しかしどうも筆だけは健《まめ》なようで、落ち着くなりに女房に宛《あ》てた文《ふみ》を認《したた》めるのが常であった。主《ぬし》の女房《にょうぼ》はそれ程嫉《や》くかえ、こんなうらなりでも妬《や》く女《おなご》がおるだけ良いではないかと、座の者どもは嗤《わら》い、幾度も囃し立てたものである。

だが、多九郎はそうは思わなかった。

小平次なんぞに焼き餅を妬く女があるものか。あのうすのろに女遊びなど出来る訳がない。大川が干上がったとてそれはない。そんなことは女房であるお塚こそ承知のこと。小平次自身とて百も承知のことであろう。片やお塚の気持ちが簡単に己から離れてしまうだろうということも、亭主である小平次は誰よりも能《よ》く存じておろう。それは犬でも解る道理である。その上で。仮令お塚が情夫《いろ》を作るようなことがあったとしても、小平次辺りは如何《どう》することも出来ぬのだ。だから諂《へつら》うのだ。

誇るところのない者は諂うより他術《すべ》があるまい。

お塚の方は兎も角も、小平次はお塚に心底惚れているのだろう。少なくとも多九郎にはそう見えた。否、多九郎でなくともそう思うだろう。だから文を書くのも諂いなのだ。ご機嫌取りなのだ。本日何処其処に着き候、あと幾日で戻り候と、逐一細かく報せおるのも、お塚に気を遣っているからに違いないと、多九郎はずっと思っていた。小平次は女房が恐いのだ。捨てられるのが怖《こわ》いのだ、逃げられるのが惧《こわ》いのだ。ろくでなしの宿六が、遠く離れた旅路の空で女房の肌をば思い出し、思い出すだに心細くなるからに違いないのだと――多九郎はそう思うていたのである。

それが。

「何処へ行くともいつ戻るとも知らせねェで家ェ出るってのかい。黙《だんまり》か」

「黙ってるかといやぁ黙ってるわいな」

お塚は刺のある言葉を吐く。

「うちのだんつくは口がないんだ。ただ、どこそこへ行くいつ戻ると、置き文があるのサね。それがまた鬱陶《うっとう》しいわい。そこに居て、ここに居るのに、どうして文を書かなきゃならない道理があるてェのさ」

「矢ッ張り文を——書くのかい」

「そうだよ。お武家様でもあるまいに、旅先からも寄越すのサ。そンなもの、読みやしないよゥ。今日は何処其処明日は此処と鉄釘《かなくぎ》文字で報されたって、こっちは知ったこっちゃないだろう。本当かどうか知りようもない無駄なこと。文使い寄越す銭があるンなら、土産《みやげ》のひとつも買うて戻ればいいようなもんじゃないか」

全部破いて焚き付けサと、お塚は誰に向けるでもなく言った。

多九郎は僅かに当惑した。

「だからサ、多九郎殿、出立の日と刻を、その幽霊に教えてやりない」

「そりゃあ構わねェが」

——何なのだ。

何なのだろう。

多九郎は、背骨の芯の辺りが落ち着かなくなるような、妙な苛立ちを覚えた。

——お塚は。

この気持ちは何なのだ。

四七

何を愚図愚図するかねえと、お塚は多九郎に目を向ける。

「そうすりゃあ、一座は興行が打てるしあんたの懐も暖まるンだろ。妾は前金貰うて、その上そのいけ間怠《まだる》っこしい男と——暫《しばら》くは離れられるわい」

「そりゃあそうだが」

多九郎は接接《まじまじ》と小平次を観た。

凝乎《じっ》としている。ただ、耐えているようには見えなかった。恋女房に散散《さんざ》痛罵《つうば》を浴びせられて猶《なお》、小平次は泣くでもなく、下を向くでもなく、肩ひとつ震わせるでもなかった。

——怖《こえ》ェ。

漸くぞっとした。

——馬鹿馬鹿しい。

うすのろが怖い訳がない。付き合いは随分と長《なご》うなるが、小平次を怖いと思うたことはただの一度もない。否、そんな莫迦なことは思う訳がない。金輪際思う訳がない。

多九郎はそろそろと小平次に近寄り、腴《や》せ瘠《こ》けた面《つら》の横に自《おの》が顔を寄せた。

「おい。手前《てめえ》小平次」

無性に肚《はら》が立った。

「いい加減にしやがれ。手前のことだろうが。行くか行かねェか、返事ィしねえか」

小平次は瞳をぬるり、と動かして多九郎を見た。

行く——のだろうと、何故か多九郎は思った。

「行くんだな」

行くと答えるその代わり、小平次は頸《くび》の筋を少しだけ攣《つ》らせた。

多九郎は勝手に肯定《そう》と呑み込んで、小平次の耳許で興行の手順を囁《ささや》いた。

小声になる必要などなかったのだけれども。

「行く前に一度、座本に挨拶に行きな」

捨て科白《ぜりふ》のようにそう言って、多九郎は小平次から身を離した。

離した途端にお塚が言う。

「そんな干物を見物しておっても小胸が悪うなるだけじゃ。多九郎さん、用が済んだなら、悪いけどその襖閉めておくれよ」

慥かに小胸が悪くなる。呼吸《いき》が詰まるような厭な心持ちだった。

何とも言えぬ肚立たしさが込み上げて来る。遣り場がない。何に肚を立てているのか、多九郎は計り兼ねている。

――もしかしたら。

この忌忌《いまいま》しさは怒りや苛立ちではないのかもしれなかった。

――それなら何でェ。

言われなくても閉めやすよと多九郎はぴしゃりと、思い切り戸襖を閉めた。

閉めた後。

すっと襖は、内側から開けられた。細い、細い隙間が出来た。

四九

――覗《のぞ》きやがるか、小平次。

戸襖が細く開いたその刹那《せつな》、多九郎は萎《な》えた。

怒りだか苛立ちだか知れぬものもすうと治まり、それと同時に、遣る気もその気も全部失せた。

投げ遣りな、間《ま》怠《だる》っこしい気分が多九郎の肚を満たした。

来た時の浮かれ調子は既になく、それじゃあなと口中で呟いて、多九郎は挨拶もそこそこに小平次の家を出た。去り際に一度お塚の方を見たが、縁の方に顔を向けている女が、果たしてどのような貌《かお》をしているものか、確かめることは出来なかった。

戸を閉める際にお塚が何か言ったような気もしたが、聴き取る気力は既になく、聞き返す手間も面倒に思えたから、多九郎はそのまま腐りかけた溝板《どぶいた》を渡って、表通りに出た。

本石町《ほんごくちょう》の時の鐘が聞こえた。

暮六つまであと一刻。日永《ひなが》の時候であるから、まだまだ明るい。

多九郎は振り返り、僅かの間小平次宅の黒塀を見て、鈍鈍《のろのろ》と歩き始めた。

当てがある訳ではない。何処に行く気も、何をする気も失せていた。辻の鋳掛屋《いかけや》が鍋を叩く音だけは聞こえていたが、目の前のものはあまり見えてはいなかった。

――お塚。

お塚の顔が浮かんだ。

否、浮かんだのは連子《れんじ》格子《こうし》から窺《うかが》った白肌か――それとも今し方嗅いだ牝《めす》の匂いか。

いずれあの女の記憶《おぼえ》ではあったろう。

徒《いたずら》に辻を曲がる。

——お塚か。

惚れているとは思わぬが。

寝たいとは思う。

お塚は三十路《みそじ》の二つ三つ前であろうか。決して若くはない。

ただ、何につけお塚という牝《めす》は挑発《そそ》る女なのである。小作りな面立ちも、悩ましげな眉稜《びりょう》の歪《ゆが》みも切れ長の眼《まなこ》も、ぽてりとした朱唇《くちびる》も、いずれ男が淫《みだ》らな念《おもい》を掻《か》き立てるに十分な形であり色であり艶《つや》である。仕草も声音も言の葉も、いつも牡《おとこ》を誘っているかのように映る。

ただ、お塚自身が然《そ》うした自分《おのれ》の様や態《なり》に気づいているのかどうか、それは多九郎には判らぬ。判らぬけれど、それは如何《どう》でも好《よ》いことである。

多九郎の目には誘っているように映る。それだけのことである。

先程訪ねた時もお塚は諸肌を晒《さら》していた。

それ自体は別に珍しいことではない。貧乏人は常に半裸だ。出家だの武家だのと違って、町人の身態《みなり》などぞんざいなものである。襦袢《じゅばん》を着ているならまだマシな方で、長屋暮らしの女どもなど夏場になれば皆腰巻きだけでうろついている。武家の妻女あたりがあられもない姿でいるというなら兎も角も、下賤《げせん》な女が肌身を脱いでいたからといっていちいち欲情《もよお》していたのでは身が保《も》たぬ。

しかしお塚の場合は格別だった。

しっとりと湿り気を帯びた匂い立つような素肌は、観ているだけで自《おの》が肌身に吸いついて来るかのように感じられた。あの、ろくでなしの、淡鬼《うすき》魅《み》の悪いうすのろ小平次の女房にしておくには勿体《もったい》のない女ではある。

だから――。

多九郎はお塚に惚れてこそいないが、抱きたいとは思うのだ。

その念《おもい》はむらむらと、恰《あたか》も陰火《いんか》の如く多九郎の中で燃え滾《たぎ》る。

ただ、それでも多九郎はお塚と枕を交わしたことはただの一度もない。

朋輩の女房だから堪《こら》えているという訳ではない。誰の女房だろうと奥方だろうと、そんなことは無頼の徒である多九郎には関わりのないことである。多九郎は後先を考えて想いを停《とど》める程思慮深い男ではない。況《まし》て、あの小平次なんぞが如何思おうと、否、如何なろうとも知ったことではないとも思うている。

無論、言い寄ってお塚に拒《こば》まれた訳でもない。

お塚と褥《しとね》を共にするのは実に簡単なことなのだろうと、多九郎はそう踏んでいる。

縦《よし》んばお塚にその気がなかったのだとしても、落とすのは容易《たやす》いことだろう。何しろお塚の亭主はあのうすのろなのである。あんな生き腐れたような亭主と暮らしていて、嫌気の差さぬ女は居らぬ。居らぬ筈だ。亭主の方とて男を作った女房を叱責するだけの度胸もない腑抜け。

お塚を寝盗ることなど、赤子の手を捻《ひね》るようなものだろう。

況《まし》てやお塚は、会う度にその気がないとも思えぬような、曰くありげな態度を示すのだ。それが多九郎の目に然《そ》う見えるだけなのであったとしても、多九郎さえその気になればお塚はすぐにも躰を開く筈である。

それでも、多九郎は己の方からお塚に手を出すつもりは毛頭ない。仮令《たとい》お塚が多九郎を誘っているのだとしても、多九郎はそれだけでお塚を抱く気にはなれない。

多九郎という男は、色好みではあるけれど取り分け女に不自由している訳ではない。郭《くるわ》に馴染みの女郎もいる。玄人女《くろうと》に厭《あ》いたなら厭いたで寄って来る素人女《しろうと》も大勢いる。

――だから。

そもそも誘われただけで靡《なび》くというのは己の性に合わぬことと多九郎は思うのだ。据え膳喰わぬは何とやらと、世の喩《たと》えには言うけれど、多九郎は気を持たせるだけの女を据え膳とは思わない。如何《どう》であれ、組み伏せるのも懇願《おねがい》するのも同じこと。心底惚れているというなら兎も角も、惚れてもいないような女狐《めぎつね》に多九郎の方から寝てくだされと切り出すことは、どうも己の質《たち》と似《そぐ》わぬ気がするのだ。

お塚の方から――。

女の方から抱いてくだされと乞うて来る日を、多九郎は待っている。

もしもお塚の振る舞いが誘う淫心《きもち》の現れならば、猶《なお》のこと焦《じ》らしに焦らしてやろうぞと、多九郎はそう思うのである。堪《こら》え切れず耐《た》え切れず、何卒抱いてくだされと、お塚が申して来たならば、その時は思う存分愉《たの》しませて貰おうぞと、多九郎はそう肚に決めている。

五三

その日のために多九郎は小平次と付き合っているようなものなのだ。

愛想《あいそ》もない甲斐性《かいしょ》もない、取り得もなければ銭もない、小平次の如き男と付き合うても鐚銭《びたせん》一文の得もない。面白くも可笑《おか》しくもない。

否、それどころか面白うなくなる。不快になる。

今が将《まさ》にそうなのだ。この萎えた気分は凡《すべ》てあの鰶《このしろ》小平次の所為《せい》である。

しかし。

多九郎は思い直す。不快になればなる程に、ことが成就した際のふしだらな悦《よろこ》びは増す。

思えば多九郎は、今までもずっとそう思うて小平次と付き合うて来たのである。そう思えばこそ、多九郎はあんな厭な、大嫌いな男の面倒を、何年も何年も見て来たのだ。

五年——。

五年も経ってしまったか。

半年も保つまいと思うたに。

如何《どう》あれ小平次は駄目な男なのだ。何か魂胆があったのか、将《はた》また気の迷いかは判らぬが、仮令どんな子細があったとて、然然《そうそう》続くものではないと、多九郎はそう踏んでいた。

——それで。

五年である。

何がお塚を繋ぎ止めておるものか、多九郎は爽然《さっぱり》解らぬ。腐った杭に千切れかけた舫綱《もやいづな》で繋いでおるというのに、舟は一向岸から離れぬ。合点が行かぬ。

——それ故に怖く思うたか。

一瞬そんな想いが頭を過《よぎ》ったが、多九郎はすぐにそれを打ち消した。

小平次如きを懼《おそ》れるか。懼れて堪《たま》るか。それは、あってはならぬことだろう。あの男は、生涯人生の檜舞台に上れぬ男。奈落の底に居る男なのだ。ならそれより下は居ない。それを怖がったとあらば、自分は奈落の下よりもっと下と認めるようなものである。

——でも。

あの居心地の悪さは何なのだ。

売り声も上げず、下を向いた飴売《あめう》りと擦れ違った。

飴が売れなかったのだろう。

五年。

この五年の間、小平次はずっと駄目なままだった。小平次が駄目になればなる程、お塚は小平次を厭《いと》うだろうし、そして亭主を厭えば厭う程、他の男を欲するだろう。欲すれば欲する程に、焦らし甲斐もあろうというものだと、多九郎は思い続けて来たのである。

多九郎は獲物が罠に掛かるのを凝《じっ》と待っているのだ。

抱いておくれ、慰めておくれとお塚が口にする日まで。

あの小平次が、いったいどんな面を見せるのか。泣くか喚くか、将《はた》また死ぬか。

殆《ほとん》ど口を利かぬ小平次が、大声を上げて狼狽《うろたえ》る様を思い浮かべて、多九郎は漸く平素《いつも》の多九郎に戻った気がした。その時である。

多九郎殿如何《いかが》なさったと、妙に調子づいた声がした。

松の木陰に頬被《ほおかむ》りの男が屈んでいる。何だねその不景気な面ァと、男は言って立ち上がる。

幾分昏《くら》くなっている。とはいえ未だ、夕刻ではない。薄暮と呼ぶには明る過ぎる。昼と呼ぶには暗過ぎる。誰《たれ》ぞ彼と、問わねば判らぬ刻限でもない。それでも何故か多九郎は、其奴《そいつ》が何処の誰奴《どいつ》だか、すぐに判じられはしなかった。

あっしですよと男は頬被りをすっと取った。

「なんでェ、徳の字か」

驚かすじゃねェかと多九郎は要らぬ程に強い口調で言った。

男は——四珠《よつだま》の徳次郎《とくじろう》だった。

徳次郎は三年ばかり前に奥州辺りから流れて来た辻放下《つじほうか》である。辻放下とは、辻に立っては人を寄せ、鞠《まり》を消して見せたり懐剣を呑み込んで見せたりする、所謂幻戯《いわゆるめくらまし》の芸をする乞胸《ごうむね》である。珠《たま》が四つしかない珠盤《そろばん》を掻き鳴らして客を引くので、四珠の二つ名を持っている。

徳次郎は被っていた手拭いを懐に仕舞うと、誰がお前さんなんぞ威《おど》かすかいなと答えた。

「やれ煙ッたい荒神棚《こうじんだな》、揺らして落ちりゃ火事になるわい。火傷《やけど》ァ御免蒙《こうむ》りやすぜ」

「煩瑣《うるせ》ェや。慥かに俺ァそちこちで、煙たがられる破落戸《ごろつき》の喧嘩《けんか》買い、荒神棚の多九郎様だ。だが、そう言う手前は人様を、煙に巻くのが渡世じゃろうが。人ォ騙《だま》くらかしてお飯《まんま》ァ戴いてるような野郎に兎《と》や角《かく》言われる筋合いはねェぞ」

多九郎は悪態を吐《つ》いた。無性に悪態の吐きたい心境であったのだ。

酷《ひで》ェ物言いじゃなァと徳次郎は笑った。

「この徳次郎がどうして人様を騙したりするものか。手《て》妻《づま》捌《さば》きで世過ぎを送る放下僧、まこと真っ当な乞胸渡世じゃ」

「何が真っ当だ。手前なんざ、元元無宿じゃあねェか。乞胸てェのはな、非人頭の配下《した》にはあるものの、ちゃあんと人別のある町人のこったぞ。概《おおむ》ね乞胸の手代でも誑《たぶら》かし、潜り込んで鑑札掠《かす》め盗《と》ったのだろうが、木賃宿《きちんやど》に住まうでもねェはぐれ乞胸、真っ当のまの字もねェや。鉄砲言いばかりしていやがると口が曲がるぞ。聞いてる俺も臍《へそ》が茶ァ沸かす」

言いたい放題言いやがるとぼやいて徳次郎は懐から木札を出した。

乞胸渡世の証《あかし》である、乞胸頭仁太夫《にだゆう》の名が記された鑑札である。

「ほうれ、月月きっちり四十八文、札両は払うておるわい。これでも立派な乞胸だ。物でも売るなら香具師《やし》じゃろうけど、あっしは物ァ売らねェわい。芸をば売っておるのさね」

「芸売ってるたァ能《よ》く言ったもんだぜ。聞くところに依ると徳の字、手前ァ見料取るだけじゃなく、見物人の目をば眩まし、懐から巾着《きんちゃく》ゥ抜いてるてェ噂だがな」

「人聞きの悪いことを言う」

徳次郎はつるりと自が顔を撫でる。

「勘弁しておくんなせェよ。何時《いつ》逢《お》うても減らねェ口だね。それじゃあ掏摸《すり》だ。巾着切りだ。そんな話が流れ出て、乞胸頭の耳にでも入《へえ》ったら、こちとら鑑札お取り上げにならァな」

「へん」

多九郎は鼻を鳴らした。それから確《しか》と徳次郎の眼を見据えた。

人懐こい瓜実面《うりざねづら》とうからうからとした物腰に誤魔化《ごまか》されがちだが、この徳次郎、必ずや表沙汰に出来ぬ所業《こと》を仕出かしている。地味に纏《まと》めているものの、服装といい草履《ぞうり》といい、分不相応な金金男《きんきんおとこ》である。乞胸渡世の懐具合でこの出で立ちをするのはまず無理なことである。

まァいいやい、と多九郎は切り上げた。

「それより何でェ突然《いきなり》」

「何だいはないだろう。野暮用で禰宜町《ねぎちょう》まで出張った帰り、一寸《ちょいと》通りに出てみれば、肩で風切る荒神棚の多九郎兄ィが、妙に萎《しお》れてふらついておる。もしや腹でも刺されたか、将《はた》また金でも落としたかと、声を掛けてみたまでのこと」

「ん——禰宜町だァ」

言われて見渡せば慥かに景色は雪駄町《せったちょう》である。この度の座本である玉川座は目と鼻の先。何処に行く当てもなかったが、いつの間にやら足が向いていたようだった。

別にどうもしねェがなと多九郎は答えた。

「どうもしねェかい」

「どうもしねェよ。それより徳の字、手前こそ河岸《かし》が違いやしねェかよ。両国《りょうごく》の塒《ねぐら》ァ引き払い、最近じゃあ千住《せんじゅ》辺りに巣喰ってると聞いていたがな。そうか、手前のことだ、野暮用たァ言い訳で、大方男娼家《やろうや》にでもしけ込んでいやがったな」

「あっしゃあ若衆《わかしゅ》好みの気《け》はねェや」

呼ばれたのさと徳次郎は答えた。

「呼ばれたたァなんだ」

「玉川座でさァ。次の興行に混じってくれねェかてェお誘いでやんすよ」

「待て待て。手前は放下の芸だろう。役者でもねェのに何で声が掛かるんだ」

莫迦《ばか》言っちゃいけねえと徳次郎は再び笑った。

「歌舞伎だ芝居だと威張るこたァねェでしょうよ。可惜《あたら》舞台に上がるからって一段高《たけ》ェところから見下ろすが、種は同じ河原者《おんな》、元を正せばひとつ窩《あな》の狐ですぜ。何といっても乞胸のそもそもは草芝居でやしょう。綾取《あやとり》、浄瑠璃《じょうるり》、仕方能《しかたのう》、猿若《さるわか》、万歳、辻講釈と、どれを取っても芝居の種じゃ。大歌舞伎にこそご縁がねェが、禰宜町あたりじゃ区別はねェ」

解ってるよと多九郎は答えた。

「別にそんなこたァ言ってねェ。この辺りは少し前まで小屋ばかりだったからな。浄瑠璃も金《きん》平《ぴら》芝居も化物小屋も、手前のやるような籠抜《かごぬけ》や刀玉《かたなだま》の見世物だってあったわい。猿若座《さるわかざ》だって此処《ここ》にあったのよ。それにな、俺だって手前と同じ帳外《ちょうはず》れの無宿者だぞ。鑑札もねェから乞胸よりも始末が悪いやい。手前らァ一段低く見てる訳がねェだろう。俺が言うのは、手前をどうやって舞台に上げるのかてェことだ。次の興行は怪談芝居だ。軽業者なら役にも立とうが手前の幻戯なんざ使い道がねェだろう」

「それならば、幽太の役をやれと来た」

「幽太の役だと」

「何でも、頭取の話じゃあ、当てにしていた名人幽太に渡りが付かねェかもしれねェとか。駄目だった時にやってくれてェ話でね。やって出来ねェものではねェが——どうもなァ」

断りやしたよと徳次郎は言った。

名人幽太とは、小平次のことだろう。

多九郎がはったりを掛けた為に不安になり、代役を用意しようとしたものか。

——それにしても。

手前を推《お》したなァ彼処《あそこ》の立女形かと多九郎は問うた。

「いや、そうじゃねェんだが——そうだ、多九さんよ、兄貴もこれから玉川座ァ行くンじゃあねェのかい。何だか知らねェが頭取の野郎、豪《えら》くお前さんを気に懸《か》けておったぞ」

少しばかり出遅れた燈籠《とうろう》売りが横を通り過ぎる。

徳次郎は真顔になった。

「立ち話も何だ、多九さん、一寸《ちょいと》ばかりどうだ」

徳次郎は顎で角の獣肉屋《ももんじ》を示し、親指と人差し指で一杯引っ掛ける仕草をした。

「それとも急ぐかね」

「急ぎやしねェが、この刻限から山鯨《やまくじら》ァ御免だな。精精饂飩《うどん》屋が好いところだ」

「じゃあその先だ」

徳次郎は背を屈めて前に回り、多九郎を先導するように歩き始める。

多九郎はその背を見乍ら、心を虚《うつ》ろにして続いた。断る理由もない。

徳次郎は油断のならぬ若造だ。齢《とし》は多九郎よりも十も下だし、兄貴兄貴と下手に出て来るから、多九郎の方もそれに合わせて表向き兄貴風を吹かせてはいるのだが、心中は穏やかではない。心を許すどころか、大いに警戒している。

徳次郎は酒を頼んだが、多九郎は汁掛け饂飩にした。

どうもこの男の前で酔う気がしない。

「オイ徳、何を企んでいやがるよ」

単刀直入に問う。しち面倒臭い。

企むなんて滅相もねえと徳次郎は手を振った。

「三年前《めえ》の恩は忘れてねェ。多九さん嵌《は》めるなんてこたァしねェよ」

「それ程恩義に篤《あつ》いたァ思えねェがな」

三年前。

多九郎は簾《す》巻《ま》きにされて川に放り込まれそうになっている田舎者を助けた。可哀想に思った訳ではない。ほんの気紛《きまぐ》れだった。ひょんなことから懐が潤い、銭を浪費《つか》ってみたくなっただけのことだった。聞けばその簾巻き男は妖しげな術を使って女郎の足抜けを手引きした小癪《こしゃく》な若造だということだった。

それが徳次郎だった。

「あの時ゃ手前、殺さば殺せと大層《てえそう》な勢いだったがよ、ナァニ痰訶《たんか》が訛《なま》っていやがる。とんだ跋折羅《ばさら》百姓だ、野暮な江戸っ子だと思うたぜ」

それを言うなら粋な田舎者と言って貰いてえと徳次郎は言った。

「何しろあの時、あっしは男鹿《おが》から出て来たばっかりの山出しだ。青臭《あおくせ》ェ、何ごとも綺麗尽《きれいづく》で終わらせようと粋がっていたんでさ」

手前は奥州よなと多九郎は漏らす。

「その所為か」

「そのことよ」

「どのことだい」

「あっしに声が掛かったその子細《わけ》さ。あっしも最初《はな》はそうかと思うたのだが、どうも生国は関わりねえ。慥かに奥州は遠いが、考《かんげ》ェてみりゃ不案内な土地で興行打つのに遠いも近いもねェでしょう。道行きに刻《とき》が要るてェだけのことだ」

それはそうだろう。仮令隣国の興行であろうとも、勝手が解らぬことに変わりはない。

「あっしを指したなァ」

どうも金主らしいんでと徳次郎は言った。

「金主ってなあこの度の興行を取りつけて来た山師とかいう野郎かい」

「山師――と、あの頭取ァ言いやがったかい」

「山師じゃねェのか」

「山師と言えば山師だがね」

徳次郎はそこでくいと杯を空けた。

「どうもねェ。頭取の話だとね、まあ、色つけた助け料《す》に加えて、支度料に路銀、それから、幽太役にゃ座興の手間賃として五両出すと来たもんだ」

「五両か」

幽霊役には芝居の他に座興の小芝居をして貰う、その分別に払うから――と、そうした話は多九郎も聞いていた。しかし額面までは聞いていない。小平次に引き受けさせるにしても、あのうすのろに五両は出し過ぎだろう。否、小平次でなくとも五両は高価《たか》い。そんな大金を出す程この度の興行に玉川座が入れ込んでいるようには思えなかった。

好い話じゃねえかよと多九郎は恍惚《とぼ》ける。

「でもその好い話を手前は断りやがったか。まあ五両もの儲け口ィ足蹴《あしげ》にするたァ豪勢だ。手前、余ッ程悪吶《あくど》く稼いでいやがるな」

止してくれよと徳次郎は顔を顰《しか》めた。

「そりゃあっしだって五両がところ欲しいわい」

「じゃあ何で断った。折角の頭取の野郎の太ッ肚《ぱら》――」

「それが頭取じゃねェんで。銭出すなあその山師、否――」

小悪党ですよ――と徳次郎は続けた。

「フン、手前に小悪党呼ばわりされるくれェだ、その山師もろくな野郎じゃねェようだな」

「違ェねえ。いや、多九さんよ」

又市《またいち》てェ名前に聞き覚えはねェかと、徳次郎は顔を寄せて、囁くように言った。

覚えがあるといえばあるような気もしたが、いずれにしろ珍しい名前ではない。聞かないと答えた。

「そいつがこの一件の出元かい」

「そうらしいね」

徳次郎は銚子をもう一本注文した。

「ほんに金廻りがいいようだな徳の字」

「イヤ、そうでもねェが、酒代はまた別で。ま、その野郎、又市、齢は若ェが、その道じゃ、それなりに名の通った男でしてね。非人乞胸の間じゃ結構知られた名前でやす」

「野非人か」

「判らねェ。あっしは会ったこともねェ。上方の方から流れて来たらしいが、二三年前まではね、騙しに賺《すか》しにいかさまに、仲人口やら縁切りやら、果ては茶坊主気取りで侍相手に強請《ゆす》りまで働いてた鼻ッ柱の強ェ悪太郎だったそうでね。まあ、向こう見ずで売り出してた小悪党で御座ンすよ。それが」

それが何だと多九郎は言う。

饂飩など喰う気にならない。

「まあ、兄貴にこんなこと言うなァ釈迦に説法だが、どんな渡世にも仁義ってものはありやしょう。抱え非人にも乞食にも、掟もありゃ道もある。仕組みがあらァ」

「道に外れたのか」

そうじゃあねェやと徳次郎は言った。

「筋が通らなくても堪《こら》えなきゃいけねェこともあるって意味で。強ェ奴が正しいたァ限らねェし、偉い人が間違わねェとも限らねェ。でもね。嘘でも駄目でも、仕組みの中に居る者ァ仁義を切らなきゃいけねぇのが世の習いだ。ところがその野郎、可惜《あたら》はぐれてるのを好いことに、義賊気取りか世直し気取りか、世の中の仕組みに盾突くような真似ェしやがったんで。それ以来鳴りを潜めていやがったんだがね」

多九郎には興味のないことである。

世の中がどうなっていようと、そんなことは関係ない。暑いなら暑い、寒いなら寒いで身の施し様というのはあるものだ。脱ぐなり着るなり煽ぐなり、どんな世の中であろうとも、己が困らぬように身を処すことが出来るなら、何の不自由もない。それが処世というものだ。過ごし難《にく》いからといって気候の方を変えようなどと考える者は、ただの莫迦である。

「莫迦な野郎だな」

率直に言うと、徳次郎はそうでもねェさと応えた。

「ま。話半分としてもてェした野郎だとは思いやすけどね。それはそれだ。兎に角、この度の玉川座奥州興行の一件の出元は、その又市だ」

「そりゃどういう含みだ」

「裏があるてェ意味ですよ」

徳次郎は箸を置き放しの多九郎を見咎めたか、すっと杯を差し出した。

六五

「又の字が裏に書いてあるンならこの興行、その裏に腐れ根っこがずるずると、ついているのに違ェねェ。幽太たァいうものの、選《よ》りに選ってあっしみてェな素人を代役に立てようてェ辺りもね、如何《いか》にも怪しいでしょうや」

「まあな」

慥かに幽霊役は、ただぼうっと立っていれば済むというものではない。死人の様を演じるのはそれなりに難しいものなのだ。その難しさを伝えるために、俳優《やくしゃ》は様様な工夫を凝らす。その昔は軽業などの奇態な動きで人ならぬものを表したものだが、最近は舞台に仕掛けを施す。道具を仕立てて驚かす。それでも基本は役者の技になる。だからこそ、そこがまた難しい。

亡魂はただ出るから怖いのだ。化物のように威《おど》かそう怖がらそうと外連《けれん》たっぷりに演じてはならぬ。熱を籠めれば籠める程、どんな所作も滑稽《こっけい》に見えてしまうものなのである。

それでも、このただ出るというのが難しい。

思うに役者というものは、どこかで演じてしまうものなのである。小平次なんぞは要するに能なしで、それしか出来ぬのだと多九郎は考えている。決して技量が優れている訳ではない。精一杯演じても、ただ出るくらいしか出来ぬのである。それが証拠に小平次は、生きた者を演ずることがまるで出来ぬのだ。生者を演ずるにはそれこそ外連も要るし、あれやこれや覚えなければならぬ形もあるからなのだろう。

多九郎は徳次郎の面を繁繁と見た。

「何だね多九さん、鬼魅《きみ》が悪ィなあ」

「いやな、手前の面ァ幽霊向きじゃねェと思うてな」

ご尤《もっと》もだと徳次郎は言った。

「あっしを指したが又市ならば、そりゃあ見た目は無関係だ。自慢する訳じゃねェけれど、あっしはこの齢《とし》になるまで嗤われるこたァあっても褒められたこたァねェ。だから、あっしの何かが金主に買われたんだとしたンなら、その理由《わけ》ゃあただひとつ」

「幻戯《めくらまし》の技かい」

徳次郎は頷いた。

「なら、必ず裏がありやしょう」

「あンだろうな」

多九郎は手を伸ばし、徳次郎から杯を取り上げて一口に飲んだ。

「だから何だよ」

「何って多九さん、あんたこの話に一丁咬《か》んでるだろうに。幽霊芝居の名人との話が上手く運んだならこの話はご破算にしておくれと、頭取の野郎はそう言っていやがったが、あっしの読みじゃあ、その名人幽太に話を渡すなァ、鼓打ちの荒神棚殿じゃあねェのかな、とね」

「その通りだぜ」

僅かな酒が喉を焼いた。

「気難しい名人様に渡りをつけるが俺の役目よ」

とんだ名人である。

「話は」

「ついたぜ。どっちにしても手前の出番はなかった訳だ」

「それなら」

「そっちこそ何でェその面ァ。俺を誰だと思うていやがる。何が出元だか知らねェが、そんなこたァ知ったこっちゃねェ。鬼だろうと蛇だろうと、貰うものさえ貰えれば言うこたァねェ」

「だがね、何度も言うが、この話にゃ」

「裏がある――か。まああるんだろう。だがそれが何だ。いいか徳、又市だか蚤《のみ》の市だか知らねェが、手前なんぞに大枚五両がとこ出すってんだから、それを上回る見返りが入る算段なんだろう。裏があるってこたァ銭の匂いがするってこった。どんな魂胆かァ判らねェが、揺すぶりゃどれだけ落ちて来るか判らねェじゃねェか。俺はな、手前と違って美味《おい》しい話ィ袖にするようなお人好しじゃねェぞ」

「だが多九さんよ、あんたァいいかもしれないが、その、渡りをつけた名人とやらにどんな累が及ばねェとも限らねェぜ」

「俺が良けりゃ好いんだよ」

いい。

あんな奴は、小平次なんぞは、どうなったっていい。

多九郎は刹那、強くそう思った。悪態が喉の奥に凝ってやけに鋭利な悪念に変わった。

――死んじまったっていい。

多九郎は杯の底を見詰めた。

橐吾お塚

お塚は、濡縁に横座りになって庭を眺めていた。

眺めてはいたものの、その眼《まなこ》に庭の情景は映っておらぬ。頭の中は薄墨でも流したかのように模糊《もこ》としており、ただ弱弱と差し込む西陽が、荒れ放題の庭の色を蟬の羽色に変えて行く様を朦朧《ぼんやり》と感じ取っていただけである。

お塚は多分数日の間、何も考えていなかった。考えたくないのか考えられぬのか、それすらも判らなかったけれども、ものを考えぬ頭には、それもまた如何《どう》でも好《よ》いことであり、ただ息を吸って吐いて、唾《つばき》を飲み込んで、気怠《けだる》い昼を遣り過ごし、三度の飯も喰うたり喰わなんだりの設楽《しだら》なさ、陽が落ちるといっそう如何でも良くなって、動くことすら大儀になって、そして眠る。それがお塚のこの頃である。目が覚めるのも決して朝になるからではなく、起きておるのか寝ておるものか、その境界もあやふやで、夢幻か現《うつつ》の嘘か、蒙昧《もうまい》のうちに縦になり、いつのまにやら動いていると、そんな有様であったのだ。

それでも死ぬることはなかった。

――莫迦莫迦《ばかばか》しい。

六九

そう思うた。

何もせずとも如何にもならぬのであれば、何かをすることに何の意味があるのか、そこのところが判らなくなる。美味いと思わねば不味《まず》いものもない。嬉しいと思わねば哀しいこともない。愛《いと》しいと想わねば悔しゅうもない。

誰であろうと不味いものは喰いたくなかろう。哀しい目にも遭いたくなかろう。悔しい想いもしたくはなかろう。良き暮らし、嬉しき思い愉《たの》しき想いをしたいからこそ、人は色色なことを為すのだろう。汗水垂らして働くも、凝乎《じっ》と堪《こら》えて辛抱するも、傍目《はため》を気にして飾るのも、何も彼《か》も善きことを招き寄せたいがためではあるだろう。そうならば。

世人は勤勉質素こそを讃《たた》えるが、如何《いかが》なものかとお塚は思う。お塚には勤勉と業突張《ごうつくば》りの区別がつかぬ。倹約と吝嗇《りんしょく》の違いが判らぬ。情愛《なさけ》と執着《しゅうじゃく》の差が知れぬ。

だから。

無為に暮らすことの、怠惰に過ごすことのどこがいけないのか、今のお塚には解らぬ。

解らぬというより考えられぬのだ。頭の芯に麻幹《おがら》でも詰まっているような心持ちだった。

お塚は後ろ手で後背《うしろ》の障子を半分だけ閉めた。

小平次が——観ている。

厭だった。

身の毛が弥立《よだ》つ程、厭だった。

厭だけれども。

それもまた、如何《どう》でも好いことではあった。

否、如何でも好いと思わねば遣っていられぬのだ。

四六時中無言の、泣きも笑いもせぬ夫。おまけに立ちも歩きもしない。まるで仏像と暮らしているようなものだ。否、仏像ならば構わない。お塚の連れ合いは、泣きも笑いも動きもせぬくせに、それでも確乎《しっか》り――生きてだけはいた。

声も立てず、腕も上げぬから音も殆《ほとん》どしないのだけれど、それでも気配だけはするものだ。当然のことだろう。小平次は作り物ではない、生きている。生きていれば呼吸《いき》もする。瞬《まばた》きもする。僅かでも動く。そこに居ると思う気持ちが気配となって凝《ここ》る。

お塚はその、凝り固まったような気配が厭だった。鬱陶《うっとう》しかった。だからお塚は随分小平次を怒鳴りつけたものだ。

動くんじゃないよ。

摺足《すりあし》が苛《いら》つくんだよ。

溜息吐《ためいきつ》けるような身分かい。

音させるんじゃない。

煩瑣《うるさ》いんだよ。

煩瑣い――訳がない。小平次の立てる音など、聞こえるか聞こえないか、いずれ微《かす》かな音である。でも、微かであればある程に小平次の立てる音は気に障《さわ》った。居ないと思えば気にもならぬが、居ると思えば敏《さと》くなる。敏くなればなる程に些細《ささい》なことでも癪《しゃく》に障る。

気が違いそうになった。

否、その頃はおのれの方も多少は気が触れていたのやもしれぬと、お塚は思うことがある。

その頃、お塚の耳には脱けた毛が畳に落ちる音までも耳障りに聞こえ始めていたのだ。それはもう言い掛りか、否、明白な気の迷いであろう。それは神通力《じんつうりき》でもない限り聞こえる筈のない音である。でも、その時は聞こえた。否、聞こえるような想念《おもい》に囚《とら》われていたのか。ならば既に狂うている。気にするまい気にするまいと思う気持ちが気を病ませ心を腐らせたのだ。

お塚は小平次を叱咤《しった》し、罵倒し、そして打ち据えた。厭で厭で仕様がなかったから、叩き、殴り、蹴り、それでも飽き足らずに物を打ち壊した。

お塚が荒れても小平次は無抵抗だった。強く罵《ののし》るとただ詫《わ》びた。手を上げても打返すことはなく、足蹴にしても首を竦《すく》め身を屈めるだけだった。そのいじましい態度が余計にお塚の琴線《きんせん》に触れた。卑屈な様は見苦しく、赦《ゆる》す気を失わせた。倅《せがれ》が死んでからはいっそうに酷《ひど》かった。

結局、小平次は押入棚に籠った。

納得出来なかった。

これではまるでお塚が悪者だ。小平次は責められるようなことはしていないのである。何もしないのだから当然だ。つまり小平次は、何もしていないのに女房に詰《なじ》られ、ただ謝って我慢していることになる。そのまま引き籠ってしまうのは狡《ずる》い。釈然とせぬ。それに、何もしていないというならば、お塚もまた何もしていないのだ。他所《よそ》の女房よりは怠惰《なまけもの》かもしれぬが、やれと言われれば飯も炊くし掃除も繕《つくろ》い物もする。何も言われないからしないだけである。

しかし、他人《はた》目には然《そ》うは見えまい。お塚はれっきとした悪妻で、小平次は稼ぎこそ少ないが、温順《おとな》しい気弱な亭主である。そこに変わりがない以上、何を如何《どう》説いたところで言い訳染《じ》みる。酒乱《のんだくれ》だ博徒《ばくちうち》だ、花癲《いろぐるい》だ暴漢《あばれもの》だ、世間にはろくでなしが掃《す》いて棄てる程おるようで、ヤレうちの方が非道《ひど》いのこちらの方が下劣《した》だのと、世に宿六《やどろく》の悪口《あっこう》は事欠かぬ。長屋の井戸端辺りに居ると、世の中にまともな男など只の一人も居らぬじゃろうと、そんな気になる程である。

無口だ陰気だ覇気《はき》がない、そんなものは悪いうちに数えぬと、世間様では最初《はな》からそうと決まっておるらしい。

お塚の想いなど、聞き届けてくれる者は何処にも居らぬ。

そんなだから、愚痴《ぐち》のひとつも零《こぼ》せない。

おまけに小平次はといえば、お塚がどれ程荒れようと、どんなに怠惰に過ごそうと、怒りもせねば叱りもしない。不平も垂れず文句も吐かず、堪える詫びるの一点張り。

詫びられれば詫びられる程、肚《はら》が立った。

上目遣いの卑屈な面を見ると腸《はらわた》が煮えるような心持ちになる。

――卑怯さ。

卑怯だ。たかが旅役者、悟った訳でもあるまいに。聖人君子の振りをして、様《さま》になる身分でもあるまいに。

嗔《いか》ったら如何じゃ哭《な》いたら如何じゃ。自分の落ち度を棚に上げても、お前が悪いおのれが憎いと喚《わめ》いて吼《ほ》えて、それで漸《ようや》く娚《めおと》は夫婦になるのだと――。

何を言っても始まらなかった。

御託《ごたく》を並べて通じるならば最初《はな》から苦労はない。

考えても考えても如何にもならぬ。だからお塚は考えることを止《や》めてしまったのだ。厭じゃ厭じゃと思うなら、偉そうな心持ちにもなるけれど、お塚とて、つまりは厭なだけなのだ。小平次は狂うておるのかもしれぬが、そうだとしても我慢が出来ぬのはお塚の度量が狭きため、相手の所為《せい》ではなかろう。それに、亭主の奇行を善いことに、お塚が好き勝手振る舞っていることも事実《ほんとう》である。

——叱ってくれぬから。

例えば子が親に、お前が叱ってくれぬから吾《われ》は悪き行いを為すのだと喰って掛かるのは、如何であれ筋違い逆恨みの類《たぐ》いであろう。己の至らなさを他人の所為にしておるだけだ。お塚は結局、如何にも出来ず荒れている、己自身が厭なのだ。

だから考えることを止めた。他人も自分も世の中も、如何でも好いと思うなら、別に困ることもない。好かなければ嫌うこともない。

赦《ゆる》す訳ではないけれど、駄目な亭主も駄目な自分も、それはそれで構うまいと——。

そう思うことにしたのである。

そう決めると、頭の芯が曚《ぼう》として、幾分心持ちが楽になった。好きだの嫌いだの、正しいの誤っているの、善いの悪いの、嬉しいの哀しいの、見栄だの外聞だの大義だの、そういうことを放り投げると、世間が霞んで遠くなり、真綿で包んだように何も感じなくなった。

それでも困ることはなかった。

――別に。

死にはしなかったからだ。

でも。

それでも偶《たま》に、肚の底、下腹の辺りから沸沸《ふつふつ》と何かが沸き上がって来ることがある。

先程がそうだった。

暑くはないが蒸す。何もせずに臥《ふ》していると体が湿って腐ってしまうような気がしたので、大儀ではあったが盥《たらい》に水を張って身体《からだ》を拭いた。そこまでは取り分け如何でもなかった。

でも、素肌を晒《さら》した途端。

否、素肌を水で拭うた途端か。

い、い、
ひりひりと。

ひりひりと目筋が刺さったのだ。

むらむらと、眠っていた忿《いか》りが目を覚ました。刹那、麻痺《しび》れていた身体が覚醒した。

暫《しばら》くは耐えていた。押入棚に背を向けて、戸襖《とぶすま》の隙間を見ぬように見ぬように努めた。己を鎮めようと酒を啜《すす》った。酔うて酩酊《つぶれ》てしまえば何事もないと、そう考えたのだ。

だが、飲めば飲む程、五感は冴えた。

あの、微昏《うすぐら》い隙間から覗く、鄙俗《いやら》しいうすのろの、卑屈で狡猾な眼。

思い浮かべただけでお塚は吐気《とき》に襲われた。

怒鳴った。詰《なじ》った。厭で嫌で仕様がなかったからだ。

そこに、あの鼓打ちがやって来たのだ。

——多九郎。

訳知り顔で馴れ馴れしい、嫌な男だ。

五月雨《さみだれ》の降り残しでも落ちて来そうな天《そら》だった。

妙に曇《くぐも》った稗薪売《ひえまきう》りの売り声が、縁を滑るようにして耳に入って来た。

裏木戸の脇の柘榴《ざくろ》の横に、褪《あ》せた錆色《さびいろ》の着物が見えた。

「何やら落ちて来そうな具合だねえ」

きねが渋柿《しぶがき》でも喰うた様な顔をして空を仰いでいた。

きねは家の真裏に当たる棟割《むねわり》長屋に住まう下駄商《あきない》多助の女房である。長屋では鼻抓《はなつま》みらしいが、お塚とは妙に馬が合う。何を切掛《きっかけ》にして口を利くようになったか覚束ないが、人付き合いの殆どないお塚は、きねの能《よ》く回る口から世間の風向きを知る。

きねは丸焼芋を持っていた。

何だか知らないけど貰い物さと言い乍《なが》ら、きねはのそりと侵入《はい》って来ると、お塚越しに裡《なか》の様子を窺った。

「あんたァ芋なんざ喰うかどうか知らないけどね。うちのくたばり損ないにくれてやるくらいなら此処で捨てて貰った方がマシだからさ」

「捨てやしないよ、勿体のない」

腹が張るから妾《あたし》ら貧乏人には好いものさと、きねは庭を過《よぎ》ってお塚の横に座り、芋の載った笊《ざる》を酷《ひど》くぞんざいに縁に置いた。その間きねの目は座敷の奥に釘付けになっている。裡《なか》の様子が気になるのだろう。案の定、きねはまたお籠りかねと振って来た。

いつものことさと答える。お塚にしてみれば話したくもない。

「まあ静かで善いじゃないサ。うちのくたばり損ないなんざ、どたどたとんかん喧《やかま》しいったらナンとも変わったご亭主じゃねえと、きねは更に首をヒン曲げて裡を覗いた。

ないし、寝りゃあ寝たで歯軋《はぎし》り嚙《か》むは鼾《いびき》はかくはサ。蹴飛ばしたって起きやしないし、箱にでも詰めて捨てッちまいたいくらいだよ」

取り換えるかえと、お塚は上の空で連れない返事をした。きねの吐く言葉は耳には入るが頭には届かぬ。右から左に脱《ぬ》けて行く。

きねはひいひいと笑った。

「換えたっていいけどサ、生憎《あいにく》と長屋にゃ押入なんて上等のもんはないからね。そちらの小平次様ァお困りになるじゃろう」

換えるなら家付きで換えたげるよとお塚は言った。

「そりゃ願ったり叶ったり。でもお塚ちゃん、この家はあんたのものなんだろうよ」

「妾のものだからくれてやれるンじゃあないか。あんたがお芋くれンのと一緒だよ」

大したもんだよねェと冷やかすように言ってから、きねは両手を八の字に開いて左右を見渡し、それから軒を見上げた。

七七

「家付きの若い女房貰うておいてほったらかし、役者ってなァ贅沢なもんだね」

「役者が聞いて呆《あき》れる。あれは廃者《すたりもの》じゃ。男の屑《くず》じゃ」

まあ顔に似合わず口が悪いねえときねは笑った。

「好いて添うたンだろうに」

「そんな訳ないじゃないか」

それはない。天が引繰り返ってもない。アレ違うのかえときねは眉稜《びりょう》を顰《ひそ》めた。

「人の噂は当てにならないね」

「ご贔屓《ひいき》役者を金で買《こ》うたようなことを言うておるのじゃないかえ」

そんな風には聞かないけどサとおきねは取って付けたように繕《つくろ》うたが、口調やら顔つきやら繕う尻から綻《ほころ》びている。世間ではそう謂《い》っているのだ。善くない風聞というものは、聞く気がなくても耳に流れ込んでくるものである。

ヤレ芝居道楽の色狂い、舞台の立役《はな》に横恋慕《よこれんぼ》、金に飽かして搦《から》め捕り、躰に飽かして溺れさせ、終《つい》に寝盗ったのじゃという噂。嫉《や》いた妻女は憤死して、一粒種をも追い出して、娼妓《じょろう》を身請けでもするように、家に引き込んでの慰み者、所帯を持ってはみたものの、これが稀代の悪妻で、飯も喰わさず着替えもさせず、揚げ句に厭《あ》いて殴る蹴る、これでは亭主の気も触れようと、それが世間の評である。

人の噂もなんとやら、火のない処に煙は立たずと謂うけれど、根も葉も実もない悪口は七十五日を過ぎて猶《なお》、一向に収まることをしなかった。

誰があんなのを好くもんかいとお塚は言った。言いたい気分であったのだ。

「芝居の筋でもあるまいに、惚れたはれたで添うような夫婦なんかが然然《そうそう》居て堪るもんか。その辺でちゅんちゅん鳴いてる雀《すずめ》はみんな下世話な嘘ばかり歌う生野暮《なまやぼ》雀だよ。舌抜いてやりたいくらいさ」

おお恐ろしいと、きねは首を前に突き出す。

「まあね、妾ら貧乏人は亭主選べるような身分じゃないからね。鳴いてる雀どもは羨《うらやま》しいンだろうさ。だってさァ」

きねは突き出した首をぐるりと回した。

「この家は元元」

どこかのお大尽の妾宅さとお塚は応える。

「材木問屋の色耄《いろぼ》け隠居がおッ死《ち》んで、囲われてた女ァさっさと別な男とくっついてさ、空き家ンなってたのを妾が安く買ったのさ」

「安くったって一軒家だよ。大枚叩《はた》いた訳だろさ。旦那と一緒になるために」

「妾が棲むためにさ」

お塚は家が欲しかったのだ。

「家がありゃ何とかなるだろ。雨風さえ凌《しの》げれば喰い扶持《ぶち》なんか江戸じゃ如何《どう》とでもなるもンじゃないか。だいたい妾はあの莫迦が何の渡世をするものか、一緒ンなるまで知らなんだ。あれでも俳優《やくしゃ》の端くれと、そう知ったのは添うてひと月も経ってからじゃ」

そうなのかいとおきねは大きな声を出した。

「そりゃお前さんが変わっておる。どこの世に亭主の渡世を知らぬ女房がおろう」

「ここに居るのサ。別に生業《なりわい》なんて何でもいいじゃないか」

「人に惚れたッてことかい」

「執《しつ》ッ拗《こ》いねえ。惚れたんじゃないよ」

惚れるとは如何いうことか。今のお塚にはそれこそ解らない。

否、それは昔から解らなかったことなのかもしれぬ。好きだ嫌いだがどれ程大事なことなのか、お塚は能く解らない。そもそも人の心など、有って啞《な》きが如きもの。朝《あした》と午《ひる》、午と夕で違うもの移ろうもの。どれ程好いた相手でも、いずれ厭《いと》うこともあろうし、厭《あ》いたから取り換えるというのも怪訝《おか》しな話。添うた以上は添い遂げよ、連れ合いのために堪えよ尽くせよと、世の人人は謂うではないか。ならば好きだから一緒に暮らすという論《りくつ》は立たぬ。

——ならば。

何故に人はつがいになりたがるのか。一つ屋根の下、寄って集《たか》って暮らすのは何故なのか。

なんだい黙っちまってさときねはつまらなそうに言った。

所在なげに足をふらつかせている。

「まったく揶《から》い甲斐がないッたらない。まあ、その辺の雀は兎《と》も角《かく》も、妾は別だよゥ。こうして見てる訳だからさ」

きねは再び頸を曲げて奥を覗き込んだ。

「昔のこたァ知らないけどサ、ありゃ女に好かれるような玉じゃあないだろ。何といってもあの為体《ていたらく》だからね、お前さんが惚れちゃいないと言い張る気持ちも解らないじゃないけどさ。それだってあんたァ、あの小平次殿の女房じゃないか。何方様《どなた》かに強《し》いられた訳でもないのだろう。仮令《たとい》惚れたんでなくッても、好き勝手で添ったンだろ」

それはそうなのだ。

でも。

「それとも何さ、お武家様のお家でもあるまいし、親同士の決めた許嫁《いいなずけ》だったとでも言い出すのかい」

返事をするまでもない。お塚は気怠《けだる》い気分になる。

「この際訊いておくよ。聞かせておくれな」

きねは面を寄せた。どういう訳か木屑の香りがした。

「あんたンとこはさ、世間の言うのとは反対《さかさま》なのじゃないかい」

「さ、さかさまってな——なンなのさ」

「あの」

きねは一重の細い眼の中の眸《ひとみ》を動かして、奥の押入棚を示した。

「ろくでなしの方が惚れたのだろ」

囁《ささや》くような声だった。

「一緒になってくれと乞われたな、お塚ちゃんの方なのじゃないのかい」

八一

「それは――」

　それも、たぶん、違う。

「そうなんだろ」

　だってさァと、きねは知った顔をする。

「あんたァ若くて綺麗じゃないか。深川辺りうろついたってそれ程の器量にゃ中中お目に掛かれやしない。何して稼いだか知らないけれど、そのうえ小金も貯め込んでた訳だろ」

「稼いだのじゃない、親の遺した財さァね。その所為で、持参金で縛って三《み》行半《くだりはん》を書かせないンだと謂われるよ」

「それだよ」

「何サ」

「あのお役者様ァ、あんたの話だと煮ても焼いても喰えない干し大根だそうじゃないか」

「破門された屑だよ」

「ならさ。あそこのご本尊は、あんたの身躰《からだ》とお銭《ぜぜ》が目当てで」

「銭はそっくり残してあるよ」

　お塚が持っていた金は、家を買った以外、鐚《びた》一文遣っていないのだ。一応生計《たつき》は小平次の僅かな稼ぎで賄《まかな》っているのだ。遣おうと思うたことはない。

「あれまあ」

　妾なら迷わず遣うけどねとおきねは口を開けた。

「だってさあ、あんた」

「あれは心底稼がないからね。ひ文字ひ文字の毎日サ」

話に出しても目もくれぬ。見る価値《あたい》もないうすのろである。

「銭があるのに遣わないのかい」

きねは余程驚いたようである。

「本当に変わっているよ、お前さんは」

「そうかね」

お塚はようやっと身を起こした。

「親のものとはいうものの、所詮は貰うた銭じゃもの」

「貰ったって、親御様ァどうしたい」

「おッ死《ち》んだそうだよ」

お塚の父――。

お塚の生家は長者といわれた家である。

「妾はね」

語りたくない。小平次にも語ったことはない。

それなのに口が滑る。こんな、きね如き心底如何でも好い相手に、何故こんなことを語ってしまうのか、お塚は己自身に当惑した。

「妾も上方猿なのさ」

「西の生まれなのかい」

「大和《やまと》の庄だよ」

きねは知らないよと言った。

「百姓かえ」

「家はね、穂積《ほづみ》の長者と呼ばれた、まあ郷士《ごうし》さね——」

「お大尽かね」

それがまた何でと、きねは身を乗り出す。

「何があったね」

「まあね。妾が悪いンだよ。十五の時に——妾が病に罹《かか》ってさ」

「病かね。何の病だね」

「ええ——」

きねの垢抜《あかぬ》けない面を真正面から見据えた途端に、お塚は話す気を失った。

「いいじゃないかそんなこと。それで擦《す》った揉《も》んだがあってね、妾は十九で家をおん出た。妾の持ってる金子《きんす》てェのはね、その時、家を出る時に」

——支度金じゃや。

父の言葉。

「まあ色色あってね」

お塚は話を切り上げる。もう面倒だ。

「行く宛がなくなっちまったのさ」

解らないねえときねは首を傾げた。

「遠路遥遥《はるばる》嫁入りに参ったら嫁入り先が火事で燃えてたようなものさ」

火事の方がマシであったろうが。

「そうなったら戻るに戻れないだろ」

「そうかねェ。妾なら尻捲って逃げ帰るけどね」

「妾は厭だったのさ」

戻れる――訳がない。

「妾は石を枕の根無し草になっちまった。西から東に流されてね、逸《はぐ》れて迷ってまた流されてサ、騙されたり躍らされたり威《おど》されたり、女独りで生きて行くなァ大抵のこっちゃないだろうよ。吸い寄せられるように江戸に寄り付いたのが五年前さ。そン時にね、水戸《みと》街道を江戸に上る途中の宿場でサ、妾は」

災難に遭うてね。

「災難かい」

「まあ、護摩《ごま》の灰に雲助に、旅先にゃ不逞の連中が多いからね。能く有ることさ」

妾はお伊勢参りだってしたことがないよときねはぼやく。

「旅ってな怖いものだと聞くけどサ。野郎連中なんざ愉しそうだがね。それにしたって、あんた大金持ってた訳だろう。懐狙われたンだろう」

そうではない。

「妾はソン時、物乞みたいな格好してたからね。破落戸《ごろつき》だって地廻りだって、虎の子温《あた》めてるたァ思わないサ」

女の一人旅など出来るものではない。

裏街道を行くならば、佳い身態《みなり》は邪魔になる。

何よりも——。

金に手を付けたくなかったのだ。

手籠めにされたんだよとお塚は投げ遣りに言う。

「そこの屑野郎とは——ソン時その宿場で知り合うたのさ」

今思えば、小平次は北国辺りで興行を打った帰路だったのだろうか。勿論、その時お塚は小平次のことを何も知らない。お塚ならずとも、冴えない様子の見窄《みすぼ》らしい身態の貧相な男を、よもや役者とは思うまい。

それに。

——口を利かなかったのだ。

江戸に戻るまで無言だったと思う。

助けてくれたのかねときねが問う。

面白いのだろうか。面白い話だとお塚は思わない。

「危ないところを助けられたのじゃないのかね。あの旦那にさ」

「助けてなんかくれないよ。くれる訳ないじゃないか。あの屑はただ卒塔婆《そとば》みたいに突っ立っていただけさ。妾はね」

小平次はただその場に居合わせただけだ。

あの屑は社《やしろ》の蔭に突っ立って、真実《ほんとう》のお化けのように、嬲《なぶ》られるお塚を眺めていただけなのだ。小平次は凡《す》べてが済んだ後、怯気怯気《びくびく》と、あの一里塚の前に現れたのである。

その夜。

お塚は小平次と寝た。

求めた訳でもないし、求められた訳でもない。

小平次は赤子のようにお塚の肢躰《からだ》に取り付いて、何故かおいおいと泣いた。

鬼魅《きみ》が悪かった。愛おしいなどとは一かけらも思わなかった。

惚れるなど、とんでもない。厭な気持ちになっただけだ。

――それなのに。

それからずっと。

何で所帯を持ったかねときねは怪訝な声を出す。

「さァね。その頃、あの屑は前のおかみさんが西向いちまッて、倅《せがれ》を人に預けてた。寝盗ったのおん出したのってな嘘ッ八だよ。妾が望んだのでもあれが乞うたのでもないのサ」

「でもさ、成行きというには行き過ぎじゃないかえ。こんな、家まで買うてさァ」

「成行きじゃないよ」

「じゃあ何さ。情け心が湧いたのかい」

「そんなじゃないよ」

如何《どう》でも好かったのだ。きっと。

それ以外に考えられぬ。如何考えてもお塚は小平次が嫌いだ。

好きになれないのではなく、嫌いなのである。容貌《かおかたち》も所作《ふるまい》も声音も言の葉も、何から何まで
それは見事に嫌いなのだ。お世辞にも褒められるところはない。歩み寄れるところもない。生涯掛けても解り合えぬと思うし、解り合いたいと願う気持ちもまるでない。

如何でも好かったとしか思いようがない。

それが証拠に。

お塚は結局、未だに小平次に自が真実《ほんとう》の名前を言っていないのだ。

お塚というのはいつの間にか、勝手に呼ばれ始めた名前なのである。

塚で出遇うたからかもしれぬと――お塚は勝手に然《そ》う思うていた。だが、如何あれ小平次が言うたものではないだろう。ならば不思議なものだと、そんなことを考えた覚えがある。

如何でも好いからこそ、そんな関わり方が出来るのだ。

お塚は庭の隅を見る。

橐吾《つわぶき》が生えている。

――あれが。

本当のあたしの名前だよとお塚は言った。何のことだか解るまい。

何だろうねえと言って、きねは庭に降りた。それからやけに下賤な顔をした。

「変わってるよあんた」

然うかもしれぬ。本当に変わってるよときねは繰り返した。

「だからってサ」

そこで言葉を切り、きねは一度垣根の向こうを覗いて、そろりと振り返り、

「お塚ちゃん」

と珍しく名を呼んだ。

「なんだい改まって」

「いやァね、余計なお世話たァ思うけどサ、男替えるにしてもね、選んだ方が良いとね、妾はそれが言いたかったのさ」

「替えるってな何だい」

「最前そこで、あの鼓打ちと擦れ違ったよ」

多九郎のことだろう。あれは駄目だよときねは言った。

「ま、一寸《ちょいと》佳《い》い男だけどね、あれは身持ちが悪いよ。いい話は聞かない。ぱっと見人当たりは良いし、御為倒《おためごか》した口利くようだけどね、ありゃみんな慶安口《けいあんぐち》だ。女に吸い付いて絞って捨てる、壁蝨《だに》みたいな男だよ。紐《ひも》付けるにしたって選ばなきゃねえ。彼奴《あいつ》ァ駄目だよ」

きねは眉間に皺を寄せた。

なる程、そう思ったか。

「承知してるよそんなこたァ」

お塚は猫のように伸びをした。

「あんなのが間男の訳がないじゃないさ」

オヤそうなのかいときねは顎を引いた。

「あの鼓打ちはね、銭の臭いと白粉の匂いのする処にしか出入りしないって、専《もっぱ》らの話だからさ。二三度ここで見かけたからね、てっきりあんた目当てに来てるのかと」

「勘違いするんじゃないッてば。あれは小平次の朋輩さ。情夫《いろ》なんてしち面倒臭いものが要るものか。何や彼やと世話を焼きに来るけれど、来る度に嫌気が差すよ。じとじとと妾の身躰を眺め回してさ。底が知れてる。さっきだって駒の朝走り、来た時と帰る時じゃ大違いだよ」

大ッ嫌いさとお塚は決然《きっぱり》と言った。

——小平次と。

どちらが嫌いかは解らぬが。

きねは気の抜けたような顔になった。

「そうかい。それなら安心だ。あんたの好い男《ひと》ッて訳じゃあないンだね。悪かったねお節介でさ。曲がりなりにもご亭主の居るとこだから——」

おやときねが声を上げる。その目の向く方を見てやると、押入棚の襖が開け放たれていた。

中は——蛻《もぬけ》の殻《から》だった。

お塚は、畳の上に文を探した。

玉川歌仙

玉川歌仙は己の肩越しに覗く青白い膾《なます》のようなものを凝眸《みつ》めていた。

それは鏡の暈《くも》りのようでもあったし、また背後の紛乱《ごみごみ》とした景色の一部のようにも見えた。

鏡に映っている以上、そこに在ることは間違いのないことなのだろうが、どうもそれは薄ッぺらで、厚みや重みがまるで感じられない。板に書きつけただけの書割《かきわり》でもまだ少し厚みがあろうし、鏡の端にちらりと映る擦り切れた緞帳《どんちょう》でさえ、もう少し重みがあろうと思う。

それは下を向いていた。

びくりともしない。何とも形容し難《がた》い不可思議な光景である。切り抜いた錦絵が宙に貼り付いているような様とでもいおうか。鏡の膜の上にだけ現れる、幽《かす》かな虚像としか思えない。

もしや目の迷いかとも思い、歌仙は振り返った。

振り向くとそこには何もない――半ばそう確信してのことである。

しかし。

直《じか》に見てもそれはそこに在った。

正しくは居た、というべきか。

九一

それは絵姿でも書割でもなく——小平次という生きた役者だったからである。

とても。

とても生きているとは思えない。化粧も落とし扮装も解き、羽二重《はぶたえ》までも外しておるというのに、小平次は舞台の上の幽霊そのままである。帷子《かたびら》を着ずとも白塗りをせずとも、小平次は死人《しびと》そのものなのであった。鳴り物も焼酎《しょうちゅう》火も要らぬ。そんなもの、あるだけ無駄と思えるほどだ。本物の野原に草叢《くさむら》の書割を置いても茶番に見えるのと同じことである。

——これは。

これは叶わぬと首を振り、歌仙は元の通りに鏡に向き直り、半端に落とした化粧の残りを拭き取った。羽二重を外し紅白粉を落としてしまえば、円鏡に映るのはやけに膚《はだ》の黒い、当《まさ》に男の顔である。どんな自惚《うぬぼれ》鏡でも、こればっかりは仕様がない。

歌仙は生来色白で、面の造作《つくり》も女顔、そこを座本に見込まれた。塗って飾って身構えて、凛《りん》と舞台に乗ったなら、それは見事な女振りと評判を取り、あれよあれよといううちに一座の立《たて》女形《おやま》となった男である。

それでも。

作らねば女にはならぬ。鏡面に反対《さかさま》に映る姿は如何《どう》見ても男だ。若いうちは美童でも齢《とし》を重ねれば矢張り男だ。

——それなのに。

あの小平次は如何だ。

素のままで幽霊そのものだ。

――成り切っておるものか。

俳優《やくしゃ》というのは不思議なものだと歌仙は思う。役に成っておる時は、己は自分《おのれ》ではない。考え方も境遇も外見もまるで異なっている。女形を演《や》る以上、舞台の上では飽《あ》く迄女性《にょせい》。膚身《からだ》も意志《きもち》も所作事も、悉《ことごと》く女。男である歌仙とは違うもの。そうならば、それは他人別人なのかと問うたなら、女であってもそれもまた、自分《おのれ》であることに違いはない。舞台の上に立った時、歌仙は誰でもなくなるのである。その所為《せい》か、歌仙は長く芝居を続けていると、そもそも自分とはどのようなものだったのか、ふと判らなくなる時があるのだ。打ち込めば打ち込む程に、自己《おのれ》など如何《どう》でも好くなる。

役《うそ》が現《うつし》に沁みて来るのか。

外見《そとみ》が内面《なかみ》を左右するのか。

興行中は、だからあまり人と会いたくない。

――小平次も。

そうなのだろうか。歌仙はそんなことを思うた。

楽屋は閑寂《しん》としていた。つい先程までがやがやと騒がしかったのだが、今は人影もない。桟《さ》敷《じき》の方で僅かに物を片付けるような音がしているようだが、囃子《はやし》方《かた》も俳優《やくしゃ》も早早に引けてしまったようである。歌仙は突然ご祝儀を持って訪れたご贔屓《ひいき》筋の相手をしていたため、独りだけ帰り支度が遅れてしまったのである。

それにしても、曲がりなりにも立女形を独り残して引き上げてしまうとはどうしたことか。

歌仙は顔を拭《ぬぐ》い終えてからもう一度振り返った。

小平次は矢張り先程と同じ形で、そこに在《い》った。

頬ひとつ動かさぬ。瞬きすらしているか如何か怪しい。

燈《あかり》も心許なくなり始めている。その景色の一部は静かではあるがどこか凄惨で、見ようによっては鬼気迫る様子とも取れた。何故そのようなところで凝乎《じっ》としているのか。弟子も手伝いの者も引けてしまったというのに何故帰らぬのか。荐《むしろ》が揺れて、同時に蠟燭《ろうそく》の燈火《ともしび》も揺れた。

ぐらりと影が楽屋を回る。

――生きておるのか。

莫迦な想いが胸を過り、歌仙は小さな声を絞り出した。

「小平次さん」

反応《こたえ》はなかった。

小平次さんともう一度呼び、歌仙は孤座《すわ》ったままでくるりと向きを変えた。

景色は微《かす》かに動いた。

「お前さん、引けないのかえ」

真逆《まさか》あたしに気を遣ってるのじゃなかろうねと、歌仙は続けた。何やら帰りそびれた小平次は、歌仙の姿を楽屋に認め、帰るに帰れなくなって居るのではあるまいか。客演である小平次は立女形である歌仙を独り残して先に帰る訳には行かぬと心得たのではないのか。

それはあり得ることだった。

この度の興行の助役に小平次を推したのは歌仙その人なのである。旅先で偶然小平次の幽霊芝居を観た歌仙が、座本の仙之丞《せんのじょう》に口を利いたのだ。推した理由は只ひとつ、芝居が心底怖かったからである。何処の誰とも知らねども、亡魂芝居を打つならば、あの俳優が一番じゃ、あれだけの技量を持った幽太は他には居らぬと、それは強く推したのだった。

探す際も口説く際もそれは言うたと座本は語っていたから、小平次も当然それを知っている筈だ。聞けば小平次は役が付かずに窮《こま》っていたらしいし、それならば歌仙に対し幾許《いくばく》かの恩を感じている可能性もある。

「小平次さん」

歌仙が三度《みたび》呼ぶと、小平次は聞こえるか聞こえないかぐらいの声でへえと応えた。

草が戦《そよ》ぐような音だった。

「あたしの支度はもう終わるが、お前さん、いつまで然《そ》うしておらるるのか」

緩寛《ゆっくり》と。

ゆっくりとそれは動いた。

「どこか加減でも悪いのかえ」

動きは止まった。

座本さんに――。

たぶん、そう言った。

「座本が申されたのかい。そこで待てとでも」

どうやらそうであるらしい。

だからといって莫迦正直に、隅で控えておるような愚直な者がおろうものか。

「もしも座本をお待ちなのなら、いや、そうでなくとも、そのようなむさいところに居られずに、せめて此方《こちら》に参られて寛《くつろ》がれたら如何《いかが》か。小平次さんは一座の大切なお客分。無理を承知で願いを通し、頼み倒して助けて貰《す》うて、斯様《かよう》に草深き田舎まで、遠路遥遥ご同道戴き、そのような扱いをしたのでは申し訳がない。あたしの気も済まぬ」

小平次は落陽の如き鈍《のろ》さで項垂《うなだ》れた。

「どうしたい」

「へい」

「お前《まい》さんを誘うように言うたのはあたしだ。これじゃァあたしの顔が立たない。此方《こっち》へ来ておくんなまし」

小平次はその場で深深と頭を垂れ、そのまま土下座をした。

どうぞご勘弁くださいませと、曇《くぐも》った声が聞こえた。

莚《むしろ》の外から薄闇《うすやみ》が侵食《しみ》て来る。

人の気配は既になく、其処《そこ》に居る筈の小平次の気配もまた、すっと消えた。

小平次のいるらしい周辺だけが蒙昧《もうまい》としている。水中の泥土《どろ》を掻き回しでもしたかのように其処だけ薄闇が渦《とどろ》を巻いているようだった。

それなら無理に引き寄せることも出来ぬ。

腕を攫《つか》もうにも小平次は、もう微昏《うすくら》がりに溶けている。それならそれで好いけれど、せめて面《おもて》を上げておくれと、歌仙は已《や》むなくそう言った。

「気を遣うこたあ御座ンせんよ。立女形というたところで如何《どう》もない。此の一座ァ高が旅芸人の寄せ集め。あたしだってまだまだ熟《な》れぬ半人前《はんにんまい》さ。片やお前《まい》さん、座本の話じゃ元元は音羽屋の門下だそうじゃないか。格でいうならそっちが上で御座いましょうよ」

滅相も御座いません——。

煙のように朦朧《もうろう》とした、微昏がりから声がする。

手前は破門された廃者《すたりもの》、半端者で御座いますれば、一段低き処が分相応——。

人様の前に出ますするだけで師匠の名折れ、一門の恥と心得ております——。

その御名は今後お口にお出しになりませぬようお願い致しまする——。

声は一段と低くなった。いっそうに頭を下げたのだろう。

そこまで仰せられるならもう申しませぬと歌仙は告げた。

「余程の子細《わけ》がおありなのじゃろう。而《しこう》して、どのような理由《わけ》があろうとも、そこまで卑下することは御座りますまい。お前さんの芸は大したものじゃ。曲がりなりにもこの歌仙、総州での舞台を拝見した折り、あまりの幽太の見事さに、髪の毛の太る想いを致しましたぞ」

畏《おそ》れ入りまするると昏《くらがり》は応えた。

礼を言うのは此方《こちら》の方じゃと歌仙は畏《かしこ》まった。

九七

「御蔭様でこの度の興行もまずまず当たっておりまする。これも偏《ひとえ》に小平次さんの御力で御座りましょう」

客の入りは悪くなかった。否、規模や場所柄を考えれば上上といえるだろう。

そもそもは烏合《うごう》の衆が集《たか》って成った一座である。売り物は精精《せいぜい》が歌仙の女形。それとても在所に行くなら験《しるし》をなくす。涯《はて》に参れば参る程に、奇天烈《きてれつ》な見世物、下種《げす》な出し物の方が客足はぐんと増すもの。他の一座は知らねども、玉川座に限っては遠方で、上手く運んだ例《ためし》はない。縦糸横糸綾を成す筋立て芝居を正面打って、これだけ客が入るというは、如何考えても小平次の見事な幽太故だろう。

掛け引き抜きでそう思うたから歌仙は愚直にその旨を告げた。小平次は身を引き締め、手前の芸こそ下種の芸、芝居を穢《けが》す下手の技と、必要以上に謙遜した。

思うに。

小平次は、芝居が駄目な訳ではないのだ。素の時の、この遜《へりくだ》ったいじましい佇《たたず》まいこそがいけないのだろう。雨が降るなら紺屋《こうや》に謝り晴れれば晴れたで蛙《かわず》に詫びるような有様では、到底一人前に扱っては貰えまい。

そう仰《おっしゃ》いますなと歌仙は言う。

励ます謂《いわ》れもないけれど、是《そうだ》と言う気もなかったからだ。

「お前さんの芝居は客を震えさせましょう。つまりお前さんは、客と通じておるので御座んすよ。通じてこその芸じゃもの。客に通じておるならば、下種も下手もありますまい」

小平次は――。

殆《ほとん》ど反応を示さなかった。褒《ほ》められているという頭がそもそもないのだろう。そう思うて半ば諦めていると、暫《しばら》く間を置いて買被りに御座りますと蚊の鳴くような声がした。

「何の買被りなものか」

歌仙は否定した。したかったのだ。

「先程も申しましたが、小平次さん。あたしがお前さんの芝居を観たなあ総州だ。いや、あたしの生国は安房国《あわのくに》小湊《こみなと》の辺《あたり》、那古《なこ》村と申します処。お前《まい》さんの出ていた小屋を覗いた折りは、ありゃ亡き父母の墓参の帰りで御座ンしてね。ええ、まあ色色子細《わけ》が御座ンして、あたしは親の弔いも満足に出してやれず、日日の供養も法要も蔑《ないがし》ろにしておったような親不孝。久方振りの里帰り、親の死に目をたっぷりと。思い起こしたその帰りで御座ンした」

そう。

その時、歌仙の心中は穏やかではなかった筈だ。暗澹たる想いが胸中に満ち満ち、脳裏には悍《おぞま》しき記憶《おぼえ》が引っ切りなしに去来していたのである。

悍しき記憶とは、それ即ち父母の死に様であった。

小平次さんと歌仙は喚《よ》んだ。

逐一喚び掛けていないと不安になるからだ。果たしてそこに――。

居るのか居ないのか。居なければ、歌仙はただの梦《くらがり》相手に話をしていることになる。そう思うと如何《いか》な歌仙も嫌だった。喚んだとて応じる気配はないから、同じことではあるのだが。

「小平次さん、お前さん」

屍《しかばね》を掻《か》き抱《いだ》いたことはおありかと、歌仙は問うた。

夢は微かに反応した。とはいえ朦朧模糊とした薄墨がさわりと動いただけだったのだが。

「あたしはある。親父殿とお袋殿の亡骸《なきがら》を、あたしはこの手で、この両の手で抱え、この胸に抱いて一晩を過ごしたンで御座ンすよ」

歌仙は両手を微暗《うすやみ》に向けた。

「ありゃあね、何とも言えない、言葉にならない感触で御座いますよ。鬼魅《きみ》が悪いとか気色が悪いとか、そういうものじゃない。まあ良いかと問われれば決して良くはないけれど、ただ厭なのとは違う。骸《むくろ》で御座いますから、穢《けが》れたものじゃ御座いましょうが、それだって大事な大事な己の親の形をしているンですから。それに温もりもある。膚触《はだざわ》りだって、死にたては一緒で御座いますよ。それがね」

歌仙は身を乗り出した。

「それが、見る見る硬くなる。否、硬いというのとは違うておりましょうね。石のようになる訳じゃない。柔らかくなくなると申しましょうか。こう、圧《お》しても戻りがなくなるので御座います。そのうち、筋が張って来る。肉は枯れて来る。それはもう、どんどんと移ろい変わって参りますのがね、触れている掌《てのひら》、指先から、ありありと判るのです。臭いも致します。死臭と申しますのは、すぐに馥《かお》るものなので御座いますよ。それから、色もね、色も」

色。あの、皮膚の色。

歌仙の頭の中に、死人の膚が膜を張った。

肉色ではない。死人の如き青白さというが、それは決してそんな単純な色ではない。総じて赤味が失せるのは確かだが、赤色が消える訳ではない。血が固まるのか腐るのか、赤は黒に寄り、筋となって凝る。燻《くす》んだ白。否、黒ずんだ白。様様な混じり合うことのない色の集合。

人は、生ある時分は人として統《す》べられている。

血は體《からだ》を隈《くま》なく巡り、肉に染み、膚を染め、肉は骨を包み筋を孕《はら》み毛を育む。しかし一度生を失うたその途端に、血は血、肉は肉、筋は筋、毛は毛となって仕舞うのだ。そうなれば人の形に並んでおる繫がっておるというだけで、最早人ではない。束ねるものを意志《こころ》というのか魂魄《たましい》というのか歌仙は知らぬが、いずれそれがなくなってしまえば関わりは失われる。

後は腐って溶けて混じり合うまで、部分は孤《ひとり》立《だ》ちし、それぞれが関わり合うことはない。

膚は膚、筋は筋、肉は肉で、勝手に腐敗を始める。

だからあのような、形容し難き色になるのだ。

「だから――顔も」

顔も。

意志を持たぬ眼。何も見ておらぬ眸《ひとみ》。呼吸《いき》の出入りせぬ鼻。

「ええ、容貌《かたち》は生前と同じ。でも、でもまるで違いましょう。あれは、作り物では表せぬ。どれだけ恐ろしげ醜《みにく》げに拵《こしら》えようと、奇っ怪異形の様を模そうとも、あの様だけは真似られぬ。あれは、何も、何も飾らず考えず、ただ在るという、それだけの恐ろしさで御座います」

そう。死すれば相変ずるというが、貌《かたち》が変わる訳ではない。

父は父の顔。母は母の顔。それでも、それはもう父でも母でもなかった。

「あの時の、あの舞台の上の小平次さんは」

父の顔をしていた。

それは生者の容貌ではなかった。

どう工夫を凝らしても決して真似ることの出来ぬ死人《しびと》の相を、その俳優《やくしゃ》は見事に演じていたのである。俄《にわ》か造りの田舎舞台の上で、凡《すべ》てがまやかしめいた草芝居の中で、それだけは本物に見えたのだ。

冷水を浴びせられたようにぞっとした。

お前さんは本物だと歌仙は梦《くらがり》に向けて言った。

「親御様は」

梦は、初めて明瞭に言葉を発した。

「親御様は何故に身罷《みまか》られたので御座りましょうや」

「不逞の賊の凶刃に掛かりまして」

背中を割られ。肩口から胸までを斬り裂かれ。

「殺されたので――御座りましょうか」

「聞いてくださいましょうか」

返事はなかったが、闇は確乎《しっか》りと首肯《うなず》いた。

玉川歌仙というのは勿論役者としての名である。名付けたのは悪所に売られて来た歌仙を、傷のつく前に大枚叩いて買い取ってくれた大恩人、今の座本の玉川仙之丞である。

歌仙は元の名を安西喜次郎《あんざいきじろう》という。

父の喜内《きない》は浪人ではあったが、謹厳実直な武夫《もののふ》であった。安西の家は辿り辿れば里見《さとみ》家家臣であったという。歌仙——喜次郎は、侍の出なのである。

とはいうものの、喜次郎に武門の一員としての自覚はない。

父親は文武両道に秀で、中でも学問に明るい人物だったから、近隣の童《わらべ》を集め読み書き手習いを教えたりもしていたのだが、それも謝物を貰う程度、食の計《たつき》と為していた訳では決してない。武士は喰わねど何とやらの譬《たと》えに従い、内職商《あきない》の類《たぐ》いは一切しなかった。それは倹《つま》しい暮らし振りであった。ただ、どれ程約《つま》しくあろうとも、背に腹は代えられぬ。それ故母と祖母とが折り折りに、浜へと出《いで》て紐苔《ひものり》などを拾い採っては露ばかりの価《あたい》となし、細細と烟《けぶり》を立てる毎日であった。

貧しくとも正しく生きよというが父母の教え、それこそが武士というものと、喜次郎は思い込んで育った。ただ貧窮してはいたものの、思い起こすに喜次郎は、不自由を感じた憶えがない。喜次郎は人一倍慈《いつく》しまれて育ったのである。類い稀《まれ》なる美童であったし、聡明怜悧《そうめいれいり》人を越えたるところがあったため、父母の期待も大きかったということか。いずれ長じた暁には佳《よ》きお方に仕え立派に勤め名を残すべしと、喜次郎は一心に期待を掛けられ、読み書き学問、剣術柔術などを学ばされ、小舞、謡曲、笛に鼓などの芸事まで仕込まれて育った。

爪に火を灯すような貧しき中、無理に無理を重ねてのことであったろう。

父も母も祖母も、ただ喜次郎の行く末だけを楽しみに、喜次郎の出世立身だけを喜びに毎日を送っていた、ということになろうか。普通であれば、それだけ過度な期待は重荷になるものなのであろうと、今の歌仙はそう思う。しかし喜次郎は違っていた。

素直な質《たち》だったのだ。

もう、十七八年も前のことで御座いますと、歌仙は誰に言うともなく漏らした。

「その頃は飢饉《ききん》だ何だと世の中が窮しておったようですから、あたしも自分の所帯だけが貧しいとは感じておらなんだ節が御座いますね。ええ、親の苦労を思えば気楽なものと、そうは思うておりました。まあ、歌舞音曲の類いに慣れ親しんだことはこのような渡世に身を置くようになってからも随分と役立っておるので御座いますから、感謝しなければなりますまいね」

特に絵を描くのは好きで御座いましたよと、歌仙は続ける。

もう誰に向けて話しているのでもない。梦《くらがり》はいっそうに深くなり、闇と影とのただ中には、最早誰がいるものやら、いっこう判りはしないのだ。目を凝らしても淡朦朧《うすぼんやり》と、幽《かす》かに人形が浮かぶだけ。誰とも知れず、顔も罔《な》いならそれは、正に幽霊である。

幽霊と話しているようなものだ。

「一度——江戸から御出《おい》でになった高名な絵師の先生に姿を写して戴いたことが御座いましてね、齢端《としは》も行かぬ児童《こども》で御座いましたから、御名も定かでは御座いませんが、狩野《かのう》の流れを汲むという、大層ご高齢のご仁で、それは見事な肖像を描いてくださいました——」

その絵が、歌仙はずっと忘れられなかった。

今でも忘れられぬといった方が良いか。厚みのない、画仙紙《がせん》に顔料を塗っただけのものなのに、その絵はちゃんと生きていた。薄っぺらな表面に、生などあろう筈もないのに。

「絵」

闇の中の幽霊はそう言った。

「はい。絵です。ですからね、あたしはその頃、侍というのは君主に仕えて絵を描いたり舞を舞ったりするものかと、そんな風にも思うていた。愚かで仕合わせで御座いました。ところがそのうち――」

祖母が寝付いた。

父は孝順《こうじゅん》の漢《おとこ》であったから、甚《はなは》だ愁《うれ》い、家財を処分してまで名医を呼び寄せ、自らも率先して看病に当たったが、ひとつの効果も得られず、長引くうちに蓄えも尽きた。父喜内の辛労は大抵のものではなく、揚げ句の果てにその父までもが、奇病に冒され床に臥《ふ》してしまったのである。

「父の病は正に奇病で御座いました。背中に癰《よう》が出来まして、それがどんどんと腫《は》れ上がり、肉に腐り入るというもので、これが熱を発して恐ろしく痛むので御座います。とても働けるものでは御座いません――」

ただでさえ貧しき暮らし振り、疾《や》みたる者を二人も抱えて成り立つものではない。安西の家は見る間に朝夕の竈《かまど》の烟《けぶり》を立てることも儘《まま》成らぬ有様となった。

日日の費《ついえ》は嵩《かさ》み、逆様《はんたい》に実入りは途絶え、親族知人に合力を依願するも頼りて乞いて乞い尽くし、諸道具衣類は悉《ことごと》く売り代となし、食厨《だいどころ》の什器《うつわ》までも米銭《べいせん》に換えて、それでも祖母、父共に恢復《かいふく》の兆しは窺えなかった。喜次郎が姿を写した絵にて仕立てた一幅の掛け軸も、その折りに手放すこととなったのである。床の間から絵が消えて、喜次郎は自が家が、退《の》っ引《ぴ》きならぬ状況に至っていることを思い知らされたのだった。

やがて。

「座して食らえば山も崩れ、座して飲めば海も乾くの喩《たと》え通りで御座います。進退はここに谷《きわ》まり、父はある決心を致しました」

「決心」

「はい。安西の家には家宝が御座いました」

その昔。先祖安西伊予《いよ》が、その武勲を讃《たた》えられ、里見安房守義弘《あわのかみよしひろ》様より拝領したという、里見家重代の宝刀、交剛大功鉾《こうごうだいこうぼこ》なる太刀一振り。これまで如何《いか》に困窮しようとも、決して手放すことのなかった門外不出の家宝であった。

その太刀を証文に書き入れて金子《きんす》を借り受けようというのが、病床の父の決心であった。

武士の誇りやら武門の意地やら、そうしたことは喜次郎には解らなかったが、父の悔しさだけは能《よ》く解った。己の病は扠置《さて》いて、老いたる母の看病も儘成らぬとなれば孝が成らぬ。仮令先祖に顔向けの出来ぬ程の恥を晒《さら》そうと、生きた母御を見殺しには出来ぬと、そう考えたものであったろう。

当座は何とか凌《しの》げたものの、借りた金子はすぐにも尽きた。貸す時の恵比寿顔、為す時の閻《えん》魔《ま》顔、貸し手情け知らずは世の倣《なら》い。返済成らぬならすぐにも形の太刀をば渡せと、窮鬼の押し寄せる段と相成った。

「それは恐かった。あたしはその頃十三ばかり、元服前の小僧で御座いましたからね。朝な夕なの鬼の催促に疲れ果て、終《つい》に親父殿は腹を切ると申された。借財を返済するはものの道理なれど、これにて先祖武功の証《しるし》を失いては、倅《せがれ》喜次郎が老先を輝かすべき便《たより》もなし、我が武運もここに尽きたと存ずると――まあ、そこで親父殿が腹を切られても、貸し手は納得せなんだと思いますがねえ、親父殿は自分が死ねば太刀は残ると、こう言うんです。何もかも、あたしと老母のためなんで御座いますよ。あたしと母は必死で止《と》めました。父も大変で御座いましたが、母はもっと苦労しておりましたからね。何しろ、髪の毛の中を剃って売り、薪に換えていたりしたので御座いますから。寒の最中に夜具もなく、薬を買うても煮る薪がないような、そんな暮らしで御座いましたからね。何もしていなかったのはあたしだけ。そこでね――」

天にも仏神にも見放されしは宿世の縁か――。

そう言って哭《な》く父母を見て、喜次郎はいても立っても居られなくなり、父母の寝静まるのを待って家を抜け出した。

「もう、神仏に頼むよりないと、そう考えたので御座います。あたしは浜に降り立って水垢離《みずごり》をし、那古寺の観音堂に裸参りを致しました。今になれば何とも向こう見ずな、莫迦な所行で御座いますけれど、その時はそれは真剣だったので御座います――」

死を覚悟したる父が命、病に危うき祖母が命、艱難《かんなん》に耐えたる母が苦労、先祖伝来の太刀のこと、凡ては金だにあれば恙《つつが》なし――。

「南無千手観自在《せんじゅかんじざい》、願わくは大慈悲をたれ賜え、貧苦病苦を救い賜えと一心不乱に念じたので御座いますが、何しろ季節は厳寒の候、寒気五臓《かんきごぞう》に沁み入りまして、忽《たちま》ち身中は氷の如く冷え息も絶え絶えの為体《ていたらく》。偶《たまさ》か通りかかった親切な御仁に助けられなんだなら、あたしの方が先に西向いておりました」

歌仙は笑った。

虫の好い願い事だと思うたからだ。歌仙はその時、要するに金をくれと観世音菩薩に頼んだのだ。幾ら真剣であろうとも、そんな願いは聞き届けられる筈もない。金は汗して稼ぐもの。今の歌仙から見れば、まことに愚かな願掛けと思える。

「ところがね」

歌仙は続ける。

「捨てる神あれば拾う神あり――と申しますでしょう」

もう、楽屋の隅は真闇《まっくら》である。最初から気配はしないから、これは既にひとり語りである。

否、冥府の底から滲み出たる、幽鬼亡魂へと向けた、懺悔《ざんげ》の語りなのである。

「あたしを助けてくれた人は、動木運平《とどろきうんぺい》というご浪人で御座いました。この方が、実《まこと》に親切な義に厚いお方で御座いまして、凍えております小僧をば救ってくれたのみならず、明日をも知れぬ窮状に活路をば切り開いてくれたので御座います――」

事情を聞いた動木は喜次郎の孝心にいたく感じ入ってくれた。

しかし甦醒《めざ》めた喜次郎はといえば、流石《さすが》に自《おの》が立願《りゅうがん》の厚かましきに気づき、深く恥じ入ったのであった。孝行がためとは謂えども、貧苦を免れんために金を神仏に所望するなど浅慮の極み。命失うても詮方なき愚行。而《しこう》して一命を止《とど》めたるはせめてもの仏の慈悲であったろう。斯《かく》なる上は何処《いずこ》へなりと奉公に出て微力乍《なが》らも家内の難儀を救うべしと、そう心に決めたのだった。

しかし齢行かぬ身での年季奉公、給金とても幾許か、二親祖母《ばば》様を養える訳もない。

そこで。

「ほれ、動木様は禰宜町《ねぎちょう》の、彼《か》の男娼家《やろう》をご存知だったので御座います」

男娼家。

所謂《いわゆる》蔭間、男娼妓《じょろう》のいる店のことである。

その男娼窟の主人なる者は頓《とみ》に信心に厚く、小湊は誕生寺《たんじょうじ》へと参詣の折に、矢張り詣でていた動木と知り合うたのだそうである。それ以降、懇意にしているとのことだった。

「慥《たし》かにあたしが娘であれば、疾《と》うに岡場所なり宿場女郎なりに売られていた身で御座ンしょうよ。そう思うなら格別恥入ることもない。一時に覚悟は決まり、家に戻りましてその旨を父母に告げたので御座います。ええ、それは父も母も驚き、声も失うて、言葉もなかったようで御座いましたけれど」

勿論、おやそうですかという運びにはならなんだ。

天地の間にただ独りの先ある児子《せがれ》を売り、その身の代で一命を取り留めたとて何になる、先祖に対し何の顔やある、犬猫畜生にも劣る浅ましき所業、仮令砂を嚙み土を食らおうとも、そればかりはならぬと、父は憤然として拒んだ。

しかし、如何《どう》考えても道は他になかったのである。

喜次郎は、生きて父母祖母の重き苦痛を見るよりはいっそ死ぬるがましとばかりに、刃を取って頸へと当てた。

「本気で死ぬつもりだったか如何かは、あたしにも解りませんがね。病床の祖母《ばば》様が床を這い出して来て止めた。親父殿は天に号《さけ》び地に哭《かなし》んで、そしてこう言った。石珍《せきちん》指を断ちて父の病を癒《いや》し、劉氏《りゅうし》股《また》を割《さ》きて姑《しゅうと》の疾《やまい》を治したると聞くが、それにも劣らぬ孝行なり――」

年季五年、喜次郎の身の代金は一百両だった。

涙を流し、わなわなと震え乍ら証文に印を捺《お》す父の姿を、喜次郎は、否歌仙は、今でも在り在りと思い浮かべることが出来る。何故なら。

それが生きた父の最後の姿だったからである。

別れを惜しんでも未練が増すだけと、動木が用意した竹轎《かご》に乗り、日が暮れる前に住み慣れし那古の村を離れた喜次郎は、しかし一夜を明かす前に引き返すこととなった。安西家に変事ありとの報せが届いたのである。

引き返してみれば。

父は死んでいた。

背中を割られ。肩口から胸までを切り裂かれて。

祖母は袈裟《けさ》懸《が》けに斬り捨てられて。

母は胸を刺し貫かれて。

死んでいた。

そして。

百両の金子も、家宝の大功鉾も、綺麗さっぱり消えていた。

「それでもその時、あたしは既に売られた身。百両の金が戻せぬ以上、この身は男娼家のもので御座いましょう。身売り先の主人の計らいで、一日だけは時を貰うたものの、弔いなどは出来やしません。あたしはただ、ただ迎えが来るその時まで、父母の骸を掻き抱いておりましたのさ」

こうやって。

歌仙は目に見えぬ闇を抱いた。

燭台の油が尽きかけているものか。

暗闇はその刹那、ぐにゃりと大きく皹《うね》った。

「その時の、その時の我が父と同じ容貌《かお》を——」

あの時のお前さんは、
い、い、い、い、い、い、い、
同じ死人の顔をしてましたのさと、歌仙は深い暗黒に向けて吐き出した。

闇は何も応えなかった。

一一一

そうだろう。死人は何も語るまい。
ふ。
と、微温《なまぬる》い風が吹き、幽《かそ》けき燈がひと揺れして消えた。
歌仙もまた、昏黒《こんこく》に溶けて幽霊になった。
――なる程、これで好いのか。
如何にも出来ぬ。何もせぬ。ただ在るだけの。
「小平次」
突然《いきなり》、小屋の外から低い声が侵入して来た。
「小平次」「小平次」
歌仙は咄嗟に身を低くする。何のことはない、恐ろしかったからである。
「小平次」「小平次」「小平次」「小平次」
待たせたな小平次。
夜はそう言った。
夜の息吹に呼応するように、楽屋の隅の暗《やみ》もまた、のろりと動いた。
行くのかえ、逝ってしまうのかえ。
気がつくと。
歌仙は黒い夜を抱いたまま、ただ独りで泣いていた。

動木運平

動木運平《とどろきうんぺい》は杯の中の白濁した液体を睨んでいた。

面白くない。甚《はなは》だ面白くない。何が如何《どう》したらこのように胸中が苛《いら》つくものか、それは運平にも解らない。凝乎《じっ》としていると苛苛で腹が膨れて、張り裂けそうになる程である。忿懣《ふんまん》が頭《ず》鉢《はち》に満ちて、眼球《めだま》が飛び出そうになる程である。これ程までの怒気憤気を抱えておる者は、多分他には居るまい。運平はそう思う。

理由はない。

ない筈だった。

運平は、幼い頃からずっとこうだったのだ。何もかも気に入らない。雨が降っても風が吹いても肚《はら》が立つ。晴れても曇っても小胸が悪い。目覚めてより眠る迄の間、心安らかなる時は一時たりともない。何をしても面白うない。障子を見れば破りたくなる。茶碗を見れば割りたくなる。人の顔を見ると殴りたくなる。家畜を見れば殺したくなる。飯を喰うのも面倒だし、横になっても苛苛して眠れない。

ずっとずっと、然《そ》うだった。

一一三

喰い詰め浪人の家は貧しく、荒れていた。気位が高いだけで無能な父親も、陰気で女女しい母親も、運平は大嫌いだった。死ねばいい死ねばいいと呪うことはあったが、敬《うやま》いたい愛《いと》おしいと思ったことはただの一度もない。どういう訳か五歳下の弟だけは気に触らなかったが、その弟もいつの間にかどこかへ養子に出されてしまって、居なくなってしまった。それ以来運平は、ずっと、ずっと機嫌が悪いのだ。

長じてからはいっそう酷くなった。

酒を飲んでも愉《たの》しくない。博奕《ばくち》を打っても娯《たの》しくない。女を抱いても悦《たの》しくない。何をしても、何ひとつ楽しくない。運平は当たり前のように無頼になった。人の倫《みち》に外れ、天の道に背《そむ》いて悪事を重ねる男になった。

好きでしている訳ではない。人を殺しても物を盗んでも、運平は矢張り面白くも可笑《おか》しくもないのだ。厭で嫌で、つまらなくて莫迦莫迦しくて仕様がない。それでも、五体中《からだ》に隙間なく詰め込まれた忿懣が、運平を破戒へと誘うのである。

白濁した液体。

これだって美味《うま》くて含んでいる訳ではない。

酒程不味《まず》いものはない。匂いも味も反吐《へど》が出る程嫌いだ。

――だから飲むのだ。

「畜生め」

運平は酒が入ったままの杯を思い切り床に叩きつけた。

物が壊れる音がした。

好い気味だと思った。

決して胸が透《す》いた訳ではない。

莫迦野郎ともう一度叫んで、運平は徳利を蹴飛ばした。相変わらず荒れてますねと、聞きたくもない耳障《みみざわ》りな声がした。持ち上げるような軽軽しい口調が、いちいち気に障る。

藤六《とうろく》という愚か者である。

齢《とし》の頃なら二十八九、近在の大百姓の六男坊だが家業も継がず奉公にも出ず、かといって渡世人になるでもなく、実家から金をくすねてはただ賭博と遊興に明け暮れている救いようのない大莫迦者である。煩《わずら》わしい。運平は肚《はら》の底からの軽蔑を込めて藤六を睨《ね》めつけた。

「何だァね、旦那、今日は一段とご機嫌が斜めで」

「煩瑣《うるさ》い田舎鼠」

田舎鼠はねェでしょうと言って藤六は倒れている徳利を拾った。

「勿体ねェなあ。荒れ寺の床板に飲ませる般若湯《はんにゃとう》があるんなら、わっしに飲ませておくんな」

「煩瑣いと申しておるのが聞こえぬか」

へえへえ、解りましたよと言って藤六は須弥壇《しゅみだん》に上った。

「へん。それにしたって殺風景になったもんだね。ここまで何にもねェと気持ちがいいや」

藤六は不敬にも以前は本尊の阿弥陀仏《あみだぶつ》が坐られていた場所に腰を下ろし、妙な具合に顔を顰《しか》めて、溟《くら》い本堂の天井中をぐるりと見渡した。

「しかし旦那。あの現西《げんさい》てえ糞坊主はどうしようもねェ悪党だ。あれで念仏者だてェから世も末だ。わっしも生臭坊主は何人か知ってるが、あんな悪太郎は知らねェ」

藤六は両手を後ろにつき、脚を投げ出し、首をぐるりと回した。

運平はそのぞんざいな態度も気に入らぬ。

「聞いたような口を利くな」

叩き斬ってやりたい欲動をぐいと押さえつける。

「貴様の如き人の屑に悪党呼ばわりされては、あの現西と雖《いえど》も後生がなかろう」

現西というのは運平が寝泊まりしているこの廃寺——寺の名すら運平は知らぬ——に三月ばかり前から棲み着いている鉦《かね》叩きの乞食《こつじき》僧のことである。藤六の言う通り、箸にも棒にも掛からぬ外道である。

莫迦言っちゃいけねェと藤六は嘯《うそぶ》く。

「仰せの通り、わっしも村の鼻抓《はなつま》み、極道藤六と忌み嫌われる溢《あぶれ》者《もの》だ。それでも現西の野郎程腐っちゃあいねェ。何といってもあの糞坊主、この寺に潜り込むなり、本尊鋳《い》潰《つぶ》しやがったんですぜ。先《ま》ず脇侍《わきじ》から潰すてェんなら、まだ解るがね。何の躊躇《ためら》いもねェんだから驚きだ。ほうれ御覧なせェゼ。もう売れるもんは燭台ぐれえしかねェ」

「愚か者め。どの順で潰そうと罰当りなことに変わりはあるまい。それに仏像を鋳潰した金で酒を食らい女を買ったのはどこの何奴《どいつ》だ」

へへ、と藤六は鼻を鳴らした。

「わっしは現西が稼いだ小汚ェ泡銭《あぶくぜに》を減らしてやっただけだ」

「得て勝手なもの言いじゃな。貴様が現西と二人で死人の衣類を剝ぎ取り、髪の毛を切り落としては売り捌《さば》いておるのを知らぬとでも思うているのか。同類ではないか」

脱衣婆《だつえばば》のお手伝いでやすよと藤六は言った。

「剝ぎ取る装束がねェ方が三途の川も渡り易いかてえ親切心《しんせつごころ》。懸ける衣がねェならば、罪の重さも量れめえ」

「くだらぬ」

「くだらねェかねえ」

くだらないと運平は思う。もしも地獄があるならば、それは此の世のことだろう。死ねば何も罔《な》い。同じく無為《むい》であるならば死んだ方がましだ。運平は肚の底からそう思う。

「それにね」

藤六は続けた。ぬるぬると上滑りする軽薄な言葉など聞きたくもない。

「あの糞坊主は——殺生すらも平気の平左てえ筋金入りの外道ですからね」

ありゃもう、ここに来てから三人から殺《ばら》してるらしいやと藤六は言った。

「それが如何《どう》した」

「如何したもこうしたもねェでしょう。わっしは極道だが人殺しは——」

「せぬのか」

「しねェ」

一一七

応《こた》え乍《なが》ら藤六は落ち着きなく眸《ひとみ》を泳がせた。

運平はその能《よ》く動く目玉を抉《えぐ》り出してやりたい衝動に駆られる。

「わ、わっしは人なんか殺さねえ。殺さねえさ。でも彼奴《あいつ》は出家のくせに人様の命を取りやがる。それを自慢気に吹きやがる。腐れ外道で御座ンすよ」

「人を殺すは腐っておるか」

運平が低い声を発したので藤六は息を呑んだ。

「な、何です」

運平は太刀に手を掛ける。

長さ四尺、反《そ》り高の業物《わざもの》。抜けば玉散る憲房乱《けんぼうみだ》れ。

何もかも大嫌いな運平が、唯一厭《いと》わぬ神品《しんぴん》である。

「儂《わし》はな、十四の時に親を殺《あや》めた」

柄《つか》に手を掛ける。

「以来三十年、屠《ほふ》った命のその数は、貴様の両手を借りても足りぬ」

「そ、それは」

藤六の青瓢簞《あおびょうたん》のような顔から血の気が失せる。

「だ、旦那、血迷っちゃいけねえ。わ、わっしァお仲間内じゃねェですかい。山ン中で難渋してた旦那方ァ此処《ここ》までお連れして匿《かくま》ったのは、わっしですぜ。それからこっち、もう一年も、こうしてお世話ァさせて戴いてるンじゃ御座んせんか」

「一歳《ひととせ》か」

此奴は一歳も人の血を吸うておらぬのかと運平は心にもないことを言った。

鯉口《こいくち》を切る。

「だ、旦那ッ」

「存じておろう。儂はな、理由があって人を斬るのではない」

運平は片膝を立てた。

その、片膝を立てるという僅《わず》かな動作《うごき》がそもそも煩わしく思えて、運平の機嫌はいっそう悪くなった。こんな男のために何故動かねばならぬのか。

「子細《しさい》なく親を害したこの儂だ。恩人だろうが朋輩だろうが知ったことではない。どれ程恩を受けようとも、どれだけ情けを掛けられようとも、儂は嬉しくも思わぬし有り難くも感じぬのだ。人などは皆、死んでしまえば良いのだと、儂はいつも」

いつもいつも。

「そう思うておる」

藤六は旦那旦那と見苦しく口走り乍ら後退り、最後は壁にへばり付いた。

「勘弁だ。何でもしやす。勘弁だ。酒盛って尻斬られるようなのは真っ平御免で」

「けち忌忌《いまいま》しい下臈《げろう》め。見苦しい」

運平は刀を収めた。鍔鳴《つばな》りの音と共に藤六は腑抜《ふぬ》けのように肩を落とした。

こんな男、斬るのも莫迦莫迦しい。刀の錆《さ》びが増えるだけである。

運平は燭台を思い切り蹴倒した。火の点《つ》いたままの蠟燭は人魂のように尾を引いて飛び、床に転がる前に消えた。

堂内の暗《やみ》が深くなる。

「用がないなら帰れ。儂は殺すと申したら殺すぞ」

「よ、用がない訳じゃねェんですよ。わっしはその、現西の糞野郎に用があって来たんで御座いますがね――そうだ、旦那、旦那でもいい」

「儂でもいい、とは何という物言いだ」

「いや、その――そういう意味じゃあねェ」

藤六は再び手を翳《かざ》した。

「旦那、旦那のそのご立派な御腰のものァ、血を吸いたがっておられるのでしょう」

莫迦莫迦しい。

「ものの喩《たと》えを真に受けるとは愚かしい。刀は物だ。物が人を斬りたがるか」

旦那が斬りてェんでも同じことですよと藤六は言う。

同じではない。

同じではないのだ。

藤六は須弥壇を降りると声を出さずに笑った。

「旦那ね、あの、村外れに掛かってる芝居小屋ァご存知で」

「知らぬ」

「掛かってるんですよ」

「だから何だ。つまらぬことをほざくと」

だから待ってくだせェと藤六は手を翳す。

「江戸から下って来た玉川一座ってぇ旅芝居の一座が莚《むしろ》小屋おっ立てて、幡《はた》ァ並べてね、田舎歌舞伎を打ってるんですよ。こんな草深ェ処に能くぞ来たもんだと思いますがね、これが、結構当たってるんで」

「それが如何《どう》した」

「如何したって、そりゃ旦那はお江戸のお方だから芝居狂言なんざ珍しくもねえだろうけど、わっし辺りは旦那の言う通り田舎鼠で御座んしょう。江戸の大歌舞伎なんかにゃ縁はねェ。慥《たし》かに小屋も粗末、俳優《やくしゃ》も粗末、装束だってお道具だって急拵《きゅうごしら》えの粗末なもの。狂言よりも小舞いの方が長《なげ》ェて、粗末な仕立ての芝居なんだろうが、田夫野人《でんぷやじん》にゃそれはそれで娯《たの》しいものでさあ」

「そんな囈《たわごと》は如何でも好いと申しておる。儂は芝居など観ぬ」

そもそも面白うない世相《よのなか》。その世相を模した芝居など、輪を掛けて面白うない。

考えただけで腑《はらわた》が煮える。

大嫌いじゃと運平は吐き捨てた。

待って、待ってくだせえと、藤六は慌てて居住まいを正した。

「じ、実はね、そうだ、須賀《すが》屋の娘——須賀屋ァご存知でしょう」

「廻船商の須賀屋のことか」

紬《つむぎ》 細布《ほそぬの》 安達絹《あだちきぬ》、紙布《しふ》 菅薦《すがごも》の類《たぐ》いまで、近在の名物土産《とさん》を買い集め、青森の湊《みなと》から船を仕立てて諸国に廻し、多大な利を得ているらしい、この郷一番の商人《あきんど》である。

その須賀屋でさァと藤六は言った。

「だ、旦那も狙ってるんでしょうに」

「狙うとは何だ」

「いや、そのお仲間がね」

仲間。仲間など居らぬと運平は怒鳴る。

「巫山戯《ふざけ》るな。儂はそんなものに興味はない。鰊八《かどはち》と鴆二《うとうじ》の莫迦めが、くだらぬ企みを巡らせておるだけだ」

鰊八と鴆二。

この寺に一緒に潜伏している悪党である。

連中と何時《いつ》から道行きを共にしているものか、運平にはまるで覚えがない。気がつくと子分気取りで、もう三年以上も運平の周りに纏《まと》わり付いている。

親分兄貴と持ち上げられても運平は鼻毛の先程も嬉しくはないし、忠義を尽くされても鬱陶《うっとう》しいだけだ。一緒に悪事を働いても、ただのひとつも愉快ではない。だから何度も斬り殺そうと思うた。実際、最初は三人居たのだが、ひとりは運平が首を刎《は》ねたのだ。殺した一人の名前は覚えてもいない。

だから運平は二人を仲間だ子分だなどと思ったことはない。ただ、金烏玉《きんうぎょくと》兎の足は速い。斬り損ね殺しあぐねているうちに、月日が経ってしまったというだけのことだ。

興味もないから詳しくは知らぬが、二人ともその昔は蝙蝠《こうもり》一味を名乗り西国を荒らした海賊の一味であるという。いずれろくなものではない。

放っておいてもいずれどこかで野垂れ死にする種類の、これもまた藤六と変わらぬ人の屑どもである。運平は昨年、憂さ晴らしに連中と常州で押切辻斬りを働き、いいだけ無頼を気取って暴れ回った揚げ句、終《つい》には土地に居られなくなり、そのまま一緒に奥州まで逃れて来たのである。

尤《もっと》も運平には逃げているという自覚はない。追手がかかれば斬って捨てるだけ、斬られれば己が死ぬだけである。いずれ面白うもない憂き世。運平は、進んで死ぬるのも面倒臭いから、今まで生きてしまったというだけの男なのだ。

「あいつらはくだらぬ盗賊《ぬすっと》だ。儂とは関係ない」

「その盗賊のお頭目様《かしら》じゃねェんですかい」

「藤六」

言うが早いが運平は、四尺の名刀をすらりと抜き放ち、閃光解き放《はな》垂れる間もなく鞘《さや》へと収めた。

残っていた燭台の燈が、す、と二つに別れた。幾分小さくなった燈は左右に割れ、やがて音をたてて床に倒れた。燭台が火の点いた蠟燭ごと真っ二つになったのである。

一二三

床の上の蠟燭の火はほんの僅かな間ちろちろと燃えていたが、幾度か瞬《まばた》きをするうちに一筋の烟《けぶり》を立てて、消えた。

破れ寺の荒れた本堂は真の昏黒《こんこく》に満たされた。

「今度その呼び方を致したら。貴様の右目と左目が斯様《かよう》な有様になる。能《よ》く憶えておけ」

暗の中からひいひいという声が聞こえた。

「諒解《わか》りました。承知しましたから勘弁しておくんなさい。そ、そんな、押し込み働こうなんて物騒な話じゃあねェんで。じ、実を申しますと、わっしはその、須賀屋の娘に岡惚れしておりましてね」

「はッ。またしても貴様の色恋沙汰か。己の尻も己で拭えぬような屑野郎が、色だ恋だと騒ぎ立ておって。この花癲《いろぐるい》め」

こればっかりは止《や》められませんぜと藤六は言った。

「仮令《たとい》旦那に斬られたって色の道ばっかりは捨てられねえ。須賀屋の娘――お秋ってんですがね、これが佳《い》い女でね。わっしはもう幾度も文を出したが、一向に好い返事がねえ」

「当たり前だ。貴様のような屑が幾ら艶書《えんしょ》を認《したた》めようと埒《らち》が明くものではあるまい」

「そうじゃねえ」

藤六は妙に凄んだ。

「わっしが嫌われてるんじゃねェ」

「そうかな」

「須賀屋ァ用心深くなってるんだ。わっしの文はお秋の許にゃ届いてないに違ェねェ」

「鼻抓みの半端者が娘に言い寄れば、心ある親なら用心もしよう」

そうじゃねえって言ってるでしょうよと藤六は激高した。

「違うんだ。そうじゃねえんだ。そうじゃねえのさ。あの須賀屋の主の善七《ぜんしち》は、気が触れてるに違ェねェんだ」

「何故そう思う」

「客は疎《おろ》か出入りの者でも親類でも、男とあらば娘には一切近づけねえ。奉公人すら口も利けねえ、人前に出る時は十重《とえ》二十重《はたえ》の護衛付きだ。牡《おす》と名の付くものならば、猫の子一匹寄せ付けねえのさ。行き過ぎでしょうよ」

それは用心深いことよと運平が言うと、藤六は狂っていやがるんだと答えた。

「用心深ェといっても程がある。あれは普通じゃねェや。あの親父ァ、二年前から気がおかしくなってるんだ」

「二年前とは」

「あの須賀屋にゃあね、もう一人娘がいたんです。その娘——お秋の姉でお春といったが、これが二年前に——死んじまったんで」

「死んだが如何《どう》した」

「ですからね、寝込み襲われたんで」

「押切りでも侵入《はい》ったのか」

「そうじゃねェ」

男ですよと藤六は言った。

「お春はね、犯されて嬲《なぶ》られて殺されたんだ」

「何者《だれ》にだ」

「ど、何処《どこ》の何奴《どいつ》か知らねェや。下手人は挙がってねェ。夜這いを掛けて無理矢理に、捩《ね》じ伏せ犯して辱《はずかし》め、思いを遂げたは好いけれど、あまりに泣き叫ぶので」

「殺したか」

「裁《た》ち鋏《ばさみ》で喉笛を一突きだ」

「ほう」

業の深いことだと運平は思う。

そこまで女色に執心する気持ちも、保身に翻弄される想いも運平には理解できぬ。女など抱いても虚しくなるだけだ。それを無理矢理に捩じ伏せるなど、面倒なことこの上ない。捕まって殺されても仕方がないと思うてするならまだ解るが、騒がれて困るぐらいなら止せば良い。人目を気にして保身のために殺害してしまうくらいなら最初から殺してしまえば善いと思う程である。生きているものを犯そうが殺してから辱めようが、然《そ》う変わるものではあるまい。そこまで嫌われているのなら、さっさと殺してしまった方が善い。

そう言うと藤六は、旦那ァ怖いお人だねと言った。

「わっしも人でなしと呼ばれる男だがね、旦那の境地にゃ程遠いぜ。呆れたお方だ」

ひとでなし。

母親もそんなことを言っていた。

勿論斬り殺した時のことである。

まあいいやいと藤六は見切ったように言った。

「兎《と》に角《かく》、それ以来須賀屋の主人は莫迦みてェに用心深くなったんだ」

「その所為《せい》で貴様の懸想は遂げられぬと、そう申すのか」

そうですよ、と藤六は答えた。

「それがね、まあ、虫が一疋《いっぴき》も寄り付かねえよう、箱に入れてるうちはいいやね。勿論わっしも近づけぬが、他の糞野郎も近づけねえ。ところがね――」

そこで旅芝居なんでさあと藤六は言った。

「呑み込めぬな」

「いや――あの芝居一座に、玉川歌仙てえ女形がいるんですがね、お秋の奴、どうもその、糞忌忌しい銀流しの役者野郎にご執心になっちまった」

「大店《おおだな》の娘《むすめ》子が贔屓《ひいき》役者と恋仲か」

江戸では珍しくもない陳腐な話だが、斯様な僻処《へきしょ》では耳新しいのかもしれぬ。

「だが藤六、須賀屋は用心深いのではなかったのか。奉公人さえ近くに寄せぬ程の警戒振りであるのなら、娘の役者買いなど許すものか。もしその娘が親の目を盗んで恋路を通うておるのならば、須賀屋の用心とやらも知れたものではないか」

「そこだ。先ずね、芝居小屋にお秋を連れてったのが須賀屋の主人善七その人なんで」

「主人自らが連れ出したか」

「まあね、ここいらじゃ珍しいもんですからね。そこまでは良いやね。珍《めずら》かな芝居見物に一度娘を連れて行くってところまでは解る。ところが、娘が歌仙を気に入ったと知るや、連日の通い詰め。二日に一度は自分も一緒に行きやがる。だから狂うておると言ってるんですよ」

「狂うておるかな」

「あれだけ虫がつかねえようにしておいて、こともあろうに相手ァ流れ役者ですぜ」

「仲を認めておるということか」

洒落臭《しゃらくせ》ェ、糞忌忌しいぜと藤六は言った。

「今日なんざ、親子揃うて楽屋に差し入れだ。中で何していやがったのか、楽屋から出て来た時の、あの、お秋の奴の若気《にやけ》た顔ったらなかったぜ。何でェ、いつも取り澄ました顔してお高く留《と》まってるくせによ。ありゃ白ッ首の面だ。色気づきやがって畜生め。畜生め」

畜生め畜生めという声だけが、暗い本堂の中を巡る。

「藤六貴様、その娘をずっと付け回しておるのか」

「付け回す。いや、そんなじゃねェ。お秋はね、わっしのことを嫌いなのじゃねェ。わっしのことを知らないだけなんで。だから傍に居りゃあ何時《いつ》かは気がつくだろうと、そう思うてね、ずっと跡に付いていてただけだ。わっしはずっと傍に居た。それをあの、あの役者野郎め」

冗談じゃねえやいという大声と共に、正面の扉が開いた。

蹴り開けたのだろう。

——此奴も病んでおる。

運平は幽《かす》かな月明かりに浮かんだ藤六の輪郭を薄目で見て、
再び刀の柄に手を掛けた。

——斬ってしまうか。

生きていたとて見苦しいだけ。斯様に生き腐れておるならば、斬って捨てるが良いか。

待て待てと声がした。

雲が切れ、月明かりが射して、異形の姿が浮かんだ。

薄汚れた青頭巾。海松《みる》の如きにささくれた破れ衣。鍋の底の如くに黒く汚れた面。

伸び放題の髯と髪に埋まった鋭き眼——。

藤六の話通りなら、世に害悪を流したる稀代の破戒僧、現西であった。

「動木《とどろき》殿、こんな下臈は斬るだけ無駄じゃ。真逆《まさか》世のため人のために斬って捨てようなどという殊勝な心掛けでもあるまいし、どれだけ斬り刻んでみたところで別に面白いこともなかろうぞ。まあ、貴殿のことであるから、そこは百も承知のことであろうがな」

藤六は怯《び》気《く》りとして振り向く。

「旦那——」

背に月明かりを浴びた藤六の顔は見えない。

「だ、旦那、どうして——わっしを」

「藤六、お前まだ、この動木殿というお方がどのようなお方か心得ぬようだな。愚僧が来るのがひと足遅れておったなら、己の首と胴は泣き別れて居るところであったのだぞ」

藤六は身を翻《ひるがえ》し、戸の蔭に半身を隠すようにした。

「で、でもわっしゃ別にこの旦那には」

現西は薄汚れた顔を月光に晒《さら》し、にたりと鄙俗《いやら》しく笑った。

「ま、ここは愚僧にお預けなされ」

そう言うなりに異形の僧は、藤六の両肩をむんずと攫《つか》み、扉に押し付けるようにした。

ぎい、と扉が軋《きし》んだ。

「藤六」

「な、何だよ」

「話は大方聞いたぞ。それで藤六、お前如何《どう》したいのだ」

「如何って――」

「お前は愚僧の手が借りたかったのじゃろう。否、動木殿でも用が足りるような口振りであったな。お前が手を借りたいと思うておることとは、つまり――人殺しじゃな」

現西は口を開けて笑うような顔をした。

開けた口の中は真っ黒に見えた。

「ひ、人殺しって」

「その歌仙とかいう江戸者を殺して欲しいのか」

「そ、そんな、わっしは」

黙れと一喝して現西は藤六を堂内に突き飛ばした。

「善いか藤六。死ね死ねと心中に強く念じておるならば、それは実際に人様を殺《あや》めたと同じことじゃ。手を下す度胸がないというだけで、お前は既に人殺しじゃ」

現西は床を踏み鳴らして堂の中に上がり込む。

「此の世にはな、神も仏もないのだ。それがあるなら胸の内、心の中にこそ、有り難き神仏は御座《おわ》すのじゃ。心中悪念に凝り固まった汝のような者には、もう天の道も人の倫《みち》もない。それを今更、何を善人振るか。お前と愚僧は同類だ。同じひとごろしじゃ」

同じ——。

ひとごろし。

藤六はぐたりと身を伏せた。

運平は床に唾を吐き捨てた。

——解ったような口を利く。

崩れ法印は背を丸めて屈み込み、その薄汚れた黒い顔を藤六にぐいと寄せた。

「どうじゃ藤六。このままでは肚の虫が納まるまい。愚僧に良い思案があるが」

「し、思案だと」

「おう。これからお秋を勾引《かどわ》かし、お前はその邪恋を遂げよ」

「か、勾引かすだと。そんなことしたら」

「それこそ如何《どう》もないわ。お前が想いを遂げたなら、愚僧もお溢《こぼ》れに与《あず》かろうかい。手伝い賃じゃ。それくらいは堪《こら》えよ。良いな」

莫迦なこと言うンじゃねえと藤六は身を起こす。

「あ、後は如何する。そんなこと仕出かしちまったら、始末がつくめえよ」

殺してしまえば良いと現西は簡単に言った。

「こ、殺すのか」

現西は藤六の胸倉を攫《つか》んで激しく揺する。

「善いか、善いか善いか藤六。お前の邪《よこしま》な想いはな、そうでもせねば絶対に遂げられぬぞ。身の程を知るが良い。お秋の如き娘はな、仮令《たとい》天地《あめつち》の理《ことわり》が反対《さかさま》になろうとも、お前のような痴《し》れ者を好いたりはせぬ。このまま何もせずに居ろうとも、生涯厭われ、蔑《さげす》まれ、蛇蝎《だかつ》の如き扱いをされるが落ちじゃ。ならば一夜なりとも想いを遂げ――」

殺してしまえ。

「お、お秋を――殺すのか」

お前に出来ぬなら愚僧が引導を渡してやろうと現西は言った。

「否、愚僧に殺させろ」

「げ、現西、手前《てめえ》」

現西は髭に覆われた頰を緩める。

「愚僧には――人殺しの疾《やまい》がある」

そう言ってから、現西はゆるりと運平に顔を向けた。

「動木殿」

「ふん」

何の想いも湧きはせぬ。

所詮此奴も病んでいる。

「あれは何時のことであったか」

現西は述懐をするように語り始める。

「諸国を行脚しておった愚僧は或る夜、豪雨に見舞われ已むなく一夜の宿を乞うた。その家の主は行商に出ており、娘がひとりで留守を守っておったのだ。その娘は、愚僧をまるで塵芥《ちりあくた》でも見るような眼《まなこ》で見おった。無理もないわ。この面体じゃ。そこで愚僧は今宵《こよい》一夜の宿を恵み賜《たま》わば福田は海の如く恩徳は天と等しかるべしと申してな、偏《ひとえ》に慈悲を垂れ賜えと依願した。それをあの娘は拒んだ。困憊《こんぱい》しておった愚僧は平伏し、尚も頼んだ。するとな」

縋《すが》った際に裾が乱れた。

餅の如き白脛が露《あらわ》になった。

衣《きぬ》に留めたる薫物《たきもの》が鼻に香った。

「もう我慢がならなくなったのじゃ。抱き竦《すく》め組み伏せた時、その娘は怯えておったぞ。まるで熊鷹《くまたか》に見入られた紫燕《つばくろ》のようであった。しかし怖れ震えるその、眼《まなこ》が、眼がな」

愚僧を侮蔑しておったと現西は言った。

一三三

「その時愚僧は抑え難き瞋恚《しんい》に駆られ、殺生戒を破ったのだ。だが人を殺めた時、愚僧の中に去来したのは畏れでも後悔でもなかった。愉悦であったのだ。以来愚僧は生き乍らにして鬼となった。戒めを破ることの、何よりも厳しい戒めを破ることの、何と愉しいことか――」

現西は運平を見据える。

運平は顔を背けた。

醜い。

運平にとってそんなことは正に如何《どう》でも好いこと。あれこれ理由をつけなければ人も殺せぬのかと、そう思うだけである。刀を振り上げて振り下ろせば、それだけで人は死ぬのだ。愉しくもなんともない。茶碗を叩き割るのと、何等変わりのないことである。

「て、手前《てめえ》」

「どうということはない」

「でも、お、お秋を殺すのは」

「殺さねば足がつく。嬲《なぶ》る以上は殺せ」

現西は囁《ささや》く。

「扨《さて》、愚僧が思案と申すのはこの後だ。善く聞け藤六。お秋を姦《おか》す。そして殺す。殺したら、その罪をば件の江戸の役者に着せてしまうのだ。如何じゃ」

「か――歌仙にか」

「さすればお前の憂さも晴れよう」

藤六の影は暫《しば》し放心したかのように肩を落とした。

「そうか。そうかなる程な。あの役者野郎に罪をなあ」

肩が震えた。嗤《わら》っているのだ。それならば――好い、それは好いそれは好いぞと藤六は繰り返し、やがて声を立てて笑い出した。

「好いかもしれぬ。糞坊主、それは好いぞ、妙案じゃ」

現西は腴《や》せ瘠《こ》けた二の腕を掻き乍ら、運平に向き直った。

「何も申さぬのか動木殿」

「儂には関わりなきこと」

「善きお心掛けじゃ。愚僧はもう、幾年も前に人であることを辞めておる。お気に召さぬならば斬っても良いが、愚僧を斬ったところで貴殿の心は晴れますまい。放っておいて戴こう」

さあ立て藤六と言って現西は藤六の襟首を攫んだ。

「お秋はな、今宵は須賀屋には戻らぬぞ」

「ど、どこに――」

「都合の良き処じゃ。お秋はな、芝居小屋から戻る際、突如癪《いきなりしゃく》を起こして足止めじゃ。道沿いの百姓家に留まりて養生しておる」

「ま、まだ狭布《きょう》の辺りに居るというのか」

「しかも父親の須賀屋善七は、商《あきない》の所用があるとやらで、娘とお付きの下女二人を百姓家に残し置き、先に店へと戻っておる」

そいつは本当《まこと》かと藤六は早口で問うた。

「真《まこと》も実《まこと》。愚僧は今日、さる者に乞われて彼《か》の地に釜祓《かまばら》いに出向いて居《お》ったのだ。夕刻、その百姓家の者が、娘の預かり賃に貰うたのじゃと一分銀をちらつかせ自慢しておった故、間違いのないこと。それを聞き、此処に戻ればこの話。これも何かの因縁ではあろう。今宵は悪事を為す千載一遇の好機。彼《か》の百姓家なら芝居小屋は目と鼻の先。玉川某なる役者の名を騙《かた》り、お秋をば誘い出すのも易いこと。犯して殺したその後に、小屋の裏にでも捨て置いて、後は出鱈《でたら》目《め》並べ立て、代官所にでも申し出て、役者を罠に嵌《は》めれば良いわ」

——煽《あお》るか。

気に入らぬ。

消えてくれ、何処へなりとも行くがいいと、そう思うたから、運平は横を向いた。これ以上この莫迦者どもの虚《うつ》けた言葉に耳を傾けていると、膾《なます》に斬ってしまいそうだったのである。

運平の忿懣はいっそうに募った。

ようし解った、いざ行かんと、藤六は立ち上がる。

扉を開け放したまま、破落戸《ごろつき》と鬼畜法印は姿を消した。

闇だけが残った。

無性に。

無性に肚が立った。

理由は判らぬ。藤六が来る前も憤懣は胸に渦巻いていたのだ。

しかし。
違う。何かが違う。運平は得心が行かぬ。
慥かに運平は人殺しだ。人でなしだ。悪党だ。
でも、現西の言葉は通じぬ。現西の気持ちは判らぬ。
い、い、い、い、い、い、い、い。
ひとごろしは愉しくなどない。
哀しくもない。辛くもない。ならば人を殺して何とも思わぬ己が一番病んでおるのか。
肚の底が煮えた。顳顬《こめかみ》に血が上って、耳の付け根がひくひくと攣《つ》った。
何故に、何故にこうなのだ。この苛立ちはいつ鎮まるか。
運平は太刀を摑んで立ち上がる。矢張り。
――殺してやる。
藤六と現西を切り刻んでやる。
何故そう心を決めたかは解らない。考えるだけ無駄だ。
親を殺した時もそうだったのだ。自分のこととて解らぬものは解らぬ。
運平は、苔《こけ》と黴《かび》と、腐敗した土の匂いで噎《む》せ返るような夜の墓場へと躍り出た。
弓手《ゆんで》には四尺反り高の名刀。
馬手《めて》には虚無をば握り締め。
運平は、欠けた墓石と朽ちた卒塔婆《そとば》の杜《もり》を駆けた。
藤六と現西を叩き斬り、その足でそのままこの地を離れようと、運平は心に決めた。

幸い鰊八《かどはち》も鴂《うとうじ》二も居らぬ。居たら奴等も斬ってやるところだ。

運平の血走った眼《まなこ》は錦《にしきぎ》木塚《づか》辺りで前を行く悪党二人の姿を捉えた。

その時のことである。

颼颼《しゅうしゅう》と。

北国の鬱蒼とした木木の樹梢《こずえ》を渡って、一陣の風が吹き去った。

運平は立ち止まった。何か——厭な風だったからである。

現西も立ち止まった。

当然藤六も止まった。

月色朦朧《もうろう》として夜陰は不覚《すずろ》になる。

虫の音か。

——否。

それは啜《すす》り啼《な》きだ。

人の声とは思わなかったが、そう聞こえた。同時に運平は、いずこかに人の気配を覚え、咄嗟に道の端に寄り、草叢《くさむら》に身を沈めた。本能的な判断だった。

——何事か。

ぞくぞくと総身が粟立った。肚の中に轟いていた忿気《ふんき》が、毛穴からすうと脱《ぬ》ける気がした。

めらめらと。

塚の背後《うしろ》に陰火が燃えた。

藤六がわなないて後退した。

塚の上に。

女が立っていた。

いいいいいいた。

ただ立っていた。

恨みがましい様子でもなく、哀しげでもなく。

ぽつんと、ただ立っていた。

威《たけ》き黒髪を掻き乱し、顔は雪よりも白く。

吭《のどぶえ》の辺りより鮮血《なまち》が滴《したた》っている。ただ、痛そうには見えぬ。苦しそうにも見えぬ。

つまりは、生きておるようには見えぬ。痛がりも苦しみもせず、それはただそこに居た。

滾滾《こんこん》と流れ出でたる鮮血は、身に纏った羅《うすもの》をも朱《あけ》に染めているようだった。しかし女の半身は黒暗《よる》にすっかり溶けており、朦朧模糊《もうろうもこ》として一向に瞭然《はっきり》としない。

何処を見ているものやら判らぬ眼。否――。

――何も見ておらぬのか。

そう思った刹那。

運平は多分、生まれて初めて怖いと思うた。

――あの女は。

藤六の悲鳴が聞こえた。

吾《わらわ》は――。

抑揚のない声が、静静《しずしず》と地べたを這うように、静かに響いた。

吾は――。

汝が毒手《どくしゅ》に掛かり非命《ひめい》に死したるが冤魂《えんこん》、仇《あだ》を報《むく》わんため、これまで現れ来《きた》れるなり――。

汝強いて吾を姦せんとし、承《う》け引かざるを憤りて――。

未だ陽数も終わらざるに、擅《ほしいまま》に吾を殺し、その上櫛髪搔《くしかみかき》を貪《むさぼ》れり――。

吾その恨を晴らさんと閻羅王《えんらおう》に訴えしかば、閻王《えんおう》暫しの暇《いとま》を賜《たまわ》り、此処に来らしめて――。

汝が一命を取らせる――。

死霊。

――あれは死霊か。

感情のない声の連なり。

ただの音の連続が意味を持つという怖さ。

あれは此の世の者ではない。ならば。

――現西が殺めたとかいう娘か。

吾を嬲り辱め殺め奪いて飽き足らず――。

今なお吾が妹をも毒手に掛けんとの奸計を巡らすとは赦《ゆる》すまじ――。

呪い祟りて地獄へと誘わん――。

――妹。

「お、お春ッ」

お春。須賀屋のお秋の姉——ならば。

「わ、悪かった。わっしが悪かった」

絶叫したのは——。

現西ではなく藤六だった。

朧月に浮かぶ藤六の狼狽様《うろたえよう》は遠目にも歴然と知れた。

面色枯れ木の如く変わり、斃《たお》れたる狗《いぬ》の如く地に臥《ふ》して、藤六は哭《な》き、そして叫んだ。

「わっしは、お、お前様に惚れておったのだ。だから、だからあんなに、お、御身に情を求めたのだ。それを、お前様は無下に断った。あれ程頼んだのに、只管《ひたすら》に従わぬから、だから」

だから殺したんじゃねえかと藤六は叫んだ。

「お前様があまりに泣き叫ぶから、人を呼んだりするからいけねえんだ。お前様が悪いのじゃないか。わっしは捕らえられるのが嫌で、だから殺してしまったのじゃないか」

お前が悪いお前が悪いと、藤六は地面に頭を打ち付けて幾度も吼《ほ》えた。

身勝手な言い分じゃ——。

矢張り容赦はならぬ——。

速《すみや》かに地獄に行きて限りなき呵責《かしゃく》を受けるべし——。

悪かった、悪かったと藤六は顔を上げ、わなわなと激しく震えた。

「わ、わっしが悪かった。こ、心得違いをしておった。ゆ、赦してくれ」

成仏してくれと藤六は手を合わせ声を張り上げた。

死霊は――何も見ない眼で藤六を見下ろす。

汝の悪行、如何《いかん》とも赦すまじ――。

然《しか》りと雖《いえど》も汝、今先非を悔い、吾が執念の残りし櫛髪掻を戻しなば――。

暫く汝が一命を赦すべし――。

然《さ》も非《あらず》んば速《すみや》かに地獄に行きて限りなき呵責を受けるべし――。

櫛、櫛か櫛だなと叫び、藤六は懐に手を差し入れた。

「ほら、返す、返す。これは、盗んだのじゃねェ、お前様の形見に持ち帰ったのじゃ。あれ以来、膚身離さず、後生大事に身に付けておったのだ。ほら、返す、返しまする」

これじゃこれじゃと藤六が櫛らしきものを取り出《いだ》し、頭上に押し頂いたその途端。

ふうと陰火が消え、塚の蔭から小者数名を従えた二人の侍が毅然として現れた。侍は呆気に取られている藤六の手から櫛を取り上げた。

「間違いない、須賀屋より届出のあったものと寸分違わぬ櫛髪掻。これぞ動かぬ証拠《あかし》である」

「小湊百姓長吉が六男藤六、須賀屋善七娘春殺害のかどで召し捕るッ。神妙に縄に就けいッ」

藤六は眼を見開き二人の侍の顔を何度も何度も見比べて、それから咽喉《のど》も張り裂けんばかりに絶叫した。運平も流石《さすが》に混乱し、現西の姿を探したが、法印の異形は死霊と共に――。

掻き消えていた。

運平の胸には、再び憤懣が充満し始めていた。

荒神棚の多九郎

多九郎は楽屋口の地べたに直《じか》に孤座《すわ》って、首を曲げ、己の肩越しに覗く地面を眺めていた。

北国《ほっこく》の土は黒い。何故か多九郎はそう思う。土地が肥えているとは思わぬ。養分を含んだ豊潤な黒さではない。土壌は朽《く》ちている。育《はぐく》めるのは苔《こけ》くらいのもので、滋も養もない。ただ、ここいらの土には何かが沁《し》みているように思うのだ。だから黒い。

——古いか。

古いのかもしれない。往《いにしえ》の残滓《のこりかす》が沁みているのだろう。

大勢の流した汗やら血やら涎《よだれ》やら、垢《あか》やら毛やら涙やら、念やら恨《こん》やら執《しゅう》やらが——そうしたものが沁みている。

北国の冬は寒い。沁みたものは、だから土ごとそっくり凍《い》て付いて、また溶けて、土の、芯の、奥の奥まで浸《し》み透《とお》るのだ。

所詮《しょせん》、土は屍《しかばね》だ。人や獣や木や草が、身罷《みまか》り腐って土になるのだ。ならば、そうしたものもまた能《よ》く馴染もう。屍の土に、生者の滓が幾重にも染入《しみい》って、それを幾星霜と繰り返して、そうして土は出来るのだ。土は、煩悩《ぼんのう》を練り固めたようなものなのだろう。

多九郎は何故だかそんなことを想うて、戯事《くだらぬこと》と己を嘲笑《あざわら》い、尻の横に落ちていた小枝を抓《つま》み軽く地面に突き立てた。

つう、と線を引く。

黒土の上に数粒、白砂が落ちている。

——乾いてやがる。

土は湿っている。水気を感じる程ではないが粘性はある。砂の粒にはそれがない。

煩悩を焼き払った舎利のようなものか。

——糞面白くもねえ。

色だの欲だの抜け落ちた、そんな舎利など面白くも何ともない。

——小平次。

面白くない。

この砂は、小平次の草履《ぞうり》から落ちたものだ。

お白州の砂粒である。

——こんな草深い田舎にも白州はあるか。

どんなに砂で覆ったとて積年沁みに染みた煩悩は隠し果《おお》せるものではあるまい。この芝居小屋と同じで、俄《にわ》か造りのまやかしだ。

多九郎は小枝を放った。

落ちても音すらしない。土が吸ってしまうのだ。

村は一寸《ちょっと》した騒ぎになっていた。

二年前に起きた娘殺しの下手人が捕縛されたのである。

小湊《こみなと》の百姓の倅《せがれ》で、この小屋にも何度も来ていたと番台の口上役は言っていたが、囃子《はやし》方《かた》である多九郎は、何の覚えもなかった。

ただ、殺された娘の親というのは見知っている。須賀屋善七という男で、近在でも一二のお大尽だそうである。これがこの度の興行を豪《えら》く贔屓《ひいき》にしてくれている。破《や》れ舞台の何処《どこ》が気に入ったものかは知らぬが、三日に上げずに小屋に顔を出す。善七の娘――殺されたという娘の姉妹か――などは毎日来る。親娘で楽屋にも何度か顔を出しているので、裏方の多九郎でも覚えがあるのだ。

そんなだから、玉川座の中もその話題で持ち切りになった。

一座の者が口口に語るを聞くに、善七と下手人は、小屋で顔を合わせている筈だと、そういう話の種である。

罪もない娘嬲《なぶ》って突き殺し、二歳《ふたとせ》の間悔いもせず、遊び暮らしたその挙げ句、いけしゃあしゃあと芝居見物、殺した娘のその親と、隣り合っても平気の平左、全く呆れた話だと――そういう筋書きの話である。

村人も大いに湧いた。

愉快なことなど何ひとつない、ただ働いて死ぬだけのつまらない村である。人殺しの下手人が捕まったというだけで祭の如き騒ぎようである。お蔭で小屋も暇だった。

客が来ないのだ。

罪人が召し捕られただけで芝居の客が減るなど、江戸では考えられぬことである。市中引き回しだ打ち首獄門だというのならまだ見物も出来ようが、ただ召し捕られたでは観《み》るものもない。しかし、別段観るものがなかろうと、芝居は木戸銭《きどせん》を取るが噂話は無料《ただ》である。無料で騒いで憂《う》さが晴れるなら、だれも芝居など観ぬだろう。嘘ッ八の狂言芝居などより現実《ほんとう》の人殺しの話の方が面白いに決まっている。それは多九郎もそう思う。

これでは舞台も儘《まま》ならぬ、この閑古鳥《かんこどり》なら、いっそ興行を休んだ方が良かろうということになった。今回の興行はそこそこ当たっている。大入りも出た。一日二日穴を開けたところで、旅芝居一座が稼ぐ額としての儲けに遜色はない。と、いうよりも、そろそろ飽きられる頃でもあるし、これを潮時に引き揚げても一向に構わぬという、そうした具合でもあったのだ。

舞台は中止となり、裏方連中と数名の俳優《やくしゃ》は代官所の方に行ってみるなどと言い出した。行ったところで何も観られはせぬのだろうに、袖擦り合うも何とやら、同じ桟敷《さじき》に仇敵同士が隣り合うとは因果なことと、莫迦どもは浮かれた。

でも多九郎は、一緒に囃し立てる気にはなれなんだ。弥次馬な気持ちも湧かなかった。江戸に居たなら、その莫迦野郎の面でも拝みがてら罵声のひとつも浴びせてやろうという気になっていたのかもしれぬが、どうも気が乗らない。

――この、土地の所為《せい》だ。

うかりうかりとした気持ちを、煩悩の黒い土が吸うてしまうのだ。

吸い取られて吸い取られてつまらなく死ぬのだ。多九郎の肌には合わぬ。

——此処に浮かれ囃子は似合わねェ。

今更下手人が召し捕られても娘が生きて帰る訳でもあるまい。

多九郎は醒めている。

——小平次。

多九郎は、あのうすのろの陰気な面を思い起こす。

うすのろは今、代官所に居る。

見物に行ったのではない。どうやら小平次は、証人であるらしい。

勿論、娘殺しの証人である。

いったい何がどうしたものか、子細は多九郎も知らないのだが、他人とまともに口が利けぬような小平次などに何の証《あかし》が立てられるのか、多九郎には見当もつかない。

真逆《まさか》殺しを見ていた訳はあるまい。小平次はこの土地に縁がない筈だ。玉川座はご当地初御目見得。旅慣れた連中でも初めて訪れたような場所なのだから、押入棚から一歩も出ないような廃者《すたりもの》が来られるような場所ではない。それは間違いのないこと。

小平次は昨日も代官所に呼ばれている。

下手人が召し捕られたのは一昨日の夜である。

——何か見やがったか。

多九郎は地面に手を突いた。

堅い。堅いが、柔らかい。ざらついた、それでいて湿った土の感触。

掌を伝ってぞわぞわと煩悩が這い上がって来るようだ。遣る気がないのに落ち着かぬ。漫《そぞ》ろな気が軆《からだ》を巡る。

無性に女の肌が恋しくなる。それでも、肥臭い飯盛り女など抱きに行く気にはならぬ。宿場女郎は垢抜けぬところが良いのだと言う者も居るが、多九郎の場合はどうもいけない。白粉の匂いに違いはあるまいと思うが、どうにもこうにも気が殺《そ》げる。

――お塚。

抱いたことのない女の牝の匂いが鼻の奥を過《よぎ》る。

小平次のことを思うていた筈が、お塚のことを想うている。

一度気づいてしまうとお塚の肉だの皮膚だの匂いだのが頭の中に充満する。

――何だ。

自分らしくもないと多九郎は苛立つ。

女一人に執心する程、多九郎はまっとうな人間ではない。牝一疋《いっぴき》に心を奪われるような、そんな青臭い男ではないのだ。喧嘩買いの破落戸《ごろつき》の、煙たかろうの荒神棚、女は買うもの捨てるものと心得ている。それが何だ。

多九郎は土を摑んだ。堅い地面は、柔肌と違って摑める訳もなく、多九郎の右手はただ地面を掻くように黒い土に筋を付けただけだった。爪の中に妄念が詰まったような気がした。

その時、多九郎さん、と声がした。

誰も居らぬと思うていたので多九郎は不覚にも少し驚き、腰を浮かせた。

振り向くと楽屋の暗がりに喜次郎が立っていた。

所在なげな様子である。

「何でえ喜次郎か、驚かすない」

乱暴に言い放つと、喜次郎は恨めしそうな顔をして多九郎を見返した。

「その呼び方は止しておくれ」

光彩の加減か、倦《う》んだ貌《かお》である。

「おいおいおい止してくれよは俺の科白《せりふ》だ。こら喜次郎。いやさ歌仙、何だ何だその面ァ。今にも鳴り物が鳴ッて来そうな面体じゃねェか。小平次でもあるめえに、そんなところで薄朦朧《うすぼんやり》と突っ立ってられたんじゃ鬼魅《きみ》が悪くっていけねェやい。いい加減にしろい」

「小屋は休みさ。あたしが何処でどんな顔してようと勝手じゃあないか」

手前はそれでも看板だろうと言って多九郎は立ち上がった。驚いて腰を浮かせた序《つい》での動作である。

「看板女形《おやま》がそんな不景気な面ァしてやがるから客が逃げるんだよ」

「そうじゃあないだろ」

喜次郎は楽屋口の脇に置いてあった葛籠《つづら》に腰を掛けた。

「このお客は、その小平次さんの不景気な面とやらを拝みに来るのさね。この興行の売りは幽太だ。あたしゃ関係ないよ」

それは半ば喜次郎の言う通りだった。

遠国《おんごく》興行の際は制約も多いし、用意できるものも限られる。当然大仕掛けの舞台などは作れないし、扮装も簡略なものとなる。そのためか、芝居よりも幕間に演じられる歌舞音曲の方に比重がかかる。粋で雅《みやび》な賑《にぎ》やかしは土臭い田舎では目立つし、艶《あで》やかな衣装やら三線《しゃみ》の音《ね》やらも珍《めずら》かなるものであるから、手踊りの類いは人気が出る。一方、経緯《すじがき》の複雑な狂言芝居の方は有名な演目以外はそれ程受けるものではない。

だが、この度は――受けている。但し、拍手喝采、声が掛かるお捻《ひね》りが飛ぶという受け方ではない。客は皆、小平次の陰気窮《きわ》まりない顔と、棒読みの科白にぞぞ気立っている。いいだけ肝を冷やしたその後に、派手な手踊りを観て憂さを晴らしているのだ。多九郎の見る限り、どうやらそれが当たった理由《わけ》である。

小平次は、今回に限っては役に立っている。

「へん。手前、それでむくれて幽太の稽古してたてェんじゃあねェだろうな。止《よ》せ止せ。あんなもの見習ったって一文の得もねェぞ。一座が大根《でえこん》ばかりになっちゃそれこそ田舎の百姓芝居だぜ。第一《でえいち》幽霊ばかりじゃ芝居にならねェや」

多九郎は悪態を吐《つ》いてから尻を捲《まく》って蹲《しゃが》み込んだ。

そうじゃあないよと、喜次郎はつまらなさそうに応える。

「あの人は――何者だい」

「あの人てえのは誰のことだ。あのうすのろ小平次のことか」

そのうすのろだかさ、と喜次郎は顔を向ける。

多九郎ははっとする。

暫《しばら》く前まで——喜次郎は慥《たし》かに、男も見惚れる程の美童であった。どこがどう変わったということもないのだが、今は普通だ。精彩を欠くとまでは言わないが、矢張りただの男だ。

「手前、喜次郎——」

多九郎は言葉を失った。何と言ったものか判じ兼ねる。喜次郎は敏感に多九郎の顔色を読むと、何だいと小声で言った。

「白く塗ってないと誰だか判らぬと言いたいかえ」

「そうは言わねェが」

「そうしたご面相だよ」

「まあな」

仕方があるまいさと多九郎は無意味な言葉を継ぐ。あんたたァ長いからねェと喜次郎は矢張り無意味に応じた。声を聞く分には玉川歌仙である。

「まあ仕方があるまいさ」

「まあな。俺は男娼家の下男《やろう》。手前はそこに売られて来た男娼妓《じょろう》——まあ、手前は客取る前《めえ》に仙之丞に見初《みそ》められ、とっとと役者になっちまったからな。俺ァ——」

流れ流れて鼓打ちだと多九郎はいつもの軽口を叩いたが、勿論嗤う者は居ない。まあ昼酒と行こうじゃないかと楽屋に上がり込み、結局濁酒《どぶろく》が持ち出される。

一五一

「付き合いは長《なげ》ェが、手前とこうして飲むなァ初めてだな」

多九郎は喜次郎の茶碗に白濁した酒を注ぐ。

注ぎ乍《なが》ら多九郎は一座の華と渡りの鼓打ちじゃ格が違わァと、心にもないことを言う。喜次郎は受け乍ら、一座の華が聞いて呆れると答える。こちらの方はどことなく深刻である。

「何でェ。こんな細《こま》けェ一座じゃ不満かい」

「違うよ」

喜次郎は小声で答える。

「所帯は小振りであろうとも、あたしが本当に華ならば、別《ほか》の一座《ところ》からお声が掛かっていようもの。若い頃なら兎《と》も角《かく》も、今じゃ何の誘いもござんせんよ」

「仙之丞が放さねェのじゃねえのかい」

「さァてね」

喜次郎は裾を端折《はしょ》って座り直し、濁酒を一口含んだ。

「華があるのだとしても、所詮あたしの華は芸じゃないってことだろうよ。それならもう萎《しお》れておりましょうよ」

「いじけてるじゃねェかよ。見苦しいぜ」

「ああ、見苦しいともさ。だからさ。あたしゃあの――小平次さんが嫉《ねた》ましいのさ」

「小平次が――」

何ともはや、こう直截《ちょくせつ》に言われると返す言葉もない。

「どうかしてるぜ喜次郎。ありゃ、どうもねェどん詰まりだぜ」

「気難しい名人じゃなかったのかえ」

出任せよと多九郎は言う。そろそろ興行も跳ねようかという時期である。今更隠しても始まらぬ。どうせ二度は吐《つ》けぬ嘘と、そう肚《はら》を括《くく》っていたのである。

「包み隠さず言うならな、少ォし捏《こ》ねッ返して銭出させようてェ肚だ。ただ繋いだンじゃあ面白味がねェやい。彼奴《あいつ》ァな、幾年修業を積もうとも、幾度舞台に立とうとも、どうにもこうにもならなかった大根《でえこん》だ。否否《いやいや》、色の白いを素人に、喩《たと》えたものが大根ならば、ありゃ大根以下の腐れ根だ。煮ても焼いても喰えねえと、それで破門になったのよ」

一門の恥よと多九郎は吐き捨てる。

どうした訳か、小平次のことを考えると無性《むしょう》矢鱈《やたら》と肚が煮える。口に出すと余計に苛立つ。

以前はこんなことはなかったのだが——。

どうしても口汚く罵《ののし》ってしまう。

それはあの人本人も言うておられたと喜次郎は言う。戸惑うている様子はないが、話半分に聞いている。それも多九郎が過度に罵った故なのであろうが、それを考えると多九郎は、よりいっそうに罵言を繰り出したい衝動に駆られる。

「そりゃあ謙遜でもなんでもねェ。そのまんまだ。一刻生きれば一刻だけ、生き恥晒《さら》す生き腐れ、生きて居たって仕方がねえ、そんな野郎だよ」

「悪く言うじゃないか」

「真実《ほんとう》だものよ」

嘘ではあるまい。

小平次の女房も同じようなことを言っていたのだから。

――お塚。

あの牝が、自《おの》が亭主を聞き苦しい程悪く言うのも、なる程こうした心持ちかと、多九郎は納得する。あの男が相手ではどれだけ悪態を吐《つ》いても吐き過ぎということはなかろう。

でもさと喜次郎はそっぽを向く。

「でもなんだ」

「それが真実だとしてもさ」

「だとして何でェ」

あたしとどっちが偉いのさと喜次郎は妙なことを言った。

「偉ェ。偉ェたあどういうことだ」

「身分だの、氏素性《うじすじょう》だのいう話じゃァないのさ。あたしだって蔭間上がりの河原者、お前さんだって人別外れの無宿人だろ。世間様から見たなれば、五十歩百歩の溢者《あぶれもの》だ。うすのろだろうが莫迦だろうが、そんなこたァ関係ないじゃァないか。事実あの小平次は、変わり者だが名人だ、そうした触れ込みで遣って来て、実際客を湧かせているのさ。縦《よし》んばそれが嘘から出た実《まこと》だったとしても、実のあることに変わりはないわえ。それに比べてあたしはどうだい」

喜次郎の、鬢《びん》の毛が一筋解《ほつ》れて頬に掛かった。

「り──立派な女形じゃねえか」

何を言い出すのだ。多九郎は酷《ひど》く尻の据わりの悪い気持ちになる。

「客が湧けばそうだろうさ」

「湧くじゃねェか」

どうだかねェと喜次郎は残った濁酒を一気に呷《あお》った。

「十年経っても湧くとお思いかえ」

──女女《めめ》しい野郎だ。

多九郎はこの手の繰り言は嫌いだ。

「捻言《ねじごと》を語るンじゃねェよ。誰だって齢《とし》ァ取るぜ。名人上手だろうが大看板だろうが老《ふ》けりゃ終《しめ》ェだ。現に仙之丞だって、手前が立ってからァ娘演《や》るなァ止《よ》したやな。今じゃ板の上にも上らねェだろうが」

座本は金勘定が忙しいのサと喜次郎は眼を細める。

「手前こそ座本ァ恩人だとか日頃持ち上げてるくせに悪く言うじゃねェか」

「悪く言ってやしないよ。座本はね、自分の芸に見切りをつけたお人だよ。それはそれで立派なことじゃないか。手前で出来ること出来ないことを弁えてンのさ。それに比べてあたしはどうだい。あたしは見た目に支えられて此処まで来たのさ。若さなんて何だか判らない、すぐに消えッちまうようなものに縋《すが》ってるだけじゃないか」

それの何処がいけないのか、多九郎には解らない。

「いいじゃねェかよそれで。見た目だって芸のうちよ。俺なんざ逆立ちしたって手前の真似は出来やしねえぞ。それにな、こんな僻所《へきしょ》だ。少少受けが悪かったからってどうてエこたァねェよ。田舎者の似た山客に江戸の芝居は解らねェのよ。奴等ァべらぼうの南瓜《かぼちゃ》踊りぐれェしか解りやしねェのさ。あんな糞小平次なんぞ、気に懸ける方が可笑《おか》しいぜ」

あんな奴。

――死ねばいいのだ。

多九郎は理由《わけ》もなくそう思うた。

「いいか喜次郎。小平次ァな、鬼魅が悪くッて受けてンだよ。あれが受けるなァ怖《こえ》ェもの見たさだ。見世物なんだ。あんなもなァ芸じゃねえぞ。秘仏の御開帳と一緒で――否、そんな大層《てえそう》なものじゃねエ、秩父《ちちぶ》の大鼬《おおいたち》と同じで、板だって塵芥《ごみ》だって、何だって構わねェんだ。死んじまったって好いようなものだ。だから――」

生き乍ら死んでるような野郎でも勤まるのか。

「芸じゃないとお言いかい」

「あた棒《ぼう》よ。それが証拠にあのうすのろ、どれだけ評判を取ろうと差し入れのひとつ、お捻りのひとつもねェじゃねえか。あの面体であの物腰だ、誰が観たって嫌われらあ。桟敷《さじき》張りしたところで女ひとり掛かりやしねえぞ。それに比べて手前はどうだ。客が喜ばねェの受けが悪いの言ったところで、ちゃんと贔屓《ひいき》が付くじゃあねェか。この間だって芝居が跳ねた後に来てただろうがよ」

今巷《ちまた》で評判の須賀屋さんかえと、喜次郎は素っ気なく言って、ぼたり、と茶碗を茣蓙《ござ》の上に置いた。

「一昨日《おとつい》は須賀屋が来たのか」

「そうさ。扠《さて》、何をしに来たのだか」

「何をしにって——手前の顔を見に来たのだろうよ」

「多九郎さん」

喜次郎は倦み疲れた顔で多九郎を睨《ね》めつけた。

「な、何だよ」

「あたしだってこの道ゃあ長いんだ。客が何に喜んでるか、相手が自分に気をくれているのかどうか、そのくらいのこたァ解るのさ」

「須賀屋ァ手前を贔屓にしてンじゃねえのか。否——娘のお目当てが玉川歌仙だと、おぼこ娘が色気づき、手前に入れ揚げてやがるンだと、俺ァそう聞いてたがな」

「お秋さんはあたしになんか何の興味もないだろうさ。眸《め》に意志《きもち》がない。言葉に情《こころ》がない。おべっかか真情《まごころ》か、聞き分ける耳ぐらいありますのさ。ありゃあ——」

何か魂胆があると喜次郎は口を結んだ。

「魂胆なァ」

わざわざ木戸銭を払って通い詰め、付け届けだの差し入れだのと気を遣い金銭《かね》を使い、そこまでして旅役者を煽《おだ》てて何の得があるというのか。

「手前の気の所為じゃねェのか」

思うに喜次郎は、僻《ひが》み嫉《そね》みの穴に堕ちている。穴から見上げるなら、世間は狭くなる。ものも見えなくなる。勘狂いじゃねえのかいと多九郎は繰り返した。

「断じてそりゃないよ。一昨日なんか特に瞭然《はっきり》判ったものさ――」

話すこともないのにずるずると引き延ばし、矢鱈と愛想だけは良い、そんな感じであったという。どう欲目に見たって刻潰しの場繫ぎさと喜次郎は呟いた。

「だがな。喜次郎。役者揶《からか》って潰す程、あの須賀屋に暇ァねェ筈だぞ。商売《あきない》ごとの忙しい間を縫って漸《ようよ》う来てるような野郎が、刻ィ稼いで如何《どう》なるってんだ。手前の言うのが真実《ほんとう》ならば、須賀屋にゃ余程の事情があるってことになるぞ。何だ。金儲けか――裏が」

――裏がある。

裏があるてぇ意味ですよ――徳次郎はそう言っていたか。

「瞬時《ちょいと》待てよ」

多九郎は手を翳す。

「そりゃ一昨日だろ。一昨日といやあ」

「そうさ。お秋さんの姉さんのお春さん殺した下手人が錦木塚《にしきづか》でお縄になった日のことさ」

関係あるのか。ならば――。

小平次。

小平次のうすのろは。

「ありゃあ何だって代官所に」

多九郎が独白《ひとりごと》を漏らすと、小平次さんだろうと喜次郎はすぐに反応した。

「あの人は何でも、現場に居たのだろ」

「捕物のかい」

錦木塚といえば何もない荒れ地だ。下手人が捕まったのは夜も更けてからだというし、そんな場所にあのうすのろが居合わせるというのは怪訝《おか》しい。

だれとも口を利かず、芝居が終わるなりこっそり支度を整え、挨拶もせずにいつの間にか宿に戻っている——というのが小平次の常である。宿に戻れば戻ったで、一向姿は見えぬ。寝ているのやら起きているのやら、飯も喰うているものやら、誰にも判らない。多九郎の思うに、どうせどこぞの隅にでも潜り込んで居るのだろうが、普通はそんなことは考えぬから、あれは本物の幽霊ではないのかと、そう囁く者も居た程である。

変だなと多九郎は言った。

だから訊いてるのじゃあないかと喜次郎は不満そうに返した。

「あの人は——何者だい」

何者でもねえうすのろだとまた同じことを答えそうになって、多九郎は思い止まった。

——裏があるのか。

幽霊役には別の仕事があるのだ。

助《す》け料の他に、座興手間賃五両。

「座興ってな何だ」

「座興って――ああ、小平次さんを雇う折りに座本の言うていた、幽太の小芝居かえ」

「その小芝居よ」

金になれば後のことは如何《どう》でも好いと思うていたから、多九郎はろくに考えることもしなかったのだが、幽霊が出る小芝居を座に興すというのも珍奇な話ではある。まあ、世の中には奇天烈な趣向を好む似非《えせ》通人も多く居るから、ないこともないのだろうが。

その話には裏があるのだ。

「それは、扠《さて》、あたしも知らないね。江戸を発《た》つ時にゃ、何でも田舎の酔狂なお大尽――今回の興行の出元だと思うけれども――そのお座敷に掛けるんだとかいう話だったけれども」

「話の出元ァ何とかいう山師じゃなかったのか」

それは中継ぎだよと喜次郎は言った。

「元を締めてるのはその人なんだろうけど、金の出処は別だわさ。奥州青森のお大尽という話だったけれど、ハテ、一向にお目に掛からないね――」

喜次郎は首を傾げたが、多九郎には何となく筋書きが透けて見えた。

この近在でお大尽というなら、それは――。

須賀屋ではないのか。

稽古はしてたようだけどねと喜次郎は言った。

「稽古ってな何だ」

「だからそのお座興のお稽古さ。旅の途中で座本が何やら渡していたからね」

「小平次にか」

「科白《せりふ》を覚えよと言うていた。小平次さんも凝乎《じっ》と見ていたからね」

「そりゃ一人で演《や》る芝居なのか。だが喜次郎、あの小平次が独り稽古なんかするかよ」

してたのさと喜次郎は答える。

「見ねェな。俺ですら見たことがねえのに能く判るな」

「だから、してたんだよ、稽古を」

「どこで」

「だからさ。錦木塚で稽古をしていたんだろ、小平次さんは」

「そういう――話なのか」

何も聞いてないのかえと喜次郎は見得でも切るように言って少し襟を抜いた。

顔は男でも仕草は女だ。

「小平次さんは夜中に独りで錦木塚に出掛けちゃあ、幽霊芝居の稽古をしてたんだわな。何でも座本の要請で、出来るだけ凶《おそ》ろしく見せたいから、気分を出して遣ってくれと――」

「仙之丞がそう言ったのか。小平次から聞いたのか」

小平次さんはあたしと口なんか利きませんよと喜次郎はそっぽを向く。

「こりゃみな、代官所の方から吹いてくる風の噂さ。小平次さんが申し上げたか、昨日は座本も呼ばれてるから、座本自らが喋ったのか、それは知りませんけどねえ」

小平次と付き合いは長いが、多九郎はあのうすのろが稽古をしているところなどただの一度も見たことがない。しかし、考えてみればあの莫迦は、決して利発な男ではないのだし、そう簡単に長科白を覚えられる訳もないのだ。立板に水には程遠いけれども、舞台がある度そこそこに、芝居は覚えて来るようだから、それでも人目に付かぬ処で稽古くらいはしているのだろう。

「小平次が——夜中にな」

「勿論稽古してたな幽霊芝居さね。偶偶《たまたま》そこを通り掛かった何某《なにがし》という下手人がそれに出会《でくわ》して、すわ本物の幽霊じゃと肝を消し、あることないこと喋っちまったてえ筋書きだよ。心に疚《やま》しきことあらば、芒《すすき》も化物に見ゆるとか。臆病風に吹かれれば、提灯も舌を出し、唐傘も脚を生やすという道理さね。それに加えて出会したなァ亡魂させりゃ天下一品の幽霊小平次だ。無理もないとの評判さ」

「無理も——ねえか」

無理もないと誰もが思う状況を創った——ということか。

「小平次さんの読んだ科白と、下手人の聞いた科白はまるで違うんだそうだよ。小平次さんが稽古してたなァ、血の池地獄に堕ちた産死女が彷徨《さまよ》い出て恨み言を語るてえ、うぶめ仕立ての芝居だったそうだけど、その下手人の耳だけにゃ自分が手にかけたお春さんの言葉に聞こえていたとか。まあ」

あの芝居なら無理もないさと喜次郎は、この場に居ない小平次に嫉妬の眼を向ける。

怪しい。

「それでなんだ、下手人が勝手に洗い浚《ざら》い白状したのを、ただ聞いていた小平次が、お畏《おそ》れ乍らと訴えたてえのか。そんな夜更けに代官所に駆け込んだてえのか。もたもたしてると逃げられちまうぞ。あの腑抜け野郎に、悪党ふん縛ることなんざ出来ねェだろう。そんな与太は信じられねエな」

居たンだよと喜次郎は答える。

「居たって誰が」

「お役人だよ。星川某、門野某てェ庁《やくしょ》のお役人が、その場に居たんだそうさ」

「何で――」

そりゃ話が上手く出来過ぎちゃいねェかと多九郎は言う。

言ってから気づく。多九郎は、まるで酒に口をつけていない。

「偶偶《たまたま》稽古を致し候、偶偶下手人通り掛かり候、偶偶役人居り侍《はべ》り候てェんじゃ偶偶が多過ぎらぁ。そいつァ少少、いやさ随分と嘘臭ェ」

「偶偶じゃないンだよ。そこが能く出来てるのさ。代官所にね、訴えがあったんだ」

「何の訴えだ」

「毎夜毎夜、錦木塚の上に妖怪あり、女の形を成して恨み言を言う、甚だしく凶凶《まがまが》しきものなれば、畏れる者多し、何卒検分願いたし――要するに小平次さんの稽古を見た誰かが本物と間違えて訴え出たという訳さ」

「それで役人が――」

それもまた、出来過ぎた話だ。

「まあ、くだらぬ流言とはいうものの、お役所としちゃあ放ってもおけぬわい。徒《いたずら》に人心を惑わすような風聞の根は断っておくのが常套《じょうとう》と、宵のうちから塚の裏手に隠れてたそうさ。まあどうせ何も出ぬと踏んでのご出動なんだろうが、それが」

「出た――ってのか」

「出たのさ。こう眼張っていたのだろうさ。すると小平次幽霊様が、こう、どろどろとお出ましだ。流石のお役人も腰を抜かしたそうだよ。抜かし序《つい》でに動かずにいると、もう一人腰を抜かした奴が居る。それが」

「下手人か」

「そうさ。それでべらべら喋る内容を聞くに、どうもこいつは聞き覚えがある。もしやと思うて耳を聳《そば》てるてェと、これがどうもお春殺しのことを語っているに相違ない。そのうち、そいつは詫び乍ら櫛を懐から出した。これがね、殺しの現場から消え失せたものだということを、役人は覚えていた」

「どうして」

「いやね、その出張った二人というのがね、偶偶二年前のお春さん殺しの受け持ちだったてえ話さ」

――矢張り。

出来すぎだ。

「小平次さんは名を揚げたんだよ」

喜次郎の言葉に多九郎は慌てて吾に返る。

見れば喜次郎の眼は、既にすっかり据わっている。酔うているのだ。何を揚げたってと聞き返す。名前さ名前と喜次郎は管《くだ》を捲く。

「人殺しの冷血漢《ひとでなし》をも震え上がらせ、役人すらも怖がらせた幽霊芝居、これは心底本物じゃとそれは専《もっぱ》らの評判さ。本来なれば世間を騒がせた廉《かど》とかで、五十がところ叩かれるが落ちなんだろうが、今回ばかりはお咎めなし。お手柄さ。お役人の方もね、ただ怖がって逃げて来たというのなら、役者と幽霊の区別もつかぬ腰抜け侍と詰《なじ》られて、沙汰のひとつも下されていたのだろうけれど、途中で気づいてるだろう。それで結局下手人を見事に召し捕ってるからね、こちらもお手柄だよ」

八方丸く収まって、それで騒いでいるのさね、須賀屋も大喜びだよと喜次郎は何故か悔しそうに言った。

「何だい。あたしのことなんざ、覚えてもいないだろうさ」

「そうか。そういう——証人か」

小平次は下手人の証言を直《じか》に聞いているのだ。

それを白州で証言させられていると、そういうことなのだろう。あのうすのろのことだ。どうせまともに喋れはしない。ただうんうんと首肯《うなず》いてるだけなのだろうに——。

名を揚げたか。

いや――。

「あの晩ね――」

喜次郎は裾を乱す。

覗いた白い脛に、多九郎はお塚の匂いを嗅ぐ。

「あの晩、あたしは須賀屋に引き止められて、一人だけ引き支度が遅くなっちまった。気がつきゃ誰もいなかったのさ」

一昨日――多九郎は思い出す。

「そういえば一昨日は座本が――大入りを出したんだ。客の入りはそこそこだったが、大層な心付けがあったとか言ってたな。どいつもこいつも飯盛り女買いに行きやがって、俺は」

女を抱く気がしなかったから。

いや。

「そうだ、その辺の百姓集めて賽子《さいころ》遊びしてたんだっけな」

「ふん。その間、あたしは独りでその心付けくれた須賀屋のお相手さ。座本だっていなくなっちまったんだからね。独りで顔を落としてたらね、ほら、そこのところに」

喜次郎は茶碗で多九郎の背後を示す。

多九郎はぞっとして振り向く。

梦《くらがり》がある。

そこに小平次さんが居たのさと喜次郎は言った。

「小平次が——居残ってたのか」

「座本の申し付けだと言ってたけどね」

呼びに来たのは別人だったよと——喜次郎は言った。

「別人って誰だ」

「知らないよ。人とも思えないような声だった。あの人はね、気がつくとそこに居て、いつの間にか消えていた。多九郎さん、あの人は」

あの人は何者だい——。

そういう仕掛けか。

多九郎は喜次郎の面を見る。眼の縁が紅い。酒が呑める質《たち》ではないのだ。

——こいつは。

利用されただけだ。

この度のことは凡《すべ》て、否、この興行自体が、その下手人とやらを陥れるための罠だ。多九郎の思うに、依頼をしたのは須賀屋だろう。絵を描いたのは徳次郎の言っていた山師だ。小平次は、否、この玉川座自体が将棋の駒だったのだ。詳しいことは何も知らぬのだろうが、どこかでそれを察して、この世間知らずの立女形は、訳も解らず悔しがっているのだろう。

忌忌《いまいま》しい。

そうした小細工が、多九郎は大嫌いだ。

多九郎は口を付けぬまま、茶碗を茣蓙の上に置き、立ち上がった。

何だか知らぬが無性に肚立たしい。何だい多九郎さん呑まないのかいと、小平次が咬んでいるというところが、より一層に肚立たしい。

「あたしはね、所詮実のつかない華だ。あたしの価はすぐに散る花弁《はなびら》にしかないのさ。そうなら——こんな散った姿はもう要らないじゃないか。死んでるも同然だ。今のあたしはあたしの影だ。生きたあたしの本性は」

あの姿絵の方なのさと、喜次郎は判らないことを言って、茣蓙の上に横になった。

多九郎は立ったまま、その猥《みだ》らな姿勢を見下ろした。

——こいつも。

行き場がねェのかと、多九郎は眼を逸らす。

逸らした途端に背中を叩かれた。叩いたのは三味線弾きの惣糸《そうし》だった。惣糸は下卑た笑みを浮かべて、何だ昼間から濡れ事かと思うたら女形の飲んだくれじゃねェかと言った。

「それを見物してるなァ誰かと思えば喧嘩買いの多九郎兄貴じゃねぇか」

「何だ手前、莫迦面下げて代官屋敷に行ったのじゃなかったのか」

行ったよ行きましたよと揉み手をして、惣糸は多九郎の横を擦り抜け、茣蓙の上から茶碗を取って多九郎の呑み残しを一気に空けた。

「意地汚ねェ野郎だ。行ってどうした」

「いやはや何とも、大《てえ》したものさ」

「何がだ。下手人とやらが磔《はりつけ》にでもなったか」

そうじゃねえよと惣糸は屈んで更に酒を注ぐ。

「名人小平次大手柄よ。お代官様から金五両のご褒美、おまけに須賀屋からァ十両の礼金だ。合わせて十五両の大儲け。こいつは豪毅な話だろう」

十五両ではない。座本からもう五両出ているのだから大枚二十両である。

「あやかりたいあやかりたいの幽霊小平次様だ」

「おいこら」

多九郎は下種の胸倉を摑んだ。酒が溢《こぼ》れて茣蓙に染みる。

「なな、なんだよ」

「小平次は何処にいる」

「さあ。あ、あの男は得体が知れねえから」

「代官所は出たのかよ」

「で、出たよ。そりゃあ大騒ぎで、周りに大勢集《たか》ってたが、取り巻きが何を言おうとあの調子だ。一人抜け二人抜けて、い、今頃は宿に」

「宿だな」

多九郎は三味線弾きを突き飛ばした。何をするんだよと下種は悲鳴を上げる。

「なにも考えねえで浮かれ暮らしているような莫迦が嫌ェなだけだよ」

もう、八つ当たりである。

多九郎は後ろも見ずに小屋を出た。背後で莫迦が何か言っているが、もう聞こえはしない。

小平次。小平次小平次。小平次小平次小平次。

何だってあんな野郎が、あんな屑が、あんなうすのろが。

陰気な容貌《かお》が頭の中を占領する。頭の中にあの男が蹲《うずくま》っていて、眸の隙間から覗いているような、死ぬ程厭な想いが巡る。多九郎は唾を地面に吐き捨てる。

——吸い取れ。

土くれめ。

小屋から宿替わりにしている百姓家までは然《さ》程《ほど》離れていない。思えばその建物とて、須賀屋が買い取るか何かしてあてがってくれたものなのだろう。思い起こせば都合の良過ぎることばかりである。

百姓家の周りに人気はなかった。遊び呆けているのだろう。

多九郎は戸を開けるなり叫んだ。

「小平次ッ。居るなら出て来やがれッ」

何を怒っているのか、多九郎は見失っている。この度のことにしたって、小平次は何も知らぬことなのかもしれない。それでも。

ずかずかと上がり込み、奥の間の納戸が僅かに、僅かに開いていた。引き開ける。

うすのろがそこにいた。

小平次はその時、眼を閉じていた。

否、瞼《まぶた》の裏側を凝視していたと、そういった方が良いかもしれぬ。瞼は閉じていたものの、眼の働きは止まってはいなかったからである。小平次の眼には赤黒い、靄靄《もやもや》とした、薄鬼魅《うすきみ》の悪い己の裏側が見えていた。納戸の細い隙間から弱弱しく差し込む儚《はかな》い光でも、薄く衰えた被膜を透過するくらいの力なら持っているのだ。

――紅《あか》いのは。

瞼のような薄いものにも血が流れている所為《せい》なのかと、小平次は思う。

己《じぶん》にも血は流れているのだなと、そんなことも思う。

前の女房は、旅から戻ると位牌になっていた。

倅《せがれ》はいつの間にか骨になっていた。

だから。

女房にも倅にも血が流れていたものかどうか、小平次には判らない。

――お志津。

一七一

志津は食の細い、瘠《や》せた、血の気の失せた女だった。

小太郎は線の細い、温順《おとな》しい、影の薄い子供だった。

血の気の失せた女はそのままするうと消えて失せ、影の薄い童はいつの間にやら朽ちて果てていた。まるで最初から、生きていなかったようだと小平次は思う。

今居ないのだから、昔も居なかったのだ。

そんなものはそもそも居なかったのだ。

そう思うても、何の不都合もない。不都合がないというより、その方が楽だ。小平次が覚えているからこそ、昔は罔《な》くならぬ。

過日《むかし》などというものは幻のようなものだ。あるような気がするだけで、実は何もない。昔を思い出すという行為《こと》は、その幻を水面に映してみるようなものか。

映るような気がするだけ。

実は、映っているのは己だ。

想い出は、遍《あまね》く己の影である。

想い出の中の志津は、だから志津の振りをした小平次だ。小太郎は、小太郎の態《なり》をした小平次だ。記憶の中の芝居小屋で、沢山の小平次が想い出を演じているだけだ。独り芝居だ。小平次の裡《なか》にあるものは、何から何まで小平次自身だ。

自分の貌《かお》など見たくない。

瞼の裏でもうんざりする。

何事につけ小平次は、淡《うす》く、閑《しず》やかで、冷ややかなるを好むのだ。

想い出という甘美な面を付けた己の分身が、十重二十重と幾重にも堆積《たいせき》して行くことは、だから堪《た》え難《がた》い懊悩《おうのう》なのだ。

現在《いま》だけでいい。

その薄っぺらさが、小平次には好ましい。

当代一の大根役者に想い出を演じられるくらいなら、いっそすっかり消えて罔くなってしまった方が、志津も小太郎も仕合わせだろう。

小平次は薄目を開けた。

懐に手を遣る。

金の塊。

この村でいったい何が起きているのか、小平次には能《よ》く判らない。言われた通り成すが儘《まま》、考えなしに流されて、気がつけば小判を握らされていたというのが正直なところである。怖がられたり謝られたり褒められたり有難がられたり、何《なん》や彼《か》やとしたけれど、そうした他人の心の動きなんぞは、どれだけ押し付けられようと、爽然《さっぱり》小平次自身には重なって来ぬ。

懐に厚みが出来て、腹が冷えるだけだ。

大枚二十両。大金である。ぺらぺらの小平次より遥かに重い。金には何故か厚みがある。血肉の塊と、それは能く似ているように思う。

——あの商人は何をあれ程感謝していたのか。

小平次には能く判らぬ。

これで漸《ようや》く死んだ娘も浮かばれると、そう言っていた。

人は死ねばそれまでだ。人は自分を包む膜から出ることは出来ぬし、他人の膜の中に入る事も出来ぬ。命尽きれば萎《しぼ》んで罔くなるだけ。死ねば厚みはなくなるのだ。厚みのないものは悲しんだり恨んだりせぬ。それは小平次が何より能く知っていることである。浮かぶも沈むも、凡《すべ》ては生きている者の気持ち次第。何事も残った者の独り芝居に過ぎぬのだ。

ならば気を遣うことも銭を遣うこともあるまいに。

要するにあの男もあの商人もあの侍も、己の芝居に酔うているだけなのだろう。

そう考えて、小平次は納得する。要するに小平次は芝居が下手なのだ。下手だから過去に酔うことも出来ぬのだ。想い出を創ることまで下手糞なのだ。

小平次は小判の表面をなぞる。羅《うすもの》のように滑らかで厚みも温もりもない小平次にとっては、その重さも堅さも触り心地も、凡てが異質なものである。凸凹《でくぼく》とした上面は、冷たく堅い。

それなのに。

——お塚。

指先の小判の感触が何故だかお塚を思い起こさせる。

お塚は——想い出ではない。小平次の芝居ではない。

あの女は真実《ほんとう》に居る。生きている。ちゃんと厚みを持っている。

のみならず、初めて遭った時——。

お塚は血を流していた。

口の端から。額から。そして膝から。

白い脛やら二の腕やらにも、青黒い痣《あざ》が出来ていた。痣の周りは紅かった。透けるような肌の下に血が凝っていたのだろう。肌理《きめ》の細かい白膜は、弾力のあるたっぷりとした果肉と果汁を包み込んでいるのだ。

お塚の體には——血が流れている。

その時お塚は、濡れた黒い瞳で、無表情に小平次を見たのだ。

瞳は虚ろだった。お塚の中味も空っぽだった。にも拘わらず、その柔らかい弾力のある肉の内には、どろどろと生暖かい血が詰まっている。どくどくと身体を巡っている。それを思うと怖くて恐くて、小平次は——。

お塚にしがみ付き、柔肌に埋もれたのだ。生ッ白《ちろ》い豊潤な肉塊は薄っぺらで乾いた小平次を呑み込んで、その瞬間だけ小平次はすっかり消えて罔くなった。常日頃、消えてしまいたい罔くなってしまいたいと想い念じているものの、どうやっても消えることの出来なかった小平次が、刹那、本当に消えた——ように思えた。

お塚の血は、鉄《かね》の味がした。

お塚は生きている。しかし小平次には判った。お塚は血の通った女だが、お塚の魂は、決して生を求めていない。幾ら肉《しし》に埋もれても、皮膚《はだ》を弄《まさぐ》っても、お塚の血肉の中にお塚は居なかった。お塚の魂魄《こころ》は此岸に在らず、彼岸を求めて中庸に在る。

小平次は死んだように生きている。

お塚は生き乍《なが》らにして死を望んでいる。

小平次の、その直観は半ば中《あ》たっていた。

お塚は、何故か小平次を拒まなかった。決して受け入れはしなかったが、それでも拒まなかった。道行きを共にし、江戸に入っても、一言も口を利かなかったが、お塚は小平次を遠ざけなかった。

その時も、何が如何《どう》なっているのか小平次には判らなかった。自分が嬉しいか哀しいか、それすら判らぬ小平次に、他人の気持ちなど判ろう筈もない。

家を買うから手を貸してくれと言われた。売り家を探し、そしてそのまま――一緒に棲み付いた。居てくれと頼まれた訳ではない。出て行けと言われなかっただけである。

お塚の意志《きもち》は一向に知れぬ。しかしお塚は小平次を亭主だと、己《じぶん》は小平次の女房だと、世間様にそう告げた。ひとつ屋根の下に棲み付いているのだからまあ夫婦《みょうと》なのじゃろうと、そんなことを言っていた。それもそうだと小平次も思うた。

互いのことは何も語らなかった。小平次は言うに及ばず、お塚もまた己のことは黙したままだった。お塚と申す名前とて、家を買う証文を書く折りに、何でも良いと投げ遣りに、言われ序でに小平次が気随《きずい》に記したものである。

名さえ知らぬのだ。添うて五年の間、殆《ほとん》ど語り合うたことなどない。だが。

一度だけお塚が己のことを語ったことがある。

妾《あたし》は――。

如何《どう》にもならぬ疾《やまい》なんだよ――。

此の世の者ならぬものに恋い焦《こ》がれて人生捨てた大莫迦さ――。

掛け軸に輿入《こしい》れしようと家をおン出た、倫《みち》に外れた女だよ――。

その言葉を鵜呑《うの》みにするなら、お塚は掛け軸に描かれた絵姿に恋し、道を外した――ということになるだろう。慥かにお塚は帙《ちつ》か木箱のようなものを持っていた。それは今でも家のどこかにある筈だ。真実ならお塚は、厚みのない、重みのない、薄っぺらな絵姿に惚れて、それを求めて彷徨していたということになる。

だから。

お塚はきっと、自分の厚みが厭なのだろう。己の重みが嫌なのだろう。

小平次はそう思うし、そうならその想いは能く解る。本当のことなど解りはしないが、小平次はそう諒解している。小平次同様、お塚も血の通った人であることが、きっと厭で嫌で仕様がないのだ。それでも、それでもお塚には、小平次と違って血がどくどくと通っている。それが真実なら、お塚は小平次などより遥かに辛い筈である。

ただお塚は、小平次と違って己の厚みのなくなることを願ってはいない。自分の重さを消そうと思うてもいない。所詮そんなことは出来ぬことと、放り出して諦めている。否、生きて居る限り、薄まることなど出来ぬことだと、そう覚悟しているのかもしれぬ。

だから、あれ程瞋恚《いか》るのだ。

――お塚。

お塚の怒鳴る声。お塚の上気した肌。お塚の感触。

小平次は左足の踵を触る。皸割《ひびわ》れた、がさついた感触に、ねっとりとしたお塚の感触を重ねる。何ともいえぬ気分だった。

幾ら弄《いら》おうとまるで薄まらなかった。

ぶぶ。

幽かに、小平次を包む薄膜が振動《ふるえ》た。

薄く瞼を開く。朦朧模糊《もうろうもこ》とした一寸五分の世間が滲《にじ》んで現れる。

その世間――納戸の隙間から、一疋の蓼虫《たでむし》が紛れ込んだのだ。虫は微暗《うすやみ》の裡《なか》を少しだけ飛んで、左足の指先に留《と》まった。

――なる程吾《おれ》には質量《からだ》がある。

果敢《はか》なく薄っぺらで中味がなくとも、虫が留まるくらいは出来るのだ。

虫は、まるで針先が微かに触れるようなごく小さな感触を残して、床に這い下りた。

小平次は思う。自分は――お塚を如何思うているのか。

如何も――思うておらぬ。おらぬ筈だ。

そして思うこと自体を止《や》める。

莫迦莫迦しい。不惑《しじゅう》を目の前にして未だ嬰児《あかご》の如く無力で無気力な小平次が、哀しい嬉しいという気持ちすら上手に持ち得ないうすのろの、廃者《すたりもの》の小平次が、考えることではない。

他人と関わろうと思う方が如何《どう》かしている。

本当に如何かしている。

小平次は節くれ立った手で虫を払った。しかし虫は逃げず、納戸の隅に挟まるようにして動かなくなった。

――こんなものだ。

何故かそう思うた。

生なき生を求める莫迦者と、生なきものに恋い焦がれる女が、偶偶《たまたま》出合っただけである。

――掛け軸の絵姿。

そういえば、玉川歌仙もそんなことを言っていた。

慙死《ざんし》した親の亡骸《なきがら》を一晩掻き抱いていたという彼《か》の女形《おやま》は、若き日の己の姿を描き写した姿絵を表装した掛け物が、忘れられぬと言うていた。

厚みのない、画仙紙に顔料を塗っただけのもののなのに――。

その絵はちゃんと生きていた。

そう言っていたか。

薄っぺらな表面に、生などあろう筈もないのに。

そうも言っていたか。

あの女形もまた、表面と厚みの狭間で自己《おのれ》を見失っている。小平次にはそう思えた。歌仙はお塚の裏返しだ。お塚の言葉を借りるなら、倫に外れた大莫迦である。

そこに到って小平次は、漸くあの商人の気持ちを察した。

つまり。死人が恨んでいるとか悲しんでいるとか、そんな風に思うのは、絵姿に恋い焦がれるのと同じことなのではないか。お塚が倫に外れた大莫迦ならば、死人の身の上を案じることも、同じく莫迦といえるだろう。

小平次は再び瞼を閉じた。真の闇を遠ざけたいが故にずっと眼を見開いているのが小平次の常であったのに、今ばかりはどうしても開けていられなかった。

——何故だ。

裡が覧《み》たいか。

己の裡の闇が観たいか。大嫌いな自分が見たいか。薄鬼魅の悪い己が視たいか。

否。

小平次は踵から指先を離し、再び懐に手を刺し込んだ。

ずしりと重い。金の塊。

小判の感触。

——お塚。

そうか、だからか。

小平次は納得する。

お塚の血は鉄《かね》の味がした。

なる程小判の手触りは、お塚の血の味と同じものである。

小平次は指を舌にして、お塚の血の塊を嘗《な》め回す。

空っぽに何かが滾《たぎ》るような錯覚に小平次は僅かに酔った。

その時である。

小平次小平次と呼ぶ声がした。

――多九郎。

安達多九郎の声である。

小平次は小判から指を引いた。

眼を見開く。己を消す。薄くなれ薄くなれ、居なくなれ居なくなれと念ずる。

来るな来るな、こっちに来るな。小平次は一寸五分の世間を覗く。

小平次居るなら出て来やがれと、多九郎は怒鳴った。喧《やかま》しく戸を開ける音。板間を踏み鳴らす音。だんだんだんと、荒事芝居の主役のように、怒気の高波が近付いて来る。

来るな来るな、止《や》めろ止めろと思うた刹那。

だん、と弾けて、一寸五分の世間が開いた。

緩慢《ゆるり》と見上げる。やさぐれた安達多九郎が、草履《ぞうり》も脱がず、股を開いて立っていた。

「おい小平次」

返答する間もない。

多九郎の荒荒しい腕が納戸に差し込まれ、小平次の胸倉は攫《つか》まれた。

「手前《てめえ》、何とも思わねェか」

一八一

何とも思わねェのかよと言い乍ら、多九郎は小平次を納戸から引き摺り出す。そもそも重みのない小平次は、抽出《ひきだし》から引き出された下帯のように板間へと滑《すべ》り出た。

何とも思わねェのかと三度言って、多九郎は小平次を揺さ振った。

問いに対する答えはない。何に対して何を思うか、そもそもそこが判らない。

多九郎は太い眉を持ち上げて顎を出し、額に皺を作って、見下げるように小平次を眺めた。

小平次は仕方がなく見上げる。

「ふん」

多九郎は鼻から息を吹くと、勢いをつけて小平次を突き放す。

「何のことだか判りませんてェ面だな、おい」

小平次は強《したた》かに背を打つ。呼吸《いき》が止まる。

「善いことを致しました、褒められこそすれ詰《なじ》られる覚えは御座ンせんってか。そうなのかよおい――」

小平次は声が出ない。

何時《いつ》からだろう、問われて返すが不如意《ふにょい》になったは。

ただ見返した。多九郎は乱暴な男だ。しかし今まで小平次に手を挙げたことはない。いったい何が如何《どう》して斯様《かよう》なことになったのか、小平次にはまるで察することが出来ない。

眼を見ると多九郎は濁《にご》った眼を逸らして言った。

「何も存じませんって面ァするンじゃねえよ」

「何も」

「何だよその物言いはよッ」

多九郎は再び胸倉に手を伸ばす。

「あのなあ小平次」

多九郎は汗をかいている。息も弾んでいる。体臭がする。多九郎は生きている。

「俺はな、何も手前が悪いと叱って言ってンじゃねェんだよ。あのな小平次、聞けば手前は、代官だかに褒められたそうじゃねェか。須賀屋にゃ礼金たんまり貰ったのだろ。それで下種連《げす》中に散散《さんざ》持ち上げられたのじゃねえのかよ」

そう――なのだろう。

何が何だか解らなかった。白州に引き出されて、こくりこくりと頷いて、ろくに口も利かぬまま褒美金だの礼金だのを貰っただけである。小平次は何も語っておらぬのに、事情は凡て諒解済みで、ただ是と言うだけで済むように、お膳立ては揃うていたのだ。

――相諒解《わか》った。此度の働き実《まこと》に天晴れ。褒めて遣わす。

――これで娘も成仏できましょう。有難う御座いました。

――凄ェな小平次さんよ。あやかりてェ。あやかりてェ。

――見ろよ、あれが悪党を縮み上がらせた幽霊小平次だ。

――流石《さすが》に恐ろしげなる面構え、ぞっとするよゥ。

――よ、幽霊小平次。

「それがなんだよ」

多九郎は小平次を揺する。視界がぐらぐらとぶれる。

「おい、こら。こら小平次」

小平次小平次と激しく揺さぶられ、小平次は荒海の藻の如くゆらゆらと揺れた。堅い、しかも厚くて熱い多九郎の拳が、肋《あばら》の浮いた胸板に何度も当たった。

「あのな、煽《おだ》てられたら調子に乗れよ。褒められたなら天狗になりやがれ。何だよその莫迦みてエな面はよ。笑うとか喜ぶとか――出来ねェのか胸糞の悪《わり》ィ」

笑う。

喜ぶ。

それが普通なのだろう、きっと。小平次はそう思ったから、笑った。

「芝居してるんじゃねェッ」

多九郎は小平次をもう一度板間に叩きつけた。

「腐れ根っこのへぼ俳優《やくしゃ》のくせにど下手な芝居なんか見せるンじゃねェよ。どうなんだよ。手前は嬉しくねェのかよ。肚ン中のこと訊いてるンだよ。その平べったい貧相な體《からだ》ン裡《うち》にゃ、人らしい魂は入《へえ》ってるのかよ」

肚の中。

薄っぺらな小平次に、肚の中なんぞはない。厚みがないものに内側など――。

——いや、あるか。

薄い淡い被膜の内側に、今は、何やらあるといえば——ある。

ただそれでも内側は空っぽだ。

空っぽが有るんだ。

「けッ」

多九郎は舌打ちとも嘲《あざけ》りとも取れる声を立てて、小平次を横に倒した。

されるが儘に横倒しになり、小平次は薄汚れた板間を真横に眺めた。小平次、小平次と、多九郎は熱病にでも罹《かか》った童《こども》が囈語《うわごと》を言うかのように繰り返した。

「今までずっと黙ってたがな、俺はな小平次。そういう手前が大嫌《でえきれ》えなんだよ。朋輩だと思えばこそ何も言わなかったがな、その陰気な面ァ見ると打ち殺してやりたくなるぜ。手前は如何《どう》思うていたか知りゃあしねェがな、俺に言わせりゃ手前は屑だ。女房の言うこたァ本当だ。笑いもしねェ泣きもしねェ、怒りもしねェ、そんななァ人じゃねェ」

その。

その通りだ。

何故怒らねェ、怒れよ、怒鳴れよと多九郎は吼えた。

何を熾《いき》っているのだろう——小平次はざらついた板間の上を眺めて思う。そんなことは始めから判っていたことではないか。何を今更奮い立っているのか。小平次はずっとこうだったのだから、何が変わった訳でもないのだから。

否、少し変わったかと小平次は思う。

懐が重い。その分の厚みが、小平次を少しだけ変えているかもしれぬ。

多九郎の声はもう余り聞こえていない。小平次は懐の、お塚の肌を撫でている。

三度小平次は引き起こされた。

多九郎は、如何したことか、負け犬のような顔をしていた。

「俺が何をほざいても、何とも如何とも思わねェか」

小平次は目を逸らせた。何だか見ていられない。見るのは酷く気の毒な気がする。

「この野郎」

小平次は顔を背けたその方向に飛んだ。飛ぶ瞬間《とき》にぼそりと鈍い音が聞こえた。土間に転げ出て、竈《へっつい》に打ち当たり、当たってから頬が熱くなって、それから痛みが湧いて来た。

殴られたらしかった。

多九郎は暫《しばら》く板間の上で仁王立ちになり、小平次の方を睨みつけていたが、やがて身震いして土間に下り立ち、小平次の傍までやって来て、痛ェかと言った。

「痛ェわな。手前はそうやって朝から晩まで死んだ振りしていやがるがな、それでもぶたれりゃ痛ェだろ。どうだ、痛ェと言えよ。幽霊の振りしてたって手前は生きてるんだよ。生き腐れてるだけで死んじゃいねえんだ。痛ェんだよ。痛ェだろこら――」

脇腹に。

多九郎の足が当たった。

一度目は軽かった。

二度三度と、多九郎は激しく蹴った。息が詰まって、胃の腑が収縮し、苦い汁が咽喉《のど》を迫《せ》り上がって来る。

四発目は喉に当たった。五発目は鳩尾《みぞおち》に当たり、小平次は嘔吐した。

何も食べていなかったから、吐息と、水のようなものばかりが出た。

腹に小判が食い込む。鉄《かね》の異質な感触ばかりが気になった。

生きてるから反吐《へど》も出るんだ、それでも死んだ振りしやがるかと、多九郎は滅茶苦茶に小平次を蹴った。小平次は頭を抱え、吐瀉物に塗《まみ》れて土間を転げ、そのまま表に転げ出た。

転がり乍ら小平次は思う。

慥《たし》かに多九郎の言う通りだ。

薄っぺらで稀薄な人生ではあるけれど、こうして転げる體がある。

中味のない、空っぽの皮袋ではあるけれど、打てば反吐くらい出るのだ。

それは小平次にとって、とても重たいことなのだけれど。お塚のように、血肉を伴って生きる覚悟など、凡《およ》そ出来そうにないのだけれど。それでもこれが現実だ。

土の上を這い、草叢《くさむら》に頭を突っ込む。

後ろから多九郎の声が届く。

「おい小平次、ことの序《つい》でに教えてやろう。手前はな、誰とも関わらず、何とも触れ合わずに勝手気儘に居るつもりなんだろうがな、そいつァ大きな間違《まちげ》ェだぞ」

何のことを言っているのか。

小平次は耳を押さえた。何か得体の知れないものが入って来るような、そんな気がしたからだ。多九郎は小平次の尻を蹴飛ばして、おいこら、と叫んだ。

「手前はな、利用されたんだ。手前の懐の金はな、褒美金でも礼金でもねェ。座本の寄越した金と併せて、そっくり手前の働き賃だ。手前は何にも知らねェんだろうが、この度のこたァ隅から隅まできっちり仕組まれた、狂言仕立ての筋書きだ。手前はな、否、この俺も利用されたんだよ。手前みてェな屑だから、別段悔しかねェだろうがな、そうやって空《そら》ッ恍惚《とぼ》けていたってよ、手前の立ち居振る舞いが、男ォ一人獄門に、送ったこたァ間違いねェんだ」

聞け小平次ッと多九郎は喚いた。

「慥に捕まったなァ娘殺しした極悪人だ。手前は利用されたたァいうものの、悪事に加担させられた訳じゃねえやい。だがな、召し捕られた男は死ぬんだ。悪人だろうがカスだろうが、死ぬこたァ死ぬんだ。だったらよ、せめて何か思うてやれよ。同情しろと言ってるンじゃねエぞ。人殺しに同情の余地なんかねェんだろう。ただな、自業自得だでもザマァ見ろでも何でもいいや。金儲かって嬉しいヤイでもいいんだよ。何か思えよ。思ってやれよ。何もなかったような面してよ」

無視をするなと言ってるんだよと言って、多九郎は小平次の襟首を攫《つか》んだ。首を竦《すく》めても遅かった。小平次は地面から引き剝がされて、仰向けに転がされた。

「無視してるンじゃねえよ。苛つくんだよ」

小平次は腹を押さえた。

金を護《まも》ったのではない。

お塚が——恋しかったのだ。小平次は嬰児のように体を丸めた。

あちこちが痛い。痛い痛い。痛いのは嫌だ。死を厭う訳ではない。殺されるのは構わない。

だが小平次にとって生きていると感じることは辛いことなのだ。

「ほう、金を護るか。江戸まで持って帰ってよ、お塚に渡すつもりかい」

——お塚。

「ざ、ざ、残念だがな」

多九郎は上擦る。多九郎は何か、酷く無理をしている。

「残念だがお塚は俺が」

そこまでで言葉を切り、多九郎は馬乗りになって小平次を殴りつけた。

殴りつけた。

殴りつけた。

わやわやと耳が鳴った。

歓声も野次も。小平次にとっては同じ。

止《よ》せ、止すんだと言う聞き覚えのない声。誰かが止《と》めに入ったのか。

殴りつける。

殴りつける。

がやがやと。

人が寄って来る。

幾ら幽霊名人というたとて役者の端くれ、顔を殴るは止さないか。

歌仙か。耳鳴りがするので能く判らない。

いい加減にしろ多九郎。何をしていやがるか。

狂うたか。莫迦野郎。厭だ。仄暗《ほのぐら》いなら良いけれど、漆黒は厭だ。眼が開かぬ。暗闇は嫌いだ。小平次は無理矢理に眼を開ける。涙が出ている。別に哀しくなどないのだが。哀しい時には一筋も流れぬくせに。それは哀しくないからか。滲む。小平次には広過ぎる世間が滲む。

林の前に浪人風体の男が立っている。こちらを凝乎《じっ》と見詰めている。

ああ、立派な刀を持っている。

そんなことを思う。

多九郎が引き剝がされる。ああ、何人も人が居るんだ。小平次さん、小平次さん。

大丈夫かい。

元より死んでいるようなもの。平気だ。

口の中に鉄《かね》の味が広がった。酸いような、苦いような、辛いような。

小平次の中からお塚が染みて出たのか。

否——。

吾にも血が流れておるのじゃと、小平次はそう思うた。

辻神の運平

運平は面白くもない田舎芝居を見物していた。

桟敷《さじき》も舞台もなかったが、要するに気を昂《たか》ぶらせる莫迦がいて、何や彼やと愚かしく立ち回り、その所為で周囲の莫迦が見苦しく右往左往《うおうさおう》しているのだから、結局芝居のようなものだろう。声を荒らげ唾《つばき》を飛ばし、人を殴ってまで示さねばならぬ道など此の世にはない。我を通しているのか横車を押しているのか、将《はた》また筋を通しているのか理《ことわり》を説いているのか、傍目《おかめ》に見る分には区別がつかぬ。正義も不義も、そうして通す分には総じて無理になる。

道理というのは躍起《やっき》になって通さずとも通っているものだろうと運平は思う。

だから此の世に道理などない。

つまり、肚《はら》を立てるのはどのような場合でも愚かなことだ。忌忌《いまいま》しいと思うなら斬って捨てれば好いのだ。己に非がないなどと思うのは増長で、相手にも汲むべきところがあるなどと思うのは同情だ。見下げたり見上げたりして辻褄を合わせ、這い蹲《つくば》ったり踏反返《ふんぞりかえ》ったりして生を送っても、そんなものは世のためにも人のためにもならぬ。

人と人を結ぶのは、どうせ腐った縁なのだ。

運平は刀の柄《つか》を摩《さす》る。

悪太郎気取りの尻端折《しりばしょ》りの男が、水母《くらげ》の如く頼りない膄せた男を引き摺り倒して蹴り廻している。

運平の横には鰊八《かどはち》と鴆二《うとうじ》が、若気《にやけ》た勿怪《もっけ》面を晒《さら》して、矢張りその猿芝居に見入っている。

彼奴《あいつ》ですねと鰊八が言った。

「あれが藤六ゥ嵌《は》めた幽太野郎だ。そうでしょう旦那」

あの喧嘩ッ早ェ破落戸《ごろつき》かと鴆二が言う。そうじゃねェよと鰊八は答える。

「殴られてる方だよ。殴ってるなァ、慥《たし》か囃子《はやし》方《かた》の男だ。そうですね旦那」

「煩瑣《うるさ》い」

下臈《げろう》に旦那旦那と呼ばれる筋合いはない。

鰊八は腕を組む。

「しかし何でェ、あの幽太とっちめて褒美金捲き上げようと来てみたが——とんだ邪魔が入《へえ》ったぜ。あの幽太ァいつも一人だと、そう聞いておったのだが」

なァにあの男ごと殺《や》っちまえばいいんだよと鴆二が嘯《うそぶ》く。

「あの野郎も懐ォ狙うておるのだろう。盗るのに変わりはねェわさ」

ねえ旦那、と鴆二が振り向く。

殺せもしないくせに偉そうなことをほざく。

運平が別のことを考えていたのでなければ、首を刎《は》ねていたところである。

運平は狼藉を働いている男などに興味はなかった。運平が見ているのは頭を抱えた腰抜けの方である。

——あれが。

あの夜の幽霊か。

ただ立っていた幽霊か。

運平は、二日を過ぎた此の時もまだ、瞼の裏にあの凄惨《せいさん》な姿を確乎《しっか》り焼き付けている。

あの妖物が作り物、演じ物であったとは——どうにも、どうしても思えない。

否、本物の亡魂だ怨霊だと、そういう類《たぐ》いの話ではない。幽霊なんぞというものは、悉皆《しっかい》作り物に決まっているのだ。運平はこれまでに勘定《かんじょう》の出来ぬ程多くの罪なき者どもを、それは残虐非道に殺し殺して来た訳だけれども、それでも化けて出た戯《おど》け者など只の一人も居らぬ。亡魂が怨嗟《えんさ》無念を以て生者を祟り殺せる程のものであるならば、運平の無慈悲な人生など、あろう筈もなかったものだ。

否、幽霊亡霊がまるでないとも運平は思わぬ。人は未練がましい生き物だから、死んだくらいでは諦め切れぬのかもしれぬ。だからあるかもしれぬが、そんなものは怖くはなかろう。そもそも世に妖怪奇怪《ようかいきかい》があろうとなかろうと、それは運平に関わりなきこと。他者《ひと》が死のうが生きようが、運平自身がどうにかなる訳でもないし、亡者《ゆうれい》が迷うて出ようが魔物《ばけもの》が襲うて来ようが、別段困ることもない。運平は命などひとつも惜しくないから、何も怖くはないのである。命惜しみをする小者だけがそうしたものを怖がるのだ。

そもそも、人を殺《あや》めるを罪と思うならば、悔恨慚愧《ざんき》が高じて怪を成すようなこともあるだろう。だが運平は、何も感じないのだ。殺した後も死人が出て来て恨み言のひとつも語れるのならば、寧《むし》ろ殺し易《やす》いと思う程だ。幽霊の何が怖いのか、運平には判らぬ。

それなのに。

あの夜、ほんの一瞬ではあったが、運平は恐怖を感じた。

親を殺した時も友を斬った時も、何も感じなかったのに。

——あの男。

生きていいたから怖かったのか。

運平は、頭を抱えて草叢《くさむら》に顔を埋めた腰抜けを凝視する。

自分は何を怖がったのか——運平はそれが知りたかった。それが判れば、生まれてからずっと肚の中で渦を巻いているこの忿懣《ふんまん》が、どうにかなるような気がしたからである。

あの、何も見ていいないい眼を見た、ほんの僅かの間だけ——。

怒気も憤気も消えていた。

あんな想いは初めてだった。

水母は地べたから引き剝がされて仰向けにされた。

鴆二が妙な声を上げる。聞きやしたか旦那、などと言う。運平は莫迦の遠吠えなどに何の興味もなかったから何も耳に入っていない。聞き捨てならねェなと鰊八が言う。

「本当ですかね旦那」

厭な声だ。運平は此奴等《こいつら》のがさがさした語り口が嫌いだ。本当に苛苛する。睨みつけると鰊八は何を勘違いしたものか、気に入らねェでしょう旦那も、と言った。

「今の囃子方の言葉信じるなら、あの捕物——裏で仕組んだ奴がいる。そうなら、こいつぁ黙っちゃいられねェでしょう」

鰊八は小者然とした狭い額に皺を寄せる。これでも悪棍面《わるもの》のつもりなのだろうが、滑稽にしか映らぬ。

「あの野郎、どうも金盗る気でもねェようだな」

「一体《いってえ》何ィ摑んでいやがるんだ」

鴆二が身を低くして前に出た。馬乗りになった男が水母《くらげ》を殴打している。二三人の男が裏手から現れた。慌てている。放っておけば良いものを、間に割って入る。

「あ、ありゃ現西《げんさい》の野郎じゃねえか」

「現西——」

見れば慥《たし》かにあの極道法印が男を諫《いさ》めている。

現西はあの夜以来、煙の如く消えてしまった。寺にも戻っていない。

藤六と一緒にお縄になったかとも思うたが、その様子もなかった。大体、塚の蔭から役人が現れ、藤六が絡め捕られた時、もうあの生臭坊主は居なかったのだ。つまり、運平が瞬間《ひととき》の戦慄を味わっているその僅かの間に消えてしまったと言うことになる。

こいつァ益々怪しいなと鴆二は言う。

「ねえ旦那」

答えない。答えたくない。そうだとしても運平には関係ない。

そうしているうちに続続と人が集まって来た。一座の者が戻って来たのだろう。これじゃあ仕事はできねェなと鴆二が後ろを向いた。

「出直すかい」

「出直すも何も――あの男の言う通りなら、あのへっぽこ幽太締め上げただけじゃどうもねェわさ。金は金で盗るとして、裏で絵ェ描いた野郎を炙《あぶ》り出さなくちゃなるめェよ」

「藤六の仇敵《かたき》取るってェのか」

「そうじゃあねェさ。あんな堆肥《こやし》臭ェ三下奴《さんしたやっこ》なんかの敵討ちしてやる謂《いわ》れはねェさ。ただその方が、稼ぎは多くなる。そうでやしょう、旦那――」

現西。

運平の目は現西を追っている。

あの出家は、当人の弁を信ずるならば――人殺しの疾《やまい》に罹《かか》っている。修行の身にあり乍《なが》ら、嗔鈍痴《しんどんち》の三毒に冒され、不殺生戒を破ることに至高の愉悦を見出しているのだという。あの坊主は――。

人を殺すのが愉しいと言った。

甚《はなは》だ気に入らなかった。運平は、何人殺しても愉しくなんかない。何の悟りも得られぬし、何の快楽も得られない。罪悪感もないが幸福感もない。

ただ忿懣が燻《くすぶ》るだけだ。それなのにあの出家は――。

現西は暴れる囃子方を取り押さえ、何やら説得するようなことを言っている。有象無象があの幽太を抱え起こして介抱をしている。少しふらついた細身の男が何やら文句を言い乍ら囃子方に取り付く。現西はそれをも諫めている。

――芝居か。


人殺しを娯《たの》しむような男が喧嘩の仲裁などする訳がない。

ならばあれは芝居だ。人殺しのくせに、世間と折り合いをつけようとしている。取り繕って面を被って生き永らえようとしている。人の命を奪いたる者が己の命のみに執心するとは、得心の行かぬことである。命の重さに変わりはないと、知者どもは謂う。それはそうだと運平も思う。それは運平にとって、均《ひと》しく無価値なものだからである。殺生が悦《たの》しいなどと吐《ぬ》かすなら、先ずは己を殺せば良いのだ。運平が自分を殺さないのは――。

殺しても愉しくないからだ。

現西は、囃子方を座らせた。幽太は数名の者の手で百姓家の裡に連れ込まれた。

坊主は何やら語っている。

あの手つき。あの面。

――そうか。

嘘吐《つ》きめ。大嘘吐きめ。

そこで運平は見切った。

——あの坊主は偽物だ。

あの夜の、あの顔こそが嘘なのだ。彼奴《あやつ》は人を殺したことなどない。だから言葉が届かなんだのだ。だから醜く映ったのだ。あれはつまり——。

「藤六を嵌めたのは現西だ」

運平はそう言った。鰊八と鴆二は間抜け面を見合わせる。

「だ、旦那、それは——」

「彼奴を斬る」

殺す。斬り殺す。運平の中の忿懣がむくむくと膨れ上がる。苛苛で腹が膨れて張り裂けそうになる。頭鉢《ずはち》に満ちて眼球《めだま》が飛び出しそうになる。

運平は刀の柄に手を掛ける。

長さ四尺、反《そ》り高の業物《わざもの》。抜けば玉散る憲房乱《けんぼうみだ》れ。安房の浪人より奪い盗りし里見家重代の宝刀、交鋼大功鉾《こうごうだいこうぼこ》——。

鯉口を切る。旦那、止《よ》しておくれと鰊八が止《と》める。こんなところで人斬っちゃ、旦那もあっしらも御陀仏だと鴆二が言う。それの——。

「どこがいけない」

運平の右手に鴆二が縋《すが》る。鰊八が背後から腕を止める。放さぬと斬るぞと運平は言う。良い機会である。この虚《うつ》け者どもも一緒に叩き斬ってしまうか。熱湯が煮え立つように、忿懣がむらむらと沸き上がる。斬れ、斬れ。殺せ——。

「動木様、動木さまでは御座いませぬか」

繊繊《なよなよ》とした男が、馬酔木《あしび》の傍《かたわら》に立っていた。

先程囃子方に取り付いて何やら抗議し、現西に諌められていた男である。遠目にも如何《どう》にもふらついた態に見えたが、どうやら酔うているらしい。足許が覚束《おぼつか》ないだけでなく、眼も据わっているし、何より酒臭かった。只、面は赤く染まっておらず、眼の縁だけが幾らか紅い。酩《めい》酊《てい》の縁から何とか戻り、漸《ようよ》う立っているといった感である。

あまりにも存外の展開に運平の手は止まった。こんな男は知らぬ。この土地にも暫く逗留《とどま》ってはいるけれど、姓名を名乗ったことは只の一度もない。動木運平の名を知る者は取り巻き二人と、あの現西くらいのものである。するとこの男は――。

貴様現西の一味――と、運平が口にする前に。

「あたしですよ――」

男の顔が奇妙に歪《ゆが》んだ。運平は、その表情が告げようとしている男の真情を汲むことが出来ず、その些細な怯《ひる》みが、運平に隙を作った。その隙が殺意を殺《そ》いだ。

どうせ斬ったところで胸が空《す》く訳ではない。理由があって斬る訳でもなし、斬りたくなくなったら引くまでである。運平は刀を収めた。

男は吸った息を吐くまでの間、奇妙な沈黙を保《も》たせて、それからお久し振りで御座いますと深深と頭を下げた。鴆二は手を放し、鰊八は身を離した。

男は中中頭を上げなかった。

鴆二が訝《いぶか》しげな視線《まなざし》を寄越す。それを頬の辺りで捉えて運平のむらむらとした殺意は鴆二に向けられる。何故このような下﨟に斯様《かよう》な視線を向けられなければならぬのか。

「お前《めえ》、そんな態《なり》してやがるから判らなかったが、あの一座の女形《おやま》じゃあねェのか」

突如鯱八《いきなり》がそう言った。

「はい。現在《いま》の名前を玉川歌仙、元の名を」

安西喜次郎と申しますと、その男は言った。

「安西――」

安西。安西。安西安西。覚えている。

男は顔を上げる。運平は――。

刀の柄を握り締めた。

「動木様、もう随分と昔のことで御座います故、覚えておいでかどうか判りませぬけれど、私は十八年前動木様に命を助けられました安房国小湊那古村が浪人、安西喜内が一子、喜次郎で御座います」

安西喜内。

その名は覚えている。幾人も幾人も人を斬って、どこの誰を斬ったものか逐一覚えてなどいないのだけれど、安西喜内だけは忘れない。取り分け思い出深い人柄だったとか特別な想いを抱く間柄だったとか、そんなことは全くない。否、どのような人物であったものか、運平は知らない。ただ、あの死に顔と、その名前だけは忘れない。

安西喜内。

運平の腰のもの――名刀交鋼大功鉾の持ち主である。

何ものにも何ごとにも執着しない運平が、ただひとつ手放さないもの――。

その鋭利な切先で数多の無辜《むこ》の民を血祭りに上げた、長さ四尺、反り高の業物。

「貴様――」

男娼《やろう》に叩き売った小僧。

この旦那が――と鰊八が耳障りな声を発した。

「人助けかい。こいつは驚ぇた。若気のいた――」

運平の肩の筋の動きが鰊八の軽口を閉ざさせた。

助けた。慥に運平はその昔小僧を拾った。だがその時の小僧がこの男なのか如何《どう》か、運平には判らぬ。判らぬし、仮令《たとい》そうであってもなくっても、それは如何でも好い事である。斯様な地の涯《はて》で邂逅《めぐりあう》とは何たる奇遇などと男はいうが、運平は些《ち》細ともそうは思わない。

あの時――。

那古寺の観音堂に行ったのは、ただの気紛れであったのだ。

考えてみればその時分、運平はまだ二十七八の若さである。

十四の時両親を殺害して江戸を出奔して以来、諸国を流れて十数年、寺社仏閣に詣でたことなどただの一度もなかったというのに。安房に流れてすぐのことだったと思う。

未明《あけがた》であった。

堂の中に素裸の童《わらべ》が凍《こご》えて居た。

弟だ——と思うたのだ。

十にもならぬうちに狗《いぬ》の仔のように売られて行った、もう名前も覚えていない弟だと——勿論そんな訳がある筈もないことは、その時分でも百も承知のことだったのだが——それでも、運平はその時そう思うたのだ。

だから拾った。

親切心などはかけらもなかった。

昔なくした玩具を取り戻したような、そんな気持ちだっただけだ。

それが証拠に運平は、息を吹き返す迄の間、何度も何度も、娘のように青白い小僧を殺してしまおうかと思うたのだ。面倒だったからだ。一度は拾ってみたものの、面白くも可笑しくもなかったからだ。

しかし、運平は殺さなかった。

殺しあぐねて聞きたくもない子細を聞かされ、更に殺し損ねて、もういい加減うんざりした挙げ句、家に送り届けた。

そこで、運平はもっと欲しいものを見つけた。

それが——。

この刀だ。

運平は生まれてこの方、ものが欲しいなどと思うた例《ためし》はなかった。

否、それは現在《いま》でもそうである。

だから心が逸《はや》った。

そして運平は決めたのだ。この、拾った小僧はもう要らない。だから弟同様に売ってしまおう、と。

そして、運平はその小僧を父親が弟を売り飛ばしたのと同じように、男娼家《やろう》に売り飛ばすように差し向けたのだ。只管《ひたすら》命を救ってくれたことを感謝していた小僧――喜次郎は何の疑いも持たずに運平の言葉を頭から信じた。

運平は江戸禰宜町《ねぎちょう》　男娼家丁字《ちょうじ》楼《ろう》の主人《あるじ》菊右衛門《きくえもん》に繋ぎを取った。

その狒狒《ひひ》のような男と運平とは、親を殺した時からの付き合いだった。二親を殺めた十四の運平を江戸から逃がしてくれた男が菊右衛門なのである。菊右衛門は腹黒い、厭な男だった。

何事にも執着をせぬ運平が、斯様な奸計《たくらみごと》を巡らしたことなどは、後にも先にも一度きりである。何故にそんな廻《まわ》り諄《くど》いことをしたのか、運平自身にも理解出来ない。

小僧の父親――喜内は、侍だ武士《もののふ》だと愚にも付かぬことをほざいていたようだが、何をほざこうとも己の不甲斐なきことは疑いようがなく、倅は運平に全幅の信頼を置いていたようだったから、結果万事は上手く運び、喜次郎は菊右衛門の許に売られることになったのだ。それから。

それから。

小僧を駕籠に載せてすぐ。運平は安西喜内とその家族を皆殺しにして金と刀を奪った。

小僧ごと斬って捨てても良かったものを。

そういう意味では命の恩人ということになろう。

運平は莫迦面を下げて何かを語り続ける男の面を見詰めた。

その顔は喜内の死に顔と重なる。

礼を言い、別れを告げたその背後《うしろ》から。

一太刀。振り向いたその顔。あの口の動き。

——卑怯者。

そう言ったのか。逝く者の出す声など聞きたくない。それは茶碗が割れる音と大差ない。大差はないのに意味がある。無意味なものが意味を装うことが運平には堪らない。全部言い切る前に肩口から腹まで斬り下ろした。だから何と言ったのかは判らない。

ただ相貌《かお》だけは覚えている。

侍だ、武士だと愚にも付かない戯言《ざれごと》をほざいていた莫迦は、結局猿のような顔で死んだ。

喜次郎の身代金一百両と家宝の大刀を盗み、そのまま運平は安房を離れて西国に渡った。

その後売り飛ばした小僧がどうなったのか、まるで知らない。興味もなかった。名前すら忘れてしまった弟だってどうなったのか知らないのだから、拾った小僧がどうなろうと知ったことではなかったのである。

——生きていたか。

そう思うただけである。

一齣《ひとくさり》語った後、刀の持ち主の倅《せがれ》の成れの果ては、酒臭い息を吐き乍らも、急に不安な顔をして黙った。何を語ろうとも運平が一言も発しなかった所為《せい》である。いいだけ語ってから人違いでは格好がつかぬと思うたのか、酔漢《よっぱらい》は気弱そうに背後で蜷局《とぐろ》を巻いていた二人の顔色を窺った。

鰊八が唇を歪めた。戯《おど》けた訳ではなく、笑ったつもりなのだろう。

「心配《しんぺえ》ねェよ。こちらのお方はお前《めえ》の言う通り、泣く子も黙る辻神の運平様よ」

「辻神――」

「西国で謂う祟り神よ。出遭うとそれだけで災厄を齎《もたら》すてェ――恐ろしいお方だ」

余計なことを能く喋る口だ。しかし取り繕うこともない。仮令誰にどう思われようと、そんなことは知ったことではない。

喜次郎は芝居染みた所作で撓《しな》を作って、それから更にみっともない動き方で首を振った。

酔うているからか。俳優《やくしゃ》の型が身に染みているのか。

喜次郎は構いませんと、奇妙な物言いをした。

「構わぬとは」

「お前様がどのようなお方であろうとも、命の恩人であることに変わりは御座んせんと、そういう意味で御座います。あたしもあの頃は頑是無い、世間知らずの芥子奴で御座いましたが、今は見る影もない崩れ女形。金烏《きんう》玉兎《ぎょくと》の速足は、無慈悲なものと存じます。動木様の身の上に何があったか存じませぬが、往時に受けた御恩は生涯変わらぬものと心得ております」

女形は頭を下げる。運平は下がった頭の背後を見ている。

騒ぎは収まっていた。暴れていた男も殴られていた幽太も、取り巻いていた連中も、誰もいなくなっていた。荒れ地の廃屋。短い北国の夏。娯しみなど微塵もない枯れた景色。

「ひとつ訊く」

はいと上げた男の顔が景色を妨げる。酔うた様子が見苦しい。

「その方、先程そこに居った法印とは如何《いか》なる関わりじゃ」

「あの――ご出家で御座いまするか」

喜次郎は血走った眼を背後に向ける。

「扠《さて》、彼《か》のご出家は目に覚えが御座いませぬ。多九郎めの乱暴狼藉に気を咎《とが》められた通り縋りの御坊かと存じまするが」

「多九郎――」

「ああ、先程そこで暴れておりました囃子方で御座います」

あれは多九郎というか。

「一体何が気に添わなんだのか知れませぬが、幾ら朋輩と雖《いえど》もあの荒れようは徒《ただ》ごとでは御座いません。殴られておりましたのが、ただ今巷《ちまた》で評判の、幽霊小平次に御座ります。お手柄と褒められこそすれ殴られる謂れはありますまい。正に狐狸が憑《つ》いたとしか――」

「小平次――」

あの、何も見ていいない男は小平次というのか。

「小平次――か」

小平次が如何《どう》か致しましたかと喜次郎は問うた。

「その小平次とも先程の僧は――関わりなしと申すか」

「それは御座いますまい。あの小平次、芸は兎《と》も角《かく》人嫌い。長旅の道連れ一座の者にも、口を利いた者は御座いません。あれは――」

廃者《すたりもの》と、そう言ってから喜次郎は少し蹌踉《よろ》けた。おいおいおい、大丈夫《でえじょぶ》かよと鰊八が抱き留める。

「せ、千載一遇《せんざいいちぐう》の邂逅にこの醜態、実《まこと》にお恥ずかしい限りで御座いまするが」

「廃者か」

己は廃者を怖れたのか。

何も怖くはない。何も恐くないから、何でもないものが畏《こわ》いのか。

虚無。

それは、運平の如き男にとっては、永遠の憧れであり、且つ掛け値なしに恐ろしいものでもあるのかもしれぬ。運平は思う。虚無とは何も罔《な》きこと。虚ろなること。つまりはこの、生まれ落ちてより四十数年の間、引き切りなしに体内を巡り腹に溜まり、頭鉢に満つる忿懣が、消えてなくなることである。

これがなくなればどれ程良いか。

だが。

この忿懣自体が己自身だとしたら、どうなるか。

運平は死も無も怖れぬ。しかし運平が厭うている忿懣こそが運平の本質であるならば、それは如何だか判らない。運平は、腹中の忿懣を他者として、異物として隔離し厭うているつもりになっているが、それはそもそも不可分のものなのではないか。ならばその忿懣自体は、強く此の世に執着しているようにも思うのだ。

だから肚が煮えるのだ。

生に執着するなど——。

唾棄すべき本性である。

そう思う。

「小平次か」

運平は繰り返した。鰊八に抱えられ、地べたに座り込んだ喜次郎は、あの小平次は己が嫌いなので御座いましょうよと言った。

「己を——嫌う」

「あたしにゃ判りませんよ。誇りなく誉れなく、自愛なくして人は生きて行けるもので御座ンすか。あの小平次さんはね、そうしたものたァ縁がない。それで平気で暮らしているのだからね。そりゃ弱いようでいて一番強いじゃ御座いませんか」

多九郎が怒るのも判らないじゃあないと言って、喜次郎は突っ伏した。

此奴《こいつ》、大分出来上がってますぜと鳩二が言う。

「どうします、旦那」

どうするもこうするもない。

強いて言うならお前達の首を刎ねてこの場を立ち去りたいくらいだと、運平はそう思うている。

「金ェせしめるつもりで来たが、酒乱《のんだくれ》の女形に搦《から》まれた。どうも格好がつかねェやい」

「そんなのは打ち捨てて引き揚げるかい」

ねェ旦那と鴆二が頬《ほほ》の瘠《こ》けた貧相な面を向ける。

「いや」

運平は枯れた大地に管を巻く愚かな男を見下した。

——この男。

何を頼りに生を送っておるものやら知らぬが。

どうも生き恥を晒し乍ら生き続けるのが厭らしい。ならばあの時、親諸共に殺しておけば良かったか。

「喜次郎——と申したか」

「そうで御座います。お前様が命を救うた、安西喜次郎に御座います」

「左様か」

運平は腰のものを抜いた。

「だ、旦那、止してくだせェ。そんな一文にもならねェ——」

黙れと短く言って、運平は素早く刀を逆手に持ち替え、切先を鰊八の鼻先に向けた。下﨟はひ、と短く叫んで、後ろに引いた。

「安西喜次郎。貴様の酔いを醒ましてやろう」

能ッく視《み》よと、運平は逆手に持った刀の柄を、喜次郎の眼前に持って行く。

喜次郎は何が起きたのか判らぬという面で、鰊八と鴆二を眺め、それから酒で濁った眼《まなこ》を寄せて、運平の手許を凝視した。

「な、何をなさいます。これは如何《いか》なる謎掛け」

「貴様が余りにも見苦しいのでな。後生大事な貴様の生き様、引っ繰り返して進ぜようと思うただけのことじゃ。そうれ、能く視よ。この柄の飾り細工、鍔の彫り細工に覚えはないか。長さ四尺、反り高の業物、抜けば玉散る憲房乱《けんぽうみだ》れ――」

「こ、これは」

「左様。貴様が男娼に身を貶《おと》してまで護らんとした安西家の代代の家宝、汝の祖先が里見家より拝領したという伝家の宝刀――」

「こ、交鋼大功鉾」

い、い、い、い、い、い、い、い、これを儂が持っていることの意味が解るかと運平は言った。

喜次郎の顔から血の気が失せた。元来の色白か酩酊故の蒼白か、本当に、見る間に蠟細工のように真っ白になった。眼も口も見開かれている。莫迦面である。

運平は可笑しくもないのに大いに嗤《わら》って、喜次郎に背を向けた。

九化の治平

治平は朽ちた桟橋の脇に腰を下ろし、葦《あし》の隙間から覗く沼の水面《みなも》を眺めていた。

山間を滑るように入り陽が差し込み、濁りがちの黒い水の面はそれを跳ね返して、不相応に綺羅綺羅《きらきら》していた。治平は皺の寄った瞼《まぶた》を擦《こす》る。悪態でも吐《つ》くかのように小鼻をひくひくとさせる。獣《けだもの》にでもなったかのように、湿地の湿《しめ》り気を吸い込む。己の矮軀《わいく》は、人というより獣だと、そんな風に思う。喰って寝て、起きては垂れてまた喰って、要するにそれだけのもの。

女房子が死んでからは特にそう思う。

それまでも、ろくな生ではなかったけれど、今はもう、絞り滓《かす》のような生である。放っておいても夜は明けるから、詮方無《せんかたな》しに眼を開けるだけ。陰《よ》が明けなければ永遠に、目覚めずとも良い程のものである。それでも世間は明るくなって、瞼を開けば腹も減る。飯を食らえば死にはせぬ。死なずばいずれ、世間と関わる羽目になる。

治平は顎を摩《さす》る。髭が頭を出している。

――剃らねばなるまいな。

用心するに越したことはない。

二一一

身態《みなり》も小商人《こあきんど》風に改め、無精髭もあたり、髷《まげ》もきちんと結い上げているから、よもや露見することもなかろうとは思う。思うけれども、油断は大敵である。

治平は慎重な男である。しぶとく念入りな男である。我慢強く捨て目の利く男である。欲しいものもなければ失うものもない、生に固執している訳でもない、今更何が如何《どう》なろうと構わない。それでも治平は、その慎重さを失うことが出来ない。肚《はら》の底から捨て鉢で、自棄《やけ》の勘八《かんぱち》のような生き様と心得ていて、それで今更何を畏《おそ》れるのか、その辺りは自分でも解らない。臆病なのかもしれぬ。

女房子の後を追わずに生き恥を塗り重ねる道を選んだことも、今思えば死ぬのが恐かったからかもしれぬ。そうは思っていなかったのだけれども。

物心ついてより、お天道様にまともに顔を向けることの出来ぬ渡世に身を任せて、斯様《かよう》な皺面を晒《さら》すまで無事に生き永らえることが叶ったのも、その慎重さ故であったろう。

治平は、少し前まで盗賊だった。

盗賊といっても押切でも辻討ちでもない。巾着切りや空き巣狙いでもない。

盗賊としての治平は、所謂《いわゆる》引き込み役であった。商家などに潜り込み、家人の信用を得ては一味を家裡に引き入れる——それが治平の仕組みの中での役割であった。騙《だま》す、欺《あざむ》く、成りすます、狸の七化け狐の八化け、九化けの治平と異名をとった程の名人である。名人であるが故に直接斬ったはったには縁がない。普通引き込み役というのは盗みが済めば姿を消す。しかし治平の場合は別だった。仕事が済んだその後も、誰ひとり治平を疑わぬ。

二十二

──己がねェからだ。

治平はそう思うている。自分《おのれ》というものが抜け落ちているからこそ、他人に成り切ることが出来る。治平にとって化けるとは、外を装うことではない。すっぽりと抜け落ちている肚《はら》の窩《あな》に、何やら別のものを詰めることである。だから化けている時の治平は治平ではない。幾つもの貌《かお》を使い分けて来たけれど、真実《ほんとう》の貌はどこにもない。裏と表があるのではなく、裏が沢山あるだけだったのだ。それが何とも遣り切れなくて、だから治平は所帯を持った。

盗っ人が所帯を持つなど身の程知らずも良いところ。

了解してはいたものの、どうしてもそうせずにいられなかったのだ。

案の定、罰が当たった。女房も、子供も、盗っ人同士の諍《いさか》いに取られて死んだ。

──水面の光と同じだ。

綺羅綺羅とした水面は、辺りに薄暮が染みると共に、見る間に黒く変じた。

女房子との暮らしは、治平にとって分不相応に綺羅綺羅光る水面の輝きの如きものであったのだ。陽が沈めば何もかも消えてなくなる。後にはどろりと濁った黒い水があるだけだ。

そして治平は足を洗った。

ただ、死ぬことは出来なかった。

胸が締めつけられる程切なくなって、気が狂《おか》しくなる程虚《むな》しくなって、腸《はらわた》が煮える程肚が立った。死んだ子が哀れで、死んだ女房が愛《いと》おしくて、それでも死ぬことは出来なかった。

死ねなかったのも、矢張り己がなかったからだ。

泣いているのは本当の己なのか、憤《いきどお》っているのは真の自分なのか。肚の窩に溜まっている怒りやら悲しみやらが誰のものなのか、結局治平は見失ってしまった。誰が怒っているのか、誰が悲しんでいるのか、能《よ》く判らなくなってしまったのである。

紛争《いざこざ》の末、治平の家族だけを犠牲にして一党は解散し、治平は盗賊を罷《や》めた。否、人を罷めた。治平は世を棄て、山に籠り、獣のように喰って寝るだけの生活《くらし》を選んだのだ。

――喰うて寝るだけ。

何も考えずに暫《しばら》く暮らした。

あの男が来るまでの間――。

あの男。又市《またいち》と名乗る若造。

寝ていた治平を起こした男だ。又市というのは、治平が足を洗う少し前に上方から流れて来た破落戸《ごろつき》である。其処此処《そこここ》で何だかんだと悶着《もんちゃく》を起こして売り出していたから、治平も名前だけは聞いていたが、大物相手に喧嘩を売って下手を打ち、鳴りを潜めていた筈だった。

去年の秋口のことだ。世を棄て隠棲して五年――自分という器に鄙人《ひなびと》という中味を盛って、治平がすっかり戯面《たわけづら》になった頃のことである。又市はふらりと現れた。

哀しそうな顔だった。

そして今年。二度目に現れた又市は、陸奥《みちのく》で大きな仕事《やま》を張るから助《す》けてくれと頼んで来たのだった。盗っ人の仲間内ですら知られていない治平の素性を見抜いたのであるから、又市が徒者《ただもの》ではないことは確かだったが、何より奇異だったのは、その仕事の内容だった。

盗み仕事ではなかった。強請《ゆすり》たかりでもない。又市は小股潜《こまたくぐ》りの二ツ名を持つ詐術《さじゅつ》に長《た》けた男であるそうだから、もしや詐欺《だまし》の仕掛けかとも思うたが、それも違った。

又市は町人の仇討《あだう》ちだと言った。姦《おか》され殺された娘の怨敵を討つのだということだった。ならば殺しかと問うとそれも違うと言う。ご定法に背くような仕掛けなんざ組まねぇやと又市は言った。裁くなァお上だ、下手人を炙《あぶ》り出してお縄にして貰うのだと、又市は言った。

目星はあるが証拠《あかし》はねえ、深《ふけ》ェ恨みはあるが晴らす手立てがねえ——。

そういうことであるらしかった。

結局、治平は話に乗った。

——中中縁の切れぬものよ。

所詮、喰って寝ているだけでも、生きていれば世間とは切れぬ。

又市の張った罠は奇異なものであった。

死人に口を利かせて下手人に自白をさせる——そんな莫迦《ばか》なことは、普通考えはしない。

又市はそのために江戸から芝居の一座を担ぎ出す算段をした。死人の役をやらせる戯場者《しばい》をひとり連れて行けば良さそうなものとも思うたが、どうもそれでは具合が悪いようだった。要するに助け役に子細を知らせぬまま助勢をさせようという肚なのだった。

治平に振られた役割は、下手人と思しき者に近付いて嗾《そそのか》す、というものであった。

そして治平は何年か振りに肚の中の百姓を追い出して、極悪非道の生臭坊主を己の腹中に収めたのだった。そう——。

かの破戒僧現西《げんさい》は、その昔、変装芝居の名人と呼ばれた九化《くばけ》の治平その人であったのだ。

青森に入り、下手人と思われる男――藤六と接触して、治平はすぐに確信した。娘を毒牙に掛けたのは藤六に違いなかった。鎌を掛ければ掛けるだけ、藤六は次次に襤褸《ぼろ》を出した。治平が見るに藤六は、どうやら世間と折り合いをつけることが難しい質《たち》の男のようだった。面を被ってどうにか渡世を送っているが、鰡《とど》の詰まりは己の裡でしか生きられぬ男。挑発するだに本性を顕《あらわ》し、醜《みにく》げな顔を曝《さら》した。罠に追い込むのは容易《たやす》いことと思われた。

しかし、この仕掛けにはひとつだけ勘定違いがあった。

藤六の身の回りには、予想外の連中がうろついていた。

山中で拾って来たという浪人――動木《とどろき》運平。

この動木という男、実に得体の知れぬ男であった。腕も相当に立つ。しかし治平にとって本当に厄介だったのは、その動木の腰巾着である、鰊八《かどはち》と鴆二《うとうじ》の方だった。

鰊八も鴆二も解散した蝙蝠《こうもり》組――その昔治平がいた盗賊の一味――の、仕組みの中に居た連中だったのだ。尤《もっと》も治平は引き込み、連中は舟を使った荒事がお役目だったから、直接《じか》に言葉を交わしたことはない。だが、互いに名は知っているし二三度顔も合わせている。

尤も変装が露見したところで、殺生坊主が盗賊になるだけのこと。大きな違いはない。それでも仕掛けが狂うことは間違いない。だから治平は慎重に、鰊八と鴆二を避けた。

藤六はまんまと罠に嵌《は》まり、事もあろうに役人の前で自《おの》が罪科《つみとが》を語り、縛に就いた。

だが――。

事が成った後に変事が起きた。

仕掛けを見抜いた男がいたのである。

鼓打ちの多九郎――。

見抜かれたところで又市も治平も法に触れるようなことは何もしていない。していないけれども、放っておく訳にも行かなかった。治平は引き続き、一座を見張らざるを得なくなってしまったのである。

一座はすぐに小屋を畳んで狭布《きょう》の里を離れた。興行はそこそこ当たっていたから潮時と思うたのだろう。だが、玉川座は真っ直ぐ江戸には戻らなかった。

珍しい遠国《おんごく》での大当たりに気を良くしたものであろう。

先乗りの座本が帰路途中《かえりしな》、郡山《こおりやま》の辺りでの興行を取り付けて来たのである。何処《どこ》で如何渡《どう》りをつけたのか判らぬが、一座は安積郡《あさかごおり》笹川《ささがわ》に落ち着いた。

安積山麓安積沼――。

治平は付かず離れず追いかけて、今、その沼の水辺《ほとり》にいるのである。

――如何にもいけねえ。

悪い予感が付き纏う。長年修羅場を抜けて来た元盗賊の勘働きである。

水面の煌《きら》めきはすっかり消えて、沼は墨でも張ったが如き有様である。水鳥が羽音を立てたのを契機に、治平は立ち上がった。生まれついての矮軀である。立ったところで視界が開ける訳ではない。この矮軀と皺面、若白髪《しらが》の所為《せい》で、治平は十は老けて見える。

葦を掻き分けるように沼縁を進む。

殺風景な沼である。

治平が気に懸けているのは動木運平の動向であった。鼓打ちがあらぬことを口走り乍《なが》ら幽霊役の戯場者《しばいもの》を殴りつけていた際、鯟八と鳩二を従えたあの得体の知れぬ浪人は、その場に居合わせたのである。その後、連中は雲か霧の如くに姿を消したのだった。

元来連中は凶状持ちである。世話をしていた藤六がお縄になった以上、縁もゆかりもない土地に長居は無用と、そう思うたのではあろうが、それにしても――。

治平は気になっていた。

あの鼓打ちも。それから――。

――玉川歌仙。

動木と立女形《たておやま》である歌仙は何か関わりがあるらしい。あの騒動以来、歌仙の様子は明らかに変わってしまった。遠目に観ていても萎《しお》れているのが判った。だから如何だ、ということはない。それでも、些細な齟齬《そご》の積み重なりが不測の事態を招くことは往往にしてある。

治平は鬢《びん》を撫で付けた。

沼を渡る不吉な風が頬に当たって居た堪《たま》らなくなったからである。

――菖蒲《しょうぶ》か。

菖蒲が群生《はえ》ていた。その蔭に。

薄鬼魅《うすきみ》の悪いものが居た。

あれは。

治平は菖蒲を分けた。それは、のろりと振り向いた。

油断した。治平はまともにそれと目を合わせてしまった。

「あ、あんたは――」

それは生きた男だった。

治平は滅多に隙を見せる男ではないのだが、如何《どう》いう訳かその刹那、それは生きていないような錯覚に囚《とら》われたのである。気配がしなかった所為《せい》もある。しかし両の眼《まなこ》で見据えて猶《なお》、それは精気を発していなかったのだ。治平はモノでも観るように覗き、覗き返されたのだ。

「あんたはあの、一座の」

幽霊役者である。慥《たし》か小平次という名だ。

小平次は驚きもせず、かといって愛想を振るでもなく、笑うでも怒るでもなく、ただゆらりと揺れるように会釈をした。この男は何も知らない。知らないけれど、今回の仕組みに於てはは立役者である。この男が上手く幽霊を演じずば、最後の仕上げはならなんだ。そしてこの、どうにも手が付けられぬ程のうすのろ――周囲の評判である――は、ものの見事に死霊を演じ切ったのだった。

思い出すだに総身の毛が太る。治平はこれまでに、あんなに気持ちの悪いモノを見たことがなかった。絡繰《からく》りを知っている治平がそう感じたのだ。身に疚《やま》しき覚えある藤六が、どれ程畏れ戦慄《おのの》いたかは推して知るべしである。

「小平次——さんですな、あの幽霊役者の」

誤魔化《ごまか》すより仕方がなかった。これではい左様《さよう》ならでは怪しまれるに違いないと、そう思うたのである。小平次は聞こえるか聞こえないか判らぬ程の小さな声で、へい、と応えた。虫の羽音のような声だった。

治平は続けて、儂《わし》は狭布の里で芝居を観ましたのさと嘘を言った。

「なァに、儂は雑穀問屋の楽隠居でして、物見遊山に陸奥を廻っております。芭蕉気取りの旅猿で、意気揚揚と参ったは好いが、如何にも田舎は性に合いませぬ。何処も彼処《かしこ》も猟虎《らっこ》の皮の如き頬鬚《ほほひげ》に刻み昆布を被ったが如き頭髪、膃肭臍《おっとせい》の如き眼筋の田夫野人《でんぶやじん》ばかり。食事も風土もまるで肌に合いませぬ。ほとほと参って居りました折り、江戸より参られた旅芝居一座が小屋掛けしたと聞きましてな。居ても立っても居られなくなり、観に行きましたが半月前。いや、儂は元来芝居好きの道楽隠居で御座いますからな、あなた方の芝居を拝見致しまして、一遍に里心がつきましてな、一路江戸へ戻る途中で御座いますよ——」

口から出任せである。

小平次は小面《こおもて》のように表情を変えず、僅かに頷いた。

それだけしか反応しない。こうした場合、引き際が何より肝心である。瞞《だま》せているのかいないのか確認《たしかめ》られぬ訳だから、何処かで線を引かねば蜿蜒《えんえん》と騙《かた》る羽目になる。嘘は語らぬ程に利く。上塗りを重ねれば堅固にはなるが、反面脆《もろ》くもなるのである。治平はその辺りの壺を熟知している筈なのだが、何故か此度《こたび》は時機を逃した。

「いや、あんたの芸は大したものだ。儂はこの齢になるまで、あんなに怖い冤魂《ゆうれい》を観たことがない。こう見えても三座の大歌舞伎から田舎芝居の破れ舞台まで観倒した戯場《しばい》道楽。その儂が言うのだから間違いはない――」

語り過ぎだ。

これは半ば治平の本心である。錦木塚《にしきづか》で観た小平次は、肚の底から恐かったのだ。真実《ほんとう》八分に欺瞞《うそ》が二分。これが詐術の基本である。慌てて嘘八百並べ立てた尻拭いに、本当のことを交ぜただけ。帳尻合わせの下手騙りである。下手な語りは咬まずに滑る。案の定小平次は上の空で、底抜けの暗《やみ》のような水面を眺めていた。

――芸ではねェのか。

そこで治平は悟った。小平次の幽霊振りは芸ではないのだ。この男は多分、生きて、い、る、だけでぎりぎり一杯なのだろう。此岸に留まっているだけで精も根も尽き果てている。だから一段高い処に上がっても何一つ出来ぬ。出来ぬどころかいっそう向こう側に行きかけるのだ。それを必死で堪えている。ただそれだけなのだろう。

治平は尻を捲《まく》った。

こんな男は欺いても始まらぬ。こんな、底抜け柄杓《ひしゃく》の如き男には、どれだけ嘘の酒を注いでも地べたに溢《こぼ》れてしまうだけ。無駄だ。

そうなると。

途端に治平には語ることがなくなってしまった。

腹にぽっかり窩《あな》を開けた人の滓には、語るものなど何もない。

　窩に嘘をば溜め込んで、治平は漸《ようや》く誰かに成り済ますことが出来るのだ。人の倫《みち》を踏み外した悪僧でも道楽者の楽隠居でも、何でも良い。何か決めればものは語れる。何も罔《な》ければ。

　治平は小平次の横に腰を下ろした。足許は湿っており、大層居心地の悪い場所だった。

　葉菖蒲。黒い沼。

　微温《なまぬる》い風。

　黒い表面に漣《さざなみ》が立った。

　治平は皺だらけの汚れた手で、矢張り皺だらけの自が面を触り、強く擦るようにした。

「何だか遣り切れねェなあ」

　誰が喋っているのか判らなかった。しかし、その言葉は治平の口から漏れたものである。

　小平次は初めて反応し、すうと顔を向けた。

「今語ったなァ全部嘘ッ八だ」

　幾度か顔を洗うように擦る。摩擦で瞼が熱くなる。

「俺ァ白波の成れの果て。他人《ひと》様の懐から銭ィ掠めて生計《くらし》を立ててた屑野郎だよ」

　どうした、恐《こえ》ェかと治平は肚にもないことを言う。否、そもそも肚の中は空なのだから。

　――これが真情か。

　小平次は頬ひとつ動かさず、左様で御座いますかと小声で言った。

「恐くはねェか。俺は――お前《めえ》を刺すかもしれねェぞ」

治平は懐に右手の先を差し入れた。胴《はら》には短刀《えもの》を呑んでいる。

小平次は僅かに首を振った。

「恐くねェのかい」

薄っぺらで御座いますから——そう聞こえた。

「薄っぺら」

「生きていないようなもの」

「それでも死んじゃいねェだろうが」

「扠《さて》——」

無地の白茶けた単衣《ひとえ》が薄暮に浮いている。

小平次は腴せた二の腕を緩寛《ゆっくり》と動かしている。踵《かかと》を触っているようだった。

「この」

「この——何だい」

「この薄い膜が破れたなら、手前は何も罔くなってしまいましょう」

「膜だと」

布より薄い、紙より薄い、彼方側《あちら》が透けて覗ける程の膜で御座いますると小平次は言う。

中には何も在りませぬ故、破るる時は消ゆる時、元より果敢《はか》なき生と心得ておりますれば、
消えたところで世に変わりなしと、幽霊小平次は棒読みの科白《せりふ》のように言った。

「陽炎《かげろう》みてェなものかい」

「陽炎になりとう御座います」

「格好つけるじゃねェかよ」

治平は乱暴に言った。小平次は笑った——ように思えた。勿論外見上の変化はない。それは菖蒲が戦《そよ》いだだけだったのかもしれない。濃密な、水の匂いがした。

「手前は陽炎の如く消えたくとも消えられず、無様に齢《よわい》を重ねる廃 者《すたりもの》。薄膜一枚の紙風船。中はがらんどうで御座います」

「そりゃ俺も同じこった」

治平は大きく息を吐《つ》いた。肚の中の空洞を萎《しぼ》ませるように吐き出した。

「お前《めえ》より厚みはあるがな。その厚みは積年の悪事の垢よ」

「垢」

「垢だ。俺ァ罪人だよ。足ィ洗ったって身の黒いなァ落ちねェわさ」

治平は懐から手を抜くと皺だらけの汚れた掌を開き、凝乎《じっ》と見た。

積もり積もった悪行の汚れだ。

——なる程な。

己が黒いのじゃない。己は黒い衣を纏《まと》っているだけなのだ。衣を剝げば何もない。なくて当然なのである。あると思う方が間違っている。哀しいとか辛いとか、苦しいとか侘《わび》しいとか、そうした像《かたち》 罔《な》きものこそが、己というものなのだろう。

「お前《めえ》の言う通りだよ」

「手前は何も申しておりません」

「けッ」

治平は姿勢を崩した。

「好いんだよ。俺が勝手に思うたことだ」

「勝手に」

お前の肚の裡なんざ探れやしねェよと治平は言った。

「探ったところでどうせ空なんだろうよ。お前も俺も、素ッからかんだよ。否、誰だってそうなんだ。今判ったぜ。俺ァな、こんな脊椎《せぼね》のヒン彎《ま》がった爺ィになってまだ、何も判っちゃいなかったんだ。哀しい時ゃ哀しい、死にてェ時ゃ死にてェと、そう語らなくッちゃ、自分《てめえ》のこたぁ語れねェんだよ」

「語る」

「そうだ。コトは語って初めてモノになる。語らなくっちゃ何もねェんだ。嘘でも法螺でも吹きゃ吹いただけモノになるんだ。お前が薄っぺらなのも、俺の肚に窩が開いてるのも、お互い何も語らねェからなんだろうぜ。薄っぺらなつもりでいても、お前にゃ厚みがあるんだろう。空っぽのつもりでいても血もある肉もあるじゃねェかよ。飯も食らえば糞もするんだ。人ってなァな、誰もがうすらみっともねえものよ」

みっともなくて無様なものよと治平は言った。

勿論、自己《じぶん》に向けてである。

治平は菖蒲を一本、ぐいと摑んだ。

引き抜く。のろりと根が現れる。

「こいつァこっちが本性だ。花ァ散る葉ァ枯れる、それでもこの汚《きたね》ェ根っ子がありゃ、葉も茎もまた生える。だが根っ子ァ根っ子だけじゃ、何の花だか判らねェわい――」

俺は六年前に花も実も葉も枯らしちまったと治平は言った。

哀しかったぜ辛かったぜと言った。

死にたかったぜと言った。

「枯らした」

「オゥ。女房と餓鬼ィ持って行かれちまったのよ。何もかも、俺の悪事の報いだがな。だから黙っていたのだが、それでも矢ッ張り哀しかったわい。辛かったわい。でもな、こうして口に出さなきゃあ、俺は哀しかったのだか辛かったのだか判らねェ」

「哀しいか辛いか――」

判りませぬかと小平次は初めて声らしき声を立てた。

「判らねェ。些細《ちっ》とも判らねェ。死にてェと胸で思うても、こうやって生きて居るのだから結局は死にたくなかったのかと思う。だがな、口に出して言うたなら、死にたかったのに死ねなかった臆病者だ卑怯者だとすぐ判らァ。意気地なしの未練がましい爺ィだと判るだろうよ」

――それでやっと。

俺は俺に化けることが出来るのだと治平は思うた。

「あることねェこと語るのよ。触れ回るのよ。事触れの乞食《こつじき》みてェに、自分《てめえ》のことを触れ回るんだ。そうしなくっちゃ己が誰だか判らなくなる。いいや、誰でも良くなっちまう。所詮人なんか誰でもねェわさ。俺が俺がと固執する程、確乎《しっか》りした中味なんざァ、誰も持っちゃねェんだよゥ」

——俺は。

こんな野郎に何を語っているのかと、治平はふと思う。そして今語っているのは紛《まご》うことなき誰でもない己なのだと、再度《ふたたび》思う。

小平次は何とも切なそうな顔をした。

「私も——」

妻と子を失いましたと役者は言った。

「そうかい」

抑揚なく答える。驚くことでもなかろうし、驚かれたいと思うてもおるまい。

「妻は病死、倅《せがれ》は無頼の者の手に懸かり果てました」

「人は思ったより呆気なく逝《い》っちまうもんだからな」

へえ、と小平次は暗く応じて、菖蒲の先を見た。

「両方とも死に水を取るは疎《おろ》か死に目にさえ会えませなんだ」

「死んだてェ自覚《おぼえ》がねェのかい」

「そうでは御座いません」

生きていた記憶《おぼえ》が薄う御座いますと小平次は言った。

「縁が薄い夫婦《みょうと》だったか」

「いいえ」

「違うのか」

「我等は不義の駆け落ち者。縁が薄いとも申せますまい」

「お前さんが――不義の駆け落ちか」

人は外見《みかけ》に依らぬとはいえ、これには治平も驚いた。

「生国《しょうごく》を棄て家を棄て、手に手を取って流されて、人目憚《はばか》る道行きの果て、江戸に着いたが十七年から前のこと。それから亡くなるまで、十と幾年一緒に暮らした勘定になりまするが、その暮らしすら夢幻。果たしてあれは此世のことか、己でも判じかねる有様。駆け落ちたのが事実《ほんとう》ならば好いていたのは確かじゃろうと、そう思いはするものの、女房が死んで哀しかったかと問うならば、正直それも判りませぬ」

「判らねェかい」

判りませんでしたと小平次は素直に答えた。

「何も判りませんでした。泣き方も忘れておりました。涙も出ねば、哀しゅうもないのかとも思うた。お前様の仰せの通りなら、それもこれも、私めが何も語らなかったからと、そういうことになりましょうか」

「語らなかったのかい」

他人《ひと》様と話す口を持ちませぬと小平次は答えた。

「立派に語ってるじゃねェか」

「へい」

既に足許は覚束ない。裾に草鞋《わらじ》に、黒い沼が浸食《しみ》て来たかのように、小平次の下半身は朧《おぼろ》に溶けている。小平次はもう一度へい、と言って前傾した。

「判らねェなら教えてやるよ」

治平はそう言った。

「さあ語ってみやがれ。聞いてやる」

小平次がすう、と薄くなる。慥かに果敢ない男である。沼が透けて見えるようだ。

「私は、山城国小幡の庄の生まれで御座います——」

訥訥《とつとつ》とした語り口であった。語り熟《な》れてはいないのだ。

否、往《いにしえ》の残骸を拾い出しているのかもしれなかった。

「家業は馬喰《ばくろう》で御座いました。それなりに大きな構えで御座いましたし、良い暮らしでは御座いました。兄が一人居りましたが、母は十の頃亡くなり、長く男所帯でおりました。やがて兄が縁付き、その後、親父殿も後添えを貰いました。私が十八の頃で御座います。嫂《あによめ》は名を登和《とわ》と申しまして、元元はお武家様のお胤《たね》と申しておりました。一方、父親の娶《めと》った後添えと申しますのが、下働きに雇うた、二十歳になるかならぬかの出戻りの百姓娘で御座いまして——志津と申しました。いつの間にか情を通じ、子を生《な》した上でのことで御座いました」

「親父殿ァ幾歳《いくつ》じゃった」

「五十前で御座いましたか」

若ェ嬶《かか》ァだなと治平は言った。

治平も思い出したのだ。

治平と、死んだ連れ合いとは五つ違いだった。ただ治平は矢鱈《やたら》と老けて見えるから、周りの者は誰もが皆、若い女房だな若い嫁だと口を揃えて治平に言うたのだ。それを思い出したのである。

――否、若い義母というべきか。

「あれは――父が志津を迎え入れてすぐ、秋のことで御座います」

小平次は下顎の力を抜いた。言葉を選んでいるのだろうが、余計に屍体めいて見える。

「父と兄は、連れ立って西国四国の札所巡りに出掛けたので御座います。親父も兄も信心の深い人でしたし、親父は後添えを貰うたことで思うところがあったようで、下働きの女と情を交わした訳で御座いますし、亡くなった母の供養にと発念したのだと思いまするが――それが」

いけなかったんだなと治平が言うと、因果なもので御座いますと小平次は下を向いた。

「旅先で父は病に倒れたので御座います。流行《はや》り病に罹《かか》ったか水が合わずに持病が出たか、将《はた》また良からぬモノが憑《つ》いたか、結局判りはしませなんだが、戻るに戻れず進むに進めず、長い足止めを喰うてしまった。兄とて動くに動けますまい。その長い留守中に、嫂の登和が――」

男を引き込んだので御座いますと小平次は言った。

登和は元播州《ばんしゅう》浅野《あさの》家縁《ゆかり》の者だと自称していたそうである。落魄《おちぶ》れ果てる前までは、れっきとした侍の嬢《むすめ》であったらしい。武家の息女であった頃、登和の家に仕えていた某なる若奴こそが、その間男であったという。

「その若者は馬子になっておりました。同じ馬商でも御座いますし、私の家に出入りもしていた。否否、思えば嫁いで来る以前から、嫂とその馬子は深い仲だったのやもしれませぬ」

「まァ怪しいやな。そういう節があったかい」

「へい。嫂は兄が旅立ってからは頻繁に家を空けておりましたし、不測の事態で兄が当分帰宅せぬとなると、堂堂と男を家に上げた。私と、父の後妻である志津は、それでも少しは意見をしたように思います。しかし、私は所詮斯様な腰抜けに御座いますれば、小言など幾ら垂れても聞いて貰える訳もなし、義母とて齢若きうえに元は下働きで御座いますれば、矢張り何を言うても馬耳東風。その内、親父が愈々《いよいよ》いけないと、遠国よりの文が届いた。嫂は、最早親父は死んだものとして、益々横暴に振る舞うようになったのです」

妾《じぶん》は惣領《そうりょう》の妻だから、この家の物は凡《すべ》て自分の所有物《もちもの》、何をしようとやめようと、口を出される筋はないと、登和はそう言ったのだそうである。

「私は嫂と馬子が昼間から乳繰り合うのを見るのが厭で、家に寄り付きませなんだ。だから知らなかったので御座いますが――義母は幼子ともども母屋を追われて、馬小屋に寝起きさせられて居りました」

「酷《ひで》ェな」

「身分低き者故分相応と言われたそうで御座います」

「馬喰に氏も素性もあるかよ」

さあ判りませんと小平次は答えた。

「そのうち――旅先で養生中の父と兄から、金の無心を願う文が届いた。逗留が長くなればお銭《あし》は遁《に》げて行きましょう。療養するにも金子《きんす》が要りましょう。当然のことでは御座いましょうが、路銀も蓄え金も、皆尽きてしもうた。先立つものがなくッては本復も叶いますまい」

「知らぬは亭主ばかりなりけりてェ話かい。親と亭主が旅の空で辛酸を嘗《な》めてるその時に、間夫と色事に耽《ふけ》っておったか。花癲《いろぐるい》で仁孝を忘るるは男ばかりとは限らねェな」

「へえ。嫂は――」

文を破り棄てましたと小平次は言った。

「金を――送らなかったのか」

「私が見ましたのは五通目の無心。幾度頼みても何の返りもなし、万策尽きて候と記してありました。事情を察した義母が案じて、棄てられた文を拾うて来たので御座います」

「見殺しに――する気だったか」

「見殺しにしたので御座います。父は戻りませんでした。位牌を抱き、窶《やつ》れた兄が戻ったのが出立してから丁度一年の後。嫂は何喰わぬ顔でそれを迎え入れ、凡ては生まれ卑しき義母の悪行と、そう兄に告げたので御座います」

醜げな話である。

能《よ》くあることでもあるのだろうが。

「流石《さすが》の義母も、これには堪え兼ねたので御座いましょう。志津は激しく申し開きを致しました。僅かな間とはいえ父とは二世の縁を誓った仲。そのうえ何かと目をかけて貰い、後添えにまでしてくれた恩人でもありましょう。更には子まで生しておるので御座います。その、父をむざむざ見殺しにした張本人が」

「その責めを負《お》ッ被《かぶ》せて来た訳だ。そりゃ堪らないだろう。

「しかし兄は嫂の詞《ことば》を信じた。兄は元元、志津を家に入れることに反対であったのです。加えて自《おの》が女房の裏切りなどは露とも知らず。仕方のないことでもあったのでしょう。私は――」

お前は如何《どう》したよと治平は問うた。

最早夜の帳《とばり》が下りかけている。彼誰刻《かわたれどき》の沼畔《みずべ》には、もう生者の影はない。

往時を語る幽霊と、それを聞く獣が一疋《いっぴき》居るだけである。

「私は何も言えなかった」

「何も言わなかったのか」

へい、と幽霊は言った。

「思えば、私が口を利かなくなったのは、その時からであるような気も致します。否、それは気の所為で、もうずっと先からそうだったようにも思うし、そうでなかったようにも思いますが」

登和は、小平次が黙しているのを良いことに、耳の腐るような偽証《つくりごと》を並べ立てたのだそうである。要するに志津は次男坊の小平次と密かに情を通じ、父親と惣領を見殺しにして登和をも追い出し、家を乗っ取るつもりだったのだ――と、登和がでっち上げたのはこういう筋書であったらしい。

「兄は烈火の如く怒った。そして私を責め、志津を責めました。志津は随分と弁解をしておりましたけれども、ただ、嫂の不義のことだけは口に致しませんでした」

「黙ってたのかい」

それを言うが何より早かろう。

「そこまでされて黙ってるてェ気が知れねェや」

「私には――何となく判った」

「判った――か」

勿論気の所為、思い込みですと小平次は言う。

「他人の裡は覘けますまい。覘いた気になっているだけ。覘いて見えるものは、全部自分の裡で御座います。ですからそれは、屹度《きっと》私の気持ちなのでしょう」

「どんな気持ちだ」

「いいえ、大したことじゃあ御座いませぬ。嫂がこれだけ嘘八百を並べ立てるのも、偏《ひとえ》に兄との仲を壊したくないからなのだろうと、そう思うたのです。留守中に間男を引き入れた、その贖罪の念の裏返し、取り繕《つくろ》いと、志津もそう取ったのではなかろうかと」

「へん」

　それはそうかもしれないが——。

「兄は志津に死ねと申しました」

「死ね、か」

「死んで親父に詫びをしろと」

「それはお前」

「志津は乳飲み子を、父の遺児、私の弟をぎゅうと抱きしめて、ただ詫びた」

「詫びたのか」

「抗弁無意味と悟ったのでしょうか。兄は許しませんでした。今目の前で首を縊《くく》れ、この場で死ねと攻め立てた」

　それでも。

「それでもお前は黙っていたか」

「兄の気持ちも汲めました故——」

「莫迦なことォ漏らしやがるな。それじゃあその、志津さんとやらはどうなるよ。何一つ責められるようなこたァしてねェんだろうが。兄貴の気持ち汲んでいる場合じゃねえだろう。そんな修羅場で、双方の胸の裡ィ慮《おもんぱか》って、如何《どう》やって尻《けつ》ゥ拭くよ」

「仰せの通りに御座います。ですから私は」

　口が利けないと小平次は言った。

治平は返す言葉がなかった。

人は誰しも、得手勝手に生きている。その得手も勝手も、本当は擦り寄せることなど出来はしない。得手に擦り寄った気になり、勝手に擦り寄られた気になって、丸く収めているだけのこと。声の大きな者は己の得手が通ったと勘違いするし、声の小さな者は勝手が通らぬと不平《こごと》を垂れるが、それはいずれも勘違いである。

口にして像《かたち》が明瞭《はっきり》するのは――。

己の輪郭だけなのだ。

自己《おのれ》を横にどけたなら、口など利ける訳もない。

私は――と小平次は息を漏らす。漏れた息が詞《ことば》になり、それは風に乗って沼に消える。

「私は、それでも覗いているだけの己が少しだけ居た堪らなくなったのでしょうか。虚言を弄し悪罵を吐く嫂、激高して義母に自死を迫る実兄――これは、修羅場で御座いますから」

私は志津の手を取り、兄から引き剝がし、そのまま出奔したのですと小平次は言った。

「弁解《いいわけ》も抗議もせずに――か」

喰って掛かるが常だろうと治平は思う。小平次は首を振る。

「嫂の言う通りにしただけで御座います。私は義理の母親と情を通じて駆け落ちをした、恥知らずの痴《し》れ者に御座います。郷里へは二度と戻れぬ戯《たわ》け者に御座います」

「それがお前の女房か――」

幽霊は、力なく首肯《うなず》いた。

「それじゃあお前の死んだ倅てえのは」

「父の遺児で御座います」

「お――弟じゃねェか」

「駆け落ちた以上志津は女房。その子は我が子」

「いい覚悟だな」

「覚悟など御座いません」

他の道が判りませなんだだけ――と小平次は俯向く。

「夫らしき振る舞いも、父親《てておや》らしき行いも、何も出来ぬ不甲斐なき者、音羽の師匠に拾われなんだなら、野垂れ死んでいたところ。それでも他に当てもなし、ただだらだらと時を重ねただけのこと。斯様な時は幾ら重ねようとも厚みを持ちませぬ。劫《ごう》を経ようと紙切れ同然。ならば志津も小太郎も、紙に記した絵姿と同じ――」

そうでは御座いますまいかと小平次は呟く。

そうかもしれねェと治平は応える。

「思い出なんざ紙みてェなものだ。で、お前の紙にゃ――どんな絵が描いてあったい」

顔は覚えておるのかいと治平は問う。

小平次はすうと浮いた。否、浮いたように見えた。立ち上がったのである。

「志津は――瘠《や》せた、色の白い、影の薄い、蠟細工のような女で御座いました」

「覚えてるのかい」

「倅小太郎は――温順《おとな》しい、線の細い、素直な童で御座いました」

小平次は音を立てずに治平に顔を向けた。

尤もその貌《かお》は、薄闇にすっかり溶けたのっぺらぽんである。

「私と志津は女夫《めおと》で御座いましょうか。私は志津を好いておったのでしょうか。私は小太郎を慈《いつく》しんでいたのでしょうか。私は志津が死んで哀しかったのでしょうか。小太郎が死んで辛かったのでしょうか――志津と小太郎は」

生きて此の世に在ったので御座いましょうや。

「約束通り教えてやるよ」

治平も立ち上がる。

「紙っぺらみてェに薄かったお前の女房と子供にな、たった今、厚みがついた」

「厚みが――」

「お前が語ったからだよ。お前がお前の物語にした所為で、嘘でも法螺でも血が通ったぜ」

「血が」

「オウよ。いいか小平次。お前の女房と子供ァな、ちゃアんと居たぜ。そしてお前を好いていた。お前もそうだよ。成行きだろうが何だろうが、十何年も暮らしたのだろう。それなら立派な夫婦だし、紛うことなき親子だぜ。夫婦なら、親子なら」

死んで哀しくねェ訳がねえよと治平は言った。

「お前はな、悲しみ方が判らなかっただけだ」

「悲しみ方」

ことの序《つい》でに教えてやるよと治平は吹いた。

「哀しい時はな、哀しい哀しいと莫迦みてェに言え。嬉しい時は嬉しい嬉しいと言え。口に出さんでもいい。肚の底で思え。そうして自分《おのれ》を騙せ。己で己を騙せ。それしかねェ」

「騙す」

騙《かた》るのよと治平は言った。

「俺の親ァな、事触れだった。事触れってなあな、ただの物乞じゃあねえ。元を辿れば鹿島さんのご託宣を触れ回る役だ。だがな、親父の語ってるのは大概が出任せだったぜ。餓鬼の俺にゃ能く判った。だがな、出任せで言祝《ことほ》いでも、人は喜ぶぜ。有り難がるぜ。嘘も触れ回れば霊験を顕すものよ。いいか、小平次」

治平は薄朦朧《うすぼんやり》とした暈《かげ》に手を掛ける。

「信じるってこたァ、騙されても善いと思うこと。信じ合うッてこたァな、騙し合う、騙され合うてェ意味なんだ。この世の中は全部嘘だぜ。嘘から真実《まこと》なんか出て来やしねえ。真実ってなァ、全部騙された奴が見る幻だ。だから――」

それでいいじゃねェかと治平は言った。

「本当の自分だとか真実の己だとか、そんなものに拘泥する奴は何より莫迦だ。そんなものァねえ。自分が欲しかったら手前で手前を騙すんだ。騙すのが下手なら下手で――」

それでいいじゃねェかと、もう一度治平は言った。

「お前はぼうっとしてるがな、ちゃあんとそこに居るぜ。俺だってここに居らァ。お互い、それが厭だと言うたって、こりゃ仕様がねェわいな」

治平は自分《おのれ》に言っている。

「俺ァこれから世の中を、騙り続ける覚悟を決めた。有ること罔いこと事触れて、渡世を過ごすが本分じゃと、そう今此処で気がついた。それが俺だ」

お前のお蔭じゃ小平次と事触れの治平は口中で言った。

羽虫が耳許を掠めた。

「だが――お前はそうは出来ねェんだろう」

自分も欺《だま》せぬ不器用者に、人が瞞《だま》せる訳もない。

「ならそのまんまで居るがいい。迷うこたァねえぞ」

「迷うことは御座いませぬか」

「お前の生き方ァ楽じゃあねえやな。でも楽に生きるばかりが能じゃねえだろうよ」

今ァ独り者かと治平は問うた。女と暮らして居りますと小平次は答えた。

「女が居るのか」

「はい――」

小平次は懐に手を差し入れて、何かを握り締めるようにした。

「今の――女房で御座います」

菖蒲に囲まれた、薄墨を流したが如き朦《ぼう》とした影は、やけに瞭然《はっきり》と答えた。

「結び付きもない情もない、交わす言葉もない、それこそ成行きの関係《あいだがら》では御座いますけれども――」

むう、と沼の闇が膨らむ。

愈々夜がやって来る。

「お前が良いってならそれで良いじゃねェか。尤も――相手は如何《どう》だか知らねェよ」

治平は悪態を吐く。それから顔を皺くちゃにする。

「よう小平次、お前の昔は今日俺が、確《しか》とこの場で聞き取った。仮令《たとい》お前が忘れても、もう罔くなるこたァねえや。だから案ずるな。好き勝手に生きやがれ」

有難う御座いますと小平次は頭を下げた。

治平は背中を向ける。

「そろそろ陽も落ちたぜ。俺ァ街道の商人宿だ。お前等ァ慥か――」

「私はこれから夜釣りに参るところで御座います」

「夜釣り――この沼でか」

「はい。一座囃子《はやし》方《かた》の鼓打ち、安達多九郎に誘われました」

「あの――」

跋折羅《ばさら》者である。

先日諍いを致しました詫びと申しておりましたと小平次は言った。

「詫びに――釣りか」

「娯《たの》しみのひとつも知らぬ朴念仁《ぼくねんじん》、酒とて飲めぬ不調法、道楽のひとつも持ちませぬ故、気に懸けてくれたものと思いまするが――正直迷うておりました。私は彼の者にとって何の益もない男。しかし、何か、踏ん切りがついた気が致します」

小平次は再び懐に手を差し込み、何かを握り締めるようにしてから、少しは語れる気もします故と言った。

それから菖蒲を掻き分ける。

沼は昏黒《こんこく》である。沼の黒が立ち昇り、曇天からは闇が降り注ぎ。ことなる曚《やみ》が相まって、溟《やみ》は一層に深い。その暗《くらやみ》の中に、薄墨の如きぺらぺらの男は揺蕩《たゆと》うように漂っている。おおと息の漏れるような声がする。振り返ると元治平が居た辺り――朽ちた桟橋の付近――に、朦朧《ぼんやり》と光るものがあった。提灯だろうか。

来ておりまするると小平次は言った。

それからもう一度、治平に深深と礼をした。

音も立てずに。

幽霊小平次は、夜に、沼に吸い込まれて行く。

ああ。

治平は途端に漫《そぞ》ろなる不安の渦に襲われる。悪い、悪い予感が――。

小平次。そう呼んだ時、木幡小平次は――。

既に迷妄《めいもう》の彼方に消えていた。

穂積の宝児

宝児《たからこ》は寝ている己を天井から眺めている。

夏も過ぎたというのに縁を開け放し、戸締まりもせず、夜着も夜具も乱れ放題。花火も済んで肌寒く、虫の音も喧《やかま》しくなり、丸《まろ》き月も欠け始めたというのに、夏場と全く変わりのない有様。調度家財が少ないから、散《ち》れよう荒れようもないのだけれど、生活《くらし》が怠惰であるから何処《どこ》かしら乱れている。

倒れた枕。夜具に広がる乱れ髪。

露《あらわ》になった白い脛。搗《つ》きたての餅の如き腿《ふともも》。丸い肩。重さに堪え兼ね平たく隆起した乳房。

こんな女は己《じぶん》じゃない。

そう思うた。それもその筈、こうして観ている以上、観ている主体《おのれ》は別にある。

自分はもっと腴せている。腕も脚も細いし、こんなにぶよぶよとしていない。何より、もっと綺麗だ。こんなに醜く熟《う》れてはいない。こんなに猥《みだ》らで柔らかいものではない。

——吾《わたし》は。

穂積の宝児だ。

大和国《やまとのくに》十市郡《といちこおり》　耳無川《みみなしがわ》が畔《ほとり》、近在一の郷士穂積の長者こと穂積丹下《たんげ》正辰《まさとき》が娘子《むすめ》、宝児――。

沈魚落雁《ちんぎょらくがん》の風情、閉月羞花《へいげつしゅうか》の標致《かたち》との誉れも高き、穂積の宝児こそ自分である。

見目麗しきのみならず、和歌を詠み、糸竹《しちく》を奏《かな》で、心様も優しき長者掌上の璧《たま》。

蝶よ花よと愛《め》でられて、二親の慈しみをば一身に受け、長者屋敷の深窓の、裡に秘め置かれたる箱入り娘。人と見《まみ》えることすら止《と》められた、正に宝の娘子である。

寝汗が冷えて項《うなじ》が寒い。宝児は汚い汗などかかぬから、赤の他人に相違ない。

何といってもこの荒家《あばらや》は、長者屋敷とは程遠い。そもそもこの見窄《みすぼ》らしき閨《ねや》の有様は如何《どう》したことだ。それに――。

――あの絵は何処だ。

狩野派の流れを汲む名人が、筆を尽くし丹青《たんせい》を施し、玉を欺《あざむ》き花を羞《は》じ入らせんとばかりに描き切った、神彩飛道の趣、美少年が絵姿。

枕元に掛け置いて、朝な夕な、昼も夜も眺め続けた美童の姿。

麗《うるわ》しきその形象《かたち》は宝児が心を虜《とりこ》にし、香るが如きその色彩《いろ》に、宝児は愛慕の情を募らせた。

――あの絵がなくては生きられはせぬ。

恋し焦がれて精神《こころ》を罔《な》くし、床に臥《ふ》したのではなかったか。

そこまで焦がれた絵が見当たらぬ。

ないないない。

ああ、鬱陶《うっとう》しい小娘じゃ。

ぴらぴらとした振り袖を着て、ちゃらちゃらとした飾りをつけて。

そんなものはくっついているだけで己ではない。裸に剝けば腴せっぽちの、狗《いぬ》ころの如き小童ではないか。何が穂積の宝児じゃ。宝というのは誰かのもの。宝を持つなら兎《と》も角《かく》も、宝となってなんとする。親の情け、親の恩こそ有り難いけれど、金に飽かして贅をば尽くし、その贅が、己の価《あたい》であるなどと、思うだけでも不遜であろう。

綺麗に見えるは蕾《つぼみ》だからじゃ。蕾が開いたその後は、花も枯れよう実も生《な》ろう。生った実は腐って落ちねば種も蒔《ま》けまい。花弁も開かぬそのうちに、己を綺麗と思い込み、釣合うものを探すから、絵姿などに恋をする。人は誰しも生き腐れるもの。汚れて萎《な》えて朽ちるもの。そこから先に目を瞑《つむ》り、不変の色など求むるなど笑止千万。叶う相手は此の世に居りはすまい。

——莫迦《ばか》じゃ愚かじゃ。

探しても無駄じゃとお塚は思う。

気が触れた、心を失うたと親をば泣かせ、世間を知らぬ小童の戯言《たわごと》と呆れさせ。

的なき恋に心惑わすは笑種《わらいぐさ》、絵姿に想い寄せるは稚《おさな》げなる証《あかし》。しかし、それを貫くは無上の愚行。悪き因果の報いを受けたか、将《はた》また魔に憑かれでもしたものか。いずれ道理《ことわり》に背《そむ》く大莫迦者である。

今思うなら、絵を買い求めた父丹下が、売り先を辿って追い求め、描かれし当人を見つけてくれたことだとて、大莫迦娘の目を覚まさせ、諦めさせようという気持ちからのことであったに違いない。

真逆《まさか》本当に家を出て、見知らぬ男と添い遂げたいと、自《おの》が娘が言い出そうとは、夢の裡にも思うてはおらなんだ筈である。その、親の意志《きもち》を汲むこともせず。

東国まで出向くとだだを捏《こ》ね。

逢って添うのだと意地を張り。

食事も摂らず口さえ利かず。

あれは何であったのか。

何がそこまでさせたのか、お塚自身にも理解ができぬ。

大金を持たせて家を出したのは親の情けであったのか。

——否。

捨てたのだろうとお塚は思う。父も母も、物狂いになった娘を持て余し、辛労の果てに捨てたのだ。そう思う。

——ぐだぐだと。

くだらぬものを追い求めておると、捨てられてしまうぞと、お塚は思う。

そんなものはないのだ。そんな男は居ない。

いや、本当に居なかったのだ。

あたふたと在りもせぬものを探し続ける宝児の姿を眺めて、お塚はたいそう苦苦しい想いに駆られる。あんな愚かな小娘は自分ではない。己は——。

妾は宝児なんかじゃない。槖吾《つわぶき》だ。

そこでお塚は目を醒ました。

昼間は汗ばむ程の暑さだが、夜は冷え込む。

項と、腿の付け根がひんやりとした。裾が捲《めく》れ上がって右足が剝き出しになっている。胸許も開《はだ》け肩が覗いている。枕も倒してしまっているし、まるで泥酔して昏倒したかのような有様である。幾ら如何《どう》なっても構わぬと開き直っているお塚でも、流石《さすが》にこの有様は不用心もいいところ。その前に、風邪でもひいては後の始末が悪い。

虫の音が背中全部に聞こえている。何もかも開け放しなのである。雨戸は兎《と》も角《かく》、障子くらいは閉めないと——と、そう思うた。その前に、襟を合わせ裾を閉じねばとも思うた。思うたけれど。

思うただけだった。

お塚は如何いう訳かぐたりと疲れていた。瞼《まぶた》は開けているものの、眉ひとつ動かすことが面倒だった。小指一本動かすのが億劫《おっくう》だった。身体《からだ》中の肉という肉が己の重みに忠実に、夜具にぐたりと吸い付いている。このまま放っておいたなら、肉がずるずる骨から外れ、落ちるのではないかと思う程である。

濡れ雑巾にでもなったが如き心持ち。

——生き腐れ。

何の虫だか知らないが、引ッ切りなしに鳴いている。

お塚は倦《う》んだ肉体《からだ》を無理矢理に動かし、漸《ようや》く寝返りを打った。

弛緩したまま無理に姿勢を返したため、裾は益々捲れ、腰から下が殆《ほとん》ど露出してしまった。

ひやりとして、酷《ひど》く据わりの悪い気持ちになる。それでもお塚は身体を動かすことが出来ない。怠《だる》い。左足の膝を僅《わず》かに曲げた。

眼は開いているが燈《あかり》も、何もない。

それでも真の闇がある訳でもない。雨でも降ったのかと思う。何かが見えてそう思った訳ではなく、多分鼻腔に湿った匂いが入って来たからなのだ。心なし、虫の音も水気を帯びて聞こえて来る。

夜はめそめそと湿っている。

やがて、朦朧と滲み乍《なが》ら世間が浮かび上がる。月光が闇の深さを薄めているのだ。ゆらゆらと、恰《あたか》も湯気が満ちた湯屋の戸を開けたかのように、蚊帳《かや》越しに行燈《あんどう》の火を見るかのように。

お塚の瞳に在るのか囲いのか判らない、模糊とした情景が映る。

庭である。庭で——ある筈だ。

色はない。墨絵の如きものである。

垣根。庭木。黒塀。あれは椿。あれは紫陽花《あじさい》。そして。

虫の声。月明かり。黒ばかりが幾重にも重ねられた、澄んでいるのに奥行きのない絵。

怠《だる》い。如何欲目に計っても朝《あした》は程遠いようだった。裾を直そう、障子を閉めよう、その気持ちに身体が追いつかぬ。矢張りこのままで居ようと、重い瞼を再び閉じようとした刹那。

お塚は強い不快の塊を、皮膚《はだ》の表面に受け止めた。

――何か、何か居る。

庭に何かが居る。そう思った。この、この不快な覚えは。

――観て。

観られているのか。

それまで全く反応しなかった四肢が、突如痙攣するように収縮した。肌が粟立っている。

お塚は裾を閉じ、襟を合わせて半身を起こした。

虫の声。

先程から変わらずに聞こえている。もし何者かが訪れたのなら、多分止む。

――気の所為《せい》か。

硬直した筋と肉が、すうと弾力を取り戻す。緊張が引く。眼を伏せる。その伏せざまに。

――否。

お塚は身を起こした。

立っている。庭の真ん中に、黒い人が立っている。

何故それが判らなかった。それはずっと、ずっとお塚を観て――。

「お――」

お前さんと言った。喉が渇いていたから、声が潰れた。

気配がない。全くない。ないのは当たり前なのだ。何故ならその人影は。

「小平次かえ」

それは——。

それは明らかに小平次の目筋だった。

お塚は再度襟元を深く合わせて、更に身を起こし、目を凝らした。

「小平次——だね」

返事はない。ならば小平次に違いない。黒いものはたいそう緩寛《ゆっくり》と動いた。

餾《むす》ぼる烟《けぶり》のようだった。

虫の音は相も変わらず鳴っている。虫すら気づかぬ希薄さである。

お塚は這ったまま前に出た。

「あ——あんた、何時《いつ》の間に——否、いったい何時江戸に戻ったんだい」

答える訳がない。それが小平次ならば問いに対する応えはない。

恐怖は雲散霧消した。否、最初から畏れはなかった。只管《ひたすら》厭な感じがしただけである。

漸く夜目が利き始める。間違いなく、それは鄙俗《いやら》しい、あのうすのろの形象《かたち》をしていた。

小平次は、いつにも増して虚ろだった。最初から色はない。それにしても、まるで殻を脱《ぬ》けたばかりの蟬のように——。

「あんた——」

血の気が失《う》せている。顔は白いというよりどす黒かった。

怪我してるのかいとお塚は問うた。

何処かしら湿ったその影は、何処かしら壊れているように思えたのだった。

影は、石を擦り合わせるような耳障りな声で、一言、

「お塚」

と言った。言うなりそれは前傾した。

縁に手を突く。その手には。

指がなかった。

「ど、如何《どう》したのさ。何だい、何かあったてェのかい」

小平次は指のない手を隠すようにしてがくりと膝を折り、縁に拠り掛かった。

「な——」

お塚は引いた。こういう事態が起きたなら、普通は介抱するだろう。しかしお塚は——。

鬼魅が悪くて小平次には触《さわ》れない。触られるのは我慢が出来る。しかし己から触《ふ》れるのは厭である。本当に、心底小平次が嫌いなのである。小平次もそれは承知している。蹌踉《よろ》け乍《なが》ら起き上がると、萎《しお》れたように下を向く。何の音もしない。

「な、何なのさ。気持ち悪いッたらないよ。柄にもなく喧嘩でも買ったのか、追い剝ぎにでもやられたんだか、イヤ、怪我しようが死のうが、そりゃあんたの勝手だけどサ。何だってこんな夜半に、しかも庭に突っ立ってるンだい。莫迦じゃないのかい。何だい、寝乱れた妾の股でも覗いていやがったのかい。心底嫌な男だよ。気が触れているよッ」

このうすのろッとお塚は怒鳴った。

それくらいしか出来ることはなかった。

小平次は頸《くび》の骨でも折れたかのようにぶらりと頭《こうべ》を垂れて、申し訳御座いませんと言った。

一度下がってしまった首は中中元に戻らなかった。

「何だいその様は。妾に優しくして欲しいとかほざくンじゃないだろうね。嫌だよ」

絶対に嫌さとお塚は語気を荒らげた。

「仮令《たとい》お前が膾《なます》に斬られ、今が死ぬる間際であったとしても、お前なんかに手は貸さないよ。嫌いなんだよ。判ってるだろう。気持ちが悪いんだよ。うすのろで、じくじく膿《う》んだ傷口みたいなお前が大ッ嫌いなんだよ。二言目には御免御免と米搗飛蝗《こめつきばった》みたいに首振りやがって、心にもない詫び口垂れ流してさ。些細《ちっ》とも気持ちが晴れやしない。お前が謝ってる姿見るのは肥壺に堕ちたのと同じくらい気分が悪いんだ。だからさ」

こんど謝ったら刺し殺すよとお塚は毒突いた。毒突く序《つい》でに顎を上げると、小平次の懐が覗けた。晒《さら》しを巻いているようだった。

——斬られたのか。

鬱陶しいねと怒鳴りつけ、お塚は行燈に火を入れる。

付け木を乱暴に投げ入れると、橙色《だいだい》の如何《いかが》わしい光が、奥行きのない夜に心許ない厚みを与えた。肩越しに覗く。小平次は濡れ縁に腰掛けて項《うなだ》垂れている。光に当てられることが辛いのか。俯いた左の横顔は、まるで幽鬼のようだった。否、そんな上等なものではない。

舎利頭《しゃれこうべ》だ。

朽ちて残った人の残骸だ。

「上がるのか上がらないのかはっきりおし。妾は寝るんだ」

押入棚なら開いているわいと言う。小平次は木偶《でく》人形のように顔を向ける。

額にも傷がある。

血が垂れている訳ではない。

そもそも此奴《こいつ》に血など流れていないのか。

小平次は観ている。野晒しの髑髏《どくろ》の如き容貌だから、黒き眼窩の奥の眸の、その焦点は一向に定まらず、何処を見ておるものかまるで判らぬのだけれど、小平次は必ずお塚を観ている。

「な、何さ」

「お塚」

呼ばれてお塚はぞっとする。

「な、馴れ馴れしく呼ぶンじゃないよ」

「本当の名は知らぬ故、お塚と呼ぶよりない」

「だから馴れ馴れしく呼ぶンじゃないと言うておるのさ。それが妾の名前だよ」

「私が付けた名だ」

お塚は黙った。そうだったか。そうだったかもしれぬ。

「ひとつ問いたいことがある」

「お前と口は利きたくないよ。その声聞くと死にたくなるのさ」

そう口に出すと背中全部に鳥肌が立った。

何と禍禍《まがまが》しい男だろう。

「絵に描かれた男の話」

「何だって」

「安房国小湊《あわのくにこみなと》辺り、那古村《なこむら》住人、安西喜内が一子喜次郎」

「な——何を言い出すのさ」

あの絵。

あの絵は何処なの。

あんなもの。あんなものを探すんじゃない。

くだらぬものを追い求めておると、捨てられてしまうぞ。

そんなものはないのだ。そんな男は居ない。

いや、本当に居なかったのだ。

聞き覚えはなかろうかと小平次は言った。

「聞き覚えなんか」

「なければ——私の思い過ごし。余計なことを申しました」

「覚えはあるさ」

お塚は小平次に鳥肌の立った背中を向ける。

「覚えはあるがそれだけのこと。所詮妾とは縁のない名前。何も彼も、嘘ッ八の絵空事。悉皆《しっかい》
そりゃあ作り事だよ」

お塚は床の間の天袋に目を遣る。

探すまでもないよ宝児。あの絵はあそこにあるンだから。この橐吾《つわぶき》お塚が隠したのさ。

隠したのじゃない。葬ったのか。

物狂いの世間知らずの倫《みち》に外れた大莫迦な娘ごと。

その絵はそこに葬られているのだ。

あそこにあるのだねと小平次は言った。

「う――煩瑣《うるさ》いね。お前の声聞くと死にたくなるって言ったじゃないか」

そんな男は居ないんだ、あれは全部莫迦な小娘が見た幻さと、お塚は虚空に向けて言葉を吐く。

「自分《てめえ》が綺麗だと思うていたのさ。ずっとずっと綺麗なままで居ると思うていたのさ。綺麗なのは当たり前だよ。自分で生きてないのだからね。口開けりゃお飯《まんま》が口に入る、厠《かわや》に行けば誰かが綺麗に尻を拭うてくれるンだ。そんなのは生きてるといわないわさ。汚れようもないじゃないか。そのまンま、その作り事みたいな生がさ、永久《とわ》に続くと思うて居たのサ。童だからと言うたとて、それじゃあんまり愚かしいわえ。だから」

だから薄っぺらな絵姿なんかに恋い焦がれたンだとお塚は吐き捨てる。

「絵に描いたモンは変わらないからね。色が褪《あ》せるくらいのもので、何年経ったって絵の中の彼奴《あいつ》は綺麗なままさ。変わらないモノなんざ此の世の者じゃない。それが証拠に親元を離れた長旅の果て。辿り着いたその場所に」

「その土地に、そんな家はなかったし、そんな男は居なかった。だから凡《すべ》ては作り事。絵に描いた餅とは能《よ》く謂ったものさ」

だからそれがどうしたってのさと、お塚は枕を摑んで夜具にぶつけた。

「何だってお前がそんな名前を知っているんだい。妾の名前も知らないくせに」

お塚が名前じゃなかったのかい――。

小平次はそう言った。

否、そう言ったように思えただけか。虫の音が喧しくて。否、これは風の音やもしれぬ。

それよりも、この男は本当にそこに居るのか。

お塚――と小平次が呼ぶ。

そう。妾はお塚だ。何を今更。こんな未練がましい振る舞いは好むところではない。

それにしたって何だって、こんな男に搔き乱されて。こんな、こんなうすのろに。

「私は安西喜次郎に遇《あ》った」

「え」

膄せ衰えた背中。虫酸《むしず》が走る程大嫌いな、小平次の背中。

「嘘をお言い」

「嘘ではない」

「喜次郎は十八年前に郷里を出ている。安西一家はそのすぐ後に鏖殺《おうさつ》された」

「十八年前――」

お前様が尋ねたのは何年前じゃと小平次は問う。

「家を出たのが十三四、絵が描かれた時分、喜次郎は十二三歳であったろうが」

お塚が家を出たのが十三年前のこと。その時既に喜次郎の家はなかったことになる。

「矢張り――そうなのかえ」

「なら――何なのさ」

奇縁と思うたまでのことと小平次は言った。

「その安西喜次郎、今は玉川座の立女形《たておやま》、玉川歌仙」

「歌仙――」

そういえば、あの憎げな鼓打ちが、小平次を見初《みそ》めたのは喜次郎という名の俳優《やくしゃ》だと、そう言っていたような覚えもある。真逆《まさか》それが彼《か》の安西喜次郎であろうとは――。

「で――何なのさ。如何《どう》しろって言うんだい」

「如何することも」

「何だって」

「知ったことを申したまで」

「何故言う。恩着せのつもりかえ」

「情の枯れたる鈍感《のろま》には、恩の文字など読めはせぬ。如何せよとも思わぬし、如何なろうと構わぬし、ただ知り得たことを肚に呑み、肚膨れたるまま逝くのは」

如何にも荷が重たいと小平次は言うた。

「卑怯者の意気地なし」

お塚は見当違いの言葉で小平次を詰《なじ》った。

この男とこれ程言葉を交わしたことは未だ嘗《かつ》てない。まともに遣り取りが出来たのは初めてのことである。語るにしてもお塚の独り語り。語れど聞けど、返りの有った例《ためし》はない。しかしそれは、考えてみれば決して悪いことではなかったのだ。小平次と会話するのがこんなにも嫌なものだとは、思うてもみなかったのだ。

反吐《へど》が出そうな程厭だった。

「妾のために」

このうすのろは。

「妾のことを想って、報せに来た訳じゃないのだね。己の肚を凹《へこ》ますために、のこのこ帰って来たのかえ。それが、そんな怪我を圧《お》してまですることかい。死ねばそれまでだよ。死んじまったら肚に溜まるも糞もあったものじゃないだろうさ」

死ねば良かったのに。

そうしたらこんな気持ちには。

こんな気持ちとは、どんな気持ちだ。

小平次は――。

下を向いたままふわりと立ち上がった。

月が翳《かげ》る。それはただの黒い塊に還元する。

「お塚」

「何だい。何だよ」

「無理をして楽になるのと、無理をせずに苦しむのでは、どちらが良いのだろう」

すうと縁に上がる。ふらりと黒い影が大きくなる。

お塚は身を固くする。

「そんなのは」

同じことだと答えた。如何《どう》でも好いことと答えた。

影は一旦止まり、首を竦《すく》めるようにして顔を伏せた。近くで見れば影にも凹凸は有る。稀薄ではあるが、それはちゃんとした小平次であった。そうよなあと小平次は口中でぼそりと言った。それから、

「甚《いた》く草臥《くたびれ》た」

と短く言って、小平次は奥の間に消えた。

お塚は後を追う気にもならず、ただ瞳だけでその黒い影を追った。

行燈の幽《かそけ》き燈は隣室までは照らせない。お塚の皮膚《はだ》を、ふしだらに紅く染めるが良いところである。心許ない燈は、そのうち瞬いて、大きく揺れて、消えた。油が切れたのだ。かさこそという音だけが聞こえる。気配のないモノが立てる音は、まるで音の幽霊のようである。

小平次は闇の中で蚊帳を吊り、床を延べているようだった。

やがて音は止んだ。虫の音と、役立たずの行燈だけが残った。

暫《しばら》くは筋が攣《つ》ったように動けなかった。

安西喜次郎の話を聞いたからか。慥《たし》かに、お塚の脳裏には、その昔穴が開く程魅入られた、あの美童の姿絵が浮かんでいた。だからお塚の裡の穂積の宝児は、暫く振りに思い起こされたその肖像《すがた》に気を遣っていたのかもしれぬ。だがお塚の胸中には、感傷だの未練だの懐古だのというへなへなしたものが入り込む余地はなかったし、況《いわん》や恋慕だの憧憬《しょうけい》だのといった正体のないものが居座る余裕もなかった。

だからお塚が動けなかったのは——。

矢張り小平次が。

小平次がいやだったからなのだ。

鬼魅《きみ》の悪い虫に取り囲まれたような嫌悪感。恐怖とは違う。畏怖とも違う。厭で嫌で、堪《たま》らなくいやで、動けなくなったのに違いない。

隣の間に小平次が居る。

あのうすのろが、襖《ふすま》一枚隔てて存在する。そう思うと、もう駄目だった。

居ること自体が嫌だ。耳を欹《そばだ》てる。寝息すらしない。それでも居る。だから厭だ。

お塚は前屈みになる。その姿勢が良いように思う。

四肢を伸ばす気分ではない。かといって起きて座っているのも叶わない。

前屈みになり、両手で肩を抱えて。何も考えぬように。何も思わぬように。頭の中から喜次郎を追い出し、胸の裡から小平次を追い出し。ひりひりと炙《あぶ》られるような気持ちのまま。

お塚は眠った。

體中《からだじゅう》から止めどなく生温い液が流れ出て厭になる夢を見た。

見たような気がして厭になったのか。

夢など見るだけの間があったのか。

定かでない。どんどんと。

どんどんという音。いや、今は出られない。血がすっかり抜けている。肚の中が。いや。

御免くださりませ、御免くださりませ。

お前様方を招き入れることは出来ませせぬ。ここは妾の家じゃもの。そこいら中血の海で、迚《とて》も迚《とて》も他人様《ひとさま》に見せられるようなものでは御座いませんから、妾は探し物をしに参っているので御座いますこの辺りに安西某という家は。

そんなものはない。

いやいや、あの天袋に。あそこにあるのだな。

甚《いた》く草臥《くたびれ》た。

お塚は怯《び》気《く》りと顔を上げた。上げた途端に光の渦が、真っ赤になって両目を襲った。赤はすぐに白くなり、白の中に色彩《いろ》が生まれて、見慣れた庭の情景が浮かび上がった。

「御免くださりませ、こちらは役者の木幡小平次さんのお家じゃあ御座いませんか」

「火急の報せに御座りまする。御免くださりませ」

誰。何。

お塚は身体を起こした。酷く腰が痛んだ。後背《せなか》が張って、怠《だる》さが背骨を伝った。

——夢。

何か厭な夢を見た。そんな気がしたが、果たして何を見たものか。玄関口には数名の男が訪れて何やら口口に言っている。頭を振る。ばさばさと髪の毛が耳に当たる音がした。結ってもいない。

寝乱れている。このままでは流石に出られぬ。だが、外の者どもは一向に引き揚げる気配がない。相も変わらず戸を叩いている。執拗《しつこ》い客だ。物乞い物売りの類《たぐ》いではないらしい。

眩しかった。

陽の方角から考えて、朝というより午《ひる》に近いか。

髪を結うている間はない。両の十指で髪を梳《くしけず》り、前を併せて居住まいを正す。それから立ち上がる。御免御免という声は止まない。

戸締まりなどしていないし、それ程広い家ではない。

玄関口まで出るとすでに三和土《たたき》には三人の男が居た。一人は框《かまち》に手を突いている。お塚が顔を見せるなり、三人は口を揃えて女房殿かと言った。見知らぬ連中である。

「旅役者の小平次さんのお内儀か」

「何の——御用です。妾は——」

お塚が言い切る前に、ここは小平次さんの家ですねと四角い顔の男が言った。

「小平次——小平次はまだ」

——違う。

小平次はまだ旅先から戻っていないと、そう言いかけたのだ。でも。

——違う。戻っている。

——居《い》るのだ。

思い出した。途端に背中がずしりと重くなるような気がした。厭だ。

厭なものは嫌だ。お天道様が照りつけたって涼風が通ったってそれは変わるものではない。こんな不快な想いに駆られるのなら、昨夜のあれも夢ではなかったのだろう。ならば小平次は奥の間で寝ている。うすのろは暗《くらやみ》の中、蚊帳を吊って——。

お塚はふと、床が抜けたような不安に襲われる。振り向く。

半分開いた襖から、慥かに吊られた蚊帳が覗いている。ならば間違いない。

「小平次は——」

いやその小平次さんのことで御座いますよと男達は言う。如何にも態度が妙だ。そういえばあの男は怪我をしていた。どこぞで悶着でも起こしたものか。

「お気を確かにお聞きくだせェ。小平次さんは、ご亭主の小平次さんは」

小平次さんは亡くなりましたぜと男は言った。

「亡くなった」

「郡山《こおりやま》安積郡《あさかごおり》笹川《ささがわ》、安積の沼で」

お亡くなりになったので御座ンすと、別の男が言った。

「な」

お塚は混乱した。

「何だい、お前さん達――妾を揶《からか》っているのか」

振り向く。蚊帳。蚊帳越しの夜具。

あっしらは玉川座の者で御座いますと三人目の男が頭を下げた。

「奥州青森狭布《きょう》の里での興行、小平次さんのご助勢で恙《つつが》なく成功を収めまして、その帰り、急遽郡山での興行が取り決まり、その初演を翌日に控えましたる晩のこと――」

「螢見物の風情を愉しみつつの夜釣りをば致そうと、陸奥《みちのく》の名所安積沼へと出掛けたる折り」

「何の弾みか小平次さんが舟より落ちられ――」

莫迦なことをお言いでないよとお塚は怒鳴った。

「小平次が夜釣りなんかするものか。あれはそんな遊びが出来る程、上等な男じゃ」

それが間違いないことでと男は言った。

「同行致しましたが一座の立女形玉川歌仙」

「歌仙――」

――その安西喜次郎、今は玉川座の立女形、玉川歌仙。

そう言っていた。言っていたが、言ったのは――。

「立役多聞庄《たもんしょう》三郎《ざぶろう》、囃子《はやし》方無人《かたぶにん》故雇い入れたる三味線弾き花井惣糸《そうし》、鼓打ち安達多九郎と、五人連れにての舟釣りで――」

どうもご愁傷さまで御座いまするど男達は頭を下げた。

「旅先での突然の不幸、一同肝を抜きまして御座いまする」

「村役人へと願い出て、沼に沈んだ小平次さんを引き揚げようとの四苦八苦」

「漁民どもの手を借りまして沼底を浚《さら》いましたが、一向に見つからず、一日二日と時ばかり過ぎ、村人などは沼の主《ぬし》に取られたのだと申し出す始末」

「同行致しましたる多九郎などは、夜釣りへと誘った己の責を呵《さいな》み、自害せんとする始末。歌仙庄三郎も悲嘆に暮れ、芝居どころでは御座いません」

「而《しこう》して今更興行を止《や》める訳にも行かず、止めたところでご遺骸なり遺品なりが揚がるまでは探索を止めることも叶わず」

「座本玉川仙之丞激しく心を痛めまして、先ずはご内儀に報せるが第一と、我等三人、小平次さんが書き残したる文の宛先を頼りにして、馬に早駕籠を乗り継ぎ、駆けるに駆け走りに走って参りましたので——」

そんな。

「い、い、いいいかいいそんな莫迦なことはないいよ」

小平次は。

もう一度振り向く。蚊帳。夜具。

「お内儀」

「そんな莫迦な」

「信じたくねェお気持ちは重重お察し致しやす。しかしこればッかりは真実《ほんとう》のことで」

手前の男は懐から袱紗《ふくさ》包みを出して框に置いた。

「これは——当座の詫び料と見舞い金で御座います」

「詫び料って——」

「お香典は改めてお持ち致します。何たって小平次さんは此の度の助け料に加え、旅先で稼いだ大枚の金子まで、一切合切懐にしたまま沈《す》んでしめえやしたもので」

「一座が江戸に戻りましたら、座本頭取が改めてご挨拶に」

「そんなこと」

そんなことは如何《どう》でもいいよとお塚は言った。

「あの宿六がどこで如何なろうと構わないし、帰って来なくたって困りやしない。大体あんな役立たずに香典なんか鐚銭《びたせん》一文出すこたぁないし、妾だってそんな金は欲しくもないよ。でもね——」

振り向く。

「あんた達がどんな腹か知らないけどサ」

もう一度振り向く。

「小平次は」

蚊帳がふ、と揺れた。

「小平次は——昨日の夜中に帰って来たよ」

おかみさん、悪い冗談だと男は言う。

「あっしらだって巫山戯《ふざけ》半分でこんな手の込んだ真似は」

「つべこべ言ったッて始まらないよ。帰って来たものは帰って来たのさ」

三人の男はそれぞれに顔を見合わせて、如何《いか》にも怪訝な表情になった。

「おかみさん、そりゃあ」

「夜中のことだよ。突然庭から」

「庭から——でやすか」

庭に立ってたのさとお塚は言う。本当のことだ。

「そんな——長旅から帰ったご亭主が、何だって夜中に裏から入《へえ》るんです」

「そういう男なんだよ」

いつものことなのだ。気が触れているのだ。

「怪我ァしてさ」

「怪我ですかい」

「そう。それでその——」

喜次郎。

「玉川歌仙の元の名は——喜次郎というのじゃないのかえ」

「喜次郎——いや、慥かそうだったと」

「なら間違いないよ。小平次が言ったんだ」

「何をです」

「だから帰って来た小平次がそう言ったのさ。歌仙の元の名は喜次郎だって。あたしはそんなこと、その時まで知らなかったんだからね。小平次に聞いたのさ。だから」

男どもの顔から血の気が引く。お塚は。

もう一度振り向く。

「それで、その、小平次さんは」

「ナニ、疲れたとか草臥たとかほざいて、その奥の間に――」

「い、居るんですかい」

「居る――さ。寝てるよ。寝て――」

お塚は踵《きびす》を返し足を鳴らして奥の間まで進み、半分だけ開いた襖を思い切り開けた。蚊帳を捲る。床が延べてある。布団を剝ぐ。

何もなかった。

失礼しやすぜと声がする。背後から上がって来た男どもが近付いて来る。

そして、お塚の肩越しに覗く。

「ど――何処に」

「だから此処に居たんだよッ」

お塚は怒鳴る。怒鳴って力一杯蚊帳を引き下ろす。

「この蚊帳は小平次が吊ったんだ。この布団だって――」

「い、居ねえ」

「居たんだよッ。居たのサここに」

厭だったのだから。迚《とて》も厭だったのだから。気が違う程に厭だったのだから、絶対にあの男はここに居たのだ。居るくせに居ない、そんな男だったのだから。そこが厭だったのだ。そこが嫌いだったのだ。

居たのさ居たのさと言ってお塚は座り込むと、蛻《もぬけ》の殻《から》の布団を叩いた。

居るのだか居ないのだか。

そういう男だったのだから。偶偶《たまたま》見えないだけなんだ。

「帰って来たンだよッ。不景気な、青い顔して」

「お——おかみさん、おかみさんそりゃ」

冤魂《ゆうれい》だ——と男が言った。ひゃああ、と後ろの男が悲鳴を上げて尻餅をついた。

「ば、化けて出たんだ」

「そんな訳があるかい。死人が床引く道理があるかい。幽霊が蚊帳吊るなんざ笑わせるじゃないか。だってそんな——」

あの黒い顔。窩《あな》の開いたような眼。影の如き立ち居振る舞い。

風のような声。

気配もない。

音もない。

でも。

それはいつものことではないのか。

南無三化けて戻ったかと一人が言うと、残りの二人はずいと後退《あとしざ》り、後ろ向きに廊下まで出ると、こりゃいけねえ、成仏しておくれと——眼を閉じ手を合わせて震えた。

勘弁しておくれ迷わないでおくれと言い、最後の一人は袱紗包みを床の上に置いて、飛び退《の》くように床から離れ、

「ま、まだ骸《むくろ》が上がらないから、こ、小平次さんは怒ってるンだ。主《ぬし》が棲《す》む、魚を捕ると引き込まれるという、好くない噂のある沼に、無理矢理誘われ連れ出され、一人だけ引き込まれてしまったのだから、それで、それで祟ってるンで御座ンしょう」

「南無観世音大菩薩、あっしらはただの遣いだ、勘弁してやってくれ」

「折角大金手に入れて、これから遣おうという間際、未練も残って御座ろうが迷わずに、何卒迷わずにと、男どもは口口に詫びた。

あれは。昨夜のあれは。あれは凡て——。

凡て幻か。

その時、お塚の右頬に、ちくりと不快が突き刺さった。

いや。違う。

押入棚の襖が一寸五分程開いていた。

安西喜次郎

喜次郎は夢を見ていた。

否、夢を見ているという自覚があったのだから、真実《まこと》の夢とは言《い》い難《がた》い。

そもそもそれは実際に起きたことの再現であった。変幻自在で訳の解らない夢の中の出来事とは別物である。ただ、喜次郎はだらだらと過去を反芻《はんすう》し、思い出に浸っていたという訳ではない。喜次郎はすっかり醒《お》きていた訳ではないのだ。半醒半睡であった。

思い起こされる情景のひとつひとつは紛う方なき事実だったのだが、何故かちぐはぐで、それぞれの繋がりも酷《ひど》く妙なものだった。それに加えて、幾らか事実とは異なる情景が加わっていた。

——願望《ねがい》か。

願望が反映している。そうした自覚もあった。

だからといって斯《かく》あるべしと胸に抱いた夢想をば、思いのままに紡いでいたということでもないのだ。ちぐはぐな情景は決して喜次郎の思い通りに繋がっている訳ではなかったし、何よりそれは、決して快いものではなかったからだ。

だから――それは夢というよりない。

夢の中の喜次郎は少年である。あの、絵姿のままの美童である。

齢の頃なら十三四、元服前の若衆姿。前髪立ちに振り袖小太刀。

それでも喜次郎は酔うていた。酔うて絡んだその相手は、夢にまで見た恩人の――。

動木《とどろき》運平である。

動木は何を言っても答えず、ただ憮然として喜次郎を見下ろしている。喜次郎は酔うているもののまだ年若く、身体も小さく、ただむらむらと肚《はら》の中に悪心のようなものを溜め込んでいる。自分が喜次郎であることを幾ら告げても動木は反応を示さない。

こんなに美しい若衆が話し掛けているというのに何の興味も示さないとは、何たることだろう、もしや自分は醜い男なのではないかと、喜次郎は不安になる。髭が生え、肌がかさついた鄙俗《いやら》しい男なのではないかと思う。

そうではない。

動木が構ってくれないのは、喜次郎が衣服を纏《まと》っているからである。志を示すには禊《みそぎ》が必要なのだ。喜次郎は衣を脱ぎ、冷水を浴びる。冷たくて、迚《とて》も嫌だ。

可哀想に。可哀想に可哀想に。

こんな可哀想な想いをしているのだから、神仏と雖《いえど》も情けをくれない訳がない。

冷たいよう、痛いよう、寒いようと泣いていると、
案の定動木が掻き抱いてくれる。

確乎《しっか》りせい、今暖めて進ぜよう。

温い。肌と肌が触れ合う感触。密着することの安堵。一体となることの快楽。

柔らかい肉が、どんどん堅くなる。みるみる色が変わる。匂いが。

――死体の匂いが。

喜次郎は小平次を抱いている。

青い顔。肉の刮《こそ》げ落ちた髑髏《しゃりこうべ》のような顔。表情の罔《な》い貌《かお》。感情の罔い面。

何も見ていない――眼。

客が拍手喝采を贈る。

恐い怖い、ありゃあ真物《ほんもの》だ、実《まこと》の冤魂《ゆうれい》だ――。

段上では父、安西喜内の死骸が、背中から肩から、だくだくと血を流し乍《なが》ら見得《みえ》を切っている。怖い筈である。あれは本物の骸《むくろ》だ。中が腐っている。裡《なか》が融《と》け出している。それが証拠に母上も、祖母殿も、みんな死んでいる。堅くなっているじゃないか。

武士たるものは。

父上はまだあんなことを言っている。腐っているのに。強くなるなんて御免だ。刀みたいな重いものを振り回して野蛮に振る舞うことなど喜次郎に出来る訳がない。

喜次郎が父母を敬うのは、可愛がってくれるからである。

死んだらそれまでじゃないか。死人に喝采が贈られるなんて。

――如何《どう》かしている。

運平に掻き抱かれて、喜次郎はそんなことを想う。

嗚呼《ああ》、このままで居られれば楽なのに。蕩《とろ》けるように、何も考えずに居られるのに。

動木は太い腕でぐいと喜次郎を突き放す。

貴様があまりにも見苦しいのでな——。

そんなことはない。あたしは昔の、絵に描かれた喜次郎で御座んすよ。

そうれ能《よ》く見よ——。

これを儂《わし》が持っていることの意味が解るか——。

解ります解ります。

父母を。

父母を殺したのはあなただったのですね。

殺してくれて——。

殺して。

父が。父が舟に乗って居る。厭だ。厭だ。今更元通りになんかならないのだろう。昔はもう帰って来ないのだろう。あたしは、あたしはもう喜次郎じゃないのだろう。それならのこのこ出て来るな。死人は死んでいればいいじゃないか。昔のあたしが返って来ないように。死人は冥土に居ればいいのだ。死人が此の世にいることはない。死人は——。

生きているのか。

怖い。

思い切り腕を伸ばし、そこで歌仙ははっきり目覚めた。

煮えた油でも呑んだような、酷《ひど》い気分だ。

まだ――外は曚《くら》い。

旅籠《はたご》の一間である。取り分け上等な間ではないが、宿賃に色をつけて相部屋御免にして貰った。他の者は安宿に纏まって泊まっているが、歌仙だけが外れた。連中と面突き合わせるのが厭だったのだ。否、それ以前に、一緒に泊まれぬ事情が出来たのだ。それで。

ただ。

それで歌仙の気持ちが安らかになった訳ではない。独りになればなったで、怖かった。

眼を瞑《つむ》ると小平次の死に顔が浮かぶ。

否、それは小平次なのかどうか判らない。小平次が沼に沈んだその時、歌仙はその顔を見ていない。遠退く背中と、水に沈んで行くその腕、踠《もが》き苦しむ指先しか見ていないのだ。

だから瞼《まぶた》の裏に現れるのは、小平次だとしても生きている小平次だ。そうでなければ。

――父上。

死んでいる父、安西喜内。

歌仙はそして頭を抱えた。

この十八年の間、命の恩人、安西家の救いの神であると信じ、感謝し続けて来た男。

動木運平。その運平が――。

実は。

家宝、交鋼大功鉾《こうごうだいこうぼこ》を奪った大悪漢であったのだ。

父母を斬り、祖母を殺した張本人であったのだ。

恩人どころか親の仇敵《かたき》、家を潰した怨敵《おんてき》である。喜次郎が武士であったなら、何としても討たねばならぬ相手なのである。恩に報いるため再会を願い続けて十八年、長き時を隔てての邂逅の場で、喜次郎はその事実を運平本人から報《しら》されたのだ。

——今更。


今更何だと喜次郎は思う。

今更そんなことを知らされても、戸惑うばかりである。知ったところで如何《どう》にも出来ぬ。

歌仙は武士の子ではあるが、既に武士ではない。一度は男娼妓《じょろう》に身を貶《おと》し、河原者《やくしゃ》として拾われて、人生の半分以上を過ごしてしまった今、恩人が親の仇敵と知ったところで如何思えというのか。否、如何思うのが人の道なのか。

それが判らない。

町人は敵討ちをせぬ。否否、所詮役者は河原者、歌仙は身分でいうなら町人以下である。そんなものが仇を討つか。曽我《そが》兄弟を気取り、四十七士に倣《なろ》うて仇をば討てば、それは美談となるやもしれぬ。なったところでそこはそれ。赦免状もなく仇を討ったなら、武士であろうとお咎《とが》めを受けるのだ。身分卑しき役者なんぞが、仮令《たとい》凶状持ちの浪人とはいえ、侍を殺したりしてただで済むものか。世間が許しても法は許すまい。瓦版に書かれ噂が駆けて、それで終《しま》いが関の山。ならば果たして討つべきなのか、それでも討つものなのか。

討てぬなら。

例えば代官所なり奉行所なりにお畏《おそ》れ乍らと訴えるが筋なのであろうか。運平は叩けば幾らでも埃《ほこり》の出る躰であるようだ。腰巾着の二人も悪党である。ろくなことはして居《お》るまい。

彼の地へも、追われて逃がれて行き着いたのだと思われる。

ならば――そうするべきなのか。

それが取るべき道だったか。

もう。

――道は踏み外したか。

いや。しかし。

まだ。

歌仙は身を起こす。暗い。見渡す。

まだ間に合うやもしれぬ。ここで連中が捕まれば。そうすれば。奴等は捕まれば必ず死罪になる。運平は武士だが、後ろ盾は何もない。武士と雖《いえど》も無差別に人を斬れば罰せられるに決まっている。幾人も斬っているらしいから、無罪放免ということはあるまい。そうなれば。

誰も怪しむ者はいない。いない。

序《つい》でに親の仇も討てるか。

――それは付け足りのようなものだ。

歌仙は片膝を立てた。腰を浮かせようとした刹那。

襖がす、と開いた。

「随分と早ェな、喜次郎さんよ」

押し殺した声。鰊八《かどはち》である。運平達三人は——同じ旅籠に泊まっているのだ。

「どこか行くのかい」

鰊八の声だけが近付いて来る。声は背後から更に近寄り、耳許まで来た。

「どうもなあ、悪い考《かんげ》ェ起こしたんじゃねェのかい」

「あ、あたしは」

「心配《しんぺえ》でねエ。俺も眠れねェんだよ」

冷たい、鋼《はがね》の感触が頸《くび》に接近するのが判る。鰊八は、匕首《あいくち》を抜いている。

「あ、あたしを見張って」

「人聞きの悪いこと言って貰っちゃ困るやい。お前《めえ》さんと俺達ゃ持ちつ持たれつ。オウ、そうじゃなかったのかイ」

女形《おやま》の旦那——と鰊八は低く言った。その言葉尻が消える前に、歌仙の頸には薄く冷たいものが当てられた。

「俺達は玉川座の道具方。そういうことになってんだったな」

「だ、だから、わざわざ宿を別《わ》けて」

「当然だろうよ」

ぐい、と凶器が頸に喰い込む。

「あのな、お前さんと俺達は一蓮托生なんだぜ。そうだろうが。その辺のこたァ重重解ってて貰わねェとな」

「あ、あたしは」

「だから妙な了見を起こすんじゃねェと、こうやってご忠告申し上げてるんで。俺達を売るってこたァ、お前さんも終わりだてェことだ。黙ってお縄になる程こちとら焼きが回っちゃあいねェやい。手前も道連れか、さもなきゃ」

鯁八の声は歌仙の右耳から左耳へと、ゆっくり移動した。

「動木の旦那ァ兇《こえ》ェぞ」

「怖い――」

「あの旦那ァ、鬼畜だぜ。十四の時に二親ぶった斬ってからこっち、人を斬るのォ何とも思わねェお方になっちまったんだそうだ。敵も味方もねェ。俺だって相棒だって、焚《た》き付け割るみてェな要領で、簡単にバッサリ殺《や》られちまわぁ。あの人ァ化物よ。それをお前さん、何の拍子か知らねェが、命の恩人と崇め讃《あがたた》えていたんだぜ。とんでもねェやい」

お笑い種《ぐさ》よと鯁八の声は言った。

「そんなお方に関ずらわってよ、今日まで生き延びられたんだから、お前さんも運の良い男だぜ。折角拾った命じゃねぇか。だからよ」

お互いに命は大事にしようぜ女形の旦那と鯁八は言って、ぐるりと歌仙の前に回り、夜具の上で胡坐《あぐら》をかいた。

幽《かす》かな月光に浮かぶのは武骨で下卑た顔だ。

「あたしはそんな」

先程から歌仙は何も言うことが出来ない。

「まあな、お前さんも莫迦じゃねェようだから解っちゃいるんだろうが——こんな時分にこそこそ起きられちゃ、俺様だって枕ァ高くして寝られねェってことだよ」

駄目だ。

何も言えない。矢張り歌仙は既に道を踏み外しているのだ。

強要された訳ではない。自ら望んだことなのだ。何もかも、自業自得のことなのである。

不服そうな面だなあと鰊八は言った。まだ匕首を握っている。

「オイオイ、お前さん真逆《まさか》、親の仇敵《かたき》ィ討とうなんて考えてるンじゃああるまいな」

「それは——」

如何《どう》なのだろう。

討つべきなのか、討つものなのかと考えた。討たないだろう、討てない筈だとも考えた。だが、討ちたいと思うたか。

父の無念を遂げようと、母の怨嗟を晴らそうと、祖母の遺恨を労《ねぎら》おうと、そんな風に思うたか。それは——どうやら自分でも定かでない。あの時。

運平が太刀を向けた時。

ここで遇ったが百年目などと思うたか。

それは慥《たし》かに驚いた。

天地が引繰り返る程に吃《おどろ》いた。

何も考えられなくなる程に愕《おどろ》いた。

それでもその後、運平を憎いと思うたか。恨み骨髄に染みるような、激しい心を歌仙は持ったのか。それは甚《はなは》だ怪しかった。普通ならそうした意志《こころ》を持つのかと、そうは思うた。嗔《いか》るのだろうと思うた。でも、結局のところ歌仙は己の気持ちを計り兼ね、持て余したのではなかったか。思い出したは父母の悍《おぞま》しき死に様と、屍骸《しがい》の感触だけであったのだ。

この事実を如何受け止めるべきなのか、歌仙は結論を出せなかったのである。

——違う。

本当は解っていたのだ。

自分は、仇討ちなんかしたくない。

そんなことは如何《どう》でも良い。殺《あや》められたは安西喜次郎の親。玉川歌仙には関係《かかわり》なきこと。

それが本音ではなかったか。

——本音だ。

歌仙は確信した。迷ったのは、そうした己の真情を認めたくなかったからに他ならない。己で己を親不孝者と思いたくなかったのか。

——それも違う。

仁だの義だの、孝だの悌だの。父の教えは何もかも好かぬ。

喜次郎がそうした教えを順守《まも》ったのは、理屈を解したからでもないし、信念を感得したからでもない。守れば褒《ほ》めて貰えたからだ。守らねば叱られたからだ。それだけのことだ。守っても誉《ほ》めて貰えないなら、誰が守るものか。守ればちやほやされた。喜次郎は賢い、喜次郎は素晴らしいと、讃《ほ》めて貰えた。

善い悪いなど心得てはいない。

褒めてくれる人が居ないのであれば、知ったことではない。

復讐なんて百年早ェぜと鯨八は言った。

「いやな、仇討ちしようなんて野郎ァ無鉄砲なことしやがるからな。手前《てめえ》は如何なってもいい命も要らねェ、なんてことになると——始末に悪いもんでな。ただな、これだけは覚えておきな。お前さんが命捨てる覚悟でかかったって、あの旦那の首取るこたァ出来ねェぞ」

鯨八は何故か寒そうに肩を竦《すく》めた。

「何たって相手が悪いや」

「あたしは——復讐など」

そんなこたァ致しませんよと歌仙は開き直る。

「何の得も御座ンせんからね。それで死んだ親が戻る訳でもなし、いいえ、今更親が戻ったところで詮方ないことじゃあ御座ンせんか。あたしは」

もう安西喜次郎じゃあないと歌仙は言った。

フン、と鯨八は嗤《わら》う。

「喜次郎だろうが歌仙だろうがお前《めえ》はお前だろうよ」

「いや、安西喜次郎は武士の子。今のあたしは」

同じじゃねェかと鯱八は言う。

そして悪棍《わるもの》は匕首を懐に仕舞った。

「賢《かしこぶ》振る野郎はそうやって、すぐつべこべ理屈捏《こ》ねて解ったような口利くンだよ。本当の自分はどうだとか今の自分はこうだとか。俺にはさっぱり解らねえな。俺は餓鬼の頃からずっと俺だ。良いことしたって悪いことしたって俺だ」

お前だってそうだろうがよと鯱八は言った。

「それとも何か。侍の子は偉ェから褒められることとするが、役者ァ偉くねェからしねえってのか。逆上《のぼ》せるンじゃねえや」

その通りだ。

歌仙は素直にそう思った。

自分はずっとこうだった。褒められたものではない。

そもそも家人の病やら家の困窮やらを目の当たりにした喜次郎が、禊をし願を掛け、剰《あまつさ》え命を落としかけたのだって、孝行やら忠義やらに根差した行為《おこない》ではなかったようにも思う。

家宝の太刀まで売り飛ばすが如きどん底奈落の暮らし向きなのであれば——仮令《たとい》大事な跡取り息子と雖も大事にしては貰えまい。家が傾けば贅沢も出来なくなる。だから。

だから喜次郎は——。

金をくれ、と願を掛けたのだ。

神仏に金の無心をするなどという罰当たり、幼き童の浅知恵と、そう思うてもいたけれど、それは思慮の足りぬ幼き魂故の至らなさではなかったのだ。寧《むし》ろ当然のことだったのだ。

喜次郎には家人の病を癒《いや》して戴こうなどという頭は最初《はな》からなかったのだろう。

それが血縁者であろうとも、病は所詮他人事だ。

苦しいのは父であり、祖母である。

幾ら苦しもうとも、当人が喜次郎に対してそれを表明さえしなければ、それは知ったことではない。辛かろうと痛かろうと、同じように接してくれれば喜次郎は困らない。しかし家が破産してしまえば待遇が変わる。だから——。

——金をください、か。

不幸な振りをして、孝行の振りをして。全然違う。

喜次郎は安西家の幸福を願った訳ではないのだ。僅かでも孝行の想いがあらば、先ずは家人の病平癒を願うだろう。喜次郎はそれをしなかった。

そもそも何を祈るのであれ、神仏に祈願するのなら、ただ一心に祈れば良いことである。それなのに喜次郎は、ただ祈ることをせず、大袈裟に、わざと人目を引くような真似をして。無垢で哀れな童を演じ、周囲の同情を、神仏の同情を買おうとしたのだ。

ならば鯨八の言う通りだ。喜次郎は今の歌仙とまったく同じである。

綺麗な女の振りをして、客の目を引く戯場者《しばいもの》——。

何を考えていやがると鰊八は絡む。

「手前《てめえ》の業の深さに恐れ入ったかい」

正に——その通りだ。歌仙が俯向《うつむ》くと鰊八はいっそう愉快そうに嗤った。

「そうよ。それでいいのよ。いいかい女形さんよ。如何《どう》格好つけたって無駄なことだ。お前はもう、俺達と同類だぜ。なんたって」

鰊八はぐいと顔を寄せ、歌仙の右耳に直接囁くように、

「いい、かい、

「ひとごろしだ」

と言った。

「人殺し——」

「その手についた汚れはとれねェぜ。肚ァ括《くく》るンだな」

ひゅう、と息を吸い込んで、鰊八は肩を震わせて笑い、ぬっと立った。

「明日ァ久し振りの江戸だ。御府内に入《へえ》るにはお前さんの手が要るんだ。今日は緩寛《ゆっくり》寝てくれなくちゃなあ。宜《よろ》しく頼むぜ。ま」

長ェつき合いになるだろうぜと言って鰊八は歌仙の肩を叩き、襖の向こうに消えた。

一人になった。

寝られるものではない。

歌仙は夜具の上に孤座《すわ》り、下を向き眼を瞑《つむ》って。

ただ座り続けた。

──ひとごろし。

人殺し。人殺し。そう。歌仙は人殺しだ。

気の迷いか、魔が差したのか、それとも。

黒い沼。

安積沼。元は広大な沼であったそうである。今は殺風景で陰気な場所だ。

そう、陰気な場所だ。

菖蒲草《しょうぶ》。燕子花《かきつばた》。勿論季節違いであるから花など咲いていない。枯れているか、葉ばかりである。黒い水面に、密集した枯れ草の群が、疎《まば》らに広がっている。往時は歌にまで詠《よ》まれた名所であったらしいが、今はまるで。

墓石なき墓地のようである。

日中はそれでも、背景に萌えるような紅葉が窺える。しかし夜になると。

ただの黒である。

──まだ螢が見られるから。

そう言ったのは安達多九郎だった。

螢が群れ飛ぶ夜景を愛《め》でつつ、夜釣りと行こうじゃないかと、あの鼓打ちが──。

小平次を誘ったのだ。

小平次を。

木幡《こはだ》小平次を。

安達多九郎――。

多九郎はその昔、歌仙――否、喜次郎が売られた先――禰宜町《ねぎちょう》 男娼家《ろうや》 丁字楼《ちょうじろう》の下男であった。男娼とはいえ客商売、売られてすぐに店に出られる訳ではない。喜次郎も先ず客《ま》あしらいを学ばされた訳だが、その間喜次郎の世話をしてくれたのが、彼《か》の多九郎その人だった。

その所為《せい》か、多九郎は、幾年経っても歌仙のことを喜次郎と呼ぶ。

多九郎も元元は男娼として売られて来た童《こども》であった。だが、気性荒く気も短く、容姿も野蛮であった故、店には出ず、雑務をさせられていたものであるらしい。

結局喜次郎は店に出る前に仙之丞に見込まれて買い取られた訳だが、玉川座の拠点も同じ禰宜町、顔を合わせることも多く、爾来付かず離れず縁は続いている。

多九郎は七八年ばかり前に仙之丞の口利きで鼓打ち安達某の門下に入った。どのような名目であったのか詳しいことは知らないが、喧嘩早く口汚く、悶着ばかり起こすため、丁字楼でも流石《さすが》に持て余したと言うのが真相らしい。そこでも多九郎は長く続かず、暫《しばら》くは香具師《やし》紛いのことをして管《くだ》を巻いていたようだが、そのうちに流しの鼓打ちとして、そちこちの旅芝居に加わるようになったのである。

恨みもないが恩もない。知った顔だというだけで、好きでもなければ親しゅうもない。

それだけの関係《あいだがら》である。

粗暴な男だ。

あの日。

歌仙が酔うた日。

何故か多九郎は、小平次を殴った。

多九郎は小平次に狼藉を働いた後、殆《ほとん》ど口を利かず、やがて姿を消したのだった。

小平次は例によって何も語らなかったし、勿論怒りもしなかったのだけれど、理由不明とはいえあまりに一方的な乱暴であったため、多九郎に対する非難の声は止まず、このまま放逐すべしという意見も出た。結果的に座本の判断で興行は打ち切りと決まった。囃子方《はやしかた》に開いた穴は埋められるものの、座員の気持ちが離れ離れになってしまってはまともな芝居はできぬと、仙之丞は言ったのだった。

一座は行方の知れぬ多九郎を残して狭布《きょう》の里を離れ、江戸への帰路についたのだった。

歌仙の足取りは重かった。

動木運平のことがあったからである。

如何するべきか。如何思えばいいのか——。

先程の想いはそのまま、その頃から持ち続けていたものである。

青森を出てすぐ、身を隠していた多九郎は、ひょっこり一座に舞い戻った。

何処で何をしていたのか知らぬが、彼の鼓打ちはいたく殊勝で、小平次にも平身低頭謝り、また座本以下一座の者にも丁寧に詫びた。どんな魂胆があるのか知れたものではなかった。

歌仙は思う。もし殺意が生まれたのだとするなら。

——きっとその時なのだ。

多九郎は小平次に対し、それは大袈裟に謝罪した。俳優《しばいもの》の目から見ても――否、演技者《やくしゃ》の目で見たからこそ、か――それは如何《いか》にも芝居染みて感じられたのだった。しかし。

多九郎が幾ら謝っても小平次は何一つ反応しなかった。

肚を立てて無視していた訳ではないのだ。許していた訳でもない。小平次は、全く反応しなかったのだ。人は誰でも、きっと何かを演じて生きている。演じているモノに、なったつもりで生きている。そうでなくては、歌仙などというモノは無いに等しいことになる。

演じても演じても客が反応しなければ。

演者の顔は、ただのっぺらぽんとしてしまう。それは耐えられない。

その時初めて、歌仙は多九郎が小平次を殴った理由《わけ》が解ったような気がしたのだ。

それこそが――歌仙が抱いた殺意の正体である。歌仙はその時、何を言うても虚《うつ》ろなままのうすのろの眼を、いつまでも何も演じぬ大根幽太を、如何《どう》したことか激しく憎んだのである。

それは嫉妬だったのかもしれない。否、それは嫉妬よりずっとどす黒い感情だった。

恐怖――だったか。それは、恐怖《おそれ》を克服するために攻撃《たたかい》を仕掛ける小動物《けもの》の如き心持ちだったのかも知れぬ。ならば憎んだというより畏れたのだ。畏れたのなら、それは己の凡《すべ》てを否定されるような畏れであったろう。歌仙は小平次を畏れ、畏れている己を認めたくないが故に、憎悪したのやもしれぬ。

否。小平次に父を重ねていたか。

そうかもしれぬ。

運平の出現以来、歌仙にとって、喜次郎としての過去というのは重荷でしかなくなっていたのだ。その喜次郎としての過去の中にいつまでも突っ立っているのは、死人である父だった。

最初に小平次を見た時。

歌仙はその姿に父を——否、父の骸《むくろ》を重ねはしなかったか。惨たらしい死に様で死んで行った、腕の中でどんどんと硬くなって行った、あの父親の屍《しかばね》を見てはいなかったか。

——要らない。

父親だろうが母親だろうが、死んでしまった者などは要らない。どうせあの頃には戻れないのだ。あの頃の美しい己には戻れないのだ。塗って描いて着飾って、歌仙は漸《ようや》く人を演じているのだから。ならば要らない。昔など忘れてしまいたい。

それなのに、死骸はずっと付き纏う。墓に参ろうと心に念じようと、それはずっと歌仙に付き纏う。挙げ句の果てに——仇討ちを乞う。もう、歌仙のために何もしてくれないくせに。

歌仙が殺したいのは、仇敵動木運平ではなく、死んだ父親の方だったのだ。

——だからか。

だから。

しかし歌仙は、そうしたどす黒い想いを肚の底に沈めた。

沈めて、そのままにしてしまうつもりだった。江戸に帰ればもう小平次と会うこともあるまい。縦《よし》んば会うたとしても、こんな想いは抱くまい。況《いわん》や運平と会うことはまずあるまい。ならばそんな黒い想いは、このまま葬るが得策である。ところが。

このまま戻るのは惜しいと言い出したのは誰であったか。

思うに、それも多九郎であったのだ。

折角小平次が一座の名を揚げ、客を呼び入れる好機であったものを、己の愚行の所為で興行打ち切り、あのままもう一押し興行を続けていればまだ幾らも儲かっていたであろうに、その好機を逃すことになり、皆に迷惑を掛けた、此度のこと深く反省し、心を入れ替え芸に精進するつもり故、再度皆の心を一にして、興行を打っては如何《いかが》であろうと、あの鼓打ちは言い出したのだ。

歌仙は厭だった。

江戸に戻りたかった。しかし他の者は意外にも多九郎の言葉に乗ったのだ。小平次の芝居は当たると、誰もが考えたのである。

早速座本が先乗りで出て、郡山《こおりやま》での興行があっという間に決まった。

そして一座は安積郡《あさかごおり》笹川《ささがわ》に落ち着いた。

安積山麓安積沼――。

歌仙の肚の底の如く黒い沼。

娯しみなき旅先にての手慰み、魚影濃《こま》やかなる名所安積沼、螢を愛でつつの夜釣りと洒落《しゃれ》るは如何じゃ――これも仲直りの証《あかし》じゃと、多九郎はそう言った。

おためごかしの慶安口、信用出来るものではない。

だが。

そこはまた――主《ぬし》が棲《す》むという沼でもあった。

その沼の主は己の沼の魚を惜しみ、漁をする者を引き摺り込むのだと――そう土地の者が言い伝える魔所でもあったのだ。網を下ろすの竿を翳《かざ》すの、いずれも怪《あや》しき目に遭うのだと、宿の者は止《と》めた。その所為で、一度は取《と》り止《や》めになったのだ。

そこで止《と》めておくべきだったのだ。

しかし、それは迷信じゃと多九郎は執拗《しつこ》く言った。近在の宿の膳には魚が上る、それは皆沼にて鬻《ひさ》いだものの筈、ならば里人は獲《と》っている。他国者だけ怪しき目に遭うは理不尽、大方里人が他郷の者に漁をさせじと嚇《おど》した噂に違いない――。

そんなことは誰もが承知していることである。

結局多《た》聞庄《もんしょう》三郎《ざぶろう》と花井《はない》惣糸《そうし》が話に乗った。庄三郎は無類の釣り好き、惣糸は根っからの弥次馬である。しかし多九郎は、如何《どう》したことか執拗に小平次を誘った。歌仙は――最初は知らぬ振りをしていたのだ。

でも。

小平次が行くようなことを申したので。

だからといって、何故に歌仙が同行を申し出ねばならなかったのか。それは歌仙にも解らない。解らないが、肚に沈めたどす黒い殺意は、多分消えもせず薄れもせずに、ずっと燻《くすぶ》っていたのだろう。

だからといって。

何か算段があった訳ではない。

殺意はあったのだ。しかし、殺すつもりだった訳ではない。どれ程強い殺意があろうと、それだけで考えなしに人を殺す程、歌仙は莫迦ではない。ただ、凝平《じっ》としていられなかったというのが真実である。

約束の刻限になっても、小平次は来なかった。

来なければいいのにと幾度も思うた。怖かったのだ。あんな恐ろしいモノと一緒に小舟に乗ったなら、如何なってしまうか判らないような気がした。もう、骸を掻き抱くのは厭だった。でも。

黒い沼が余計に真っ黒になって、

漆《うるし》でも塗り込めたように夜が深く染《し》み入った頃。

冤魂《ゆうれい》は、枯れた菖蒲を縫うように、溟《やみ》の中から浮き出て来たのだった。

舟に乗り込んだ。

惣糸は早早に破子《わりこ》と小竹筒《ささえ》を取り出《いだ》して飲み喰いを始め、庄三郎はすぐに糸を垂らして魚籠《びく》の中を数多《あまた》の魚で満たした。多九郎は愛想良くしていたが釣りはせず、歌仙は黙して、ただ小平次を観ていた。小平次は――。

少しだけ、平素と違って見えたのだった。多九郎は小平次に頻《しき》りに竿を勧めた。

小平次は最初は俯向いていたが、やがて舟が沼の真ん中に差し掛かった辺りで――。

竿を握った。

多九郎は大いにはしゃぎ、小平次を舳先《へさき》の方に追い進めた。

小平次は舟の先頭で、黒い水面に糸を繋げ、凝乎《じっ》としていた。

腴せた、貧相な背中。

彎曲した背骨。

幽霊の背。

その時である。

舟はがくりと揺れた。庄三郎の声がした。彼《か》の立役者は大きな鯉を釣り上げたのだ。惣糸が凄い凄いと騒ぎ立てる。多九郎がおおこいつは大物だと言う。その。

その、僅《わず》かな。

僅かな間。

魔が通った。

歌仙は腕を伸ばしていた。誰一人、歌仙を観てはいなかったからだ。

小平次の背中が遠退いた。歌仙は目を逸らして釣り上った鯉を見た。

悲鳴もしなかった。

多九郎が機敏に振り向き、惣糸が目を瞠《みは》り、庄三郎は大きく口を開けた。

歌仙はそれから、ゆっくりと振り向いた。多九郎が猿臂《えんぴ》を伸ばしている。

黒い沼が泡立ち波立ち。渦から腕が一本生えていた。腕は見る間に黒に呑み込まれ、指だけが虚空を摑んで、わななくように数回動いた。

そして、その指も。

蟻地獄に吸い込まれる蟻のように。

消えた。

細い節くれ立った人差指が、だから歌仙の観た最後の小平次である。

如何《どう》とも思わなかった。

多九郎は大いに慌てた。それは大袈裟に振る舞っていた訳ではなく、真実大いに周章《あわ》てていたのだろうと、歌仙は思う。舟の上は大騒ぎになった。小平次が落ちた。小平次が落ちた。

歌仙が突き落としたとは、誰も言わなかった。

小平次は二度と浮いて来なかった。

宿に戻りひと頻り騒ぎになって、翌日からは村を巻き込んだ大騒動になった。騒ぎが大きくなればなる程、歌仙は醒めた。つまり罪の意識などまるでなかったということだろう。また、誰一人として歌仙を疑うものは居なかったのだ。一座の立女形が雇われ幽太に嫉妬するとは誰も思わぬ。父親の、しかもその屍体を幻視していたのだろうなどと思うものは余計に居らぬ。

死体は揚がらなかった。

揚がらないだろうと思っていた。

小平次は元から亡者だ。亡者が冥土《めいど》に還っただけだ。

仮令生きて戻っても、どうせ何も言わないのだろう。

そう思うた。

その頃歌仙は、妙に安定していたのだ。ひとつの憂慮も持っていなかった。

そこに。

鯱八と鵜二《うとうじ》が現れたのだった。

とんでもねェことしやがったなァ。誰も見てねェと思うていたのかい――。

残念だがそうは行かねェ。天網恢恢疎《てんもうかいかいそ》にして漏らさずだァな――。

客は居ねェと思うたか。どっこい桟敷ァ水ン中だ――。

菖蒲の葉影から確《しか》と見物させて貰ったぜ――。

立女形の馴れぬ荒事。この――。

ひとごろしめ。

何故。

何故連中がここに居るのだ。

歌仙は一転して大いに揺れた。本当に眩暈《めまい》を起こし、世間が揺れて思えた程だ。

見られていた。それだけではない。選《よ》りに選って見ていたのは。

父の仇敵、動木運平であったのだ。

見られたと知るや、矢庭に人を殺めてしまったという自覚が生まれた。しかも、その許されざる行いを見た相手は、忘れるつもりだった仇敵討ちの相手であった訳である。歌仙は混乱した。何が良いことで何が悪いことなのか、まるで判らなくなった。己は何を基準に善し悪しを定めていたのか、見失ってしまったのである。

堪《たま》らなかった。

何が堪らないのか、実は能く判らなかったのだが。

勿論、歌仙の中に葛藤がなかった訳ではない。否、思うに葛藤がある方が怪訝《おか》しいのだが。武士の子としてまともに考えるなら、運平を討ち果たした後に小平次殺しの下手人として自ら縛に就き、お上の裁きを受ける――それが取るべき道であるだろう。しかし運平を討ち果たしてしまえば、歌仙の罪もまた闇に葬られてしまう。それならば――。

否、見られていようがいまいが罪は罪。人の心があるのなら、罪は償うのが当然なのだ。歌仙が自ら罪を認めたならば、悪漢どもの言いなりになることもない。しかし歌仙がお仕置きを受けてしまえば、運平は野放しになる。仇は討てぬ。人殺しの役者の訴えなど、お上は聞いてくれはしないだろう。それならば――。

いずれ身勝手な葛藤だ。既にして倫《みち》は外しているだろう。

如何《ど》にも筋道《う》が立たぬ。立たぬまま、歌仙は結局流された。

そうして、歌仙は、三人の悪棍《わるもの》に纏わり付かれることになったのだ。

だが、歌仙は金品を強請《ゆす》られた訳ではない。普通なら口止め料を毟《むし》られるところなのだろうが。連中は逆様《はんたい》に金をくれた。そして悪棍どもは、玉川座を江戸入りするまでの隠れ蓑にしたいから、万事手を貸せと要求して来たのである。

歌仙はもう、如何にも出来なかった。

そして歌仙は、座本仙之丞に動木との邂逅を告げた。

仙之丞は歌仙が売られた経緯を承知している。動木運平という名も、命の恩人として歌仙が再三語っていた名であるから、大いに驚いたようだった。歌仙は続けてこう言った。

大恩に報いる千載一遇の機会、何も聞かずに力を貸しては貰えまいか――。

嘘ではない。否、嘘になってしまったのではあるが。

少し前の己を演じれば済むことだったから、欺《あざむ》くのは簡単だった。

そして、運平と鰊八、鳩二の三人は玉川座の俄《にわ》か座員となったのである。玉川座は頭取女形に二枚目三枚目、中軸書出下廻りといった役者連の他に、衣裳床山後見役、狂言方に三味線太夫囃子方と三十人からの大所帯。三人ばかり増えていても慥かに目立ちはしない。

しかし道中、連中を座員達と一緒にする訳には行かなかった。

それはどうしても厭だった。

厭だった。

――あたしは。

何をやっているんだ。

いったい何をしているんだ。

歌仙は渾沌朦朧《こんとんもうろう》とした頭を抱え、此岸と彼岸を行き来する如く、過去と現在を往復しつつ、朝日が部屋を満たす迄、蹲《うずくま》り、夜具を叩いて過ごしたのだった。

厭だ。厭だ厭だ厭だ。

そのうちに。

江戸入りの日の朝が訪れた。

歌仙は疲労していた。

運平の顔が見たくなかった。見れば何もかもお終《しま》いになってしまうような気がした。見れば――。

手筈通り運平を衣裳行李《こうり》に入れ、鯟八と鴆二がそれを担《かつ》いだ。

千住大橋を渡り、府内に入り、人目に付かぬ場所に到る迄は何かと用心をしようということになったのだ。

それまでの道中でも要所要所ではそうして来たのである。

手形がある訳ではない。凡ては仙之丞の口先で決まる。ただの道筋なら兎《と》も角《かく》、関所や改め処ではそれなりに用心が必要だったのだ。ただ昨今の関所改めはいい加減なものだ。白地《あからさま》に怪しい立ち居振る舞いでもしない限りは、そうそう見咎められるものではない。旅役者の頭数まで念入りには調べないのが通例である。しかし運平の場合は別だった。運平は人相書が配られている可能性があったのだ。何しろ運平は何処から見ても大小を差した侍の身態《みなり》であるし、幾ら役人がいい加減であろうと、人相書が廻っていたなら気づく。

千住を過ぎる。

千住大橋を渡り、回向院《えこういん》を抜ける。

歌仙に景色など見えていない。周囲《あたり》は霞《かす》み、中央だけが滲《にじ》んで見えている。鏡を覗いているように、世間が狭くなっている。中央にあるのは運平の入った行李だけである。

音も殆ど聞こえていない。茅蜩《ひぐらし》が一斉に啼《な》き出したかのように、耳の奥でわんわんと鳴り響いているのは、多分耳鳴りだ。物売りの声やら川のせせらぎやら、音はずっと聞こえていた筈だし、幾度か話し掛けられもしたのだと思うのだが、それは全く歌仙に届いていなかった。

江戸の外れ。境界の悪所。

小塚原の刑場を通る。

何も見えず、何も聞こえなくても、匂いだけはする。

父の匂いだ。否――これは、死臭だ。

吉原田圃に到る。遊廓が近付いても白粉の香りはまるでせず、鼻腔に沁みた屍の匂いは取れなかった。

人影が途絶えた。夜とはいえず昼ともいえぬ、半端な時刻である。

そこで、仙之丞は座員達を先に行くように送り出した。最後部にいた鯟八と鴆二は、座員達が視界から消えるのを待って行李を下ろし、運平を出した。

猛猛しい悪相が覗く。

――もう。

もう知ったことではない。

もう知ったことではないぞ。

歌仙はそう思った。これでもう縁が切れる。寝不足と心労で気が遠くなる。歌仙は運平の顔を見るなり立ち眩《くら》んだ。

仙之丞が肩を抱いた。

「歌仙」

「ああ」

鴆二が差し出しているのは安西家家宝の交鋼大功鉾。

受け取った運平が、父を斬り殺した運平が、それを腰に差している。

――何故憎めない。

歌仙歌仙と仙之丞が呼んだ。

座本は歌仙の肩を摑んだまま、圧《お》すように道端まで誘った。槐《えんじゅ》の木に押し付けられる。

「歌仙、お前さん、あたしに隠してるこたァないかえ」

仙之丞は運平達を気にしつつ低い声で言った。

「か――隠し事など」

「あの連中が訳ありだてェことは承知サ。だからそれに就いちゃ何も聞かないよ。それにしたってお前さん、ここのところ少ォしばかり妙じゃないかえ」

「す、少し疲れておりますから」

鰊八がこっちを見ている。

「お前さん――自分が衰えたと思うて居るのじゃなかろうね」

「衰えた」

死臭がする。どうしても取れない。厭な匂いだ。人間が腐る匂いだ。

「そりゃあ」

そりゃあ衰えましょうよ。

「あたしはもう――若かあない」

お前さんはあたしが見込んだ女形だよと仙之丞は言った。

「お前さんを丁字楼から請け出す時にあたしが言ったこと覚えておいでかい」

何を――何を言われた。

綺麗だ綺麗だと言われたのではないか。

名前のことだよと座本は言った。

「あたしの名前はね、若衆歌舞伎の廃《すた》るころから野郎歌舞伎の流行《はや》るまで、ずっと舞台に立ち続けた玉川千之丞から戴いたもの。往時の千之丞は、十四の時から舞台に立って、四十二まで振り袖を着て、一日たりとも客を飽かせなんだという名優じゃ。後世の女形これにあやかるべしと謂われた女形の鑑《かがみ》。あたしはね、そうなりたかったのさ。でも駄目だった。三十前で、あたしは自分の芸に見切りをつけたンだ。でも――」

あたしはお前さんに託したんだよと仙之丞は言った。

「あたしはね、この名をお前さんに継ぐつもりなんだ。だから――つまらないことで躓《つまず》いて欲しくないのさ」

「つまらないことじゃ――」

躓きませんよと歌仙は答えた。

躓いたのではない。最初から――道を見誤っていただけだ。つまらないことではないのだ。死臭がするのは刑場が近いからではない。死臭は、父の遺骸を抱いてより十八年間、ずっとしていたものなのだ。父の死臭が抱いた我が身に移ったか。否、そうではない。死臭は歌仙の裡から漂って来るのだ。この匂いは歌仙が腐っている匂いなのだ。

「あたしは――」

あたしはもう腐ってますのさ。

歌仙は仙之丞を押し退けて、蹌踉《よろ》蹌踉《よろ》と道に出た。腰巾着を従えた運平が歩み出る。上目遣いで睨《ね》めつける。

「これから――如何《ど》する気で御座ンすか」

「却説《さて》――如何するかな」

歌仙越しに仙之丞を見やると、運平は座本、世話になったなと言った。

「江府に入るは久方振りじゃ。暫くは――」

丁字楼にでも世話になろうかと思うと運平は言った。

「丁字楼――」

そんな。それでは。それではこの先――。

運平の背後で鯟八と鴆二が下卑た笑みを浮かべている。

「菊右衛門は――座本、その方も存じておろう。腹黒く狡猾で厭な男じゃ。あの男はまだ生きておるのか」

健在で御座いますと仙之丞は言った。

「菊右衛門とは縁がある。同じ禰宜町、これからも——」

何かと世話になるぞと運平は言った。

「不服か喜次郎」

運平は大功鉾に手を掛ける。透かさず鯱八が前に出て、にやついた汚らしい顔を寄せる。

「世話ァしてくれよ。まあ、断れねェだろうがな」

厭だ。

終わらない。戻れない。変われない。汚く腐って行くだけだ。

運平——。

この男は腐った自分でも守ってくれるのだろうか。

ぐにゃりと世間が歪《ゆが》んだ。江戸の端、死臭漂う悪所の極み。陽が朧《おぼろ》に翳《かげ》り、途端に微温《なまぬる》き風が頬に当たった。

——あれは。

そこに幽霊がいた。

あれは親父か。いや、あれは——。

あれは小平次だ。

その時歌仙は、少し離れた槐の蔭に、覗く髑髏《どくろ》の顔を。

慥かに見た。

石動左九郎

左九郎《さくろう》という忘れかけていた名前を、多九郎はこの頃能《よ》く思い出す。

奥州からの道中、その妙に耳障りな名前は、幾度も多九郎の胸中を去来した。

石動《いするぎ》左九郎。それが多分、多九郎の最初《はじめ》の名前なのである。

安積沼《あさかぬま》での一件があるまで多九郎はその名――己の元の名前を完全に失念していた。

左九郎と呼ばれて聞き違いかと思い、振り向いた先には血濡れた大刀を引っ提げた動木《とどろき》運平が立っていた。勿論、呼び違えたか聞き違えたのだ。運平という男は機嫌の悪い男で、滅多に人の名を呼ばぬ。それ以来、道中ずっと付かず離れずいたのだけれど、名を呼ばれたことはただの一度もない。

否、呼ばれては困る状況だったのだ。

企みごとが露見すると面倒なことになる。

折角予期せぬ偶然が後押しをしてくれているのだ。鰊八《かどはち》の科白《せりふ》ではないが、この追い風を逃す手はないだろう。だから多九郎は飽く迄あの悪党達とは知らぬ仲を決め込んだ。道中も出来るだけ離れて歩くようにしていたのだ。

──左九郎。

あんな侍崩れが知っている訳はない。

餓鬼の頃は小僧としか呼ばれず、物心付いて後は多九郎で通している。

左九郎と名付けた親は、多九郎を売り飛ばし得たその金を、遣う間もなく殺されたのだと、随分後で聞かされた。ならばその名を知る者は、多九郎を親から買うた丁字《ちょうじ》楼主《ろうあるじ》くらいのものであろう。その菊右衛門とて憶えているとは思えない。

多九郎は捨てられ売られた天涯孤独。木の股より生まれ出で、誰の世話もせず何方《どなた》の世話にもならずに育った帳外《ちょうはず》れの無頼者。男娼《やろう》家に売られたは好いが男娼妓《じょろう》にもなれず、殴られ蹴られ邪魔にされ、ただ娼窟の泥水を啜《すす》り汚泥を食らい、噎《む》せ返る汗の香を吸うて、無駄に今日迄生き永らえた、恩知らず、情け知らずの喧嘩買いである。

竈《かまど》の上はさぞ煙たかろうの荒神棚《こうじんだな》。受けた恩など燻《いぶ》されてとっくの疾《と》うに失《う》せている。

──そう。

親だか蚊帳《かや》だか知らないが、いずれ子を売り飛ばした外道なのであろうし、ならばそんなものが付けた名前など名乗る気にはならぬ。だから多九郎は左九郎を捨てた。左九郎じゃねえ多九郎だと、管《くだ》を巻いての巻き放し。始めは単なる言い間違いであったのだろうが、親が付けたる名前より、間違いの方がどれだけマシか。

売られた折りに姓を捨て、育ち序《つい》でに名を捨てて、綺麗さっぱり名無しになって、今の多九郎は出来上がったのだ。

多九郎は生温く黴《かび》臭い昔の名前を、頭から追い出した。

久し振りの江戸である。

昔の名前など関係ない。

奥州は多九郎の肌に合わなかった。

のみならず、狭布《きょう》の里を出て以来、多九郎はずっと猫を被り続けていたのである。荒神棚の多九郎が、頭を下げての権門口《けんもんぐち》、亀の如くに首をば竦《すく》め、辛抱我慢の悄《しょげ》芝居。安積の沼では狂言の自刃まで計った念の入りよう。何もかも、企みごとを肚《はら》に仕込んだが故である。

気の短いことでは誰にも負けぬ。計略を巡らせるのも性に合わぬ。そうした質《たち》の多九郎が、昔の名前に揺れ乍《なが》らも、耐えに耐えて耐え抜いたのも――。

――小平次。

あの忌忌しいうすのろがいなくなったからだ。

頭の上の重石が取れたようにすっとした。何があれ程気に入らなかったのか、結局多九郎は能く判らない。判らないというより判る必要もないことである。多九郎は七面倒臭いことは考えたくないし、如何《どう》であれ小平次はもういないのだ。たったそれだけのことで、これだけ気持ちが晴れ晴れするのだから、余程厭だったのだろう。

あの、小平次の死に様。

思い浮かべるだけで溜飲が下がる。

――例少なき痴人《しれびと》め。

ありったけの雑言を浴びせてやった。

胸が空いた。本当にすっとした。それ程嫌いだったのかと改めて思った。

ただ、小平次が多九郎にとって大きな存在《もの》だったとは死んでも思いたくない。要するに多九郎は小平次が物凄く嫌いだったのだ。それでいい。

いいと思うことにした。

それでも道中は温順《おとな》しくしていた。奥州街道を抜け、日光路に入り、江戸の匂いを嗅《か》いで、多九郎は漸《ようや》く生き返ったような気がしたものである。千住の橋を渡り、小塚原を通り、吉原の外《はず》れで運平達と別れ、浅草寺に到って日が暮れた。

そして多九郎は、正真正銘、身も心も軽やかになったのであった。

日本橋に到る前に多九郎は立役者の庄三郎に挨拶をし、一座から離れた。座本はずっと遅れている。運平を逃がしているのだ。

江戸の夜道は澄んでいる。

多九郎の目にはそう映る。決して闇が浅い訳ではない。見通しが利く分、奥行きはある。

田舎の闇は先が見通せぬ。夜が濁っているような気がするのである。見通せぬ故の深さはあるが、如何にも野暮で遣り切れぬ。喩《たと》えるならば水中で、章魚《たこ》に墨を吐かれたようなもの。

鴉《からす》の濡れ羽の如く艶やかな、江戸の闇とは程遠い。でも。

——あの沼の闇は。

膠《にかわ》で塗り固めたが如く。二度と出られぬ漆黒の闇。

――二度と。

金輪際《こんりんざい》行きたくない。あんな忌まわしい闇を多九郎は見たことがない。

――沈んで行きやがった。

大川端で立ち止まる。踵《かかと》に厭な感触を思い起こした所為《せい》である。

縁起でもねェと草鞋《わらじ》を外し、雪駄《せった》を出して履き替える。草鞋は大川に放った。川の水面も黒かったが、矢張り澄んでいるように多九郎には見えた。

大川に沿って堀端を進み、意味もなく柳の下を潜り、適当に曲って花川戸《はなかわど》町《ちょう》の狭い路地へと入る。酒でも食らうか。女でも抱くか。

足取りは軽いが懐は重い。

――分け前。

多九郎の取り分は五両だ。勿論小平次から奪い取った小判である。

――扠《さて》、如何遣うか。

所詮は泡銭《あぶくぜに》。しかも元はうすのろの金。吉原に取って返してバラ撒くか。料亭にでも繰り出して贅を尽くすか。

いずれも粋な遣い方ではない。旅装を解いて出直すというのも挑《もた》つく気がする。棲処《すみか》に帰る気はしなかった。多九郎は風流は一切解さぬが、無粋は好まぬ男なのだ。

――宵越しの金を持つ程野暮じゃねェし。

取り敢えず酒でも飲むかと、そう思うた。

二上がりの物悲しげな調べが聞こえる。新内流しなど奥州には居らぬ。

広小路に出る。ぶらぶらと行きつ戻りつ、本所枕橋《ほんじょまくらばし》辺りに到る。どうにも腰が落ち着かぬ。

気持ちは晴れ晴れとしている筈なのに、何故か、如何《どう》した訳か多九郎は、僅《わず》かな焦りを覚えている。

結局、棲処の側の馴染の小料理屋に入った。

——何のこたァねえ。

家に戻るより少しマシだというだけだ。客はあまりいなかった。多九郎は小上がりに上がり込み、笠と手甲を外し脚半《きゃはん》も解いた。

——何だ。

何か漫《そぞ》ろだ。あれ程江戸に戻りたかったのに、この据わりの悪さは何なのだ。江戸に戻ればどれ程愉快か、どれ程痛快か、酒を浴び女を抱き、遊び呆けて暮らすのだと、それを頼みの辛抱狂言であったというのに。何も——することがない。

否、何も考えられぬ。

冷や酒を酌《の》んで少し落ち着いた。気が練れぬのは腹が減っている所為かとも思うたが、余り喰う気もしなかった。掛行燈《かけあんどう》のちろちろとした燈を眺めつつ、多九郎は暫《しばら》く忘我の様を呈していた。何か、懐かしい香りが、ほんの一瞬鼻を掠《かす》めた。その刹那。

——お塚。

牝の匂い。白い肉の感触。

お塚。お塚お塚お塚。

多九郎は瞬時にお塚の肢体を思い浮かべた。それは一瞬で消えたのだが、残像とも残り香とも違う、やけに甘美な後味が残って、じわりと多九郎の肚に染みた。

——お塚か。

もう。

小平次は居ない。

何の遠慮もない。焦《じ》らすのも焦らされるのも。

——それか。

お塚のことを——忘れていた。

お塚を忘れていた訳ではない。お塚のことは、あの抱き心地の良さそうな牝のことはずっと覚えていた。多九郎は、お塚を如何料理するか、決めることを失念していたのだ。重石があっさりと取れてしまった今、多九郎はお塚に如何《どう》接したものか決め兼ねているのである。

そもそも小平次との無為な付き合いは、お塚を落とすために続けていたようなもの。

それもこれも、あの糞忌忌しいうすのろを苛《いじ》め甚振《いたぶ》るためのこと。その小平次を打ち殺してしまった以上、もうあんな女は——。

——そうじゃねェ。

違うかもしれぬ。それは逆なのではないか。多九郎は、お塚に——。

だからこそ小平次を——。

三一一

——違う。

俺が女に惚れるかいと多九郎は独り言《ご》ちた。

惚れた訳ではないけれど、抱きたいとは思うておる。ならば一度は抱いてみようか。

多九郎は肚の中で無頼を決める。

肚を括った途端に空腹になる。あれこれ考えるのは面倒だから適当に見繕《みつくろ》えと言って、小粒を渡した。序《つい》でにもう一本持って来いと徳利を振ったその時、縄暖簾《なわのれん》を分けて知った顔が覗いた。

四珠《よつだま》の徳次郎だった。

徳次郎は多九郎の顔を見るなりオウと声を上げ、ここに居たのかい探したぜと言って、暖簾を潜ると真っ直ぐ多九郎の前まで近寄った。

「何でぇ。帰る怱怱《そうそう》手前《てめえ》の面なんざ見たかねェや。消えな」

「消えなじゃねェよ。多九さんよ。いやサ、最前、日本橋で玉川座の連中を見かけたものだから、驚《おどれ》ェて一寸《ちょいと》声を掛けたなら、今し方江戸に戻ったとこだと言うじゃねェか。こりゃ好都合と熟熟《つらつら》眺めてみれば、荒神棚の顔がない。聞きゃ浅草でどっかにしけこんだという話。あっしは駒形《こまがた》から蔵前《くらまえ》まで走り回って、随分と探したんだ」

「手前に探される覚えはねェよ。それとも金でも借りてたかい」

借りてたンなら色付けて返《けえ》すぜと言って、多九郎は小判を一枚畳に放った。

「くれてやるからとっとと消えな」

邪険にするナいこちとら真剣だと徳次郎は小上がりに上り、多九郎の正面に座った。

「多九さん、あんたが周旋して連れてった名人幽太ってな、木幡《こはだ》小平次って男だろ」

「それがどうした」

そんな名前は聞きたくもない。

その男旅先で死んだのかと徳次郎は続けた。

死んだ。

うすのろに似付かわしくみっともなく死んだ。

死んで、膠のように真っ黒な沼にずぶずぶと沈んだ。

能く知ッていやがるなと多九郎は素っ気なく答える。

「手前の見越した通り、幽霊芝居にゃ裏があったぜ。だがな徳の字。小平次が死んだなァその裏筋に一枚咬《か》んだ所為じゃねェ。あの莫迦は、仕掛けが済んだその後に、何の関わりもねェ土地で、何の脈絡もねェまま沼に落っこちて御陀仏だ。手前の心配《しんぺえ》はただの杞憂《きゆう》だったぜ」

そんなこたァ如何《どう》でもいいさと徳次郎は言う。

どうも顔付きが険しい。

「何で死んだのでも構わないさ。その男ァ本当に死んだのだね」

「死んだよ」

確実に。

「一座の連中は何も言わなかったのか」

「聞いたよ。夜釣りの最中に沼ァ落っこちたんだろ。さっき惣糸《そうし》の野郎も言ってたぜ」

なら好いじゃねェかよと多九郎は毒突く。

「手前にゃ関わりのねェこったろ」

「まあ、関わりはねェやい。だがね、多九さん、ここ暫く禰宜町《ねぎちょう》界隈《かいわい》じゃ、その小平次さんの噂で持ちきりさ」

「これはまた間抜けな野郎が居たもんだと、そういう噂か」

そうじゃないよと徳次郎は瓜実面《うりざねづら》を近寄せる。

「ほら、道化の欽次《きんじ》と口上役の仙太郎《せんたろう》と、それから床山の源六《げんろく》さんか、あれが、小平次さんのことを報《しら》せに先に戻っただろうよ」

「ああ。ありゃ随分前《めえ》だぜ」

その報せが着く前の晩サと徳次郎は言った。

「前の晩がどうしたい」

「戻ってるンだよ」

「誰が」

「だから――小平次さんさ」

何を言っているのだ。

何が言いたいのだこの男は。

多九郎は徳次郎の顔をただ茫然と見返した。

「だからさ。小平次死すの一報が、この江戸に到着する前の晩、御新造さんの待つ家に――帰って来たというんだよ」

「誰が」

「木幡小平次がさ」

徳次郎はそう言った。

小平次が。

そんな与太があるかいと多九郎は答えた。

「くたばったんだよ。小平次の野郎は。慥《たし》かに死んだ。死人が只今と帰《けえ》るかよ。くだらねえ、盆でも彼岸でもねェだろが。それで何かい、生者より先に戻った小平次は、いったい如何したてェんだよ」

飯喰って糞して湯屋でも行ったのかと多九郎は嘯《うそぶ》く。

「今でもあの家に居るてェのかよ」

居るそうだと徳次郎は言った。

「い――居るだァ」

「勿論姿ァ見せないさ。前の日にふらっと戻って、朝には消えッちまったというんだよ」

「消えただと」

「御新造さんは報せ受けるまで死んだこたァ知らないだろ。だから布団敷いて寝かせて、そしたら明くる日になって欽次達がやって来てさ」

「そン時にゃ消えてたってのか」

莫迦莫迦しいぜと多九郎は言う。肚の底から莫迦莫迦しい。

「そりゃ欽次の法螺《ほら》だろ」

「そうじゃねェんだよォ。欽次も仙太郎も、敷いてある布団まで見てるてェんだ。御新造さんだって、嘘吐《つ》いてる様子ァなかったと——否、そもそも御新造にゃ欽次達ィ瞞《だま》す謂《いわ》れがねェだろよ。伝令役の三人は怖《こえ》ェ恐《こえ》ェの大騒ぎよ。源さんなんザ寝込んじまう始末だ」

お塚が。

お塚は——。

それで小平次の女房はと訊いた。

「ああ、御新造さんってな気丈な人らしいね。肝《きも》が太ェや。今もそれまで通り普通にしてるようだし、暮らし振りも平素と変わりゃねえそうだ。だから傍目、亭主の戻った様子もねえし、暮らしてる気配も、ねェこたあねェらしい。でもね」

「でも——何だ」

他にも小平次を見たって奴も居るのさと徳次郎は言った。

「夕暮れにね。偶《たま》に擦れ違うんだと」

「擦れ違うだと」

「それに——そう、これも偶にね、物陰からこう」

覗いてることがあるんだそうだよと徳次郎は眉間に皺を寄せた。

「そんなもんが覗くかよ。彼奴《きゃっ》ァ死んだんだ」

「だから――」

冤魂《ゆうれい》だッてぇ話なんだよと徳次郎は言った。

「幽霊だとォ」

「他にねェだろうよ。死んでるんだろう」

死んでいる。だからあっしは確かめたんだと徳次郎は真面目顔で言った。

「ひょっとして生きてるてェこともあるかと思うたんだ。そうすりゃ法螺ァ吹いて流言流してるなァ欽次達だ。こりゃ質《たち》の悪ィ冗談で、実ァ小平次殿、ぴんぴん生きて御座った、なんてことになりゃ、こりゃお笑い種《ぐさ》だろ。なら擦れ違おうが覗こうが」

「擦れ違いも覗きもしねェよ」

――くだらねェ。

それこそ風聞だ。

怖いと思えば何でも怖くなるものだ。唐傘も招くし提灯も舌を出すものだ。

夕暮れに小平次と擦れ違うなど――。

――絶対にない。

あの沼からは抜け出せぬ。漆黒の闇からは逃れられぬ。冥土からは戻れない。

多九郎には確証がある。

小平次は――多九郎が殺したからだ。

あの後。

狭布の里にて小平次を殴り蹴り、乱暴狼藉の限りを尽くし、大いに暴れた多九郎は、流石《さすが》に一座に居難くなり、そのまま出奔した。道も知らず行く当てもなく、然《さ》りとて戻る気にはならず、ただ夜を日に接《つ》いで闇雲に進んだが、馴れぬ土地故歩みは遅く、国境《くにざかい》にも至らぬまま、多九郎は何処とも知れぬ荒野に着いたのだ。

乱草迷離《らんそうめいり》。

背丈よりも高く伸びた枯れ草が一面に生い茂り、見渡す限り一条《ひとすじ》の径路《こみち》もなかった。ただ狐兎の跡のみが僅かに残る、霧濃《こま》やかなる広漠《のはら》――。

そこで。

多九郎は芧屑頭巾《ほくそずきん》の二人の賊に襲われた。

それが――鰊八《かどはち》と鵜一《うとうじ》――だった。

屠《ころ》されると思った。しかし多九郎は縛られただけだった。高手小手に括られて、そのまま多九郎は連れ戻され、破敗寺《くずれ》で待つ運平の前に引き出された。鰊八と鵜二は藤六捕縛の一件に不審を持ち、訳知り顔で小平次を殴りつけ、そのまま遁走した多九郎を追うたのだった。

多九郎は肚を括っていたから、豪胆に振る舞った。音に聞こえた喧嘩買い、荒神棚の名が泣くと、そう思うたのである。江戸で鳴らした破落戸《ごろつき》が草深い田舎の芋盗っ人に肝を冷やしたのでは格好がつかぬ。それにその時多九郎は、何故か酷く捨て鉢で、命も要らぬと思うていたのである。

徳次郎から聞いていたことと、喜次郎から聞いたこと、そして小平次の動きを、多九郎は乱暴に語った。教えてやる義理もなかったが、黙っている仁義もなかった。

運平は一言も語らなかった。

鰊八と鴆二は——やけに興味を示した。そして——。

多九郎に、小平次殺しの手引きを持ち掛けて来たのである。

小平次を殺せば後ろで糸を引いている何者かも動く。尻尾さえ摑めば叩くでも強請《ゆす》るでも何とでもなる。如何《どう》にもならなくとも、小平次の二十両はそっくりそのまま戴ける。

多九郎は乗った。

薄汚い野盗の一味に加わるのは癪《しゃく》に障ったが、それでも何故か。

——小平次を。

ぶち殺してやりたかったのだ。

多九郎は小屋を畳んで帰路についたばかりの玉川座一行の許に舞い戻り、平身低頭詫びて、再び同行を願い出た。因《もと》より出奔の原因は小平次との諍《いさか》い、多九郎は座員と悶着を起こした訳ではない。小平次が何も言わぬだろうことは、否、何も言えぬだろうことは最初《はな》から承知のことだった。

殺す機会を窺った。

江戸に近付く前に殺したかった。足止めのつもりで帰路途中での興行を持ち掛けると、上手い具合に話が咬んで、郡山《こおりやま》での興行が決まった。

付かず離れず付いて来た運平一味は、多九郎の言をば受けて直ぐ様先回りをし、安積沼に――。

あの黒い沼に目を付けたのだ。

鰊八も鳩二も、元海賊であるという。水練には長《た》け、水中を陸地と思うが如き族《やから》。主棲《ぬしす》みしと伝えられ、人影疎《まば》らな古沼に目を付けるのは当然であった。

手筈はこうだった。

先ず多九郎が小平次を言葉巧みに夜釣りに誘う。その際適当に二三人、余計に誘えと言うたのは、慥か鰊八であったろう。人を殺すに人目があっては不如意であろうと多九郎は思うたのだが、そこは奸賊。何事も小平次自身の過失《あやまち》に見せかけるための算段ということだった。多九郎のような男には、到底思いつかぬ奸計である。

小平次をなるべく船縁に乗せ、衆目の隙を狙って多九郎が突き落とす。透かさず水中に潜んだ鰊八と鳩二が小平次に取り付いて引き込み、沼底深く沈める。

その際船上の多九郎は、小平次誤りて水に落ちた故、助けよ助けよと大声を出し大いに周章《あわ》て、剰《あまつさ》え小平次の帯なり袖なり摑み捉えて助けようとすべしと、そう言うたのは鳩二であったか。さすれば同舟の者は多九郎を疑うまいということであった。

幾ら捕まえ引き揚げようと、水中で引いておる故助かることはない。縦《よ》んば水に飛び込み助けようとする者あらば――。

その者も殺すまでと二人は言った。

多九郎は言われるままにした。嫌だとは思わなかった。

喜次郎と庄三郎、惣糸が喰いついた。

多九郎は小舟を雇い、三人を伴って朽ちた桟橋で小平次を待った。何よりの懸念は、あのうすのろが果たして斯様《かよう》な遊興に付き合うだろうかということだった。その時はその時だと悪党どもは言うたが、多九郎は何としてもその沼に小平次を沈めたいという思いに駆られていたのだった。

小平次は——来た。

凡ては仕組んだ通り、抜かりなく進んだのだった。

ところが。

——真逆《まさか》な。

真逆、あの喜次郎が。

喜次郎が小平次を突き落とすとは、流石《さすが》の多九郎にも全く読めぬ椿事であった。

慥かに喜次郎は小平次に嫉妬していたようだった。否、多九郎に言わせればその嫉妬は単なる憂さ晴らしである。喜次郎は、昔の己《じぶん》に妬気《とき》を感じていたに過ぎぬ。その捌《は》け口にされた小平次はいい迷惑ということになろうが、それにしても真逆殺害に及ぶなど、思ってても見ないことだった。だから。

真実《ほんとう》に周章《あわ》てた。

だが。

三二一

これは寧《むし》ろ好機であったのだ。多九郎自身が手を下す手間が省けた訳である。おまけに下手な演技《しばい》もせずに済んだ。多九郎は予定通り大いに狼狽して猿臂《えんぴ》を伸ばし、小平次の帯を捉えたが、矢張りそれは強い力で、漆黒の沼中に引き込まれて行ったのだった。

或る者は大声で呼び、また櫂《かい》を取って掻き探りもしたが、浮く訳もなかった。

多九郎は船を岸につけ、喜次郎他三人を宿へと帰し、助勢を乞うて再度戻るよう頼んだ。己は誘うた張本人であるからこの場に残り、猶《なお》も探すと言うたのだ。

勿論嘘である。

喜次郎は流石に蒼白になっており、言うが儘に動いた。

多九郎は三人の姿が見えなくなるのを待って——。

対岸の小屋へと向かったのだ。

これも悪棍《わるもの》どもの謀《はかりごと》であった。溺死させるは易《やす》いことだが、金を盗らねば始まらぬ。小平次はろくな荷物を持たぬ故、金子《きんす》は常に懐の中。水中でそれを引き出すのは難しい。沼の底は泥濘《ぬかる》み層を成す泥土。取り落としてしまっては拾うのが難しい。

万事上手く運んだら小平次は引き揚げて——。

陸《おか》でとどめを刺す。

——そう。

小平次は溺死したのではない。

多九郎が刺し、運平が——。

斬り殺したのだ。

多九郎はよりいっそう、明瞭にその情景を思い出す。

多九郎が覗くと、小屋の中に敷かれた簀子《すのこ》の上に、汚いうすのろが転がっていた。

月明かりに浮かんだ小平次は渾身泥塗《こんしんどろまみ》れで、口から血泡を吹き、既に血の気が失せていた。

鯠八が笑っていた。鴇二が懐に手を差し入れ、胴巻きを引き出した。

——例少なき痴人《しれびと》め。

多九郎は小平次を蹴った。

——かかる見苦しき死に様ァ晒《さら》すのも、手前の愚より出しことよ。

うすのろ。ろくでなし。廃者《すたりもの》。根腐れ役者。役立たずの木偶《でく》の坊。

思い切り罵った。そして多九郎は、小平次の面に唾を吐きかけた。

——眼が。

小平次の、何も見ていない眼《まなこ》が開いた。

多九郎は一瞬戦慄《おのの》き、

——まだ死んでねえ。

咄嗟《とっさ》にそう思い、蹴り付けた。蹴った脚の踵を。

小平次の指が緊《しか》と摑んだ。

鴇二が脇差を抜いた。それを奪い取り、多九郎は、
小平次の腹を刺した。

ずぶり、と。

小平次はぐう、と古板が軋《きし》むような声を出した。

——指が。

氷の如く冷たき指が。

多九郎は再び踵の不快な感触を思い出す。

腹を刺しても小平次の指は踵から離れなかった。幾度か脚を振り、踏み躙《にじ》りもしたが、その枯れ枝のような指は開かなかった。そこで。

それまでつまらなさそうに横を向いていた運平が。

大刀一閃。

多九郎の脚が浮いた。簀子の上にぽろぽろと何かが落ちた。

運平が小平次の指を切り落としたのだ。多九郎は飛び退き、退いた瞬間——。

小平次が半身を起こした。

短く声を上げて。

運平はそれを斬り倒した。

血か泥か。飛沫が飛んで、多九郎は顔を背《そむ》けた。その時のことだ。

——左九郎。

呼ばれて振り向くと、血濡れた大刀を引っ提げて、運平が立ち竦《すく》んでいたのだ。

あの顔。

あの運平の顔は――。

多九さん、多九郎の兄貴と徳次郎が呼ぶ。

オウと応《こた》える。

如何であれ小平次は死んでいる。多九郎が刺し、運平が斬った。

その後体中に石を括《くく》り付け簀子に巻いて、再び――あの、黒い沼に沈めたのだから。

生きている訳がない。

多九郎は懐の小判を撫でる。これが証《あかし》だ。この五両こそ、うすのろ小平次が死んでいる何よりの証拠《あかし》なのだ。兎《と》に角《かく》小平次は死んでるぜと多九郎は言った。

「だから、それじゃあ」

「莫迦野郎。幽霊なんぞ居る訳がねェだろう。冗談じゃねェぞ。居たとしたってここァ生き馬の目を抜く江戸だぜ、おい。野暮と化物は箱根の先だ――」

――お塚。

お塚は。

多九郎は突然腰を浮かせた。徳次郎が怪訝な顔をする。

「な、何だい兄貴藪から棒に」

野暮用だと言った。

「よ、用って、そんなこと言ったって、多九さんまだ箸ィつけてねェぜ」

「手前が喰いな。その山吹色ァは本当《ほんと》に手前にくれてやるよ」

無造作に投げ出したままの小判を顎で示して、多九郎は小料理屋を出た。我慢出来なくなっていた。兎にも角にも、多九郎は先《ま》ずお塚に会わねばならぬのだ。江戸に入って真っ直ぐお塚の許に行くべきだったのだ。一刻も早くお塚に会って、あのお塚を自分のものにしなければなるまい。そうせねば。

この据わりの悪さが拭えない。

恥も外聞もない。今宵ばかりは格好つけてもいられない。

多九郎はお塚を抱きたい。つまりお塚に惚れている。だから小平次が邪魔だったのだ。小平次に負けるのが嫌だったのだ。だからあれ程憎んだのだ。殺したのだ。それもこれも。

お塚に惚れていたからだ。

町木戸が閉じる。

既に亥刻《いのこく》である。

それでも江戸の夜は見通せる。

幾つか角を曲がり、漸く多九郎は思い至る。

――見通しが良いのは、門行燈《かどあんどう》がある所為だ。

本当に暗ければ、澄んでいようと濁っていようと、見えぬものは見えぬのか。

狭い路地に分け入り、溝板《どぶいた》を踏んで長屋を抜けるが近道である。

やがて黒塀も艶やかな妾宅が現れた。

――お塚。

表からは入らぬ。

裏木戸を抜けて庭に侵入《はい》る。お塚さんお塚さんと呼ぶ。

返事はなかった。

ただ、縁は開いている。襖も障子も何もかも開け放してある。僅かに燈《あかり》が点っているから、寝ているとも思えなかった。お塚さんいねェのかいと呼び乍《なが》ら、多九郎は縁に乗り、そのまま座敷に上がり込んだ。荷物を隅に置き、真ん中に立って見回す。間仕切りの襖も開いている。家中が見渡せる。奥の間にも人影はなく、気振《けぶらい》もまるでなかった。

奥の間は昏《くら》い。

ぞくり、とした。

何か居るような気がしたのだ。多九郎は肩を強張《こわば》らせて固まった。

じいじいと虫の音が聞こえ始めた。矢張り気の所為か。いや。

——何だこの感じは。

再度ぐるりを見回す。

——矢張り。

がらりと表の戸が開いた。

からころと下駄を脱ぐ音がして、やがて桶を手にしたお塚が顔を覗かせた。

「お——お塚」

おや多九郎さんとお塚は何事もないように言った。

「玄関先からどうも人臭いと思うたが、お前さんかえ」

「悠長なことォ言うじゃねェか。留守にするなら戸ぐらい閉めなィ。何処も彼処《かしこ》も開け放し、不用心にも程があろうぜ。俺が白波だったなら、お前様ァ今頃御陀仏だ」

何、湯に行って酒買うて、油を売ってましたのさと言うて、お塚は多九郎の前を横切り、しなりと縁に座った。あの。

牝の匂いがした。

「それよりお前さんこそ何さね。こんな刻限に息急切《いきせきき》って、汗までかいて来るような場所じゃ御座ンせんよ」

何時戻ったのさとお塚は庭を眺め乍ら問うた。

「つい最前のこったぜ。それよりお前様、その——」

何と言うたものか。

小平次が、と言うて、多九郎は黙った。

「小平次が何だい」

「小平次が」

「死んだと言いたいのかえ。化けたと言いたいのかえ」

「し——死んだ。そうよ。小平次ァ死んだぜ」

それが何さとお塚は言う。

「何さじゃねェだろう。お前様の亭主は奥州安積沼でおッ死《ち》んだんだ」

お塚は白くて細い首を捻り、切れ長の目で多九郎を見た。

「だから何サという話。旅先で死んでくれりゃア何よりと、何時だったかあんたにも言うたじゃないか。何を今更そんなこと」

「だからよ」

多九郎は突っ立っている己に気づき、身体を落とすようにその場に座った。

「その辺の噂じゃあ」

小平次は戻って来たよと、お塚は多九郎の言葉を遮《さえぎ》るように言った。繰り言は聞きとうないという風である。

「帰って来て、草臥《くたびれ》たとか言いくさって、蚊帳吊って布団敷いて寝たよ」

そんな。

「莫迦なこと言うじゃねェか。だから彼奴は」

死んだんだと、死んだのさと多九郎は繰り返す。

「死んだ者が帰《けえ》って来る訳がねェ。お前様ァ世間を揶《からこ》うて居るのかい」

何をくだらないこと唱えているのサとお塚は姿勢を崩す。

「多九郎さん、お前さんも解らないお人だよ。いいかい、小平次はね、生きてる頃から死んでたんだよ。そんなもの、死んだからってどうてェこたァないじゃないか。死んで戻ろうが生きて戻ろうが変わりはないよ。どうせおンなじ」

幽霊だものサとお塚は濡れ髪を掻き上げる。

「そりゃ方便だろうよ」

「何が方便なものか。亡者みたいに生きンのも、生きてるみたいに振る舞う死人も、大した違いはないだろうサ。日暮れの溟《くら》いのも夜明け前の曚《くら》いのも、その場限りじゃ区別はつかないだろ。微《うす》ッ昏《くら》いのは一緒だよ」

「でも、そりゃ」

あれが夢なら――。

ひやりとした踵の感触。ぽろぽろという音。

「不思議だとか言いたいのかい」

お塚はいっそうに姿勢を猥らにした。

「そんなこと言うならさ、妾《あたし》にゃあんたの方がずっと不思議さ」

「俺が」

「だって多九郎さん、あんた小平次が死んだは己の所為と、後追いに自害しようとしたんだぞうじゃないか。何だって、小平次殿を彼処《あそこ》へ誘《いざの》うて身を失わせたるは己の過《じぶん》ち、ご内儀に会おうとも何の言い訳が立とう、この上は小平次殿の後を慕いて泉下《あのよ》に下り、朋友の信《まこと》を表すと、そんなことを申されたとか」

「そりゃ――あの時は俺も」

「こりゃまた怪訝《おか》しな具合サね。喧嘩三昧の荒神棚の、何処に如何《どう》いう風が当たったらそんないい、いいおらしいこと言う風になるのかね」

他人《ひと》殺したって自分が死ぬ玉じゃないだろさとお塚は言って身体を多九郎に向けた。

「どうさ。変じゃあないか。死んだ小平次が帰って来る方が、ずっと当たり前な気がするよ」

「そう――かもしれねえな」

帰って――来たのか。

如何《どう》でも好いじゃないかそんなこととお塚は言った。

裾が乱れている。酒の所為か湯上がりの所為か、白い脛《すね》はやや上気している。

多九郎を見上げるように見る。上目遣いが――。

さそっている。

誘惑《さそ》っているのではない。挑発《さそ》っているのだ。

多九郎は目を逸らす。

何がそんなに気になるのさとお塚は言う。

「小平次殺したなァお前さんかえ」

「な――」

ずぶりと。

「小平次はな、ありゃ沼に落ちて」

「沼に沈んだくらいじゃ手の指ァ落ちないだろう」

「指」

ぽろぽろという音。

何故——知っている。

「だからあの人は帰って来たんだよ」

お塚はするすると畳を擦る音をさせて多九郎に寄る。弾力のある皮膚《はだ》。その、肌理《きめ》細かな肌から匂い立つ、噎《む》せ返る程の牝《おんな》の香。

襟首は月明かりに蒼白く映え、頰は行燈の淫らな明かりを受けてほんのりと白く。朱芯《くちびる》は血の滴るが如く紅《あか》く。

「それが如何したと訊いているのさ。構わないだろ、あんなうすのろ、居ようと居まいと」

生きて居たって死んでいる。

死んで居たって同じこと。

多九郎は指を伸ばす。

「お塚」

お塚お塚お塚。

指先が柔らかな肉に触れる。

もう——止まらない。多九郎はお塚を組み伏せ、襟を開き、肉に顔を埋めた。肉をしゃぶり肌を嘗《ね》ぶり、犬がじゃれつくが如くその軀《からだ》を貪り、溺れた。お塚は全く抵抗しなかった。

これで——。

いい、

ぞくりとした。

奥の間の襖が、一寸五分程開いていた。

——小平次。

多九郎は半裸のお塚を組み伏せたまま、止まった。

腹の下に柔らかな肉が脈打っている。

いいんだよとお塚は言う。

「別に観られてたって構わないだろ——」

相手は死人なんだから。

そうだ。小平次は死んでいる。幽霊などは愚かな小物が見る夢だ。

小平次は死んでいるんだ。俺が殺したのだ。脇差を。腹にずぶりと。踵の冷たい感覚が。

「お塚、お塚。おつか——」

多九郎は背中に幽霊の視線を浴び乍ら、幽霊の女房の靭《しなや》かで柔軟《やわらか》い肉体を撫で、摩《さす》り、揉みしだき玩《もてあそ》び、そして抱いた。夜陰に何かを吸い取られるような、ぬるりとした闇に蕩《とろ》けてしまうような、底なしの泥に沈み込んでしまうような——多九郎は湿った匂いを嗅ぎ乍ら、夜に塗《まみ》れて幾度かわななき、

想いを、

遂げた。

柔らかい肉と血と。

夜に塗れて。

多九郎はまるで此岸から遠退くかのように眠った。

三三三

目覚めたのはたぶん午《ひる》の頃である。

瞼《まぶた》の裏が赤くなって光が差したことに気づき、薄いくせに重たいそれを薄く開けると庭が見えた。

渾沌としたまま起き上がると、背中を向けたお塚が、情事の後のままの格好で横たわっていた。身に付けているのは腰紐一本、着ていた単衣《ひとえ》を脚の上に掛けただけのあられもない姿である。睡《ね》ているのか醒《お》きているのか、将《はた》また微睡《まどろ》んでいるのか、呼吸する度に脈打つものの、後はまるで動きはしない。襦袢やら腰布やらが散らばっている。

掛ける言葉がなかった。

何だったのだろう。昨夜のことは能く思い出せない。

これで良いなら。

多九郎の五年は何だったのか解らない。昨夜の情事が現実《うつつ》であるなら、小平次など最初から居なかったようなものではないか。居もしないものに心を奪われ、居もしないものに気を掛けて、多九郎は人殺しまでしてしまったのだ。

——莫迦莫迦しい。

多九郎は起き上がった。白茶けた屋内が見渡せる。

——ここでこの女と暮らすのも良いか。

頭の端でそう思い、ふと奥の間を見ると。

襖はぴたりと閉じていた。

事触れ治平

治平は辻に蹲踞《しゃが》み、町を望んで戸惑うている。

どこぞで追い払われたらしい見窄《みすぼ》らしい赤犬が鼻を鳴らして寄って来る。

矢張り治平は獣の臭いがするらしい。これだけ人馴れしているということは、これまでも餌《えさ》を貰うて生きて来たのだろう。治平はその物欲しそうな黒い眼を見て、それから邪険に追い払った。

治平は犬が好きだ。でも、犬を見ていると、大抵はその従順振りや忠信振りが無性に肚立たしくなって来る。お前達は所詮畜生ではないかと、そう思うのだ。畜生には畜生の在り方というものがあろう。犬の場合、その在り方を大きく越えた忠誠を感じてしまうのだ。

——そこまで遣ることたァねェ。

だから治平は、犬が嫌いだ。

あっちへ行けあっちへ行けと追う。

犬は仲間に見放されたかのようなしょぼくれた体で、辻を行き交う人人の脚と脚の隙間を掻い潜り、去った。

――人の口に戸は閉《た》たねェか。

治平は往来を過ぎる大勢の他人を風景でも見るように眺めてそう思った。

恠《あや》しき噂の足は速い。

旅先で水難に遭い、落命したにも拘らず、訃報よりも先に自宅に戻った旅役者――。

こいつぁただ小平次の噂である。


――まあ。

間違っちゃいねえやと治平は独り言《ひとご》ちた。額面通りに聞けば怪談だ。死して後死霊が家に舞い戻るというのなら、これは紛うことなき怪談である。ただ不思議なことに、かかる執念恐ろしや、妖祟《たたり》及んで害を為す――という因縁咄《いんねんばなし》は聞こえてこない。怪談の筈であるのに。

死んでいるのに帰って来た。

噂は、ふっつりとそこで切れてしまう。

そこがまた、口の端《は》に上り易《やす》い要因でもあるのだろう。幾らでも尾鰭《おひれ》をつけられる。そうして禰宜町《ねぎちょう》に発した小平次に関する噂は、語る者の作り噺《ばなし》、法螺噺を次次に加えて、じわりじわりと江戸の梦《くらがり》に沁みて行ったのだ。だが、こいつぁただ小平次の名前は聞くが、果たしてそれが何処《どこ》の誰なのか知る者は殆《ほとん》ど居なかった。そこもまた、語り易さに繋がったのだ。

治平は甚《はなは》だ気に入らなかった。

――今更如何しようもねえ。

噂を撒《ま》くのは簡単だ。だが消すのは無理だ。

当惑した。

――消えたってなァ何だ。

死んだのか。姿を消したのか。

既に関係のないことといってしまえばそれまでである。治平の請け負った仕事は江戸に戻った段階で終わっているのだ。否、そもそもは、奥州狭布《きょう》の里で済んでいる。それ以降の治平の振る舞いは、だから凡《すべ》てが後始末。知らずに関わった者どもを恙《つつが》なく元へと戻す煤《すす》払いのようなものなのだ。なのに。

――何だコン畜生。

治平は又市を恨んだ。ようやっと、世間と切れての獣暮らしに馴れたところであったのに。斯様《かよう》に生臭い渡世の臭いを嗅がされてしまうと、繋がらずにはおられない。

――お節介なことよ。

治平はのそりと短軀を伸ばした。

小平次の住まいは近い。

しかしどうやら、小平次自身と世の風聞とは、それ程関わりがないようだった。禰宜町の方が噂の根も深く色も濃い。この界隈では、それ程広がっていない。土地と結びつけて考える者も少ないようだった。

――扠《さて》。

取り敢えず。

治平は人込みに紛れて辻から流れ出でると、八百屋を冷やかす道楽隠居の様を演じ乍《なが》ら道を折れ、箱屋と紅屋の前を横切り、天水桶に眼を遣って、思い出したように路地木戸を潜り、裏長屋の方に進んだ。幸いにも路地に人影はなく、棟割り長屋の井戸に到った。

井戸端には裾を捲った婆と二三人の嬶《かかあ》どもが野菜を洗っていた。

何だいあんたと嬶の一人が不審そうに見上げる。治平は身形《みなり》の良い、商家の隠居爺の風体である。いいや儂《わし》は売り家を探しておるのだがと治平は言った。

「売り家だァ。見て判らねェかよ。ここは貧乏長屋だ。困った爺だ、なあお熊」

「いやいや、それは判っておるのじゃが、いや、何と申すかな、儂はこうしたことには馴れぬのでなあ。それにあまり表立って探せぬものだから、手代《てだい》に頼む訳にも行かず」

お囲女《めかけ》かいと嬶は言う。

「ちょいと聞いたかい、この爺さん、こんな乾いてから女囲うとさ」

「あやかりたいねえ。うちの宿六と来たらもう三年から前にお役御免だよ」

「そりゃあんた仕方がないよ、その面《つら》だもの。あたしゃ亭主に同情するね」

「自分こそ今度鏡《かがみと》磨ぎが来たら能《よ》うく磨いで貰いな。覗いた自分が驚くわい」

女房どもは大いに笑った。治平も苦笑する――振りをする。可笑《おか》しくもなんともない。

「この辺りが良いのですがねえ」

「まあ、この裏手に昔、端唄《はうた》の師匠が住んでたけどね。あれは」

「ほう」

治平は如何《いか》にも興味があるといった顔をする。

多分、そこが小平次の家なのだ。

そんなのが住んでたかねと婢の一人が言うと嫌だよ忘れたのかいともう一人が言った。

「住んでたじゃないか。あそこだよあそこ。ほら、五六年前に旦那がおッ死《ち》んでさ」

ああ、そういやそんなこと言ってたよと最初に治平を見咎《みとが》めた女房が言った。

「言ってたって——誰がさ」

「だから、あの家の持ち主——お塚ちゃんだよ」

厭だよ鬼魅《きみ》の悪いと女どもは一斉に顔を顰《しか》めた。

「鬼魅が悪いと申しますのは」

その家なんだよゥと能く肥えた女房が言った。

「ちょいと止しなよ」

「好いじゃないか。本当のことだもの。その裏の黒塀の家がね、そうなんだけど、そこがあんた、驚くんじゃないよ。今評判の幽霊小平次の家なのさ」

おお厭だと他の女房達は肩を抱いた。

「お熊、下手なこと言うとあんたンとこに化けて出るよ」

「お種ちゃんこそ、そういう風に言うのお止しよ」

「きねちゃんはあそこと付き合いがあったからね。まったく気がしれないよ」

今はもう付き合ってないよと、きねと呼ばれた女房は言った。

「あんな、亭主が死んで一月《ひとつき》と経たないうちに男引き込むような、そんな女だとは思わなかったよ。しかも銜《くわ》え込んだ男があの荒神棚《こうじんだな》の暴れ者と来た。あたしゃね、あの男は駄目だと言うたのサ。その時は、何だい、あんな男は目じゃないよなんて賺《すか》してサ――」

荒神棚。

それはあの鼓打ちの二ツ名である。この女の言葉を信じるなら、小平次の女房はあの鼓打ちとできたということになる。しかも既に家に引き入れているとなると――。

――小平次はもう。

治平は考えを巡らせる。ならば、此の度のことのそもそもは、小平次の女房と朋輩《ほうばい》の鼓打ちが密通し、邪魔になった小平次を殺そうとする企みであったのか。ならば治平は大変な下手を打ったことになる。否――。

――そうとばかりも言えねェか。

小平次さんが可哀想さときねは言った。

「温順《おとな》しい人だったんだよ。お前さんがたァ何だかんだと眇《すがめ》僻目《ひがめ》で見るけどサ。あたしゃ、あんな静かなご亭主見たことなかったよ。それをまァ、お塚ちゃんは――言いたかないけど、口汚く悪し様に言ってさ」

噂の小平次さんとはそんなに出来たお方ですかと治平は訊いた。

「出来ちゃ――いなかったかね。稼ぎは悪かったみたいだし、まァ陰気だよ。こう、何時《いつ》行っても押入棚ン中に入って蹲《うずくま》ってるんだから――」

——押入に。

慥《たし》かにあの小平次なら。

何だいそりゃあ気持ち悪《わり》ィねとお熊が言うた。

「ま、出来た亭主じゃなかったんだろうけどね。それだって酒も飲まない博奕もしない、女遊びも何もしないんだから見上げたものさ。あんたのとこの宿六なんかァ爪の垢でも煎《せん》じて服《の》ませりゃいいのさ」

煩瑣《うるさ》いねとお種がむくれた。

「昼間っから居るんだか居ないんだか判りやしないッてお塚ちゃんは言ってたけどね。それにしたってさ、喪の明ける前から男引き込んだんじゃあんまりだよ。だからさ、あたしは思うんだよゥ。あの噂が本当ならさ——」

「女房未練で出たってのかい」

お種が両手を前に垂らした。

「だからあんまり悪く言っちゃ可哀想なんだよ。死んだ亭主がさ」

——こんな近《ちけ》ェのに。

誰も小平次を見てはいないのだ。ならば矢張り。

——殺されたか。

女房達がいつまでも話を止《や》めぬので、治平は軽く会釈をすると裏手に進んだ。

長屋を抜ける。

三四一

黒塀。

見越しの松。

初め来た時は夜目遠目だったから気がつかなかったが、典型的な妾宅の構えである。

――小平次。

治平は小平次の家の周りをぐるりと廻った。

生活《くらし》の臭いがしない。

音もしない。留守なのか。

治平は再び考える。小平次は生来不器用な男であるらしい。他人が何を見、何を聞き、何を思っているか――それは決して外からは判らないことなのだが――小平次はそれを承知で、多分判らぬことを承知で慮《おもんぱか》る男だったのだろう。人が二人居れば世間は二つ。十人居れば世間は十。百人居れば百通りの世間がある。それに逐一気を遣っていたのでは、慥かに物は言えなくなろう。だから人は、己だの自分だの、そういうものを振り翳《かざ》す。

俺はこうだ拙者はどうだと自分の世間を示し合う。

そんな物は。

――ねえ。

そこに気づいてしまえば、いっそう口が利けなくなる。語らなければ厚みは出ない。歴史は語ることで太るのだ。何故なら歴史とは、凡て騙《かた》りの積み重ねだからだ。

裏手に廻った。

小平次は何も悪くない。

悪くはないが、良くもない。

語ることの苦手な小平次は、矢張り語ることが苦手だったのだろう女を連れて、逃げた。義母との駆け落ちという言葉にならぬ言葉で世間を騙したのだ。だから――。

そこで治平は行き詰まる。

――構いやしねえのか。

構わないのだろう。如何《どう》であれ、生きて居れば暮らしはある。

ただ。

女房が死んで子供が死んで、それからの小平次は如何だ。

語ることの出来ぬ男は、動くことも止《や》めてしまったようだった。

――まあ辛ェやな。

怪訝《おか》しくもなるだろう。でも、そんな男と暮らす女の気持ちは治平には理解出来ない。

――女。

女と暮らしていると小平次は言った。

庭である。治平の短軀では中は覗けない。塀を巡る。木戸の隙間から裡を窺う。

女が寝ていた。その女に背を向けて、男が座っている。鼓打ちである。先程のきねの話通りなら、鼓打ちはこの家に入って一月近くが経つ筈だ。だが。しかし。

治平は確信した。

小平次は、生きて居る。

生きてこの家の裡《なか》に居る。

治平は様子を窺う。

鼓打ち——多九郎といったか——は、明らかに憔悴《しょうすい》していた。俯向《うつむ》いた表情は暗い。眼の周りにも隈《くま》が出来ている。肩には力が籠っており、指先は膝の辺りで硬直している。常時、何かを気にしているというような感じだった。しかも、酷《ひど》く気にしている。

一方。

女の寝顔に不安はない。

倖せそうには見えぬ。しかし、決して惨《みじ》めにも見えない。

女には、在るべくして斯在《かく》る、居るべくして此処《ここ》に居るという、落ち着きのようなものが感じられる。男の方は、風景の中で孤立している。浮いていると言うより、異物のようだった。

——此処は。

多分、未だ小平次の家なのだ。

矢張り小平次は此処に居るのだ。

改めて殺されでもしない限り、小平次は死んではいない筈だ。

何故なら、安積沼《あさかぬま》で消えた筈の小平次の命は——治平が救ったのだから。

あの日——。

葉菖蒲《しょうぶ》の中から小平次を見送った治平は、言い知れぬ不安に襲われてその後を追うたのである。その虞《おそれ》は的中した。治平が感得した悪寒《おかん》は、矢張り黒い水面の下に潜んでいたのだ。

鰊八《かどはち》と鳩二《うとうじ》。

真逆《まさか》あの面倒な連中がこの期に及んで咬《か》んで来るとは流石《さすが》の治平も思わなかった。

加えて、その二人が居るということは、あの動木《とどろき》運平も近くに必ず居るということであったし、更に小平次の話から推し量るに、彼の鼓打ちと運平一味は結託しているに違いなかった。

立女形《たておやま》の玉川歌仙とて、心の裡までは探れぬものの、動木運平と通じてもいるようであったし、怪しいことには変わりなかった。

その時、安積沼は殺意で満ちていたのである。

それこそが治平の不安の正体だったのだ。

そして、案の定小平次は水中に没した。

治平の勘働きは的中したのだ。

引き込み役とはいうものの治平とて元海賊。水練は達者である。即座に助けようかとも思うたのだが、水中で河童《かわたろう》二匹を相手にしては敵《かな》うまいと判断した。陸《おか》はと見れば、対岸には剛剣を手にした凶状持ち、此岸には鼓打ちの悪太郎。これで刃向こうても返り討ちに遭うが精精と、治平は一旦水中に潜み、救出の機会を窺っていたのである。

やがて甚振《いたぶ》られ傷つけられて、小平次は再び沼に投げ込まれた。

治平は夜陰に紛れて素早く泳ぎ寄り、小平次を引き揚げたのだ。

幸いにも悪漢どもがすぐに消えてくれたので、治平は小平次を直ちに引き揚げることができた。程なくして玉川座の連中が捜索に現れたところをみると、動きを読んでのことだったのだろう。

息はしていなかった。治平はそれでも応急の手当てを施《ほどこ》した。

思ったより傷は深くなかった。右手の指は如何しようもなかったが、袈裟《けさ》懸《が》けに斬り下ろされた傷は思いの外浅い。あの動木運平が、あのだんびらで斬った傷とは到底思えなかった。

――躊躇《ためら》ったのだ。

治平にはそうとしか思えない。小平次の如き腰せっぽち、あの腕前なら真っ二つの筈だ。太刀筋もやや揺れていて、力の掛け具合も一定していない。動木は斬り下ろす際に僅《わず》かに腰が引けたのだ。そうとしか思えない。

何か怖い、、、ものでも見たように。

寧《むし》ろ問題なのは鼓打ちが闇雲に刺した下腹の傷だった。急所は外れていたものの、傷は割と深くまで達していた。

出血が少なかったのが唯一の救いだったか。小屋の簀子《すのこ》を見ても傷に見合う血溜まりは見当たらなかった。刺された時、小平次は溺れて仮死の有様だったようだし、刺されて直ぐに石を括るために荒縄できつく縛られたのが止血の役を果たしたのだろうと思われた。

元元血の気が薄い質《たち》でもあったのだろうが。

止血をし、火を熾《おこ》して身体を温めた。

謂《い》わば行き掛かりに過ぎない治平が何故にこれ程真剣になったものか。多分、治平は癪《しゃく》に障《さわ》っていたのだろうと思う。漸《よう》や く己のことを語り始めた小平次が、このままただの物語になってしまうのが、如何《ど》うにもこうにも我慢ならなかったのだ。

醒《きつけ》薬《ぐすり》を顔に振りかけるとほんの僅か脈が戻った。

生きる力の弱いものは、一見直ぐに死んでしまうように思えるけれども、実はそうでもないのだと、その時治平は思った。しぶとい訳ではない。多分、果敢《はか》ないのだ。生きたいと強く願う者は死に対しても敏感である。反面生を願わない小平次のような生き物は、死に対しても鈍感なのかもしれぬ。

——生きて嬉しいとも思わぬか。

思わぬだろうと治平は思うた。

三日後、小平次は眼を開けた。

その頃、玉川座は村人に協力を乞うて沼底を浚《さら》っていた。しかし小平次を一座に引き渡すことは治平には憚《はばか》られた。

一座の中には歌仙がいる。あの鼓打ちも、あれだけ悪虐なことを仕出かしたにも拘《かかわ》らず、たぶん知らぬ顔で戻っている。運平一味もどこかに潜んでいる筈だった。

治平は思案の末、小平次を江戸に連れ帰ることにしたのだった。眼が開いたとはいうものの瀕死であることには変わりがない。しかし、所詮一度は落とした命、駄目なら駄目で諦めるよりないと、治平はあっさり割り切った。

郡山から江戸までといえば、そこそこ難儀な道中である。

治平の場合、手形などは凡て偽造《まがいもの》であるから、逆に小平次の分を用意するのは容易《たやす》いことだった。しかし関所外しの間道などは使わぬとしても、怪我人を抱えていては裏道や抜け道は遣い難《にく》いし、ならばまともに奥州道を進んでも半月以上はかかる。

駕籠《かご》を仕立て人足馬子を雇い、治平は慎重に小平次を運んだ。

小平次は恢復《かいふく》しているのかしていないのか、まるで判らなかった。ただ——小平次は死ななかった。

小平次が口を利いたのは草加《そうか》の宿だった。

——江戸にさえ着けば。

何とでもなると治平は思うた。否、普通はそう思う。

仮令《たとい》小平次死すの一報が小平次の女の許に届いていたとしても、本人が戻ればそれまでである。小平次が先に着いていたならば、更に話は早かろう。子細は置いておいたとて、水難に遭うて死にかけたものの人に助けられ江戸まで送って貰うたと、そう告げれば済むことなのだ。

江戸まで生きて連れ戻り、女の許に届けたならば、そこで今生《こんじょう》のおさらばと、治平はそう思うていたのである。後はどうなろうと、それこそ知ったことではないと思うた。

だが——。

慥かに小平次は、歩けるまでに恢復して家に戻った。戻ったは良いが——。

翌朝消えてしまったというのである。

——消えちゃいねぇわさ。

小平次は、生きて居る。

ただ、折り悪く小平次死すの報せを告げに来た使者が、偶偶《たまたま》その証人となってしまっただけなのだ。その所為《せい》で、恠《あや》しき噂話の形が出来上がってしまったのである。

噂を聞きつけた治平が柄になく狼狽したのは、折角生かして戻した小平次が、またもや悪漢の毒牙にかかったか、然《さ》もなくば何かの拍子で急逝したかと、そう思うたからだったのだ。

——それはねェ。

治平は確信した。考えてみれば、それは知ったことではないと肚《はら》を括った後のこと。それで狼狽する謂れもないといえばないのだが。

——お節介なことよ。

しかし。

小平次が生きてこの家に居るのだとすると。

女の行動は余計に理解出来なくなる。更に鼓打ちの心持ちも知れぬ。

興味が湧いた。

そして治平は夜を待った。

多九郎は夜が近付くに連れて落ち着きをなくした。暮れ六つ近くに女が目を覚ますと、多九郎は一寸《ちょいと》出て来ると短く言って外出した。女は暫《しばら》く茫然としていたが、やがて着替えて出掛けてしまった。着替える際、女は幾度か背後を気にした。

治平は己の目筋に気づいたかと一瞬竦《すく》んだが、如何《どう》やらそうではないらしかった。女もいなくなったので、治平は木戸を開けて庭に侵入《はい》った。女は出掛ける際も全く戸締まりをしていない。縁側さえも開け放してある。不用心なのではない。

——留守番が居るからだ。

治平は草履《ぞうり》を脱いで懐に入れ、縁から家内に上がり込んだ。

座敷は荒れていた。しかし乱雑という程のことはなく、散《ち》れてはいるが汚くはなかった。適当に掃除をしているというところか。治平は女が立っていた辺りに立ち、女が気にしていた方向を見た。

奥の間。

誰も居ない筈の奥の間に蚊帳《かや》が吊ってある。奇妙である。散れ具合から見て、女も多九郎も治平が今居る座敷で暮らしているようだった。少なくとも、奥の間が閨《ねや》ということはない。事実女は此処に寝ていた。草臥《くたび》れた敷布団が丸めてある。しかも襖《ふすま》も障子も開け放しで寝ていたのだ。そもそもこの季節、もう蚊は居ない。

治平は奥の間に向かった。

跫《あしおと》はさせない。

蚊帳を捲る。

蚊帳の裡には何もなかった。畳の上には塵ひとつない。

裡《なか》に這入《はい》り、もう一枚、蚊帳を捲る。

押入の襖が細く開いていた。

「小平次」

返事はなかった。しかし確実に気配が応えた。

治平は襖に手を掛ける。そして、思い留まる。

「開けねェ——方がいいか」

へい、と声がした。

「怪我ァ如何《どう》だ」

「お蔭様で、随分痛みも和《やわ》らいで参りました」

その節はお世話になりましたと、細い隙間は言った。

「なァに、お前《めえ》が助《す》けてくれと言った訳じゃねェだろう。俺が勝手にしたこった。お前にしてみりゃ余計な世話焼きだったかもしれねェしな。だから礼にゃ及ばねェよ」

ご恩は承知しておりますと小平次は応えた。

「うすっぺらの紙風船、それで善しと暮らした三十数年——安積の沼の水辺《ほとり》にて、名も知らぬあなた様と遭うた際、ほんの僅かの間では御座いましたが、厚みを感じさせて戴きました。己の生を初めて語り、あなた様にそれを託せた。私は——」

それで十分で御座いますと、隙間は言った。

「十分ってェなどういうこった」

「私も——考えました」

「考えたのか」

「はい」

「それで如何した」

「あなた様は――迷うことはないと仰せになった。そのままで良いと」

言ったかなと治平は恍惚《とぼ》ける。

「ただ――楽ではないとも仰《おつしや》った。慥かに楽では御座いませんが」

私は私の在り方でしか居られぬと悟りましたと小平次は言った。

「それがお前の在り方かい」

「そのようです」

「ずっと――そこに居るのか」

「生きてはおりますから飯も喰います。廁《かわや》にも参ります」

なる程なと治平は言う。

「お前は――ごく普通に振る舞ってるだけなのかい」

それはそうなのだろう。

「此処は本来お塚――女房の持ち家。女房と申しましても内縁の妻で御座います。出て行けと言われれば出て行くまでと、そう心得て戻りました」

「出てけとは言われなかったのか」

そこが解《げ》せない。

「あの――多九郎は」

女房の間男なのかと、治平は素直に訊いた。

「世間様ではそう申すのでしょうか」

「いつから居る」

「私が戻りまして十日もしないうちに訪れ、半月程は通うておりましたが今はここに棲《す》んでおります」

「その間お前は――」

隠れてたのかと問うと、私は隠れている訳では御座いませんと小平次は答えた。

これで――普通なのか。

「勿論、幾度か顔を合わせて居ります。ただ」

「お前が生きてるとは如何《どう》しても思えねェんだな。あの男ァ――」

怯《おび》える訳である。自分が殺した男の死霊と同居しているのだ。

「多九郎は何故出て行かねェ」

「お塚が放しませぬ」

「放さねェ――な」

解らない。それなら女は、何故小平次を追い出さないのか。多九郎を選んだなら小平次なんぞに用はあるまい。小平次は、その多九郎を怖がらせるだけの化物なのだ。一方で、小平次の存在を許すなら何故多九郎など引き入れるのだ。

男が欲しいにしても外で逢えば済むことである。その方がずっといい。

治平にはどうしても女の気が知れない。そして――。

オイ小平次と治平は呼んだ。

「お前は如何なんだ。お前は彼奴に刺されたんだ。嵌《は》められて、一度は殺されたんだぞ。その多九郎と、自分《てめえ》の女房が目の前で寝て――如何も思わねェか」

小平次は答えなかった。

「厭じゃねェのか」

「解りません」

「解らねェか」

解らないのだろう。

「女房は――」

好きかと問うた。

暫く沈黙が続いた。

――答えはないか。

治平が見切りをつけて立ち去ろうとした時。

小平次は好きですと瞭然《はっきり》答えた。

「好きかい」

治平はそう言い残して蚊帳を潜《くぐ》った。

庭に出て木戸を抜け、治平は立ち止まった。

——幽霊小平次。

小平次は生きていた。あの男はあのままでいい。しかし。

治平は多九郎という男が気に入らない。お塚という女が解らない。

如何《どう》にも気になった。

幾ら女が放さぬといっても、自分の殺した男の幽霊が出る——としか思えない——ような家に棲み着くものだろうか。仮令《たとい》女の色香に迷うているのだとしても、それ程までに男を狂わせるというのであれば、それはもう魔性としか言いようがない。

慥かに小股の切れ上がったいい女ではあったが、そんな淫奔《いんぽん》な女には見えなかった。寧ろ何かを堪《こら》えているように治平には見えた。

何か企んでいるのか。

——あの怯え方ァ。

芝居ではあるまい。

治平は一度振り向き、かなり長い間黒い塀に囲まれた家を凝眸《ぎょうぼう》してから、禰宜町《ねぎちょう》に向かった。

目当ては玉川歌仙である。歌仙は小平次を船から突き落とした張本人なのだ。そのうえ運平とも旧知の仲であるらしい。関わりがないとは思えない。しかし、どうも運平の一味という訳ではないようだった。

──何も。

何も彼も妙だ。

暮れ六つの鐘が鳴った。

禰宜町は、その昔見世物小屋と芝居小屋ばかりのがちゃがちゃした場所だった。悪所というなら限りなく悪所であったろう。芝居が流行り、猿若座等が他所《よそ》に移って、他にも悪所が多く出来たため、薄く《い》なったのだと治平は思う。

薄くなったとはいうものの、町の種類が変わった訳ではない。

見世物小屋と芝居小屋、そして男娼窟。この組み合わせは奇異なものではない。今でこそ、蔭間は蔭間、役者は役者であるのだが、野郎歌舞伎が出来上がる前、若衆歌舞伎の若衆とは、そもそもその手の男達のことだったのである。やがて芸のあるなしで呼び方も分けられるようになったようだが、最初は区別がなかったのだ。

歌仙は、仙之丞の屋敷に棲んでいる筈だった。

ぶらぶらと、悠然と歩いた。そうした扮装をしているからだ。

人通りは多い。悪所は夕暮れから息づくものだ。

端から端まで歩く前に、治平は厭な顔を見つけた。

──鴒二。

治平は思わず顔を隠した。今日の治平は扮装しているだけで、変装はしていない。

鴒二は迷いなく一直線に男娼家《やろう》に入った。

——丁字楼。

遊びに来たというような門の潜り方ではなかった。

店の構えを値踏みでもするような仕種《しぐさ》で、暫く様子を窺った。男娼家は岡場所などよりずっと品がいい。おちゃらけた客引きもいないし、芸事も通好みで、男娼も粒揃いで半端者はいない。尤《もっと》も、最近では男色だけが売りの蔭間茶屋なども繁盛しているらしいが、治平は知らぬ。

鴆二はすぐに出て来た。にやついている。背後から鰊八が続く。更に。

——動木運平。

江戸に舞い戻った悪党は此処を根城と定めたか。

運平はいつにも増して不機嫌そうだった。濁った眼を七分に開けて、浪人は大儀そうに首を回して、幇間《ほうかん》めいた小悪党の後に続いた。本人の言に拠れば、彼《か》の浪人は十四の時に親を斬って江戸を追われたのだそうだ。あの得体の知れぬ化物染みた男の胸中も、治平には計り得ぬものである。

何方《どなた》様かなと問われて治平は振り向いた。不覚にも運平に気を取られて、人が傍に来て居たことに気づかなかったのだ。

腴せた老人だった。

七十は過ぎているだろう。薄くなってはいるものの黒黒とした髪をきりりと結い上げ、黒羽二重に判じ物格子の派手な小袖を粋に着ている。素人ではない。言葉尻や風格から察するに、この男娼家の主だろう。

治平は咄嗟に問うた。

「あのお侍様は――お客様ですかな」

「あの男が如何かしたかな――」

老人は、治平同様遠ざかる運平の背を眺めている。治平は何の衒《てら》いもなく嘘を並べた。

「手前は備前辺りで雑穀問屋を営む野暮な爺で御座いますが、先だって商用で奥州に参りましてな、その折りに剣豪を見知ったので御座います。その、彼《か》の遠国にてお見かけしたお方と、先程のご浪人が瓜二つ、扠《さて》も奇遇ならんと見蕩《みと》れて居りましただけで――」

「奥州か」

そんなことを申しておったなと老人は言った。

「それでは矢張り。いや、偶然とはいえこれも何かの縁で――」

「あの男は妖人《ばけもの》じゃ。関わらぬ方が善い」

「ばけもの――」

その妖人を作ったのは儂だと老人は言った。

「ばけものを作った――とは、はて面妖な」

関わらんことじゃと繰り返し、老人は往来の真ん中に出て、運平の去った方向に向き、暫く黙ってその先を眺めていた。治平はその背後に立ち、あのお方の素性を御存知なのですねと問うた。老人は訝《いぶか》しげに治平を見た。当然だろう。

治平は更に出任せを重ねた。

「実を申しますれば——手前は奥州にて今のお方が人を斬るところを見てしもうたので御座います。それは大した腕前で御座いました。いや、昨今は物騒で御座います故、手前の店にも腕の立つ用心棒を雇いたいと、兼兼《かねがね》思うておりましたもので——」

「腕を見込んだと申されるか。莫迦な」

止した方が善いと老人は言った。

「あれは——今は何と名乗っておるのか知らぬが、元の名を石動右軍太《いするぎうぐんた》と申す男。三十年ばかり前に自が二親を殺めて、その折りに人であることを止《や》めた男だ」

「親御様を——」

——真実《ほんとう》だったか。

それは無体なことと治平は言った。

「さぞや——深い子細《わけ》がおありのことで御座いましょうな」

「訳などない。あれは、己の親が貧しゅうて、それが気に入らなんだだけよ。喰い詰めて首を縊《くく》るしかのうなって、それで儂が手を貸した。子供を担保に金を貸したのだ。それが気に入らなかったのじゃろう」

「子供を——担保に」

弟が居ったのだ——と老人は言った。

良ければ少しお話を伺わせて貰えますまいか、と治平は言った。

老人は僅かに躊躇《ためら》い、少し歩こうと答えた。

無言のまま堀端まで出て、江戸橋の方に緩緩《ゆるゆる》と進んだ。

この辺りも変わったと老人は言った。

「昔は——江戸の娯《たの》しみはこの辺りに吹き溜まっておった」

「田舎者には解りませぬが、以前は吉原もこの辺りだったので御座いましょう」

江戸は——広くなり過ぎたと老人は言う。

「どんな町でも悪所はどん詰まりにある。そりゃあ解り易い。だが町の仕切りが変われば、その悪所はどうなる。そこァ意味のない悪所てェことになりゃあしねェか」

巨きな柳の下で老人は立ち止まり、儂は菊右衛門《きくえもん》という、と名乗った。

「あの男娼家の主だ。あそこで薄汚ェ商売を五十年からやっておる」

「薄汚いとはまた」

汚ェわさと菊右衛門は己を嘲笑《わら》った。

「悪啣《あくで》ェこともやって来たからな。自慢は出来ねェよ。だがな、その自慢出来ねェ人生の中にも筋ァ通して来たつもりだ。しかし」

あの男との関わりだけは別だと菊右衛門は言った。

「あの右軍太の父親てえのは、元ァ北町の同心だったんだ。遊びが過ぎてな、身を持ち崩し、身体毀《こわ》してお役御免になった。まあ、自業自得なんだがな。そのうち借財が嵩《かさ》んで首が回らなくなって、知らぬ仲でもなし、四十そこそこだった儂は妙な情けを掛けちまった」

「子供さんを買ったので」

「買った――というのでもねェのさ。しかし、ただ金貸すってのはどうもいけねェ。恵んでやる訳じゃねェからな。向こうにも武士の何とやらがあるだろう」

方便ということだろう。

「返済《かえ》す当てがあったとも思えねェが、まあ、だから担保だ。町人なら、女房質に入れるようなものよ。儂も深く考えた訳じゃあなかった。だがな――」

菊右衛門は柳樹に手を掛けた。

「あれは――此の世のものとは思えぬ眼じゃった」

「眼――とは」

老人は述懐しつつ眼を閉じて上を向いた。

「儂が――その身代金を持って子を引き取りに出向いた際、あの右軍太は、あれは何もかも打ち壊してしまいよるような、それは兇暴な眼で親を睨んでおったわい。ちらと見ただけで肝が冷えた。瘧《おこり》にでも罹《かか》ったかの如く、心底怖くなった。あまりに不吉な想いが過《よぎ》ったので、子供を楼《みせ》の者に託し、人を伴って取って返した。その時はもう」

血の海であった。

老人は薄い眉根に皺を刻んだ。

「どのような理由があろうと親殺しは大罪。しかし、これも儂が要らぬ世話を焼いた所為と、そう思うたのだ。儂は暴れるあの右軍太を取り押さえ、江戸から逃がしたのじゃ」

「逃がした――」

間違いであったと老人は苦しそうな顔をした。

「頑是《がんぜ》ない幼き実子を売り飛ばし金に替えるなど人の倫《みち》に反することと、そう考えた上の凶行であったろうと、儂は早合点した。弟を想う気持ち、武士の誇りを護る気持ち、そうした、少しでも人らしい気持ちが根にあって、その上で諍《いさか》い、弾みで起きた過ちと、そう思うたのだ」

「違っていたので御座いますか」

「違っていた」

菊右衛門は眼を開け、治平を屹度《きっと》見据えた。

「あれは理由《わけ》なく斬ったのだ」

「訳なく――親御様を」

「否、最初は違うたのかもしれぬ。だが、儂が逃がした後、あの男はそういうものになってしまったのだ。あれは、逃がした先で、世話を頼んだ儂の親類も斬った」

「何と――」

「理由はねェのだ。彼奴は諸国を流れ渡って、行く先先で人を斬り続けた。この三十年ずっとだ。だから凡《すべ》ては儂の所為なのだ。親を殺した際に償わせるべきであったのだ。その後、幾度か繋ぎをとって来たこともあったし、金の無心もあったが――結局儂は言いなりになった。儂に出来ることといえば、買うた弟を」

精精《せいぜい》甘やかすことだけだったと老人は言った。

「その――弟御は」

それが歌仙かと治平は思うたのだ。

「何も知らぬ。僅か十にも満たぬ童《がき》であったし、親殺しの下手人は兄じゃと報せることも出来なんだ。儂はその者に客をとらせることを止《や》め、下男として暫く置いたが、それも――駄目だった。所詮何とも付かぬ半端者。これは否じゃあれも否じゃと我が儘を聞いておるうちに性根が曲がってしまいおった。儂の許を離れても、中中まっとうには暮らせぬようじゃ」

今は囃子方《はやしかた》をしておると菊右衛門は言った。

「囃子方――」

――多九郎か。

「真逆《まさか》、今更江戸に舞い戻るとは思うておらなんだ。儂は――忘れかけておったのだ。だが、幾ら忘れても、関わる者が生きている限り、昔は纏《まと》わり付いてくるものだな」

生きている限り。

死んで哀しい昔もあれば、生きて哀しい昔もあるか。

昔を覚えていることが哀しくて、治平は一度逃げた。しかし、能く考えてみれば、忘れることの方がずっと哀しいことだったのだ。だから治平は、後生を騙《かた》り続けることに決めた。

だが、死んだ昔は如何様《いかよう》にも騙れるが、

――生きた昔は騙れねェのか。

儂は――。

兄弟二人の生を曲げてしもうたと言って老人は唇を嚙み締めた。

「だからあの男とは関わらぬが良い」

老人は再び治平を見据えた。

「関われば必ず殺される。くだらぬ縁など忘れなされ。儂も――いつ寝首を掻かれるか知れぬのだ」

「あなた様は恩人では御座いませぬか」

「恩など感じる男ではない。仁義も何もない。あれは妖人《ばけもの》だ。久し振りに会うて解った。あの男の眼は、あの時と――同じだったのだ」

菊右衛門がそう言った、その言の葉が出終わる前に。

治平は言い知れぬ恐怖《おそれ》を後背《せなか》に感じ、その悪感の正体を見極める前に、反射的に矮軀《わいく》を返した。

暗がりに。

動木運平が居た。

右軍太――と菊右衛門が叫んだ。

「う、右軍太、お前」

「儂は右軍太ではない」

すたすたと足早に近づき、運平は治平を通り越して菊右衛門の前に立つと、何の躊躇《ためら》いもなく、そうするのが当たり前のように。

菊右衛門を斬った。

治平は――。

その凶《おそ》ろしさを感じるまでに、暫くの間が必要だった。

菊右衛門は悲鳴を上げる間もなく、袈裟懸けに切り裂かれて柳の根元に崩れ落ちた。

返り血を拭いもせず、運平は平然として振り返った。

「名を間違えたので斬った」

「お――お前さん」

それしか言えなかった。慥《たし》かに――。

――怖ェ。

それでも幾度も修羅場を潜り抜けて今まで生き延びて来た治平だが、この時ばかりは――身が竦《すく》んだ。菊右衛門の言葉通りである。

運平は屈んで、菊右衛門の黒羽二重で血刀を拭い、久し振りだな現西《げんさい》――と言った。

「現西――」

治平は漸く己が置かれている状況を呑み込んで、後退し、身構えた。

「化けたのか化けていたのか知らぬが、儂の目は誤魔化せぬ。辺境の古寺に巣喰うた悪僧が何故この江戸に居る」

治平は飛び退き、姿勢を低く取った。

「ばれてるンなら仕方がねェ。俺ァ慥かに現西だ」

懐の匕首《あいくち》を握り締める。

——殺意がねェ。

普通剣客には殺意が漲《みなぎ》っているものだ。どうであれ対峙した場合は何かを感じる。だが、運平にはまるで殺意がない。治平は焦った。出方がまるで判らない。

運平はだらりと刀を提げたまま一歩前に出た。

「どうした。慥か、貴様は人殺しが愉《たの》しくて堪らないのではなかったか。ならば——その貌《かお》はなんだ。あれは——嘘だな」

嘘なんだなと運平は突如《いきなり》怒鳴った。

「ああ嘘だ。俺ァ事触《ことぶ》れ。嘘八百で塗り固めた渡世だからな、手前なんぞに兎《と》や角《かく》言われる筋合いはねェや。手前こそ何だ、一端《いっぱし》の無頼気取っていやがるが、手前の昔ィ探られるのがそんなに厭か。消したい過去でもありゃあがるか」

関わりなきことと運平は言う。

「くだらぬ相談事を持ち掛けられ、あまりの莫迦莫迦しさに途中で引き返したところ、貴様が菊右衛門と居《お》るところが見えたのでな。貴様に話を聞こうと思うて近付いただけじゃ。先程も申したであろうが。名を間違えた故——斬ったのだ」

「俺に——話があったってのか」

「儂はな、人を斬っても如何も思わぬのだ。何をしても愉しくない。何をしても面白うない。だから哀しくも辛くもない。貴様は人殺しが娯《たの》しいと吐《ぬ》かした。儂には嘘言に聞こえた」

「オウよ騙りよ。嘘で悪いか」

フン、と鼻で嗤《わら》って運平は刀を収めた。

「万が一真実であれば——どうすれば人殺しが娯しゅうなるのか、尋《き》いてみようと思うただけだ。だが、思うた通り貴様は嘘を吐いておった訳だ」

「如何《どう》するよ。殺すかよ」

気が失せたわと運平は言った。

「江戸に戻れば少しは憂さも晴れるかと思うたが、何処も彼処も莫迦ばかりじゃ。やれ幽霊じゃ死霊じゃとくだらぬことに現《うつつ》を抜かし、見苦しき有様。ほとほと愛想が尽きたわ」

「小平次のことか」

「小平次——か」

運平は僅かに顔を歪めた。

「手前《てめえ》が斬り損ねた戯場者《しばいもん》のこったよ」

「斬り損ねた——だと」

運平の表情が曇る。

——矢張り。

「人殺すのに躊躇《ためら》いはねえなどと大層なこと抜かしゃがるが、手前の方こそ大嘘吐きだ。俺ァな、小平次の躰《からだ》の太刀筋をこの目で見たんだよ。手前、腰が引けてたじゃねェか。怖かったんじゃねェのかい」

運平は刀の柄《つか》を握り締めた。

――怒れ。

感情《こころ》が動けば活路が見出せると治平はそう踏んだのだ。怒れば殺意が生まれる。殺意を見て取ることが出来れば、動きもある程度読める。このままではいつ斬られるか知れたものではない。斬る気が失せたというのは本当なのだろうが、後ろを向いた際に気が変わって、ばっさりやられても防ぎようがない。

「如何なんだ。手前、小平次が怖かったのじゃねェのかよ。大方藤六を嵌《は》めた晩に小平次の幽霊振りでも見て、縮み上がったのじゃねェのかよ」

その通りだと運平は言った。

「なんだとォ」

「儂は――あの男の、何も見ていない眼が怖かったのだ。幽霊振りなど怖うはないが、ただ立っていたのが怖かったのだ。だから――もしやこの男、斬り殺しても如何とも思わぬのかと、そう思うたから――」

太刀筋が狂うたと運平は言った。

「だがな、結局彼奴もあっさり死んだ。死んだ者など怖くないわ。死人には何も出来ぬ。幽霊死霊など居らぬ」

そりゃ手前の了見違ェだ――そう言って治平は一瞬の隙を狙って飛び退いた。

「幽霊はちゃんと居るぜ。祟りは――怖ェぞ」

そう言い残して、治平は勢い良く夜の堀端を駆け去った。

宝香お塚

お塚は天袋を眺めていた。

どうしても顔が見られなかったからだ。

散らかった座敷の端に座っている男の顔である。

その男は三日前に突然やって来た。そして――。

安西喜次郎と名乗った。

驚いた。驚いたことは確かだだが、何故か拍子抜けした。これはあ、り、得、な、い、ことだ。

お塚は、何時《いつ》の頃からかそう肚《はら》を括《くく》っていた。諦めた訳ではない。諦めたのなら、その時点で家に戻っていただろう。所詮童《こども》の仕出かしたこと、文字通り、絵に描いた餅を求める稀代の愚行――私が浅はかで御座いました、狂うておりましたと親に頭を下げていた筈だ。

そうしなかったのは、己が狂うていると最初から知っていたからである。

絵姿と添うことなど絶対に出来ぬと判っていたからである。あり得ない、成し遂げられないことと知っていて、否、知っていたからこそ、お塚は実行したのではないのか。

――あり得ないこと。

お塚は十三年前家を出た時から、まだお塚でなかった頃から、実はそう思っていたのだ。

それが。

ある日突然、まるで御用聞きの如くに現れて。俺がそうだと名乗られたとて。

返す言葉などない。

如何《どう》思えというのか。如何にも思いようがない。好きか嫌いか、それすら判らぬ。好きになる理由も嫌いになる理由もないからだ。帰れと言った。

しかし喜次郎は執拗《しつこ》かった。話だけでも聞いてくれと言う。話があるならお塚の方で、それに就いては話す気などない。お塚が恋した男の方に、話すことなどある筈もない。何故ならそれは――。

絵姿だからだ。

喜次郎は明くる日も来た。

その時も追い返した。それなのに――またやって来たのである。

いずれも多九郎の留守中のことであった。狙って訪れているのか、偶偶《たまたま》なのかは判じられぬが、今も多九郎は居ない。最近多九郎は訳もなく外に出る。

小平次が怖いのだ。

莫迦じゃないかとお塚は思う。多九郎は、思うた通りの下種《げす》な男だ。

三度訪れた喜次郎は、矢張り話だけでも聞いてくれと言った。仕方がなく上げたものの、先程から押し黙って下を向いている。お塚は。

天袋を眺めている。

「何なのサ」

お塚は目を向けぬままに言った。

「勝手に押し掛けられても困るんだよ。用がないなら帰っておくれな。今は居ないけど、妾《あたし》には男が居るンだよ——」

惚れた男が居ンのさと、お塚は大きな声で言った。

喜次郎に向けて言った訳ではない。眸《ひとみ》は天袋を捉えているが、言葉は奥の間に向けられている。

「その男がね、嫉妬深い男なのさ。あんたが此処《ここ》に出入りしてることをどっからか聞いて来て勘繰るんだよ。新しい男が出来たんだろうとね——」

それは本当だ。

此処を訪れる者など居ない。お塚は周囲に嫌われている。だから直ぐに噂が立つ。

喜次郎は如何見ても素人ではない。本人は目立たぬようにしているつもりなのだろうが、その辺の小汚い男どもと並べるまでもなく、人の目を引く容姿であろう。だからまた、長屋の雀が鳴いているのだ。

妾宅の淫婦が別な男を銜《くわ》え込んだと。

多九郎はそれを聞きつけたのだろう。昨夜は戻るなりに荒れた。

この白首め、俺が居ぬ間に姦夫を招き入れたなと、莫迦なことをほざいた。

妬《や》いているというより多九郎は何かを怖がっているようだった。何がそんなに怖いのか、お塚には理解出来ない。あまり煩瑣《うるさ》いので信用出来ぬなら出て行けと言うた。多九郎は尻窄《しりすぼ》みに温順《おとな》しくなった。

「まあ――女は妬かれるうちが華サ。それでもね、迷惑は迷惑だわい。話があるというから上げたのに、そうやって押し黙られちゃあこっちが居るに居られない。そのうち男が戻ったら如何なるというのさ」

妾は言い訳が嫌いなんだよとお塚は言った。

「どんな下心があるのか知らないけどさ。妾を抱きたいンなら、男が帰る前にさっさと済ませなよ」

何を――言っているのだ。

構いやしないよ。減るものじゃなし、お塚は心にもないことを言う。唇から益体《やくたい》もない言葉が流れ出る。思い切り猥《みだ》らな言葉だ。聞いて。聞いているかい。

――小平次。

お止しくだされと喜次郎は言った。

「あなたは――あたしの絵をお持ちか」

「え――」

お塚の唇が止まった。

――何故知っている。

小平次が言ったのか。

そんな筈はない。小平次は慥《たし》かに喜次郎に会ったとは言った。しかしその時点で小平次は、お塚の持っている絵姿が喜次郎を描いたものだという確証を、持っていなかった筈である。

如何《どう》なのですかと喜次郎は問うた。

「何で——あんたが知っているのさ」

お塚は小声で問う。迚《とて》も大きな声は出せなかった。

「冤魂《ゆうれい》に——知らされました」

「なんだって」

「木幡《こはだ》小平次様の死霊に導かれたので御座います」

そう言って喜次郎は両手を突いた。

そして、申し訳御座いませんと頭を下げ、額を畳に擦り付けた。

「な、何だっていうのサ——」

お塚は酷《ひど》く狼狽《ろうばい》した。現状が呑み込めない。

「小平次様を殺《あや》めましたのは」

この私めに御座います——と、喜次郎は下を向いたまま悲鳴を上げるように言った。

「な、何を莫迦なこと言ってるのさ、あんた——」

お塚は振り向く。

蚊帳《かや》の向こう。

「莫迦なことでは御座いません。聞けば小平次様は死して後、この家に戻られたとか。以降も冤魂《ゆうれい》の噂巷《ちまた》に絶えず、この一月、私は生きた心地も――」

「小平次――」

小平次は。

出歩いてはいる。何時何処でどうやって飯を喰うているのか知らないが、今でもちゃんと居るのだから、気づかぬうちに出歩いてはいるのだ。そうならば――。

お塚は眼を見開いて蚊帳の先を見た。

――あの。

ろくでなしが。

喜次郎は泣いていた。本当に怯《おび》えているのだ。

「あたしは幼い頃より今日此の時まで、己のことしか見えておりませなんだ。否、己の面《つら》しか見ずに、今日まで生きて来た男。親親族も、家も生業《なりわい》も、何も彼《か》も、己のためだけにあれば良いと、そう思うて暮らして来た、そういう男で御座いますのさ」

「な、何を言ってるのサ。そんなの」

妾だって。

「己の貌《かお》は鏡で見るより御座いますまい。鏡に映った虚像こそが私の総《すべ》てで御座ンした。そうは申せど、絵姿と違うて鏡の中の姿は移ろいましょう。血肉を持った肉体は、やがては土くれになるが定め。あたしは――それが我慢出来なんだ」

だから小平次様が憎うなった——喜次郎は顔を上げた。

お塚は初めてその顔を真正面から見た。窶《やつ》れている。

「なんで——あんなものを憎むのさ」

「判りませぬ。本当のところはあたしにも判らない。しかし、今思えば、それは、私を受け入れてくれなかったから——なのかもしれませぬ」

——くだらない。

くだらないねとお塚は言った。

「あんた、そんなことで人を殺すのかい」

喜次郎は眼を細めた。西陽がその青白い頬を橙色に染める。

「あたしは——小平次様を殺めても、すぐには何とも思いませなんだ。でも——悪事千里を走るの喩え通り、程なく手酷い報《むく》いを受けたので御座います」

「化けて——出たかい」

「いいえ。そうでは御座いません。あたしは結局、小平次様を殺めたことで、己の愚かさ、業の深さを思い知らされる羽目になった。もう——限界《おしまい》で御座います」

眼が据わっている。

これが。

これがお塚の。

「そう、四日前、あたしの住まう処に一人の祝部《はふり》が御出《おい》でになったので御座います」

「祝部——って何だい」

「荒神祓いのようなもの。鈴を鳴らし、祝詞《のりと》を唱えられて、手の内をお求めになった」

覚えがある。それは四五日前、此処にも来た。

見苦しい破れ衣の祝詞語りだ。

——あれは。

祝部は家の中を覗き、家内を覗くは無礼の極みと喰ってかかった多九郎にこう告げたのだ。

家を窺うは家相を見んがため——。

此の家の主《あるじ》陰悪を犯せしこと、家相に現れて顕《あきら》かなり——。

其の方主であれば身に覚えがあろう——。

家内に妖気満ち、冤魂《しりょう》の妖祟《たたり》ある故、汝等が滅亡の時も遠からじ——。

憐れむべし、憐れむべし——。

お塚は嗤《わら》った。間違いなく集《たか》りである。巷に流れた小平次の亡霊譚を真に受けて脚頭《あしもと》を見置き、小遣いを掠め盗ろうとする乞食《こつじき》の類《たぐい》であろう。しかし多九郎は怯えた。それはもう、可笑《おか》しい程に怯えた。祝部はその臆病心を見透かして続けた。

汝等が行い甚《はなは》だ良からず、生膚断《いきのはだたち》、死膚断《しにのはだたち》の国津罪《くにつつみ》を犯しておる——。

もしその罪を悔いて汚穢《おえ》不浄の志を翻《ひるがえ》し清浄潔白の心と成さば——。

万に一、解除《はらいのぞ》くべきの道あらん——。

そして。

多九郎はその祝部《はふり》に米銭を渡し、神符を授かると、戸口と――。

吊り放しの蚊帳に貼った。

莫迦なことだ。怖いのだ。

うすのろが――怖いのだ。

祝部は四八三十二日の間戸を鎖《とざ》し精進潔斎して忌み籠りせよと告げた。しかし多九郎は半日も保たなかった。当たり前だ。それは、家の中に居るのだ。多九郎は――。

――この。

無言の視線が耐えられぬのだ。

だがしかし、その祝部が喜次郎の許にも行ったというのなら。

――ただの強請《ゆす》りではなかったということか。

「それで――何さね。巷で噂の幽霊小平次、お前さんにも取り憑いておるとでも言うたかえ」

「いいえ。その方は私の罪を御存知でした。その上でこう仰せになった。これは、宿縁と申すものであると――」

「宿縁――ってな如何《どう》いう意味サ」

「汝が殺めた小平次が妻は、汝の絵姿に心を奪われ倫《みち》を外したる女、汝が小平次を殺めたるもその因縁からのこと――と」

「なんだって――」

そんなことを。

祝部なんかが知っている。

「私は――もう、如何して良いか判らなくなり、思案するまでもなく」

「止しとくれ」

お塚は立ち上がった。

「何のつもりか知らないけどね、妾は――そんな絵は持っちゃいないよ。因縁だか何だか知らないが、そんなこと理由に泣きつかれたってこっちは迷惑なだけさ。どうしろってのさ。宿縁だかがあるから寝ろとでもいうのかえ。お前さんは、そんな訳の解らないこと並べ立てなきゃ女のひとつも口説《くど》けないのかい。それとも何さ。その絵を返してくれとでもいうのかさ」

余計なことするンじゃないよと、お塚は蚊帳の向こうの隙間に向けて言った。

喜次郎は叱られた子供のような顔をし、それからお塚の裾に縋《すが》り付いて来た。

「どうか、どうか私を」

「私を私をと、聞いていれば己のことばかり。お前のことなど」

知らぬ。

喜次郎は腰を摑み、お塚は横倒しになった。

――莫ッ迦野郎。

これはいったい何なのだ。この醜態は。

小平次のうすのろめ。

逆様《さかさま》に夕日に染まった庭が見える。そこに――逆様の多九郎が居た。

多九郎は半眼の三白眼《さんぱくがん》になり、そうかい、と呟いた。

「そういうことかい」

喜次郎は起き上がる。仰向けになったお塚を挟んで、喜次郎と多九郎が対峙した。

「どうも怪しいと思うたが――お塚、手前の新しい男ってなァ、矢ッ張りこの喜次郎か」

「た、多九郎さん――」

「多九郎さんじゃねェよこの腑《ふ》抜《ぬ》け野郎。人の女に手ェ出しやがって」

――何だ、この男。

お塚は身体を返して多九郎を睨みつけた。何だその面ァ、と多九郎は言った。

「俺の目が節穴だとでも思うたのかよ。真っ昼間っから間男しやがってこの阿魔《あま》。なァに、役者が通ってるってなあ聞いてたからよ、手前じゃねえかとは思うていたんだ。こら喜次郎」

違う、違うよ多九郎さんと言って、喜次郎は後ろに下がった。

「何が違うんだ。この――ひとごろしめ」

喜次郎は黙った。青い顔が高潮する。

「手前《てめえ》も手前だ、オイお塚、手前は生来の花癲《いろぐるい》だぜ。何だ、その崩れ女形《おやま》の方が具合がいいかよ。そんな腰抜けに気を遣ってよ。俺の顔ォ潰して面白いか」

潰れる程の面かいとお塚は罵言を吐く。

「能《よ》く言ったぜ。思い上がるなよ。俺はな、手前なんぞに惚れちゃいねえ。これっぽっちも惚れちゃあいねえ。ただ、抱いてみてェと思うていただけよ」

「何処が違うのさ」

「何だとォ」

多九郎は腕を捲り、縁に足を掛けた。

「意気がったって怖くなんかないよこの唐変木《とうへんぼく》。惚れるのと抱きたくなるのと如何《どう》違うのさ。男は惚れなくたって女を抱けるなんて、聞いた風な口利くんじゃないよ。そりゃこっちの科白《せりふ》さね。女はね、惚れてなくたって寝られるわいな。でも如何サ。なんのかんの言ったって、男は惚れなきゃ役に立たないじゃないか。惚れなくても抱けるなんてのは、女の気ィ引くことも出来ない屑《くず》野郎が言うことだよ」

黙れよ黙れ黙れと多九郎は顔を真っ赤にして怒鳴った。

眼も充血している。

「黙りやがれ――この阿魔」

多九郎は拳を振り上げた。

「それしか言えないのかいッ」

お塚はそう叫んで起き上がり、奥の間との境に立った。

多九郎の拳が震えている。

「殴りたきゃ殴ればいいだろ。お前さん、その辺で鳴らした喧嘩買いなんだろ。女の一人くらい殴り殺しでもした方が箔が付くんじゃないのかえ」

多九郎、勘違いだと言って喜次郎が飛びついた。多九郎は蹴り飛ばす。

喜次郎は翻筋斗《もんどり》打って座敷に転がった。

「何が勘違ェだよ。何が勘違いなんだよ。こら喜次郎、手前《てめえ》もな、お塚もな、もう用はねェんだよ。オイお塚、手前が何と言おうとな、お、俺は、俺は手前なんかに惚れちゃいねえぞ。良いか、今、その証拠《あかし》を見せてやるよ」

多九郎は雪駄《せった》のまま縁に上がった。

「証拠ってな――何だい」

多九郎は、証拠はこれだよと言ってから、オウと叫んだ。

木戸が開いて、柄の悪い破落戸《ごろつき》が二人、庭に入って来た。

途端に喜次郎が声にならない声を漏らした。

「お、お前さん達――な、何で」

「縁があるなァ、歌仙さんよゥ」

貧相な破落戸はそう言うと、懐に手を差し入れた。もう一人の顋《えら》の張った男は、この間は世話になったな女形の旦那と言い乍《なが》ら――匕首《あいくち》を抜いた。

「何のつもりだい」

「俺はな、お塚、もうこんな化物屋敷は沢山だぜ」

多九郎はお塚の前に立ちはだかった。髷が斜めに傾《かし》いでいる。

「お前《めえ》は慥かに佳《い》い女だぜ。さっきの言葉は引っ込めるよ。俺はお前に惚れてたよ。惚れてたんだ。惚れてたんだよォッ」

「だ――だから何さ」

「小平次もそうだったってことよ」

「何だって」

「彼奴《あいつ》ァな、お前も知っての通りの廃者《すたりもの》、他に例《ためし》なき痴人《しれびと》だったよ。だがな、多分、お前のことは誰より強く想うていたのだろうぜ。お前は彼奴のことを邪険にばかりしてたがな。奴は惚れてたんだよ。肚の底からな。だから――」

「だから何だい」

だから彼奴は出て来やがるんだよゥと、多九郎は声を張り上げた。

「俺がお前と情を交わしたから、恋しい女房が俺の女になったから、だからあの糞野郎は成仏出来ねェのさ。お前は佳い女だよ。だけどな――俺は祟られるのはもう御免だ。だからお塚」

お塚と言って、多九郎は顔を寄せた。

「お前、小平次のとこへ行ってやれよ」

「何だって――」

如何いう理屈だ。

「お前が小金貯めてるこたァ承知してるぜ。しかも五両や十両じゃねえ。それ話したら、此奴《こいつ》等《ら》ァ直ぐに話に乗って来た。俺も少しは迷うたが、喜次郎《こいつ》の莫迦面見たらふっ切れたぜ」

多九郎はお塚の顎《あご》を掴み、斜めに顔を寄せて、嘗《な》めるように睨《ね》めつけると、お前みてえな姦婦は死んだ方が良いんだよ、と言った。

「これ以上小平次に祟らせるこたァねえだろう。さぁ、温順《おとな》しく死ねよ。オイ喜次郎、手前もな、この刻限、此処に来合わせたのが——百年目よ」

腴せた男が素早く喜次郎の背後に回り、喉許《のどもと》に刃物を押し当てた。

喜次郎は眼を寄せて見得《みえ》を切るような顔になった。

多九郎は嗤《わら》った。

「可笑しいやい。立女形がとんだ荒事だぜ。おい喜次郎、いやさ歌仙、手前も間男なら、確乎《しっか》りこの女ァあっちに送り届けろよ。おいお塚、曲がりなりにも立役者の道連れだ、お前《めえ》も寂しかねえだろうぜ。まあ泉下《あのよ》で小平次と宜《よろ》しくやるにゃ——邪魔かもしれねェがな」

——本当に。

如何《どう》して男という生き物は、誰も彼も——。

肚の底から莫迦なんだろうか。

「莫迦野郎はお前だよ多九郎ッ」

何にも解っちゃいないねェと、お塚は啖呵《たんか》を切って多九郎の胸倉を取った。

多九郎は一瞬気が抜けたような顔をした。

「さっきから聞いていりゃぐだぐだと、己勝手なことばかり。少しは気骨があるかと思うた妾の見込み違い、安達多九郎、小平次に勝るとも劣らない痴《し》れ者だよ」

何しやがると多九郎は腕を振り解《ほど》く。

お塚はもう一度摑み直す。

「巫山戯《ふざけ》るんじゃないと言ってるんだよッ。たった幾度か寝たってだけで、俺の女だとか情を交わしたとか、聞いて呆《あき》れるよ。いい加減にしな。それで何だい、小平次が嫉妬して化けて出るから、妾に死ねと言うのかい。まったく、お笑い種《ぐさ》の臆病者だ」

お塚は多九郎を突き放した。

裾を捲って右脚を踏み出す。

「荒神棚《こうじんだな》が聞いて呆れる。お前なんざ吊っちゃ落ち吊っちゃ落ちの役立たず、荒神様も落っこちて竈《かまど》の灰被りだわえ。小平次がお前んとこに化けて出ンのは、妬いてるからじゃなく、お前が殺したからだろうが」

「俺は——」

ああ、と喜次郎が声を上げた。背後の男が瞬時怯《ひる》み、喜次郎は転げるように前に出た。

「こ、小平次さんは、あ、あたし」

「小平次はね、溺れ死んだんじゃない。刃物で刺されだんびらで斬られたンだよ。お前さんが何したんだか知らないが、そんなこたァ関係ないのさ。この様子なら——多分、此奴等《こいつら》がやったことだろうよッ」

野郎ッと声を上げ、縁にいた男が多九郎を押し退けて切り掛かって来た。喜次郎も背後から殴られ蹴倒されて昏倒した。お塚は考えもなしに蚊帳を捲り、裡に入った。

——蚊帳なんか。

何の楯《たて》にもなるもんか。

しかし。蚊帳は斜めに裂け、半分外れて落ちた。落ちた蚊帳は切りつけた男に覆い被さり、男は足を取られ、網にかかった魚の如く薄膜に包まって前のめりに転げた。お塚はこれ幸いと更に後退する。足掻《あが》く男を乗り越えた腴身の男が、匕首を構えて躍り込む。

多九郎は敷居の上に立ってお塚を睨みつけていた。

――小さい男だ。

肩を弾ませている。

「お塚ッ――」

「馴れ馴れしいね多九郎。大体、高が女一人殺すのに踏ん切りも蜂の頭もないだろうさ。これだけ助っ人喚《よ》んで来なきゃ、お前は妾を殺せないのかい、この臆病者。意気地なしッ」

お塚はありったけの声を振り絞って悪態を吐いた。

虚勢だ空騒ぎだと何処かで思いつつも、怒鳴らずにはいられなかったからだ。

多九郎は敷居を跨《また》ぎ、半吊りの蚊帳で仕切られた無意味な結界に侵入した。蚊帳に搦め捕られた男も薄膜を跳ね除けて立ち上がる。囲まれた。

「お塚。手前《てめえ》はもう少し早く――俺のものになってりゃ良かったんだよ。あんなうすのろに見切りをつけて、お願いしますどうぞ抱いてくださいませと俺に頭下げてりゃ、そうすりゃ小平次だって殺さずに済んだんだ。お前だって――」

まだ言うか。此奴等《こいつら》は何も聞かない。何も考えない。自分のことしか語れない。

だからお塚は人が嫌いだ。己も含めた人が大嫌いなのだ。

多九郎――と、お塚は小声で言った。

あまり普通の呼び方だったので、多九郎は戸惑ったような表情を見せた。

「これだけ言うても解らない。なら教えてやるから能く聞きな」

「な、何をよ」

「妾があんたと寝た訳さ」

「寝た――訳だと」

多九郎が間合いを縮める。両脇の男二人も一歩出る。

お塚は圧《お》されるように後退する。

ふふふ、とお塚は嗤った。嗤ってやった。

「惚れたと思うたのかい。それとも色欲《いろ》に目が眩《くら》んだ亡者野郎を見るに見兼ねて、慈悲の心で体開いたとでも思うたかえ。大間違いだよ。妾は――」

お前なんか何とも思っちゃないよとお塚は愉快そうに言った。

これは虚勢なんかじゃない。

真実だからだ。

「妾がお前を誘ったのはね、これ、此処の、妾の大嫌いな――」

お塚は後ろ手で、残った蚊帳を摑んだ。

思い切り。

引き下ろす。

蚊帳が外れて。

一寸五分の裂け目が顕《あらわ》れた。

音に聞こえたへぼ役者、引き幕も許されない緞帳《どんちょう》芝居《しばい》――。

幕を切ったは――。

「お前と寝たなァ、この――小平次に嫌がらせをするためなんだよッ」

お塚は。

襖を開けた。

そこに。

幽霊が座っていた。

多九郎が。

絶叫して後ろに跳んだ。

男どもは目を瞠《みは》って竦《すく》んだ。

意気地なしの腰抜けばかり。

「ま、迷うたなこ、小平次ッ――」

多九郎は無闇矢鱈《やたら》に両手を振り回した。腰が立たぬようだった。

「お、お塚、お前、と、取り憑かれたか」

「こんなもんに取り憑かれて堪《たま》るかいッ」

本当に、如何《どう》しようもなく、狂おしいまでに愚か者だ、この男――。

「まだ解らないのかい。妾は此奴《こいつ》が大嫌いなんだって言っただろう。だから此奴が厭がることをしたかったのさ。不愉快な想いばかりさせられる、その仕返しだ。此奴が覗くから
だからお前と寝たのじゃないか。」

「お。お、お塚」

小平次がぬっと前傾し、ゆらりと立ち上がった。音もさせず。気配もなく。

何の衒《てら》いもなく。何の外連《けれん》もなく。

何も見ず。

「う、うわあああッ」

多九郎が腴せた男から匕首を引った繰った。刃物の部分を掴んだらしく構えた手先からはぼたぼたと血潮が垂れた。ぶるぶると刃先が震えている。

小平次はお塚の横に立った。

並んだのは。

——五年振りか。

腴せた頸《くび》。土色の肌。死臭か。

死人の匂い鱅《こはだ》小平次。生き乍《なが》ら死す幽霊小平次。死んでも戻る——。

こはだ小平次。

ゆ、冤魂《ゆうれい》だ、死霊だと右の男が叫んだ。化けて出た、戻りやがったと左の男が喚《わめ》いた。

小平次は——。

ただ立っているだけなのに。

男どもは徐徐に後退し、やがて倒《こけ》つ転《まろ》びつ縁の方に逃げた。多九郎は震え乍《なが》ら、ただ立っている小平次に刃を向けている。しかしその切先は、嵐に晒《さら》された芒《すすき》の如くに激しく振幅しており、それは既にして、凶器としての役割を果たせるとは到底思えなかった。

それでも多九郎は吼《ほ》えた。

「て、手前みてえなう、うすのろは、迷うたところで怖かァねえ。お、俺は」

私は迷うてはおらぬ——。

小平次は風が渡るような声でそう言った。

「もう、迷うのは止したよ」

「し、洒落臭《しゃらくせ》ェ。生きて——戻ったというのかい。なら、何度でも殺してやるよ」

多九郎は一度身を屈め、眼を瞑《つむ》って青竹が撓《しな》るように跳ね返って突っ込んで来た。

——殺《や》られる。

刹那、お塚はそう思うた。仕方があるまい。

——妾も倫《みち》を外した女。

人というのは簡単に死ぬものだぜと、いつか多九郎も言うていた。

——如何《どう》でも好いことか。

お塚は眼を瞑らなかった。逃げも隠れもしなかった。しかし。

小平次がふ、と前に出て、狙いも定めず突き出された刃を、その指のない手で受け止めた。

「多九郎」

「て、手前――」

小平次はぐらりと前に出た。多九郎は圧されて引いた。

「手前、い――」


い、い、生きていやがるか。

そうならそうで。手前が死ぬか俺が死ぬか。何処まで行っても鳧《けり》の付かねえ戯場者《しばいもん》だぜ。


多九郎はどんどん圧《お》された。

その背後から。

血飛沫《ちしぶき》を吹き上げた二人の男が転げ込んで来た。

左右に別れて男どもはぐにゃりと畳に倒れた。一方は顔が割られている。もう一方は、首が取れかけていた。大量の血溜まりがみるみる広がる。多九郎は死骸を踏み、血糊《ちのり》に足を滑らせて蹌踉《よろ》け、がくりと膝を落とした。

侍が侵入《はい》って来た。

――誰。

野良犬のような曚《くら》い眼をした侍だった。

右手に不細工な程大きな鋼《はがね》の塊を提げている。

それは鋼のくせに真っ赤で、どろどろだった。

「と、動木《とどろき》の旦那――」

多九郎は横目で侍を見て、それから眼だけを下に向け、漸《よう》く自分が踏んでいるものが何なのかに気づいたようだった。

「な――何をしたんで、だ、旦那、こ、こりゃ」

「幽霊だの死霊だの、小煩瑣《うるさ》いので切り捨てた」

「き、斬り捨てたって――こ、此奴等《こいつら》あ」

「お前も――煩瑣い」

侍は鋼の塊を振り上げた。

夕日が落ち切る瞬間だったか。

僅《わず》かだけそれは光った気がした。

ぼたぼたと音がした。右手から、もう真ッ黒にしか見えない液体を噴き出し乍《なが》ら、多九郎は小平次から離れ、血溜まりで滑り、畳の上に仰向けになった。

指を切り落とされたのだ。

何をしやがると多九郎は嗄《しわが》れ声を絞り出した。

侍はその大きく歪《ゆが》んだ顔を、犬の眼で見下ろした。

「貴様――」

俺の貌《かお》を見て何とも思わぬか。

浪人は、抑揚なくそう言った。

「儂の名を呼んでみよ」

「と、動木」

全部を言う前に、浪人の右手の鋼は多九郎の胸を貫いた。


「左九郎」


浪人は短くそう言って、大刀を引き抜いた。黒い飛沫が浪人の顔に胸にかかる。

落ちた蚊帳の幕で四角く仕切られた無意味な結界の中は、黒黒とした血の沼となった。その黒い沼の中に、小平次と、お塚と、犬の眼をした浪人が立っている。

「名を誤らねば生かしたものを」

浪人はそう呟《つぶや》いてから、小平次に目を遣った。

「小平次――と、申すか」

「木幡小平次に御座います」

生きておるなと浪人は言う。生きておりまするると小平次は答えた。

浪人は刃を返した。

「どうだ小平次。儂が——そこな女共共《ともども》——その方を斬って進ぜようか」

楽になるぞと浪人は言った。

「楽は望んでおりませぬ」

小平次はそのまま、また少し前に出た。

浪人の犬の眼は小平次に釘付けになっている。

「苦しゅうは——ないのか」

「苦しむことがいけないことでしょうか」

浪人は小さく首を振った。

「忿《いか》らぬか」

「嗔《いか》りませぬ」

「何を望む」

「何も望みませぬ」

あるがままに——と、小平次は答えた。

浪人は、もう負け犬の眼をしていた。それは吠えて噛みつくだけの負け犬の眼だった。

「あるがまま——」

それに、と小平次は言う。

「私を斬っても、あなた様は楽になりますまい」

浪人は目を逸らし、刀を畳に、黒い血沼に突き立てた。

三九三

「なる程な」

生きているから怖いのかと言って、浪人は踵《きびす》を返した。そしてそのままぴたりと止まった。

うん、と肚《はら》に響くような声を発した浪人はお塚と小平次に背を向けたまま、両足を開いて、
それから両手で何かを受け止めるような仕草をした。

その肩口に。

虚《うつ》ろな眼をした喜次郎の、無表情な顔が覗いた。

喜次郎は泣いていた。そして聞こえない程の声で、

「父の仇敵《かたき》」


と言った。

浪人は剝れるように喜次郎から離れると、手を広げたまま身体を半分程回して、小平次を見た。その腹には――どうやら白木綿を巻いた刺し身包丁のようなものが――深深と突き刺さっていた。腰を落とし、そのまま尻餅を突くように座り、浪人は暫く己の腹に生えた異物を見ていたが、やがて立ち竦んでいる喜次郎を見上げ、何も言わずに。

多九郎の上に折り重なるようにして倒れ、
数回わなないいてから。

死んだ。

喜次郎は崩れ落ちるようにその場にへたり込んだ。そして小平次を見上げて、

「これでいいのか父上」

と、問うた。

――此奴《こいつ》。

「お父上のために為したことではありますすまい」

そう返すと、小平次は黒い血沼の水面を緩寛《ゆっくり》と滑るように進み、喜次郎をすいと避けて、次の間に消えた。

お塚は――否、宝児《たからこ》は、喜次郎の顔を見ていた。

でも喜次郎は、動かなくなった侍の、死んだ犬の眼を茫然と見詰めていた。

否、死んだ犬の眼に映った己の顔を見ているのかもしれなかった。

喜次郎は徐徐に前屈みになり、血の沼に両手を突き、侍に接吻でもするかのように顔を近づけると、

「あたしを捨てたからさ」

と言った。

その鼻面に。背後から小平次が細長い木箱を翳《かざ》した。

――それは。

「それは」

小平次は木箱を開け、中から一幅の巻いた掛け軸を取り出した。それから、

「さあ、お塚」

と言って、
掛け軸を広げて提げ、己の顔の前に掲げた。

――ああ。

お塚は夢夢《くらくら》した。

血の匂いに酔うたか。

陰惨で、醜い、地獄の如き現実《いま》の中に。

封印していた往時が、切り取られた過去が浮いている。美しい、美しい記憶の中の。

お塚は血の沼に踏み出す。ぬるぬると絖《ぬめ》る、黒く忌まわしく艶やかな水面を滑る。

お塚は掛け軸の絵姿の前に、確乎《しっか》りと立った。

そして、どうやらすっかり壊れてしまい、呆けたように掛け軸を見上げるだけになってしまった喜次郎の貌《かお》に一瞥をくれて、それから凜凜《りり》しく美しい喜次郎に手を掛けると、
力任せに。

びりびりと引き裂いた。

昔の裂け目から――。

小平次の陰気な顔が覗いていた。

覘き小平次

噂をすると。

小平次が出て来る。

それもまた噂話である。

小平次というのがどんな俳優《やくしゃ》なのか、実のところ、あまり詳しく知る者は居ない。知っているという者も、能《よ》くは覚えていないという。幽霊芝居が上手《うま》かったのだと、そこのところは衆人の認めるところであるらしい。それでは果たして小平次が、どんな芝居で何の役をやったのかと問うならば、ハテ何であったかと、これまた靄靄《もやもや》と霞《かす》んでしまう。

舞台を観たという者は少なからず居た。まるで本物の死霊を見るようであったと、観たという者は口を揃えて言い張るのだが、それでも狂言の題目となると甚《はなは》だ覚束《おぼつか》ない。総州か、将《はた》また伊豆か、或いは奥州か、いずれ旅先で溺死して、死して後、家に帰って来たのだと——そういう話の方は実《まこと》しやかに語られる。

祟りがあって某《なにがし》かが命を落としたとも伝えられるが、果たして誰が死んだのか、これもあやふやなところである。

人に依ってては去年のことだと言い、また別の人の話では二三年ばかり前だと言う。

いや、そんな莫迦なことはない、それは大昔のことだと言う者もいる。

小平次というのは守田座の始祖、森田太郎兵衛の弟子だというのだが、それが真実なら、慥《たし》かにかなり古い話である。そうでなくても初代松助の弟子だとか、名もなき西国の旅役者だとか、場合に依ってては役者ではない、馬子なのだ、或いは出家だ薬売りだと、それはもう、諸説紛紛、何年か前に騒がれた所謂《いわゆる》狂女の鬼走り、四谷左門殿町死霊祟りの一件が起きたる際に、煽《あお》りを食らって殺された、坊主小平なる者こそ小平次なのだと、そう説く者まで居る始末。しかし坊主小兵衛を名乗る道化方は他にも居るようだから、これも怪しいところであろう。

結局のところ突き詰めると、誰も何も知らないのである。

それでも、役者仲間に噂は絶えぬ。

小平次の噂をしていると。

小平次が出て来る。

彼《か》の死霊は未だ成仏叶わず、今でも屛風《びょうぶ》の蔭、襖の後ろに隠れ潜み、役者仲間の話に耳を欹《そばだ》て、凝乎《じっ》と覗いて居るのじゃという、怪しき噂である。出て来た死霊が小平次なのだと判るのならば、噂をしている連中は小平次を見知っていることになる。それが真実であるならば、そんなに古い話ではなかろうと——玉川萩乃亮《はぎのすけ》はそう思う。

萩乃亮は、先日亡くなった玉川仙之丞の養子である。遺言により、遠からず二代目仙之丞を襲名することになっている。

とはいうものの、萩乃亮は玉川座のことを何も知らない。萩乃亮は元元、芳町《よしちょう》の蔭間茶屋にいた男娼であり、仙之丞に見初《みそ》められ請け出された訳であるが、養子縁組が成って一月足らずで、その仙之丞は逝《い》ってしまった、という訳である。

だから萩乃亮は、まだ舞台に立ったこともない。それで名代を継ぐのは、幾ら小さな旅芝居の一座と雖《いえど》も気が引けた。しかし周囲の者は皆優しく、気にせずに継げという。

仙之丞の名は、本来玉川歌仙なる立女形《たておやま》が継ぐものであったという。

その歌仙、聞くところに依ると元武士で、親を殺した怨敵《おんてき》を追い求めて旅役者に身を窶《やつ》し、十数年もの間諸国を巡りに巡り、遂にはその仇敵に巡り合う僥倖《ぎょうこう》に恵まれ、見事討ち果たした人物——なのだそうである。

而《しこう》してその歌仙、元武士とはいうものの本懐を遂げた折りの身分は一介の旅役者、そのうえ赦免状もなしでの仇討ちであったから、天晴れ天晴れという訳には行かなかったようだった。

詳しいことは判らなかったが、結局歌仙なる人物は亡くなったのだそうである。

腹を斬ったのだとも、世を儚《はかな》んで身投げしたのだとも聞いた。

切腹と身投げでは大いに違う。

口祥《くちさが》なき者の言に依れば、歌仙は仇と知らずねんごろになり、葛藤の末に心中したのだと、そういうことになるらしい。こうなるともう判らない。

慥かに、縦《よし》んばそれが心中であったとしても、一応仇を討ったことにはなろうか。

萩乃亮は気になった。

何しろこれから萩乃亮は、その歌仙なる人物の身代わりとして、仙之丞の名を継ぐことになるのであるから。

色色と聞き回った。

そして萩乃亮は、ある興味深い証言に行き当たった。

その、歌仙の仇討ちと小平次の怪死は関わりがあるらしい、という証言である。

仇討ち――らしきこと――が行われたのは昨年のことであるという。

ならば小平次もまた、去年死んだ、ということになるだろう。

俄然興味が湧いた。

そして萩乃亮は、どうやらその仇討ちが、木幡《こはだ》小平次の家で行われたらしいという証言を得た。そしてその家――木幡小平次の家は、今でもまだある――と言うのである。

正体のまるで判らない、実在するのかどうかすら怪《あや》しい幽霊に住家《すみか》が在るとは奇ッ怪千万、いずれ法螺《ほら》話与太話の類《たぐ》いであろうと、最初萩乃亮は思った。

しかし。

好奇の気持ち抑え難く、結局萩乃亮はその家を探して、場所を突き止めた。

更に聞き回り、萩乃亮は一軒の家に行き当たった。

禰宜町《ねぎちょう》――というより堀留《ほりどめ》界隈――の程近く。

伝馬町《てんまちょう》の外れ、路地裏にある一軒家。

そこが小平次の家だった。

表通りから入り組んだ横道に入り、かなり迷った。

結局再び表通りに出て、長屋の門を潜り、溝板《どぶいた》を渡って裏手に出た。

そこに。

家はあった。

黒い塀に囲まれた、小奇麗な、小さな家だった。化物屋敷の如き荒屋廃屋を思い浮かべていたので、萩乃亮は少少拍子抜けした。

萩乃亮は、戸口の前で半刻は茫然としていた。

見上げれば空が抜けるように高い。薄く雲が靡《なび》いている。

——そろそろ寒くなって来よう。

萩乃亮はそんなことを思っていた。

その時。

治平さんかね、という声が聞こえた。

三味線を掻き鳴らすような、女の賑やかな、それでいて少し淋しげな声だった。

やがてがらりと戸が開いて、女が出て来た。声の主であろう。

年の頃なら二十七八、深川鼠《ねず》に白格子の着物。蓮の葉模様の黒帯に、白い鼻緒の黒下駄を突っ掛けている。小粋に見えるが着熟《きこな》しは思いの外にだらしなく、そこが独特の色香を醸《かも》している。素人《しろうと》とも玄人《くろうと》ともつかぬ。

切れ長の眼許がきりりとした、気丈そうな女だった。

おや、と女は眼を丸くした。

「お前さん――どちらさんかね」

「はあ、あたしは」

役者かいと女は言った。

「判りましょうか」

「判るさね。しかも成り立てじゃろう」

女は値踏みするような目で萩乃亮の上から下までを見た。迚《とて》も恥ずかしかった。

何の用かねと女は言う。萩乃亮は下を向く。

「縫子の仕事じゃあないようだね」

「はあ。あたしは――」

玉川仙之丞の養子で御座います、と言った。女はおやまあ、と驚いたように言った。

「仙之丞を御存知ですか」

「妾《あたし》は会うたことなどないが、亭主は世話になったそうだよ」

「ご亭主が――ご亭主は俳優《やくしゃ》で御座りましょうや」

そうじゃない、元役者だよと女は答えた。

それはもしやと問うと、女は何処《どこ》か淋しそうに笑って、

「そうだよ。妾の亭主は木幡小平次さ」

と言った。

仙之丞の急逝を告げると、女は悔やみごとを言って萩乃亮を家に上げた。

玄関は微昏《うすぐら》かったが、座敷はやけに明るかった。調度の類いは殆《ほとん》どなく、その所為《せい》かやけに綺麗に感じる。庭に臨む間だからだろうか。縁側の障子戸は総て開け放たれている。

手入れされているのかそれとも繋り放しなのか、庭には細かい花が沢山咲いていた。

仇討ちなどという血《ち》腥《なまぐさ》い出来事があった場所とは思えない。

隣の間との間仕切りの襖もなかった。

奥の間に針道具が出し放しになっているところを観ると、先程当人が言っていた通り縫子を生業としているのだろう。

あまりじろじろと見回しては失礼かと心得たので、萩乃亮は目を庭に向けた。

その際、
少しだけ、妙な感じがした。

庭に咲き乱れている黄色い花を眺める。

――槖吾《つわぶき》か。

宝《たから》児《こ》という花さと女の声がした。

振り向けば盆の上に茶を載せている。

「たからこ、ですか」

「この辺じゃ槖吾と呼ぶのだろ。おんなじものさ」

――同じものなのか。

萩乃亮は座ったまま後ろに移動し、次の間との境――敷居の前で落ち着いた。

女は茶を出すと縁の傍に座った。

「あのう」

何を聞くべきか。ご亭主は死霊ですかとは尋けぬから、歌仙のことを問うた。

女は槖吾を眺め乍《なが》ら、少し切なそうな顔をした。

「あたしは、その、遠からず仙之丞の名を継ぐことになるのですが、その、本来継ぐ筈だった人のことを何も知らぬのです。ですから――」

「歌仙はね、妾と二世の縁を誓うた仲――」

「え――」

女は悪戯《わるさ》をした幼児《こども》のような顔をして笑った。

「と、言いたいところだけどね。あの人たァ縁がなかったよ。ずうっと、それこそずうっと、妾が岡惚れしていた――とでも言おうかねェ。磯の鮑《あわび》の何とやら、結局、たった一度しか会うたこたァなかったけれど」

「一度しか会わずに――片思いですか」

可笑《おか》しいだろうと女は屈託なく笑った。

「会うた時、妾ァ亭主持ち。向こうは仇討ちさ」

「仇討ちは――本当のことですか」

本当だよと女は言った。

「仇敵《かたき》はね、何とかいう兇《おそ》ろしげな侍と、その莫迦な弟、それに手下だか助太刀だかの四人《よったり》さね。そっちの間が血の海みたいになったわえ」

女は萩乃亮の方を力なく指差す。次の間のことか。

慌てて振り向くが、当然血の海などある筈はない。畳はまだ青い。

「役人やら何やらが土足でずかずか上がり込んで来てさァ、家の裡《なか》ァ滅茶苦茶だよ。畳替えても暫《しばら》くは血の匂いが取れなかったしね、ほら、柱やら鴨居にも疵《きず》があるだろ」

慥かに削り取ったような跡や鉈《なた》でも当てたような傷があった。

「畳は替えられるけれど、敷居は無理だからね――そこにも、染みがあるだろ」

萩乃亮は恐る恐る下の方を見る。

敷居には、黒い染みが沢山ついていた。

――ここが。

惨劇の場所なのか。

気丈な女だ。萩乃亮なら鬼魅《きみ》が悪くて迚《とて》も棲《す》めない。

その、忌まわしき場所、次の間を見渡す。

――あ。

押入の襖が細く開いている。

先程奇妙に感じたのは、如何《どう》やらその所為らしかった。

――一寸五分、くらいか。

何か迚《とて》も。

厭な感じがした。

「それで――その歌仙さんは」

「自害したんだそうだよ」

何処か気のない返事だった。

「まあ、差し違える気だったのだろうかね。それは知らないよ」

本当に素っ気ない。

切腹か身投げか。少なくとも心中ではないようだった。

もう一度振り返る。何故か背中の方が漫《そぞ》ろに思える。向き直して問う。

「その、まあ、これは、あたしなんかには関係《かかわり》のないことなのかもしれませんが、その、歌仙さんの仇討ちというのは――何故、この家で――」

天井を見上げる。何処にも怪訝な処はない。

「その仇敵の弟ってのがねえ」

妾の間男だったのサと、女はあっさりと言った。

「ま、間男って――」

「間男といえば間男サ。情夫《いろ》だよ」

何と――明け透けな女だ。萩乃亮は開いた口が塞がらぬ。尤《もっと》も、萩乃亮は揶《から》われているのかもしれなかった。二十歳そこそこの若造であるし、手玉に取るのは易いことだろう。

妾はね、亭主が大嫌いなのさと女は言った。

「嫌い——だったのですか」

「大嫌いなんだよ、今でも」

女は憎憎しげに、吐き捨てるように言った。

死後も猶、これ程までに厭うとは、余程仲の悪い夫婦《みょうと》だったのかと、如何《どう》にも肝《きも》の冷える思いを抱き乍《なが》ら女の様子を窺うと、女は思いの他愉《たの》しそうな表情《かお》になっていた。矢張り玩《もてあそ》ばれているのかもしれぬと、萩乃亮は思った。

「妾の亭主、木幡小平次殿はね、そりゃあもう、天下一のへボ役者。世間じゃァ幽霊芝居の名人だなんて謂うてもいるらしいが、そりゃ悉《ことごと》く嘘さァね。芸が出来ぬだけでなく、話も出来ぬ暮らしも立たぬ、何にも出来ぬ廃者《すたりもの》。百人が百人とも、会えば呆れる暮らせば嫌う、三国一の痴人《しれびと》なのさ。一刻一緒に居ただけで、お前さんでも」

絶対に嫌うよと女は言った。

饒舌《じょうぜつ》だ。歌仙のことを語る舌とは別物である。

そんなに駄目なお人だったのですかと問うと、うすのろだからねと女は即座に答えた。

「四六時中口も利きやしない。動きもしない。ただ、凝《じっ》と物蔭から妾のことを覗いてるんだよ。どうだい、お前さん、そんなのと一緒に——暮らせるかえ」

「いや、それは——」

それは流石《さすが》に御免である。

「でも、そんな男と――何故添うたのです」

「そうさね、ものの弾みだよ」

「それで――そう、三行半《みくだりはん》も書いちゃくれなかったのですか、小平次さんは」

そんなものは書かないさと女は流す。

「しかし――余《よ》ッ程《ぽど》別れたかったのでしょう」

間男を入れたくらいなら別れる気はあったのだろう。しかし違うよと、女は簡単に答えた。

「妾は嫌がらせがしたかったンだ。厭な厭な小平次にね」

「嫌がらせ――ですか」

「いつもいつも」

いつもいつもと、女は萩乃亮の方を観る。

「妾を厭な気分にさせる、厭で、厭で大ッ嫌いな小平次にも、厭な思いをさせてやろうと思うたのさ。流石に目の前で妾が別の男に抱かれりゃ、嫌がるかと思うたんだが――」

結局妾の一人相撲だよ莫ッ迦莫迦しいと女は自嘲した。

「あなたが――その、他の男と通じても、どうも思わなかったと」

「どう思うたか知らないけどサ。何にも変わりゃしなかった。おまけに妾が適当に、選んだ男が屑だった。歌仙の仇敵の――弟だったのさ」

「因縁、という奴ですか」

「偶然だよ」

因縁なんて言葉ァ大嫌いだよと女は嘯《うそぶ》く。

「人はねェ」

女は頸《くび》を曲げて庭を見る。白い項《うなじ》が陽に輝いて艶《なま》めかしい。

「良く出来た偶然を、後講釈で因縁と呼ぶのさ。くだらないじゃないか。妾と小平次は行きずりだ。それ以上でもそれ以下でもない。ただ一緒に暮らしてる。それだけのこと。妾は彼奴《あいつ》が大ッ嫌いで、だから彼奴の気持ちなんかは酌《く》めないんだ。それでも一緒に暮らしてる」

「一緒に――暮らしてる」

「暮らしてるのさ」

女はすう、と切れ長の眼を、萩乃亮の背後に向けた。

「妾は――歌仙を捨てて小平次を選んだ。それは――昔を捨てて今を選んだだけのこと」

萩乃亮は、もう背中の悪寒に耐え切れなくなっている。

でも、振り向くことは出来ない。怖い。とても怖い。

――これは。

視線《まなざし》だ。

少し、頸を曲げる。次の間が、視界の端に入る。

――観ている。あの。

隙間から。

覗いている。

噂をしたから。

すう。

あれは襖が開く音か。

勘違いするンじゃないよ小平次――と、突如《いきなり》女は大きな声を出した。

「妾はお前を選んだけれど、好いて選んだ訳じゃない。決して好いた訳じゃない。妾はお前が好きじゃない。国が滅びようと天地が引繰り返ろうと、金輪際お前のことなんか好きにはならないからね――」


ずっとずっと何時《いつ》までも。

妾はお前が。

大ッ嫌いだ。


女がそう言った後。

静かに、静かに襖が閉まる音を、萩乃亮は確かに聞いた。

それでもいいのか。

怖くはなくなった。でも、如何《どう》にも悲しい気分になったから――。

萩乃亮は、後ろを見ずに去った。

覘き小平次　了

解説

「ただ居ること」が恐ろしい

斎藤環

霊と幽霊のあいだ

畢竟《ひっきょう》、人間がほんとうに恐れるものは、人間だけである。

それはなぜか。人間はすべて「みんな自分」であるからだ。恐怖の形とは、ほんとうは自分自身のはずなのに、まるで自分自身ではないようにみえる形のことだ。そう、恐怖はいつも、ひとのかたちをしている。それにくらべれば、お化けや妖怪は、実はそれほど怖くない。むしろ彼らは、ちょっと滑稽で、愛らしい。でも幽霊は。幽霊だけは。きっと誰もが、幽霊の恐さだけは我慢できない。

もちろん私は、霊の存在を信じない。だからといって、霊を信じる人を軽蔑しようとも思わない。「霊の実在性」が、およそ証明や説得などにはなじまないことを知っているからだ。ただ、人間は放っておけば、霊を信じずにはいられなくなる存在だ。人間の心とは、おおむねそういうふうにできている。ちなみに私が霊を信じないのは、信じることができなくなるような「教育」を受けたせいだ。

そう、医学部二年目で経験した解剖実習がそれだ。通常は献体された一人ぶんの遺体を、数人の学生が三ヶ月ほどかけて、たんねんに解剖する。しかし私は物好きにも、春休みを返上して二体目の解剖にも参加した。余談だが解剖への関心は、必ずしも大江健三郎からの影響というわけではなかった。むしろ当時好きだったのは、阿波根宏夫という夭逝《ようせい》した医学生作家で、彼の『涙・街』（構想社）という短編集からの影響が大きかった。

ところで、実習用の遺体は長くフェノールに浸されてすっかり変色・萎縮しており、ほとんど生々しさはない。むしろ極め付きは「病理解剖」のほうだった。

病理解剖。それは、亡くなったばかりの遺体にたいして、死因を究明するためになされる解剖のことだ。つい数時間前に亡くなったばかりの、文字通り湯気の立つような遺体が目の前でみるみる「解体」されていく。迷いも躊躇いもない熟練の手によって、まだ硬直もはじまらないような、なまなましい遺体の正中線に、無造作にメスが入れられる。そして、ものの一時間も経たないうちに、肝臓や消化管などの腹部臓器はもちろん、胸部の肋骨は鋸で切られて肺と心臓が取り出され、頭蓋骨は水平に割られて大脳から延髄までがすっかり抜き取られてしまう。

諸臓器は組織病理を調べるためにホルマリンに漬けて保存に回され、空っぽの遺体は傷を縫合されて遺族の元へ返される。もちろん医学教育のみならず、医学全体の進歩においても病理解剖は不可欠だ。しかしそれでも、この「即物性」は一種のトラウマになる。少なくとも、私が霊を信じられない原因の一つは、間違いなくこの経験に起因するものだ。

ながながと関係なさそうな話をしたのは、霊を信じられない私にとっても、幽霊は恐ろしいものであるということを言いたいがためだ。

そう、幽霊は恐ろしい。霊を信じないのに幽霊が怖いというのは矛盾だ、などという小賢しげな指摘は、「恐怖」の本質について何もわかっていないも同然である。むしろ素朴に霊を信じているほうが、幽霊の恐怖は小さいものになるだろう。いや、そもそも人は、不信心ゆえにこそ祈りを捧げ、信心ゆえに冒瀆をなすような、矛盾に満ちた存在だ。だから繰り返そう。この世に霊など存在するわけがない。にもかかわらず、ではなく、だからこそ、幽霊は恐ろしいのだ。

小平次ものの系譜

本作のタイトルにある「小平次」という名前から、私ははじめ、むかし観た中川信夫の映画作品を連想した。そう、遺作となった「生きてゐる小平次」（１９８２年）である。これも名作の「東海道四谷怪談」の併映だったと記憶する。本作は、大正十三年に発表された鈴木泉三郎の同名戯曲の映画化で、映画としては青柳信雄監督が１９５７年に撮影した作品のリメイクにあたるが、結末部分は異なっている。

中川作品のあらすじはこうだ。登場人物はドサ廻りの旅役者、小幡小平次と、太鼓叩きの那古太九郎、そして太九郎の女房おちかの三人だけ。普段は一緒に旅をしたり酒を飲んだりする三人の関係も、小平次がおちかを口説いたことからこじれていく。旅芝居の道中、「おちかをくれ」と言う小平次を太九郎は沼に突き落とす。ところが江戸に帰ってみると、殺したはずの小平次が居て、なおもおちかを欲しいと訴える。再び小平次をめぐった打ちにした太九郎は、おちかとともに江戸から逃れるが、小平次はどこまでも二人に付きまとう。さすがの太九郎も次第に怯え、疑心暗鬼をつのらせていく。ついに三人は賽の河原で出会い、小平次と太九郎は刺し違えて果てる。

これに限らず、小平次ものにはいくつかのヴァリエーションがある。おちかは本来小平次の妻であり、太九郎が横恋慕するというパターンもある。『覘き小平次』の重要な関連文献としては、エピソードや登場人物が大幅に引用されている山東京伝作「復讐奇談安積沼」があるが、こちらでは左九郎（多九郎）が小平次を殺してその妻であるお塚（おちか）と姦通した後、小平次の死霊によって祟り殺されることになる。もっとも、山東京伝の作は明らかに因果話を意図して書かれており、小平次の死霊がお塚を殺す場面などは、『雨月物語』の「吉備津の釜」とほとんど同じで、ちょっと興ざめではある。

いずれの物語にも、構造として共通するのは、基本となる三角関係、そして小平次の執念である。山東京伝の作品は、祟りをもたらす幽霊の恐怖を強調しているが、中川作品の原作となった鈴木泉三郎の原作では、殺しても殺してもつきまとってくる小平次の執念そのものが恐怖の源泉となっている。単なる因果話から、小平次という異様な個人のたたずまいそのもののほうへと、恐怖の重心を移動させているのだ。そして京極氏もまた、これまでの小平次ものを再解釈し、あっと驚くような換骨奪胎を試みている。

四―四

ただそこにいる恐怖

ホラー映画の名手としても知られる黒沢清監督が傑作「ＣＵＲＥ」を発表したばかりの頃、長いインタビューをしたことがある。そこで黒沢氏は、なかなか興味深いことを指摘していた。

正直いいまして、僕の本音は幽霊が一番怖いと思うんですよ（中略）幽霊の怖さはただものではないと思うんですよ（笑）。人間が怖いっていう次元を遥かに越えていて、人間が怖いとしたら、それは人間が幽霊化してくときだと思うんです（中略）ある目的性をもって行動しているもの、例えば殺人鬼とかはさほど怖くないんですよ。ある程度はもちろん怖いんですけど。幽霊の類、何故そこにいるのか、何が目的かわからないっていうのは怖いんですね。それが最も端的に現れているのって「四谷怪談」だと思うんです。「四谷怪談」のお岩さんって「恨めしや、伊右衛門どの……」ってそこにいるんですよ。何が目的なのかわからない（笑）。死んでいないはずの人が、「私います」っていうためだけにいるっていうのはものすごく怖い。それで伊右衛門は狂って自滅していくんですよね。いちゃ困るものがいるっていう点で幽霊はとても怖いですね。

以上の言葉に付け加えるべきものは、ほとんどない。「人間の幽霊化」がポイントである。幽霊の怖さは、目的もなしにただそこにいる、この点に極まる。これは幽霊の本質であると同時に、人間の本質でもある。「知」や「情」から生まれる「目的」によって汚染された人間存在は、それが理解可能であるがゆえに、さほど恐ろしいものではない。得体の知れない凶悪犯罪に接した時、われわれが何を措いても「犯人の動機」を知りたがるのは、動機がわかれば恐怖がいくぶんかは薄れることを知っているからだ。

しかし、なにがほしいかわからない人間、そんなものがもしいるとしたら、確かにそれは、まるで幽霊のように恐ろしいにちがいない。

はじめて『覗き小平次』を読んで驚いたのは、小説という形式で、この「ただそこにいる恐怖」を描き出そうとしていたからである。

本作の小平次は、幽霊を演じさせたら絶品の役者でありながら、日常においては影の薄い、ただそこに居るだけの存在として描かれる。いや、影が薄いどころではない。日がないちにち押入にひきこもり、うずくまったまま襖を一寸五分ほど開けて、そこから世間を眺めて暮らしている。「薄まる」ことが心地よいと感ずる小平次は、おのれの存在をどこまでも稀薄なものにするために、わざと襖を明けておくのだ。閉じてしまえば真の闇となる。真の闇は、おのが身体の在処をかえって強く自覚させずにはおかない。

物語の冒頭に、この小平次の主観視点を置くやり口には、作者の自信のほどが窺《うかが》える。この冒頭の描写によって、小平次は決して狂っているわけではなく、あるいは「屋根裏の散歩者」のごとき偏執の所有者でもないことがはっきりと示されるからだ。異様な言動をとる主人公が、実は正気であることを冒頭で明かしてしまうのは、かなり大胆な冒険ではないだろうか。しかしこの冒険は、本作においては構造的に必要とされたものに違いない。

そう、狂気がもたらす恐怖は、むしろわかりやすいぶん怖くない。霊が祟ると信じる方が、幽霊が怖くなくなるのと同じことだ。霊も信じず狂気にも陥らず、むしろ正気を極めた人間の底に潜むものにこそ真の恐怖が胚胎するということ。あのレクター博士もそんなことを言っていたような気がしてならない。

「ただ居る」だけの恐怖。物語中、極道の藤六の心胆を寒からしめた女の幽霊もまた、「ただ居る」だけの存在だった。塚の上にただ立っているだけの女。「恨みがましい様子でもなく、哀しげでもなく。／ぽつんと、ただ立って」いる女。「痛がりも苦しみもせず、それはただそこに」居る女の眼は「何処を見ているものやら判らぬ」。意図も目的も欠いたまま、ただある存在としての幽霊。

京極氏はこの「ただ居る」存在として幽霊を描き、存在そのものの恐怖へと肉薄しようと試みる。映画監督の黒沢清が観客の心理的死角に幽霊を登場させてショックを与えられるのは、まさに映像表現ゆえの強みがあったからだ。しかし京極氏は、それを敢えて小説という形式で試みようとした。それもきわめてアクロバティックな手法によって。

どういうことか。まず京極氏は、小平次のお塚に対する「愛欲」そのものには焦点を当てない。多九郎との三角関係も描かれはするが、物語中でこの関係は特別に重みづけをされるわけでもない。要するに、これまでの「小平次もの」において最も重要だった要素をことごとく捨象して、同じ構図の中からまったく別様の物語風景を立ち上げてみせるのだ。希代の小説家にして現代の戯作職人・京極夏彦の本領ここに極まれり、である。

存在の異形、関係の絶対

京極氏の描いた風景の中で、錯綜する諸関係の焦点、というか、むしろ虚焦点ともいうべき小平次の存在感は、やはり圧倒的だ。意図も目的も欲望も——そして「トラウマ」すらも——削れる要素はすべて削って、京極氏は小平次という幽霊役者の存在そのものを彫琢しようと試みる。通常の人間存在を支えるさまざまな要素をかぎりなく希薄化した結果、小平次の存在感は、逆説的なまでに確乎たるものとなった。小平次は、あたかもジャコメッティの彫刻のように、異形の相貌のもとに立ち現れてくる。

本作は『嗤う伊右衛門』『巷説百物語』などでおなじみの「御行の又市シリーズ」と銘打たれてはいるが、又市はほとんど登場しない。むしろ狂言回しのからくり担当は、又市の仲間である「九化の治平」、いや「事触れの治平」だ。我田引水を承知で言えば、治平の役割は、あたかもひきこもり青年・小平次のカウンセラーのようにもみえる。実はひきこもりカウンセリングは精神科医である私の本業でもあるのだが、治平の言葉には傾聴すべき点がいくつもある。ひたすら語って「厚み」をつけろ……語りに語って自分を騙せ……しかし不器用ならそのまで居ろ……楽に生きるばかりが能じゃない……。

これら、一見ぶっきらぼうな言葉たちは、あらゆる執着からひきこもろうとしてきた小平次の存在そのものに対する、控えめな肯定とそっけない励ましに溢れている。お前は生きて、そこに居るだけでいいのだ。このような言葉を心から発し、またリアルに受け止めることができたなら、ひきこもり青年たちはわずかに「解放」されるのではないか。もちろん、医師としてのアドヴァイスにそのまま応用はできないが、こんなふうに考えながら彼らと向き合ってみるだけでも、言葉の角が取れていく心地がする。

ただし、これだけは忘れてはならない。治平はこうした言葉を、実は小平次という存在によって語らされているのだ。だから私の言葉もまた、ひきこもり青年から貰った言葉を、私なりの音色で変奏・返送しようという試みからもたらされたものに違いない。実に小平次とは、周囲からつよい転移と感情移入を呼び込んでしまうという意味において、見事な虚焦点なのである。あの怨念の塊のようだった定番キャラを、これほど対照的な造形につくりかえてしまう京極氏の手腕には、ひたすら舌を巻くほかはない。

しかし、京極氏が解体してみせたものは、小平次という個人の「怨念」や「執念」だけではない。そこでは「因果」や「因縁」すらも、軽やかに解きほぐされていくのだ。

――良く出来た偶然を、後講釈で因縁と呼ぶのさ。

――ただ一緒に暮らしてる。それだけのこと。

お塚のこの言葉はしかし、小平次とお塚の関係が、むしろ因縁をこえたものであることを、雄弁に「語って」しまっている。小平次は襖の隙間から覗く視線でお塚につながり、お塚はあくまでも徹底した嫌悪感で小平次に対峙する。そのとき、もはや小平次の視線は、見る対象から束縛されるためにあり、お塚は片時も小平次を嫌わずには生きた心地がしないに相違ない。

そして、そこには因縁、すなわち「説明」はない。

もちろん嫌悪はアンビヴァレンスによって愛情に通じ、それゆえ二人の関係は一種の「共依存」にほかならず、これはどちらも不幸になってしまうような「家族病理」の一例、というふうに、精神科医なら言うだろう。あるいは「離縁もひとつの選択肢かも知れませんね」などと、微妙に腰の引けたアドバイスすらやりかねない。しかし、もし仮に私がそのような「合理的」アドバイスなるものを吐いてしまったとしても、お塚——小平次の関係の勁《つよ》さを前にして、すぐさま恥じ入るほかはないだろう。

「あるがまま」を選ぶということは、それにともなう苦痛や嫌悪も含めて、まるごと引き受ける覚悟のことだ。じっさい、ある種の家族や夫婦の関係の中には、説得不可能な「絶対」を感知することもないとはいえない。この「絶対」から、クレオンの命に背いて兄の遺体を埋葬し、死刑となったギリシャ悲劇のヒロイン、アンチゴネーの姿を連想するのは不自然だろうか。しかし本作において、小平次があのように造形され、小平次とお塚の関係がこのように描かれるという背景には、やはり京極氏の強い意志が感じられるのだ。そう、哲学ではなく、小説でしかできないやり方で、「存在」と「関係」の謎に迫ろう、という意志が。

藪女と拍手小僧について

そういえば、こんなことがある。私はときどき、深夜にジョギングをするのだが、旧江戸川沿いのコースに一カ所、人家に沿うようにして小さな藪がある。私はそこで、ときどき人の、どちらかと言えば女の、嘆息のような音を聞くことがある。おそらく妖怪・藪女のしわざである。

あるいは、こんなこともある。私が以前アルバイトをしていた某クリニックでは、夕暮れ時になると、誰もいない隣の休憩室から、ぽん、という拍手の音がときどき聞こえてくることがあった。これは妖怪・拍手小僧のいたずらである。

そんな馬鹿な。

もちろん、いずれも空耳か何かに決まっているのだが、まあ大して怖いものでもなし、よく確かめもせず今日まで放ってある。だから本当の正体はわからない。

この話をしたのには理由がある。はじめに述べたとおり、私は霊を信じない。少なくとも「祟り」をなすような、合目的的な霊など、もしいたとしても無視する自信はある。しかし唯物論者たる私は一方で、あらゆる「存在」は、科学と合理性のみで汲み尽くせるものではないとも考えている。そう考えなければ人間の「こころ」などという、いまだに「あるとしか言えない」ものとつきあえるはずもない。

「こころ」を持つ人間が計算と記述以外のやりかたで「存在」と関係するとき、「存在」は啼き声を上げる。そう、ただ「ここにある」というだけの啼き声を。あの嘆息も拍手の音も、そんな啼き声の一種なのだろうか。そして本作の読後に残響し続けるのも、このような「存在」と「関係」が発する啼き声なのではないか。霊を信じない私にも、その啼き声は聞こえてくる。信じるか信じないかではない。聞こえるものは聞こえるのだし、恐ろしいものは恐ろしい、ただそれだけだ。

小平次の存在は哀しくも恐ろしい。小平次とお塚の関係にも、不吉な予感がないではない。しかし、あらゆるマイナスを呑み込んだ上で、その存在をまるごと肯定してみせること。リアルな恐怖とは本来そういうはたらきを持っている。だからこそ、京極氏が描き出す新しい小平次の物語は、見事な「存在論的ホラー」たりえたのではなかったか。

さあ、解説の時間は終わった。もうすぐあなた自身の大いなる肯定、すなわち強烈な恐怖とともに、小平次が目覚めるだろう。物語はその瞬間を、いまや遅しと待ち受けているのだ。

（さいとう・たまき　精神科医）

C★NOVELS版解説　二〇〇五年二月

第一六回山本周五郎賞受賞のことば

京極夏彦

かつて草双紙から読本へと展開する本邦の創作文芸の大河の中に「怪談」という太い流れがありました。今回栄えある賞を戴いた『覘き小平次』は、その脈絡を受け継ぐ形で書かれた小説です。

たとえば、近世戯作の基本的な手法として「本歌取り」が挙げられます。受賞作も、先行する「小平次もの」全てを材料にして作られています。しかしかつての作品群がそうであったように、本作も懐古的・復古的な意図で書かれたものではありません。通俗娯楽小説は常に最先端でなくてはならない筈のものだと考えるからです。

近代小説のルーツは往々にして海外に求められがちです。しかし現在流通しているエンタテインメント小説の雛形を辿るなら、必ずしもそうとばかりはいえないだろうと私は考えています。大衆小説の直接的な祖型は講談なのでしょうし、狂歌や俳諧などが培った知的遊戯の命脈が近代以降すっかり断たれてしまったとは思えません。

そうした文脈の中で捉えた時、この度の受賞はいっそう喜ばしく思えます。ありがとうございました。

（『小説新潮』二〇〇三年七月号）

甦る幽霊たち　「京極怪談」の意義

縄田一男

京極夏彦の『覘き小平次』が本年度の山本周五郎賞受賞の運びとなり、怪談好きにとっては、この上ない慶事という他はない。

いわゆる〝京極怪談〟と呼ばれる長篇の第一作が『嗤う伊右衛門』で、今回が『覘き小平次』と来ると、私などはどうしても鈴木泉三郎《すずきせんざぶろう》の戯曲のイメージが強いから、『東海道四谷怪談』の次は『生きてゐる小平次』か、と、思わず身を乗り出すような思いがしたことを記憶している。

しかしながら、前作『嗤う伊右衛門』が、鶴屋南北の『東海道四谷怪談』に対する新解釈ではなく、それ以前の『四谷雑談集』あたりを原典として、南北と同じ地平に立って四谷怪談を意欲的に再構成したように、今回も、山東京伝の『復讐奇談安積沼《あさかのぬま》』にまでさかのぼってストーリーを造型している点はさすがである。

一体、長篇の怪談というのは、三遊亭円朝の速記本あたりを最後に近代に入ると大いに廃《すた》れてしまって、『怪談牡丹燈籠《ぼたんどうろう》』にしても幽霊より人間の怖ろしさがクローズアップされ、『真景累《かさねが》ケ淵《ふち》』では、幽霊が見えるのは神経のせいである、とまで断じられてしまっている。大衆文学の書き手たちの手になる四谷怪談――国枝史郎の『隠亡堀』や直木三十五の『新釈四谷怪談』等は、ブラックユーモアを含んだコントといってよく、日本で最も有名な幽霊のはずであったお岩さんはすっかりその面目を失ってしまったかのような感すらあった。

では何故、怪談が流行《はや》らなくなってしまったのか。これを山田風太郎流にいえば、そもそも明治以降の我々の歴史そのものが、八月十五日という近代日本の愚かしい総決算に至る一つの大きな怪異の流れを形成していったのだから、個々の怪談に忖度《そんたく》している暇はなかったのだ、ということになるが、それはまた別のはなし。

とまれ、〝京極怪談〟は、映像や芝居はともかく、小説の世界で久しく閑却されて来た怪談ばなしの本格的な復活の狼火《のろし》ととらえることが出来るのではあるまいか。

その第一弾が、先に泉鏡花文学賞を受賞した『嗤う伊右衛門』であるわけだが、やはり、謂《い》うところの四谷怪談とはかなり毛色の違う作品に仕上っていたように思われる。

ちょうどその前作『絡新婦の理』の印象が浅く頭に残っていたせいか、初読の際に強く感じたのは、京極作品のモチーフの一つに線を引くこと、というのがあるのではないか、という思いであった。長い歴史の中で、文化・性・習俗等に対して差別化をもたらすべく引かれた線というものがあり、時として、その線に対して線を引き返すことによって復讐しようとした人物が、己れの引いた線によって手痛い報復を受けることになる。

すなわち、疱瘡を患《わずら》い醜く崩れた顔になっても、恥とは思わず、毅然とした価値観の中に生きるお岩はまさしく規模に対して線を引き返す女。一方、境《さかいの》野伊右衛門は、己れの張った結界が侵されることを極度に嫌う男で、このことは、作品冒頭、蚊帳《かや》の中にいる伊右衛門という極めて象徴的な構図によって端的に示されている。

この二人の祝言から離縁、そして破局という経緯に、薬種問屋利倉屋の娘梅が御先手鉄砲組与力伊東喜兵衛に陵辱され、両者の間に入ったお岩の父民谷又左衛門が梅を伊東の側室にするように働きかけた、という過去の事情、更には伊東の子を身ごもった梅の伊右衛門への思慕、自殺した妹袖の仇《かたき》を討とうとする直助権兵衛の動きなどが絡む。

ちなみに、お岩の造型に関しては、角川文庫版の解説で横山泰子が「彼女は激しい気性と醜悪な容貌の持ち主だが、卑屈なところや惨《みじ》めなところが全くない。自分の考えをしっかりと持ち、強靭な意志で行動し、おのれの不幸を恨まない凜とした女として岩は登場する。これは従来の『四谷怪談』のお岩とは全く異なる、新鮮な人物造形であった」と、更に、伊東喜兵衛のそれに関しては、中公C★NOVELS版の解説で高田衛が『四谷雑談集』との絡みにおいて、京極夏彦は「作家の想像力において伊東喜兵衛という形象の奇怪な本質を見ぬき、またきわめて独自に、典拠をはるかに超えた、典拠とは異なる、諸悪の源泉ともいうべきおそろしい妖人の姿を書ききったのだ」と記述、それぞれ、高い評価を下している。

作品の前半は、登場人物の説明が念入りにすぎ、物語の進行がやや停滞気味の感があるが、本人も知らぬ内にお岩が事件の中心となる中盤からは快調。提灯《ちょうちん》お岩、戸板返し等、お馴染みの趣向が京極流に組み替えられ、その中に、子殺し、畜生道等のモチーフが散見する。

岩の引いた線と伊右衛門の張った結界が崩れてゆく中、この周囲に相似と対照を成すさまざまな人物——権兵衛に生まれ変わるために、己れの顔を引き裂き、お岩と同じ醜い顔となる直助は、相似の、そして岩と梅という二人の女の伊右衛門への異なった思いは対照の、最たるものであろう——を配置し、ラスト近く、伊右衛門の「蚊帳を捲るな」の一言で、読者の心胆を寒からしめる手法は絶妙というべきであろう。

そして、ここからは、本年度の山本周五郎賞の受賞作『覘き小平次』に移るが、幸いにというか、この作品の最も古い典拠ともいうべき、山東京伝の『復讐奇談安積沼』は、昨年から刊行が開始された須永朝彦の現代語訳による『江戸の伝奇小説』全六巻（国書刊行会）の第一巻に、やはり山東京伝の『桜姫全伝曙草紙』と併録されているので、手軽に読むことが出来る。

鈴木泉三郎の『生きてゐる小平次』は、この山東京伝の、親の敵を尋ねる美少年喜次郎の孝心と、妻の密通相手に殺される役者小幡小平次の怨霊譚を二つながらに描いた読本を、ぐっと近代的に処理したもの。殺したはずの小平次が姦夫姦婦の後になり先になり現われて、生きているのか死んでいるのか分からない——その心理的な恐怖を狙《ねら》った怪異談となっているのがミソである。

そしてこの生きているのか死んでいるのか分からない、という設定は、『覘き小平次』後半の展開にも共通しているが、生死の狭間《はざま》、つまりは、曖昧模糊《あいまいもこ》とした非境界の世界こそが、本書のモチーフではあるまいか。

すなわち、『嗤う伊右衛門』における蚊帳に匹敵する舞台装置は、本書でいえば、作品冒頭、小平次が引き籠《こも》っている押入棚であるわけで、作中、「微昏がりの押入れの中、身を屈め踵を撫で乍《なが》ら、一寸五分の隙間から世間を覗く。／縦長の世間はいつも夢幻のようで、それでもあちら側こそ真実なのではあろうから、矢張り我こそが夢幻なのであろうかやと、小平次はそう思うているのである」という描写があり、これが、一見、結界のようにも見える。

ところが、この押入棚には伊右衛門の蚊帳のような強靭さはなく、あちらとこちらどころか、その中にいる小平次の輪郭そのものすら曖昧にしていってしまう——「その細い細い縦長の隙間から漏れ入る幽《かそ》けき光だけが小平次を照らすのだ。／否、それは、照らすという程の強さはないのだ。その明かりは頗《すこぶ》る頼りなく、幻燈のように痩《や》せっぽちの自《おの》が姿を微昏がりに浮かび上がらせるだけだ。浮かぶ姿は、朦朧《ぼんやり》としているというよりも、寧ろ透けているかのようである。／そして小平次は、自分が果敢《はか》ないものであることを確認する。稀薄であることを堪能する」と。

作者の、小平次は「生きるが——下手なのだ」という言葉のみを短絡的に取り出せば、小平次は昨今問題となっている引き籠りのようにも見える。しかしながら、これを新たな怪談の趣向として捉えるならば、作者が小平次という限りなく幽霊に近い男を通して描こうとしているのは、私たちが依《よ》って立っている世界の曖昧さであり、煎《せん》じ詰めれば、やはり人間存在の不条理さということではないのか。

そして、皆が、何故、小平次を怖れるのかといえば、それは彼が自分たちにとっての余りに見事な合わせ鏡であるからに他なるまい。「目が覚めるのも決して朝になるからではなく、起きておるのか寝ておるものか、その境界もあやふやで、夢幻か現《うつつ》の嘘か、蒙昧《もうまい》のうちに縦になり、いつのまにやら動いていると、そんな有様」のお塚の。

或《ある》いは、「人は誰でも、きっと何かを演じて生きている。演じているモノに、なったつもりで生きている。そうでなくては、歌仙などというモノは無いに等しいことになる」という玉川歌仙の。

そして、「自分《おのれ》というものが抜け落ちているからこそ、他人に成り切ることが出来る。治平にとって化けるとは、外を装うことではない。すっぽりと抜け落ちている肚《はら》の窩《あな》に、何やら別のものを詰めることである。（中略）真実《ほんとう》の貌はどこにもない。裏と表があるのではなく、裏が沢山あるだけだったのだ。それが何とも遣り切れなくて、だから治平は所帯を持った」という九化の治平の。

従って、多九郎が、小平次が死んだと思って気持ちが晴れ晴れとする、というのは、自分自身の中に抱えている、哀しい顔、切ない顔を見なくてすむ、と思ったからなのだ。
だが作者はこの怪談の中で、前述の治平から小平次に向って次なる言葉を吐かせることを怠っていない。「ならそのまんまで居るがいい。迷うこたァねえぞ」「お前の生き方ァ楽じゃあねえやな。でも楽に生きるばかりが能じゃねえだろうよ」と。人間存在の不条理を語った作者はまた、生きていくことの切なさをも余すところなく伝えている。人の心のあり方そのものが怪談じみてしまった昨今にあって、この一言は、真摯に私たちの胸をうち続けるに違いあるまい。

（なわた・かずお　文芸評論家／『小説新潮』二〇〇三年七月号）

◎

関連文献

山東京《さんとうきょう》 伝《でん》　『復讐奇談《ふくしゅうきだん》安積 沼《あさかのぬま》』　享和三年
（『山東京傳全集　第十五巻』ぺりかん社　須永朝彦訳『現代語訳　江戸の伝奇小説1』国書刊行会）

山東京《さんとうきょう》 伝《でん》　『安積 沼後日《あさかのぬまごにち》 仇討《あだうち》』　文化四年
（『山東京傳全集　第六巻』ぺりかん社）

鶴屋《つるや》南北《なんぼく》　『彩 入御伽草《いろゑいりおとぎざうし》』　文化五年
（『鶴屋南北全集　第一巻』三一書房刊）

談州《だんしゅう》 楼焉馬《ろうえんば》　『龍宮怪《りうぐうくわい》 談《だん》 鯨《こはだ》 後平治《こへいじ》』　文化六年

式亭《しきてい》三馬《さんば》　『小幡《こはだ》小平次《こへいじ》前座《ぜんざ》之《の》講釈《こうしやく》　鰊《このしろ》 頓兵衛《とんべえ》 幻 草紙《まぼろしざうし》』　文化九年

根岸《ねぎし》鎮衛《やすもり》　『耳嚢《みみぶくろ》　巻の四・巻の十』　文化十一年

山崎《やまざき》美成《よししげ》　『海録《かいろく》』　天保八年

河竹黙阿弥《かわたけもくあみ》　『怪 談小幡小平次《くわいだんこはだこへいじ》』　嘉永六年

並木五瓶《なみきごへい》　『怪 談木幡 小平次《くわいだんこはだのこへいじ》』　安政元年

河竹黙阿弥《かわたけもくあみ》　『小幡 怪 異雨 古沼《こはだのくわいいあめもふるぬま》』　安政六年

上方根本《かみがたねほん》　『怪 談雨 古沼《くわいだんあめのふるぬま》』　刊行年未詳

鈴木泉三郎《すずきせんざぶろう》　『生《い》きてゐる小平次《こへいじ》』　大正十三年

◎

『覗き小平次』
単行本　二〇〇二年九月　中央公論新社
C★NOVELS　二〇〇五年二月　中央公論新社
角川文庫　二〇〇八年六月　角川書店
中公文庫　二〇一二年七月　中央公論新社

京極夏彦

一九六三年生まれ。九四年『姑獲鳥の夏』でデビュー。九六年『魍魎の匣』で第四九回日本推理作家協会賞（長編部門）、九七年『嗤う伊右衛門』で第二五回泉鏡花文学賞、二〇〇三年『覘き小平次』で第一六回山本周五郎賞、〇四年『後巷説百物語』で第一三〇回直木三十五賞、一一年『西巷説百物語』で第二四回柴田錬三郎賞、二二年『遠巷説百物語』で第五六回吉川英治文学賞を受賞。主な著作に「百鬼夜行」「巷説百物語」「書楼弔堂」の長篇シリーズ、『狐花』『病葉草紙』『遠野物語remix』『地獄の楽しみ方』などがある。

公式ホームページ「大極宮」
https://www.osawa-office.co.jp

覘《のぞ》き小平次《こへいじ》

二〇二五年四月二五日　初版発行

著者　京極夏彦《きょうごくなつひこ》
発行者　安部順一
発行所　中央公論新社
〒一〇〇－八一五二　東京都千代田区大手町一－七－一
電話　販売〇三－五二九九－一七三〇
　　　編集〇三－五二九九－一七四〇
URL　https://www.chuko.co.jp/

DTP　平面惑星
印刷　TOPPANクロレ
製本　大口製本印刷

ISBN978-4-12-005910-0 C0093